香奁琳琅·下

尤四姐 / 著

长江出版社

图书在版编目（CIP）数据

香奁琳琅 / 尤四姐著. — 武汉：长江出版社，2024.4
ISBN 978-7-5492-9409-1

Ⅰ.①香… Ⅱ.①尤… Ⅲ.①长篇小说—中国—当代
Ⅳ.①I247.5

中国国家版本馆CIP数据核字(2024)第068811号

香奁琳琅 / 尤四姐 著
XIANGLIAN LINLANG

出　　版	长江出版社
	（武汉市解放大道1863号 邮政编码：430010）
市场发行	长江出版社发行部
网　　址	http://www.cjpress.cn
责任编辑	陈　辉
封面设计	Ash　张　强
封面插图	Ash
题　　字	东　竹
印　　刷	北京盛通印刷股份有限公司
版　　次	2024年4月第1版
印　　次	2024年4月第1次印刷
开　　本	880mm×1230mm　1/32
印　　张	21
字　　数	670千字
书　　号	ISBN 978-7-5492-9409-1
定　　价	69.00元（全两册）

版权所有，侵权必究。如有质量问题，请与本社联系退换。
电话：027-82926557（总编室）027-82926806（市场营销部）

目录

第一章	001
第二章	009
第三章	017
第四章	025
第五章	033
第六章	041
第七章	049
第八章	057
第九章	065
第十章	073
第十一章	083
第十二章	091
第十三章	099
第十四章	107
第十五章	115
第十六章	123
第十七章	133
第十八章	141
第十九章	151
第二十章	159

目录

第二十一章	第二十二章	第二十三章	第二十四章	第二十五章	第二十六章	第二十七章	第二十八章	第二十九章	第三十章
167	175	185	193	201	209	217	227	237	247

第三十一章	第三十二章	第三十三章	第三十四章	第三十五章	第三十六章	第三十七章	第三十八章	番外
255	263	271	279	287	295	303	311	319

第一章

所以是真的欢喜啊,得偿所愿了,先跑到李判那里拉拢一番,这人果真是无利不起早。明妆不大想理他,转身走进门里,仪王见状,很快便追进来,跟在她身后问:"怎么了?你不高兴吗?"

明妆勉强扮出个笑脸:"高兴啊,殿下进来喝杯茶吧。"

他是何等的聪明人,哪里搪塞得过去,试探道:"可是我有哪里做得不够好,让你不满了?是因为褫夺了你祖母的封诰,让易家下不来台了?还是因为……旁的什么?"

明妆说没有,看了一眼墙上的锦鲤图,道:"我昨晚没睡好,今日又忙了半晌,有些累了。"

仪王"哦"了一声,说:"那我来得不是时候。"

明妆毕竟和他不相熟,也不好太不给人留颜面,便吩咐煎雪上茶,请他坐下道:"不要紧,我下半晌再睡一觉就成了……"想想还不够温和,又补了一句,"殿下几时来,都是时候。"

仪王浮起笑意，眼眸明亮，仿佛暗藏星光，端详她半响，顿悟道："先前是因为亲事未定，我不能与你来往过密，也因为如此，让你和我很生疏，这样不好。我想着今日反正交换了信物，咱们的事算是成了一半，往后我有空会常来看你，你不要将我当作什么王侯，就当寻常恋慕你的男子，心里想什么，有什么不高兴的，都可以告诉我。毕竟成了亲，你我就是一家人，我想好好过日子，也希望日后的娘子能全心依靠我，不要疏远我。"

这口才真是不错，明妆消化不动他的那些话，感慨他居然能把一场交易描述得这样真情实意。不过既已定亲，两人也早就商谈好了，那就不要节外生枝，明妆温顺地应承道："我只是有些不习惯罢了，请殿下再容我一段时日。"

他说好，凝望她的眼波温柔，仿佛她真是他的心上人。

他有等她接受的耐心，当然也有化解误会的手段，料想李宣凛未必没有透露他造访的事，与其等她问出口，不如自己先说破，于是换了个轻松的口吻道："我昨日去了控鹤司衙门，你不知道，如今控鹤司正势大，好些人想将子侄送进去，我推拒了好几个，无奈以前的老师托付，只好厚着脸皮去找俞白。俞白倒是念着往日交情，半分没有推辞，后来我也说起与你的婚事，我看他很赞同，只是不知道心里是不是当真这么想。说不定他忌惮我身份高，担心以后不能善待你，般般，你可信得过我？我既然要迎娶你，就一定会对你好。"

明妆从善如流，头点得半分不含糊："我当然信得过你，信得过你，我才答应这门亲事。"

他听后抿唇轻笑，说："很好，多少夫妻离心离德，就是因为不信任，其实我也知道你心里的顾虑，弥光的事你放心，我不日就会给你交代，还有家中的三个侍娘，我已经命人将她们远远送走，永远不会回上京了，你只管放心。"

明妆闻言讶然："她们是服侍过你的人，就这么送走了？"

他微微挑起眉："你觉得不妥吗？送走她们，是为成全你的体面，还未过门就有妾室在等着，将来你不怕我宠妾灭妻，让你沦为上京城的笑柄？"

这话倒不算添油加醋，确实是他心中所想，甚至为了永绝后患，送走她们之前还各灌了一碗避子汤，避免弄出庶长子之余，也杜绝了将来厘不清的麻烦。

然而明妆觉得他有点绝情，大概是因为自己并不喜欢他，因此没有无缘无故的占有欲，他就算有十个八个通房，她也觉得理所当然，不过眼下既然木已成舟，她也没什么好纠结的，讪笑道："就是觉得一下全送走，担心别人误会我善妒。其实你可以挑一个最喜欢的留下，我也不是那么不讲情面的人。"可惜这位仪王殿下做得很绝，连一点彰显宽宏大量的机会都不给她，立刻就做出了独宠于她的样子。

仪王失笑："我是太在意这门亲事，不想让你受委屈，没想到这么一来，反惹得你不喜欢了。"

明妆支吾道："倒也没有，殿下家大业大的，谁家没几个侍娘女使呢？"

要是问问她的内心，她其实很想打听一下，这些侍娘是什么时候置办的，是在桂国公嫡女嫁给宜春郡公之前，还是之后。不过这仪王也真是个杀伐决断的人，多年跟随他的人，在他眼中说抛弃就抛弃了，果真这样出身的人，没有那么多的儿女情长吧。如此算来，翼国公倒是个异类，被应宝玥三下两下就收入囊中。倘若换成仪王，应小娘子那点伎俩恐怕还不够瞧的，闹得不好，连骨头渣子也不会剩下，所以说，果决有果决的好处，前头的事处置干净，也不失为一个好开端。

思及此，明妆正了正身子，和他提起高安郡王府上的婚宴："殿下明日在郡王府，还是上汤宅赴宴？"

仪王道："我要做四哥的傧相，到时候会陪同去汤府迎新妇。你呢？你与芝圆是密友，应当要送她出阁吧？"

明妆说："是，她早早就来同我说过了，我是一定要伴在她身边的。你们傧相有几人啊？都是上京的公子王孙吧？"

仪王道："原本定了八人，可惜俞白要去汤宅赴宴，六哥在外，赶不回来，最后缩减成了六人。"说罢他眼眸微转，轻轻瞥了她一眼，"要说俞白这人，有时候真不是那么好说话，四哥那样盛意相邀，他还是没答应，说自己身上有什么兵戈之气，杀戮太重会冲了婚仪的喜气，商议再三，还是婉言拒绝了。"

明妆果真赏脸笑了两声，说："他怎么像个老学究似的？不过想来是在军中太久，不习惯这种热闹的场面吧。"

"还是过于慎重了。"仪王垂眼抿了口茶,放下建盏又道,"其实除了五哥,我们这些人个个都在军中历练过,只有他,把自己说得像不祥之人,看来还是不愿意和我们为伍啊。"

至于愿意伴在谁身边,这点似乎毋庸置疑,也只有眼前这个不知情事的姑娘,意识不到人家入微的体贴。

明妆没有往心里去,还有兴致问起翼国公:"与应小娘子定亲之后,我就没有见过翼公爷了,他近来好吗?"

提起那位小爷,仪王一哂:"他有什么不好的,一心只读圣贤书,朝中诸事从来不管。"说完又摆出一副微酸的口吻,睇她一眼道,"若是没有应小娘子横插一杠,恐怕今日与你定亲的,就是五哥。我记得很清楚,你们还曾一起赏过灯,你现在问起他,一点不在乎我的想法吗?"

明妆怔怔的,对该有的拈酸反应毫无知觉,仪王这么一说,她费了一番工夫揣摩,最后坦然应道:"我和他又没什么,殿下为什么要有想法?"

回敬得这么直白,可见还没开窍。他无奈轻笑,两人楚河汉界般地坐着,虽然侍立的女使早识趣地退到廊上去了,彼此之间却还是不够亲近,没有半点未婚男女该有的自觉。山不来就我,只好我去就山。仪王叹息着,慢悠悠起身,他原本身量就高,放缓的动作尤其显得优雅散漫。

明妆看着他,以为他打算告辞,忙跟着起身准备相送,结果他并没有要走的意思,踱上两步,踱到离她最近的那张圈椅前,捋袍又坐下了,然后冲她温情地笑了笑:"般般,坐。"

明妆脚下一趔趄,不知道他要干什么,想让开一些,又觉得刻意疏远不大好,只得硬着头皮坐下。

"哎哟……"他忽然说,低头揉了揉眼睛。

明妆看他装模作样,立刻就明白他的图谋了,很体贴地问:"你怎么了?眼睛里进沙子了?要我给你吹吹吗?"

她简直熟谙套路,抢先一步,倒弄得仪王无路可走了。

看来话本看得不少,这样的姑娘不大好骗,但戏演到这里,没有中途放弃的道理，仪王便继续装，纳罕地嘀咕："又没起风，不知哪里来的沙子……"

明妆朝屋顶看了看，说："一定是上面掉下来的。来吧，殿下不要不好意思，我来给你吹吹。"说着便凑过去，看着他眨完右眼眨左眼，看了好半晌问，"到底是哪一只？"

心怀坦荡的姑娘，好像半点没有怀春少女的腼腆心思，她就是纯粹想帮忙，结果让仪王有些难以招架，忙眨眨左眼道："这只。"

明妆凑过去一看，那渊色的瞳仁深不见底，心里不由得感慨，难怪说相由心生，他连眼珠子都长得不似常人。不过若论相貌，仪王确实是不错，褪去一身青涩，有这个年纪的男人应有的沉稳阅历。高高在上时，让人觉得不易亲近，要是眼波一婉转，又有种奇怪的诱惑感，两者不冲突，和谐地并存在同一个身体里，大多时候言笑晏晏，背后却暗藏杀机。

他此刻又不知在盘算什么，专注地看着她，看久了，看得明妆有一点后知后觉的羞涩。

这是彼此之间第一次离得这么近，仪王觉得很好，没有让他生出任何不适感，他就知道自己这回的决定是正确的。

其实梅园那次并不算初遇，早在她乘着马车穿街过巷时，他就留意她了。彼时，陕州军刚攻破邺国王庭，他知道李宣凛会押着使节入上京，要巩固关系，最直接的手段就是联姻。

人选是现成的，比起迎娶重臣之女，拐了一个弯，可以堵悠悠众口，所以连官家都不曾反对。老天也算待他不薄，密云郡公的女儿生得窈窕多姿，梅园露过一面后惊艳了整个上京，越是这样，越有利于他，求娶美人是佳话，倘若她五短身材，又黑又胖，他还一门心思要结亲，那就是活脱脱的司马昭之心，人尽皆知了。

既然已经到了这一步，便好好受用吧！他在等，等着美人吐气如兰，轻轻吹上一口，他就打算百病全消，可惜现实情况，好像和他设想的不太一样。

他眼看着她猛地吸了口气，吸得腮帮子鼓胀起来，随时准备狂风过境。这要是来一下，眼珠子都会不保吧，吓得他忙后仰脑袋，慌忙躲避："好了……忽然没了……"

明妆一脸失望："说没就没了？我还没帮上什么忙呢。"

仪王却意有所指："一点小细尘，遇见眼泪，自己就化了。"然后探身过去，将那只搭在扶手上的柔荑握进手里。

她愕然地看着他，听他微笑道："咱们要定亲了，你知道吗？"

明妆胡乱点头，想抽回手，无奈他拽得愈发紧，试了几次还是失败了。

"那你可知道定亲意味着什么？意味着我们会成亲、会生儿育女，一辈子在一起。"他说这些的时候，仿佛看见了那些美好的前景，嗓音也愈发变得温柔，"所以从现在开始，你可以试着喜欢我，除却我们之间的那些约定，慢慢发现不一样的我。"

不一样的他？可在她眼里，交易就是交易，交易之外讲人情的，一般都是准备要坑人了。爹爹和阿娘走后，她跟着外祖母学习打理家业，学着经商，知道对方试图套近乎时，你就要比对方更会套近乎，于是她情真意切地说："殿下，咱们往后不提那些约定了，好不好？我会尽好自己的本分，殿下要是真心待我，不用我催促，自然会将我的事放在心上。你先前告诉我，已经遣散家里的侍娘，我就知道你没有拿婚姻当儿戏，不过殿下现在还不大了解我，等时间一长，没准殿下会先喜欢上我呢。"

她把问题又抛了回来，他大概从未想过这种情况，眼里闪过刹那的迟疑，很快又沉寂下来。他习惯了见人说人话，见鬼说鬼话，对值得去哄的姑娘报以甜言蜜语，似乎从来不费力："不用等，我早就喜欢上你了。"

明妆毕竟是年轻的小姑娘，这辈子还没有人当着她的面说过喜欢她，不管真假，乍然听一回，浑身发麻。她的视线游移，不知应该落在哪里才好，最后垂下眼，正看见他的手，才发现他的手生得也很好，骨骼清秀，指甲饱满。

仪王见她的视线一直在自己的手上盘桓，觉得有些奇怪："你会看手相？"

明妆虚应道："我不会看手相，不过觉得殿下的手长得好看，舞得了刀剑，也拨得了弦丝。"

谁知这番话却引得仪王苦笑："你觉得这手好看吗？"他说着松开她，慢慢转过手腕,张开掌心摊在她面前,"现在你还觉得好看吗?"

猝不及防地,两道深深的疤痕撞进眼里,因有了些日子,蜿蜒的蜈蚣线变成了略深的肉红色,甚至能推断出当时曾受过多重的伤。

明妆倒吸一口凉气,不明白一位养尊处优的王爷,怎么会把自己弄成这样?她伸出手指,后怕地轻触了一下,问:"还疼吗?"

他摇头道:"已经不疼了,只是提不起重物,但我又惯用右手,所以常会觉得不便。"

"是怎么伤成这样的?"她仔细盯着那两道可怖的疤,一道在掌心,一道在指节处,照着这个推算,应当是被双刃的东西伤着了。

果然,只听他说:"上年道州兵谏,节度使率领麾下于潇水起事,我奉官家之命平叛。那一仗打得很不容易,兜鍪丢了,铠甲松了,手里的兵器也落了地,对方一剑刺来,我躲避不及,只好空手接刃。这伤,是剑身抽拽所致,当时手指没有被割断,已经是万幸了。战后治了很久,也不过恢复了六七分,其实我情愿这伤在手背上,丑陋一些,总比半残好。"他说着,轻轻蜷起五指让她看,脸上的忧伤也呼之欲出,垂首落寞道,"正是因为伤得很重,官家封赏了王爵作为安抚,可是我知道,官家心里并不看好我这个儿子,即便我做得再多,表现得再好,官家也都看不见。"

这是他第一次向她袒露内心,正应了李判对他的处境的评价。明妆看他神情沮丧,那种沮丧是装不出来的,她才知道为王为侯,并非她想象中的风光无两。怎么办呢?先安慰他一下吧。

"殿下别这么说,想是官家对你要求高,因此看上去格外严苛,并不是对你有成见,你是他唯一的嫡子啊。"

仪王却不以为意:"什么嫡子庶子……帝王家若是谈嫡庶,江山早就无人传承了。再说我阿娘不得官家喜欢,他们是一对怨偶,彼此间针锋相对,直到我阿娘过世都没有化解。我阿娘弥留时,我曾去找官家,求他过去看看她,可惜……官家去的时候,我阿娘已经走了。我不敢怨恨官家,也不敢奢望爱屋及乌,我能做的只有尽力将一切做到最好,但事与愿违……"他无奈地看了她一眼,"无论我多努力，官家都不认可我。"

他忽然这样剖析内心，明妆有些无所适从，若是拿父母之间的感情来说，自己比他还好一些，至少爹爹全心全意深爱着阿娘。袁家的家世比起易家，高了好几等，袁家祖上曾出过宰辅，易家能与袁家联姻，是祖坟上冒青烟了。爹爹也很知道感恩，常说阿娘是下嫁，他爱妻子的方式简直像是在报恩，所以明妆以为官家与先皇后的感情应当差不多，毕竟原配夫妻，能有什么深仇大恨。可是如今听了仪王的话，才知道至高无上的帝王夫妻，原来如此貌合神离。她倒有些可怜他，他的满腹算计，好像也有了合理的解释。

明妆不能说官家的坏话，只好安慰他："官家还是疼爱殿下的，无论如何，殿下已经是诸皇子中爵位最高的了。"

可他并不满足："般般，我本该更高。"然而多余的话不便再说，他只是温和地告诉她，"有了父母的前车之鉴，我对待自己的婚事尤为慎重，成了亲就是一辈子，绝不会像官家对我母亲一样，你要相信我。"

明妆点头不迭："我当然相信你，今日听你说了这许多，才知道殿下其实很不易。没关系，日后你要是有什么不高兴的事，不要压在心里，一定同我说。我虽不能帮上什么忙，但可以听你发发牢骚。有时候发牢骚很管用，把那些污糟事喊出来，心里就痛快多了。"不过安慰归安慰，必要的话还是要提上一句，她又问，"将来我若是和殿下吵架了，可以搬回易园住吗？"

他认真思忖了一下，最后避重就轻地笑着说："我不会同你吵架的，好不容易娶回来的夫人，不好好疼爱，做什么要吵架？只是般般，有些事我也要与你先说定，你嫁进李家，日后不免要受些约束，我不想让你那么辛苦，但我身份如此，也是没有办法。不过我知道，你是聪明灵巧的姑娘，不管什么事都可以应对得很好，望你像经营易园一样经营仪王府，婚后拿仪王府当自己的家，可以回来小住，但不能经常，毕竟有很多眼睛瞧着呢，我不愿意让人误会咱们感情不好，你能答应我吗？"

第二章

这就是要立规矩了,婚后不能常回来住,仿佛出了阁,娘家路就得断一半,这对明妆来说,显然有些强人所难。

她的不情愿虽没有写在脸上,但他很快窥出端倪,怕她不高兴,笑着说:"我只是随口同你谈一谈自己的想法,你要是不赞同,咱们还可以再议,千万不要因为这个,伤了我们之间的和气。"

明妆不是不知进退的姑娘,她谨记自己的目的,也了解自己的立场,很快就换上笑脸,说:"其实你说得对,王府不是小门小户,殿下有殿下的体面,我也有我的责任。"

她说得仿佛官场上授官任职,到任头一天对上峰表忠心一般,拍着胸脯保证一定能胜任,给上峰定心丸吃,交易下的婚姻也是如此。

仪王满意了,又与她漫谈一些趣事,隔了两盏茶工夫,终于打算告辞,和声道:"官家虽不偏爱我,但上京内外事宜都交给了我,把我忙得脚不沾地,可能会因此慢待你,你不要怪我。像这几日,上四军调守需要督办,人选派来派去又落到我头上，我白天要出城，每日很晚才能回来……你要是想我了，晚间来看看我，我一定会很欢喜的。"

他擅长这样不动声色的小撩拨，明妆毕竟是年轻姑娘，虽然心里什么都明白，但还是不免心慌气短，讪讪地应了声："好，殿下公务要紧，等忙过这阵子，我请你去丰乐楼吃席。"

当然类似这样的话，她对不同的人说过很多遍，这是最常见的送客手法，一说要吃席，就说明访客该走了。

他笑了笑，眼里有股温存的味道，步态缠绵地迈出花厅，见她要跟出来，回身摆了摆手："你昨夜不是没睡好吗？快回去歇着吧，不必相送了。"

她闻言顿住步子，掖手笑道："那我就不与殿下客气了。"说完转头吩咐午盏，"替我送送殿下。"

午盏领命引仪王走向月洞门，明妆目送他走远，那紫色大科绫罗的公服上束着三寸宽的玉带，从背后看上去真是宽肩窄腰，长身玉立。

商妈妈从廊子那头过来，朝门上张望了一眼，问："仪王殿下走了？小娘子在瞧什么？"

明妆这才收回视线，告诉商妈妈："他刚才让我看了手心的伤痕，好粗的两条疤，说是道州兵变时留下的。"

商妈妈叹了口气："人前显贵，人后受罪，这上京遍地的王侯将相，哪个是容易的？就说李判，虽年纪轻轻，封了公爵，但战场上多少次死里逃生才换来这份殊荣，到底也不算赚。不过仪王殿下身娇肉贵，竟也受过伤，倒十分令人意外。"说罢转头打量明妆，笑着问，"小娘子可是心疼了？"

明妆愣了一下，道："我心疼他做什么？"

商妈妈笑道："下月初二下了定，往后就是一家人了，小娘子心疼他也是应当的。"

明妆又细细地品了一下自己先前的感觉，怅然地说："我觉得他有点可怜，但不觉得心疼。当初爹爹戍边，多少次抵御外敌，身上还中过几箭，十几年才得了一个郡公的爵位。反观他，平息一回兵变就当上了王爷，皇子的命相较寻常人已经金贵好多了,还有什么不足的?"

商妈妈心道她这是嘴硬呢,揣着手揶揄道:"那小娘子站在这里,一看就是好半天,究竟是为什么?"

明妆摸了摸额头,说:"没什么,李判回来了吗?"

商妈妈说:"没有,往常这个时辰,人早就在家了,先前我让人去门口问了,到现在也不见他回来。"

想来是知道她今日议亲,有意避开了吧。明妆朝外又望了一眼,心里不免有些惆怅,略微站了站,耷拉着脑袋回卧房去了。

她倒在床上,脑子里思绪万千,还在琢磨和仪王的亲事。听芝圆说,早前她和高安郡王定亲那会儿,大媒登门一回,她就激动得一晚上没睡好,虽然从没想过会和四哥发生什么,甚至在禁中时都没怎么留意过他,但得知两人可能会成为夫妻,便开始大力发掘他身上的好,就连平时看上去蠢呆呆的笑,也透出了三分俏皮七分深邃。

有了芝圆的启蒙,明妆也打起精神应付,可使了半天劲,只看出仪王心机深沉,处境尴尬,由此激发出了一点同情……这也算有了长足进步吧!

她仰在枕上半日,困意逐渐爬上来,还想着梦里的螺蛳精,希望还有再相见的机会,然而很可惜,午后的梦里没有那些怪力乱神,一觉醒来,发现天都暗了,她坐起身叫午盏:"怎么不掌灯?该吃暮食了吧?"

午盏拂开帐幔进来,说:"刚到申时,外头变天了,厨房才开始准备暮食,且没到用饭的时候呢,小娘子饿了吗?"

明妆摇了摇头:"我是想着,到了吃暮食的时候,李判该回来了吧?"

"李判今晚在衙门过夜,先前打发七斗回来禀报,说这两日事忙,控鹤司的班直预备戍守鹤禁,李判忙着调度人手,让家里不必等他。"午盏说罢,将手里的托盘往前递了递,里头端正叠着一条牙绯八达晕锦长裙和一件玉色冰纨相罩的半臂,"小娘子瞧,这是上回在南瓦子宣家衣行订的衣裳,刚才送来了,明日正好可以穿着赴宴,小娘子可要试试?"

明妆意兴阑珊道:"照着身上量的,有什么好试的,又不是第一次采买他家衣裳……午盏,你说李判为什么不回来?这园子还在他的名下,况且他又放了那么多钱在我这里,没道理不回来呀,这里现在是他的家,我们才是借居的人。"

午盏答得一本正经:"可能在李判心里,易园永远是小娘子的,他又不是那种斤斤计较的人,钱给了小娘子,宅子也让给你住,他在哪儿都能打发,加上是真忙,所以干脆不回来了,也没什么奇怪的。"

不奇怪吗?所有人都不觉得奇怪,只有她想不明白,昨夜吃饭时明明没说要去衙门,怎么她送他回去,他中途就想起来了?难道是饭菜不可口,不合他的口味?不对,锦娘的手艺非常好,南菜北菜都很拿手,昨日还是专门照着他的喜好做的,他应当喜欢的呀……还是自己绊了那一下,他伸手搀了她,然后觉得不好意思,所以开始有意躲着她?

明妆越想越不是滋味,掀开盖被下床,对午盏道:"咱们去和乐坊,买几样好吃的果子送过去,正好瞧瞧李判在做什么。"

午盏犹豫地看了看外面,说:"正下雨呢,况且李判未必在衙门,控鹤司在外城还有一个大校场,万一人在校场,或是被同僚邀去宴饮,那小娘子岂不白跑一趟?"

明妆被浇了一桶冷水,终于气馁,扭身坐回床沿上,低着头喃喃自语:"一点小事……何至于呢……"

午盏见她魂不守舍,奇道:"小娘子这是怎么了?起来就神神道道的,不是有哪里不舒服吧?"

明妆没应她,枯坐半晌又站起身走到门前,看外面春雨飒飒,浇绿了院里的芭蕉。

好在时间过起来很快,后来她蜷在床上看了几页书,不多会儿天就暗下来,晚间吃过暮食,对了近来的账册,见一切如常,收拾过后就睡下了。反正芝圆大婚,李判会去随礼,到时候见到他,一定要问一问,自己是不是有哪里做得不好,如果不小心得罪了他,好生赔个礼就是了,用不着刻意不理她吧?

第二日,明妆一起身,推窗往外看,天还是阴沉沉的,随时要下雨。春天总是这样,一旦别扭起来,缠绵下上三四天也不是什么奇事。

据说大婚逢着这样的天气不好,商妈妈打帘进来给她穿衣梳妆,切切地叮嘱她:"今日过了汤府,说话千万要留神些,不能像平常那样随便,更要挑些吉祥话说。譬如这天气,可不能抱怨什么阴冷啊、湿漉漉呀,汤小娘子听了要不高兴的。"

明妆应了,但依旧有些不解:"做什么不能说天气?"

商妈妈道:"出阁下雨,总是不那么顺遂,嘴欠的人说,连老天爷都哭了,能是什么好兆头?"

明妆记下了,今日不提这个就行,但架不住芝圆自己要抱怨,无论如何挑好听的来说,总不会出错的。

一切收拾停当,马车已经在后边的巷子里候着了,明妆带上午盏和赵嬷嬷出门,从界身南巷到安州巷不算太远,因枢密使家今日与高安郡王府结亲,是上京城中的大事,出得阊合门,就见一路张灯结彩,五色彩缎扎成的绣球一直铺排到了汤宅门前。

大门外人来人往,好些小厮婆子站在阶前迎接贵客。易园的马车刚停稳,就有婆子上来接应,喜气洋洋地搀扶明妆下了车,笑道:"小娘子可算来了,里头等了小娘子半晌,快请进吧。"

一行人簇拥着进门,明妆事先交代赵嬷嬷随礼,自己带着午盏上了长廊,老远就见周大娘子从对面过来,扬手招了招:"芝圆问了好几回,说般般怎么还不来。她一个人在房里待着,哪里坐得住,你快替我陪陪她,我前头还有好些事要料理呢。"

明妆"哎"了一声,跟着婆子的引领进了内院,芝圆的小院子已经重新修葺过了,比往日更鲜焕精美。洞开的门扉里,女使忙进忙出,只是不见芝圆。

明妆正要迈进门槛,一旁的小花厅里传来芝圆的喊声:"般般,这里!"

明妆倒纳罕了:"你不在房里坐着,怎么挪到这里来了?"

芝圆提着裙裾出来接她,道:"人来人往的,我不耐烦。一会儿又有这家大娘子、那家小娘子看猴一样来看我,我做什么要让她们看,不如躲到这里清静。"

她穿着大婚的嫁衣,头上插着博鬓,满脑袋珠翠晃动起来叮当作响,明妆上下打量后，不由得感慨："你看着和平时真不一样！"

芝圆听她这样说，托起两条手臂转圈让她欣赏："就这身衣裳，我阿娘让人准备了大半年。还有头上的首饰，你不知道有多沉，简直要把我的脖子压短了。"

"那么早装扮起来做什么？迎亲要到晚上呢！"

芝圆说："装扮起来为了让人看呀，看我这身凤冠霞帔，就得让人知道，我身上已经有诰命了。"

明妆讶然："官家给你封诰了？"

"那当然。"芝圆得意地说，"一般嫁入帝王家，都是婚后入禁中拜见才有封诰，我不一样，我的养母是孙贵妃，贵妃娘娘早就替我讨了封，我现在可是乐平郡夫人了，你说气派不气派？"

"气派！真气派！"明妆由衷地说，"果真朝中有人好做官，你是满上京独一份，难怪那些贵妇贵女都要来结交你。"

芝圆却丧气地看看天，说："就是天公不作美，今日下雨，我阿娘心里不大称意。都说设宴当日下雨，主家必定小气，我们家也不小气啊，怎么遇上这样的天气？"

明妆记得商妈妈的嘱咐，今日一定要说好话，于是搜肠刮肚道："遇水生财，风水上是这么说的。芝圆，你将来一定是个有钱的小妇人。"

芝圆一听，哈哈大笑："有钱的小妇人，我喜欢。"说着拉她在榻上坐下，揭开食盒盖子，里头全是为婚礼筹备的特色小点心，芝圆热络地说，"吃呀，这乳糖槌做得不错，还有这枣锢、酥儿印，味道差不多，不过做得比平时好看。"

好看的东西，对女孩子来说就已经美味了几分。两人坐在月洞窗前吃着茶点，喝着香饮子，明妆看了一眼盛装的芝圆，感慨道："你就要出阁了，将来忙着丈夫孩子，想必顾不上我了。"

芝圆说："不会，你看我阿娘，她的世界里从来不是只有爹爹和我们兄妹。她每月都要抽出几日与好友吃茶、游湖、逛南山寺，小时候我缠着她，让她带上我，她把我撅得老远，只管玩自己的去了。现在想想，这样多好，将来我也要像她一样，到时候来约你，你可不能借着丈夫孩子来推脱，说定了。"

闺中的好友，就算各自有了婚姻，也不会冷落对方。明妆爽快说好，只要她能做到，自己必定是守约的。

芝圆捧着建盏抿上一口，又想起问她家中的事："这两日我忙得很，没有去看你，听说你祖母被夺了诰封，这事真是闻所未闻。"

明妆"嗯"了一声，说："她驳了宰相娘子的面子，消息传入禁中，圣人必是不高兴的。"

芝圆说："也好，当初是仗着你爹爹才封诰的，谁知她那样对你，也算报应。昨日你与仪王的婚事又议了？"说完拿肩顶了顶她，"早前我还说二哥阴阳怪气，谁知你最后竟和他成了？我说过他坏话，你不会记恨我吧？"

"怎么会呢！"明妆正色道，本想掰扯两句友谊天长地久的话，结果一个没忍住，自己笑了出来，"其实我也觉得他那人怪得很，你说得没错。"

所以为什么能成为好友，当然是话能说到一块儿去，顺便臭味相投。芝圆偏头追问道："你与他相处得怎么样？有那么一点惺惺相惜的意思吗？"

明妆摇摇头："人家整日很忙，我没见过他几回，想惜也惜不起来。"

"那你多日不见他，会惦念他吗？会胡思乱想吗？"见她又摇头，芝圆抚着膝盖长叹，"看来你还没喜欢上他，若是喜欢了，半日不见都会牵肠挂肚，坐立难安的。"

牵肠挂肚、坐立难安，就是喜欢？明妆觉得不尽然，这两日自己倒是对李判产生了这样的症候，但她也没有喜欢李判呀，可见这种推断并不准。

两人正闲谈着，忽然听见外面闹哄哄，有人声传过来，一个小尖嗓子咋呼着："新妇在哪里，快让我瞧瞧……"

芝圆垂头丧气道："又来了。"

不一会儿，门被推开，五六个贵妇贵女迈进来，对着芝圆一通评头论足，赞叹着："瞧瞧这通身的气派，难怪贵妃娘娘疼爱！如今又找了个如意郎君，将来一生富贵受用不尽，日后还要请郡王妃多多提携咱们。"

芝圆这人虽一根筋，但要紧时候也会敷衍，虚头巴脑道："大娘子抬爱了，日后彼此帮衬，常来常往才好。"

有人将视线转移到站在一旁的明妆身上,"哟"了一声,道:"这可是密云郡公家的小娘子?真是好俊俏的样貌,难怪外头人人都夸呢!听说小娘子与仪王府议亲了?大媒是宰相夫人吕大娘子?"

明妆尴尬地笑了笑,就算应了。

"这样好,这样好,闺阁朋友将来还是一家子,做什么都有个伴儿。"

有人提起了应宝玥:"应家小娘子不是与翼国公定亲了吗?今日不曾来这里赴宴,想是去郡王府了吧?"

应宝玥爱往男人堆里钻的名声,由来已久,上京的贵妇贵女们都知道。众人提及那样的风云人物,语调里多少带着点鄙夷,毕竟大开大合的结交手段,是良家妇女望尘莫及的。据说当初为了胁迫翼国公,不惜当街"作法",大家得知后暗暗咋舌,果然女人只要豁得出去,城池都攻得下来,别说区区一个少年郎了。

不过报应来得好像快了些,这些人看热闹不嫌事大,趁着正主不在,把探听来的消息大肆宣扬了一通。

"上回清河坊顾家彩帛铺门前的棚子塌了,险些压到一个姑娘,那时翼国公正好经过,顺便施了援手,把人家姑娘救了出来。原来那姑娘是齐安开国伯府的七娘子,得救之后专程登门致谢,一来二去走得近些,这可了不得,触怒了应小娘子,前日在东瓦子和翼国公大吵了一架,手上的胭脂盒子都砸了,洒得满地脂粉,香气飘出去老远,好多人都看见了。"

众人啧啧不断,这算不算夜路走多了,总会遇到鬼?要论手段,一山更比一山高,应小娘子彪悍,若来个柔情似水的,两者一对比,兴许就要分出个伯仲了。

有人问:"翼国公已经与应家定亲了,不知道避嫌吗?"

结果换来一个模棱两可的笑,说:"全上京谁不知道翼国公好脾气,他又不愿意得罪谁,两头都敷衍,两头都难办。"

芝圆听罢,转头看了明妆一眼,到这时才觉得她没有选择翼国公是对的。男人最怕的就是不懂拒绝,今日打跑了一个应宝玥,下回又来一个我见犹怜的小美人,一辈子无休无止地战斗,什么时候是个头?不知现在的应小娘子,是否后悔从明妆手上抢夺了翼国公?

第三章

　　不过总是求仁得仁，应小娘子到现在还没有败绩，对付一个手段不及她老辣的小姑娘，应该不是什么难事。

　　"反正亲都已经定了，还怕煮熟的鸭子飞了不成？那个挨压的姑娘是谁家官眷来着，齐安开国伯家的七娘？开国伯和国公可差了三四等呢，应小娘子堂堂的公府嫡长女，必是不会将人家放在眼里的。"

　　一个穿秋香色褙子的妇人沉吟道："齐安开国伯家的小娘子？我记得他们家上头三个是嫡出，剩下的全是庶出，几个姑娘的亲事有阵子也闹得沸沸扬扬，今日议你家，明日又议他家……想是几个女孩长得都不错，因此眼界比别人高一些。"

　　这一高，就攀搭上当朝皇子，这么看来应小娘子怕是遇上劲敌了，毕竟定亲又不是成婚，就算成了亲，还要防着纳妾和离呢，人家手段要是更高明，没准这亲事还会有动荡。

　　"倒也不必把人家想得那么厉害，报答救命之恩，有些来往不是应当的吗？"还是有人愿意把事情往好处想。

大家交换了下眼色，心直口快的那位当即一笑："难不成还要弄一出以身相许吗？要是照着有教养人家的做法，回禀了家中长辈，该是家主出面酬谢，要一个姑娘家登门入户做什么？一回不够还两回，两回不够又三回，今日送点心，明日送果子，后日就该送香囊帕子了，这事不论换了谁，到底不大欢喜。"

站在应宝玥的立场上，总有人感同身受，当然要是跳出情境，真没有人为那位"豪爽"的应小娘子抱屈。

笑谈间，不过是寻常话题，并不值得过多关注，大家又将注意力集中到明妆身上，问："易小娘子什么时候与仪王殿下过礼？过完礼，转眼就迎亲了，要是赶得及，今年咱们还能讨杯喜酒喝呢。"

明妆不大习惯受人当面议论，只是腼腆地笑了笑，也不知应当怎么应她们的话。

但对于她能嫁入仪王府，大多数人还是艳羡的，仪王是王爵，其余兄弟至多不过郡王，从郡王到王，一字减免，可能就得走上一生。众人又是一番刻意吹捧，说得明妆老大不自在，好在不久又来了一拨人，大多是芝圆外家的表姐妹和汤家族亲姐妹。芝圆有了陪同的人，暂且是顾不上她了，明妆见状，从小院里退出来，让到西边的廊亭里，打发午盏去前面看一看，看李判是否来随礼了。

午盏领命忙往前去了，明妆一个人坐在鹅颈椅上，这廊亭与假山回廊相连，尽头峰回路转，勾勒出一个急弯，若不是熟悉地形的，大约不知道这里别有洞天。也正是因为这里偏僻，能听见一些当面听不见的话，先前听过的嗓音从远处移过来，虽尽力按捺，但还是比旁人高了些许，不无讥诮道："这样身份的人配仪王，上京难道没有正经贵女了？仪王好歹是先皇后所出，怎么在娶妻上头这么随便？再说那个什么易小娘子，脸盘是长得好，心思怕是也如那张脸一样好，你瞧为了能嫁进仪王府，害得家里祖母的诰封都被褫夺了，这要是换了我，可真是羞也羞死了。"

同行的人却另有看法："不是说密云郡公夫妇身故后，易家的人总在打易园的主意吗？好在郡公夫人有成算，临终前将一切托付了检校库，否则易家只怕早就把家业瓜分殆尽了。"

高嗓门的又说："易家这是偷鸡不成蚀把米，原就不是什么显赫门庭，出点儿污糟事，没什么稀奇的。若是易小娘子指头缝里漏一些，让人腥腥嘴，人家没准也就消停了，何至于赔上一个诰命头衔？"

明妆静静地听着，她知道外面有人为她鸣不平，自然就有人各打五十大板，议论她的长短。虽然她的心里早有准备，但亲耳听见那些闲言碎语，难免心潮有起伏，愤懑之余，又觉得无奈，有些事，就算你去解释，别人也未必能认同，与其受这窝囊气憋得满肚子火，不如回敬两句，自己也图个痛快。

于是，她站起身，循着说话声过去，转过一个弯，和那两个背后议论她的人打了个照面。

从天而降总是令人心惊，那个尖嗓门的顿时吓了一跳，脚不由得往后退了半步，可方寸大乱就露馅了，好歹赌一赌，万一对方什么也没听见呢？于是换上一张笑脸，道："易小娘子怎么不在里头陪着新妇？"

明妆道："新妇有人陪，我上外面来转转，恰好听见有人提起我，特来看看，究竟是哪家的贵眷。"说着她上下打量眼前人，"我先前听人唤你盖大娘子，这个姓氏真是少见，满上京怕是没有第二家吧？"

盖大娘子的脸色果然变了，脸上的笑容都有些扭曲，勉力支撑道："我是微末之人，哪里当得小娘子关心。"

明妆浮起一点凉笑，道："大娘子不肯说，我也不强求，回头让人一打听便知晓。"说罢朝廊亭的方向指了指，"二位在园中逛了半日，可要去后面歇一歇？我认了周大娘子做干娘，闭着眼睛也知道园中哪里有风，哪里避光。后面那廊子，我经常会来坐坐，景致好，也比别处清静，唯一一点不足，就是前面的人说什么话，后面听得清清楚楚，要是来了一只老鸹，那定是再也坐不成了，简直能把人聒噪死。"

她话里有话，小刀扎肉，可谓刀刀见血。

之前在内院时，她腼腆又少言，让人以为她只是个不善言辞的小姑娘，身上没有棱角，甚至有人若说了一句半句重话，她听了也就听了。谁知从内院走出来，她却又是另一种截然不同的面貌，说话半点也不含糊，不留神就能把人顶出一块瘀青来。

盖大娘子有点慌神，脸上青一阵白一阵，自己被明妆比作老鸹，实在让人窝囊。她原本是个暴脾气，平时要是有人胆敢这么含沙射影来羞辱她，她早就将对方臭骂一顿来报一箭之仇了，可这回她的理智占了上风，知道一个即将嫁入帝王家的女孩子，不是那样轻易能够得罪的。易家老太太不过拒绝了这门亲事，转头连诰封都被褫夺了，前车之鉴摆在面前，她就是有三个脑袋，也不敢捅那个灰窝子。

说到底，还是怪自己，口无遮拦，一时痛快，惹了这一身骚。现在脸被人打得噼啪响，她连半个屁都不敢放，刚才有多畅快，现在就有多窝囊。只是这小小的女孩，不知怎么竟让人有些畏惧，仿佛那张粉雕玉琢的面貌之下，藏着目眦欲裂的怪物。盖大娘子讪讪地看了同伴一眼，想求她从中斡旋，同伴也正叫苦不迭，唯恐受到牵连，视线一碰，很快就调开了，权当没看见。

盖大娘子没有办法，只好换了话风，低声下气道："小娘子别误会，我断没有诋毁小娘子的意思，不过有些话听得多了，脑子也跟着人转了。譬如贵府老太太夺诰的事，上京城中有不少为之抱憾的，毕竟那么大的年纪，没了命妇的头衔，又被送到老家去了，我们外人看着，难免有些唏嘘。"

这样的以退为进，若是对方蠢笨些，大约会掏心挖肺地澄清，把内情老底都抖搂出来，将来又是一项谈资。可惜面前的姑娘不上套，淡声道："大娘子唏嘘，是觉得吕大娘子在圣人面前夸大其词，还是觉得圣人处置不当，因此要来抱憾？"

盖大娘子一惊："这样大的一顶帽子扣下来，可是要了我的命了，这个玩笑万万开不得，小娘子快饶了我吧。"

明妆冷笑道："大娘子既然知道玩笑开不得，就不该随意对别人的家事指点江山。况且那是禁中传出来的旨意，谁也没办法扭转，总不好学大娘子，跑到圣人面前去唏嘘，你说是不是？"

盖大娘子被她回敬得无话可说，半响，低头福了福："对不住了，我一时糊涂，小娘子别往心里去。"

明妆牵动了下唇角，没有应她的话，见她站在跟前还不离开，便又指了指假山之后:"盖大娘子,还是去后面歇歇脚吧。"

"不不不……"盖大娘子摆手不迭,"我还有别的事要忙,就不坐了。"说完扯扯同伴的衣袖,两人匆忙走开了。

人走了,终于清静了,可是心里还是有些难过,有的人不喜欢你,你就连喘气都是错的。在那些人看来,一个孤苦伶仃的姑娘,就该老老实实听从族亲的话,找一个不怎么起眼的门户嫁了,将来无声无息地活着,活到哪日是哪日,不该爬得那么高,不该有俯瞰的机会,因为不配。一旦你的路径偏离了别人的设想,那么各种各样的闲话就会铺天盖地而来,你堵不住所有人的嘴。

这回看似是胜利了,但这种胜利并没有令她高兴。她长出一口气,转身看向对面的木廊,廊上偶尔有人来往,自己孤身站在这里,不合群,也没有倚仗,忽然觉得下雨的早春,还是阴冷得很啊。

终于盼来了午盏和赵嬷嬷,两人有说有笑地到了明妆面前,午盏道:"李判已经来了,在前头随了礼,这会儿正被同僚拽着饮茶呢。"

明妆心里着急:"他看见你了吗?知道咱们已经来了吗?"

赵嬷嬷说:"早知道了,我送份子钱登账的时候就遇见了李判,他还问小娘子人在哪里呢,不过后院外男不能入,他们另有东边的园子消遣,回头等新妇出门时,大家一齐到前厅,小娘子就能见着他了。"

明妆这才松了口气,只要听说人在,她就放心了。

午盏不由得打趣:"小娘子念李判,从昨日念到今日,可是有话要对李判说?李判不过两晚没回易园罢了,我看小娘子都着急了。"

赵嬷嬷闻言,疑惑地看了明妆一眼,明妆忽然觉得心虚,支吾道:"我拿李判当家里人看待,家里人两夜不回,我着急不是应该的吗?"说完忙摆手道,"好了好了,啰唆这些干什么,咱们还是进去瞧瞧芝圆吧。"

大家又返回小院,赵嬷嬷和午盏与院子里的人相熟,帮着一块儿张罗,明妆则伴在芝圆身旁。新妇在出阁之前还有一些琐碎的事,要吃做姑娘时的最后一碗圆子,最后一餐饭。仆妇源源不断地运进碗盏,明妆接手摆上喜桌,照着礼数,新妇该落两滴泪,以示舍不得娘家,感念爹娘恩情,可芝圆全程笑嘻嘻的,婆子提醒她，她却说："我又嫁得不委屈，为什么要哭？"

于是该有的离愁别绪荡然全无，想来也是，大好的日子，哭哭啼啼就为一个眷恋娘家的名声，娘家离得又这么近，一盏茶工夫就到了，每日在娘家吃饭，晚间回自己府里睡觉，至多来回跑两趟罢了，和没出阁时没什么两样。

饭后，芝圆对明妆说："我一个人哭，满屋子人笑着看我哭，那我成什么了？我就要笑，笑得比谁都大声，将来的日子，也一定要过得比她们都好。"

明妆握了握她的手："郡王是个靠得住的人，你们一定会夫妻和顺、恩爱到老的。"

因是行昏礼，下半晌来的人比上半晌更多。像袁家的姑娘们，就是下半晌随家里人一道来的，进门热闹寒暄，女孩子们眼看都出阁在即，静言已经与宣徽南院柴家定了亲，静好也正式开始说合亲事了，闺阁中的聚会越来越少，难得碰一次面，基本都是在这样的场合。

小院里的人多起来，明妆和静好退到僻静处，坐在窗前喝香饮子。窗外籁籁下着雨，偶尔有风吹进来，静好今日倒是万分肃穆的样子，看了明妆一眼，悄声说："我告诉你一个小秘密，其实我曾偷偷喜欢过鹤卿。"

明妆吃了一惊："鹤卿？你既喜欢他，怎么不和外祖母说？现在你们都没定亲，还来得及呀。"

静好却摇头："我同我阿娘提过，阿娘也曾托人打探，但汤家一直没有消息，就知道这事不能成了。前两日，定襄侯家来人，和祖母说起侯府六郎，我看祖母好像很满意，这门婚事八成是要定下了。"说罢笑了笑，"定襄侯家能来提亲，我也是沾了你的光，否则咱们这样的人家，怕是和王侯沾不上边。"

明妆听了，不由寥寥一笑，这上京的儿女亲事，到最后无非看门第、看关系。

"不过鹤卿哥哥一直不愿意结亲，这件事我也想不明白。"

静好听了，四下打量一圈，这才探过脖子和明妆咬耳朵："他心里恋着一个人，想来没敢和家里人说，你猜这人是谁？"

明妆一脸纳罕："汤家这样的门第，还有不敢说的亲事？他喜欢什么人？难道是禁中的公主？"

第三章

静好说不是,故作神秘半天,才吸了口气道:"是颖国公家的信阳县主。"

明妆猛然想起来,梅园那日吃曲水席,坐在上首的那位端方美人,满身富贵气度,在场的贵女在她面前无一不宾服。明妆当时就觉得这位县主不一般,如今听静好这么说,才明白鹤卿初二那日的搪塞,只说"以后告诉你",想是心里也没底。

明妆想了想,道:"枢密使府虽没有爵位,但官职不低,与颖国公府也不算太悬殊,为什么不敢提?"

静好说:"你不知道,两家以前有过节,汤枢使的弟弟和颖国公小舅子起了争执,被打瘸了一条腿。那时候,颖国公登门求汤枢使高抬贵手,汤枢使没有答应,颖国公的小舅子就被流放岭南了,你想想,这样的渊源,还能结亲吗?"

"哦……"明妆叹息,"鹤卿真是挑了一条难走的路,县主怕是也开始说合亲事了,两下里一错过,最后苦恋一辈子,想想也可怜。"

明妆与表姐闲坐,聊一些秘闻趣事,倒是很容易打发时间。静姝年后已经出阁了,据说在光禄卿家过得很好,公婆都是通情达理的人,只是和妯娌之间算不上和睦,那也不打紧,反正各院过各院的日子。静言和柴家四郎见过面了,说那四郎生得好雄伟,往那里一站,像座小山。

闲话间,天色慢慢暗下来,满园都掌起了灯,终于听见人声喧哗起来,有人在喊:"易小娘子呢?易小娘子在哪儿?"

明妆忙提裙跑过去,喜娘托着一只红漆扇盒站在芝圆座旁,含笑说:"新妇已经拜过家堂祖宗,时候快到了,劳烦小娘子在这里候着。"

然后便听见外面一重重传话进来,高呼着"令月嘉辰,吉时已到"。喜娘打开盒盖,彩缎间卧着一把喜鹊登枝团扇,明妆在金盆里净手,将团扇取出来,交到芝圆手上。接下来新妇就不见宾客了,移到行障后坐定,等着新郎来迎娶。

不久,有闹哄哄的笑声传来,是新郎率着傧相们进来了,一行锦衣的男子,手里捧着花瓶、蜡烛、香球、妆盒等,算得上是上京最耀眼的傧相阵容,个个出身不凡,个个器宇轩昂。

明妆一眼便看见了队伍中的仪王,平时很庄重的人,今日却随众在发髻上插了一朵花。他的视线与明妆相撞，孩子气地咧出一个笑来，明妆看他那模样，不由失笑，在外人眼里也算郎情妾意吧。

然而有另一道目光投来，没来由地让她心头一跳。她朝对面的人群望过去，李判就站在那里，沉默着，脸上没有什么表情，但目光依依，要将人含进眼里似的。一瞬间，好像所有人的面目都模糊了，灯火辉煌下只余一个李判。

新郎和傧相走过去，到行障前行奠雁礼，众人的注意力都被吸引，明妆脚下却挪不动步子，无言与李判对望。

天上细雨霏霏，迎面扑来，水雾一样。不知什么缘故，她觉得有点委屈，有点心酸，想问问他为什么这两日不回来，然而这样的场合又不能莽撞，只好朝着停放马车的后巷递个眼色，示意他宴后等一等，自己有话要对他说。

第四章

  不知他看懂了没有，那眉宇轻轻蹙了下，好像有些费思量。明妆心里着急，碍于人多眼杂，不好跨过中路去交代他。好在他脑子好用，很快便从她的眼神中窥出隐喻，于是神情变得缓和了些，点点头，表示已经明白了。
  明白了就好，想想还懊丧呢，她实在想不通，做什么他连着两夜没有回来，自己还要主动给他递眼色，明明自己心里有气，见了他倒发不出来了。他还像没事人一样，八成也难以想象，一个小女孩拧巴起来，是何等不可理喻。
  静好没有察觉她的异样，只管拽着她往前走："快，瞧瞧去。"
  大雁飞过行障，被鹤卿和几个堂兄弟一把扑住，大家七手八脚地拿红罗将雁困住，鹤卿使出打猎时的本事，一根五色丝缠得飞快，把雁嘴裹起来，等着明日新郎家送礼来赎回，再送去野外放生。
  新妇拿纨扇遮面，袅袅婷婷地被新郎从行障中接出来，明妆看着多年的玩伴，恍惚觉得有些陌生，果真成了亲，好像一切都变了，一切都是新的开始。
  迎亲的队伍耽搁不了太久，这边行完奠雁礼，女家拿出美酒来款待傧相和随行的人员，那边门外的乐官已经催促起来。

克择官立在门前报时辰，请新妇出屋登车，汤淳的妾侍搀扶芝圆迈出门槛，将一包装着五谷的锦囊交到她手上，喜兴道："愿小娘子钱粮满仓，富贵吉祥。"

芝圆退后一步，屈膝微微一福，禁中派来的女官上前把人引上龙虎舆，放下帘幔。这时乐声四起，挑着灯笼的迎亲队伍行动起来，缓慢而浩大地往巷口方向去了。

周大娘子目送车队走远，一个劲地抹泪，自小没有养在身边的女儿，回来不过一年半载又嫁进了李家，自己一个亲生母亲，弄得像局外人一样，想想真不是滋味。但今日的眼泪里不该有委屈，该感念皇恩浩荡，毕竟芝圆那样的糊涂孩子，一下就成了郡王府的当家主母，甚至还未拜见姑舅便特赏诰封，如此的厚爱，还求什么呢？

明妆上前搀着周大娘子，温声说："阿姐会过得很好，干娘放心吧。"

周大娘子抚了抚她的手背，轻叹一口气，却什么话都没说。

汤枢使心里虽不是滋味，但很快便振作起来，笑着大声招呼："到了开席的时候了，诸位亲朋好友快快入席吧。"

周大娘子招来女使，把明妆交代给她，让她给小娘子们找些熟络的宾客同桌，免得吃不好筵席，说完又嘱咐明妆："三日之后芝圆回门，你要是得闲，一定过来聚一聚。"

明妆应了，和静言、静好一起跟着女使去了设宴的厅房。

汤府的宴席由四司六局承办，菜色自不用说，连室内的隆盛花篮也半点不含糊，处处装点精美，将这喜宴烘托得十分气派。设宴的大厅里，摆着十来张大长桌，每桌之间用屏风半遮，形成一个个独立的小厅，一般都是相熟的人同坐，大家说笑自然，不会拘谨。

明妆一行人跟着女使往前，原本是要去寻袁家长辈的，不想中途听见有人唤明娘子，定睛一瞧，竟是吕大娘子。

吕大娘子很热络，招手道："快来，这儿还有几个座。"

宰相娘子是臣僚中一等的大娘子，同桌的尽是参知政事等高官家眷，有心把明妆带上，就是为了替她引荐，为她将来融入贵妇圈子打好基础。

三姐妹都有些赧然，见盛情相邀，便欠身福了福方落座。

在座的贵妇大多已经知道明妆与仪王的亲事了，对她很客气，席上也处处照应，不时来攀谈两句，也和风细雨的，绝没有盖大娘子那样尖酸刻薄。

"先前瞧见殿下了？"吕大娘子取了一盏滴酥放在明妆面前，笑着说，"我看他捧着个花瓶，一副喜气洋洋的模样。今日是四哥娶亲，来日轮到他自己，不知怎么高兴呢。"

明妆抿唇笑了笑，说："先前打了个照面，没有说上话。他这阵子忙得很，难得抽出空来参加婚宴，自然是欢喜的。"

吕大娘子点了点头："前日我入禁中复命，圣人说了，等下月初二过了定，一定要见一见你。"

明妆闻言，心头微微颤抖起来，自己一直盼望的就是这一天。以前她想为爹爹报仇，可惜连那座皇城的边都摸不着，更别说深藏其中的弥光了。但当她能进去时，便多了很多机会，就算没有仪王，自己也能想办法让弥光为爹爹偿命。

虽然她心念坚定，但面上还是怯怯的小姑娘，道："我没有进过宫，怕行差踏错，惹得圣人不高兴。"

吕大娘子倒对她生出许多怜悯来，可怜一位郡公之女，若是母亲还在，多少也能跟着出入几次宫闱，哪里像现在这样，不得宫门而入，当即道："不怕，到时候我陪着你一块儿去。圣人很和善，从来不搭架子，她生了两位公主，尤其喜欢女孩。像小娘子这样温婉娴静的，圣人必定更加爱重，只要能得圣人欢喜，小娘子便又加了一重保障。"说着矮下声音，偏头凑到明妆耳边叮嘱她，"男人在外公干忙碌，其实咱们女人在后宅，更需好好地经营。家业、人脉、大事小情，全压在咱们身上，对下治家要严谨，对上也要善于逢迎。尤其殿下这样的身份，与常人还不一样，小娘子身上的担子重得很呢，若是能赢得官家与圣人的喜欢，你想想，对殿下是何等的助益，小娘子可明白？"

要是换作旁人，吕大娘子是绝对不会说这些的，但既然她给他们保了大媒，圣人也很看重他们，就眼下的情况看来，与他们亲近一些，应当没有坏处。加之这些话，看似贴心，实则也是口水话，像易小娘子这样能够支撑家业三年不败的姑娘，自然懂得其中的道理。

果然，明妆道了声是，说："多谢大娘子提点，我记在心上了。"

吕大娘子笑着颔首，朝大家举了举杯："来来，咱们先喝一盏，恭贺郡王与夫人大婚，也给咱们易小娘子道个喜。"

明妆推脱不过去，这种时候说不会饮酒，只会扫了大家的兴，唯有硬着头皮喝下去。

婚宴的喜酒，虽是给女眷准备的，但不似家里的雪花娘，连喝五六杯都不会醉，这里的酒入口很辛辣，从喉头滚下去，一路火烧一样。明妆酒量实在不济，自己也要审慎些，后来再有人劝酒，便小小地抿上一口，就算回礼了。

大家说说笑笑，席上又有人问起静言和静好的亲事，上京的贵妇们消息一向很灵通，已经听说了静好要与侯府结亲。至于静言说合的柴家，虽没有爵位，却是实打实的肥缺。宣徽院分南北两院，总领内诸司及三班内侍之籍，郊祀、朝会、宴飨供帐之仪，且南院资望优于北院，曾几何时，朝中外戚想借着裙带关系任职，都被言官狠狠弹劾了，因此能当上宣徽南院使的都不是寻常人，静言能够嫁进柴家，实在可以说是极实惠的一门好亲事。

"还是袁老夫人教得好，几位小娘子都识大体，有涵养，这样的姑娘是香饽饽，有儿子的人家不得抢着要定亲吗？"

吕大娘子唯恐明妆想起易家的尴尬，立时替她周全，笑道："我常听说小娘子与外家亲厚，所以议亲的事，我宁愿和袁老夫人商议。日后大婚事宜，袁家必定会过问的，到时候周大娘子也不会坐视不理，小娘子可以放一百二十个心。"

正说着，周大娘子端着酒盏进来，万分感激地说："今日小女出阁，承蒙诸位夫人与小娘子们赏脸，来赴咱们家的宴席。因客来客往，难免疏忽，若有不周之处还望见谅。来，我敬各位一杯……"说着把酒盏往前举了举，"待忙完这阵子，咱们私下再约日子，请大家上晴窗记喝茶赏景，补了我今日的慢待。"

于是众人站起身回敬，明妆没有办法，只好又直着嗓子灌了一杯，两杯酒下肚，三魂七魄简直要出窍，她勉强定住神，心想接下来可再不能喝了。

第四章

好不容易等到宴会结束,她走路有些打飘,赵嬷嬷见她这样,忙让午盏把人送上马车,自己去同周大娘子说一声,这就带着小娘子先回去了。

从汤宅后角门退出来,就是停放马车的巷子,赵嬷嬷正要把脚踏放回车后,抬头见李宣凛打着伞从巷口过来,忙顿住步子问:"李判也吃完席了?"

车内很快传出明妆的嗓音:"李判在哪里?"

不一会儿,午盏从车上下来,讪讪地对李宣凛道:"李判,小娘子让你上车呢。"

大家面面相觑,气氛有点诡异,一个喝醉的人,办事果然不合常理。

李宣凛正犹豫不决,却听车厢被敲得笃笃作响,大着舌头的人很认真地叩门道:"请问,庆……公爷在家吗?"

赵嬷嬷和午盏耷拉着眉眼看着他,赵嬷嬷道:"小娘子今日喝了两杯酒,好像有些糊涂了,要不李判上去瞧瞧?"

汤宅里陆续有宾客告辞,动静太大会引人注意,好在正下着雨,各自都打着伞,挡住了半截身子,他没有再犹豫,踩着脚凳登上马车,很快掩上车门。

"走。"他朝外吩咐了一声。

小厮赶着马车跑动起来,赵嬷嬷和午盏便一路扶车前行。

车内吊着小小的灯,他看见她脸颊酡红,两眼也迷离,正要让她闭眼休息一会儿,却听她忽然问:"你做什么不回家?"

他微怔了下,为什么不回家……因为他在逃避,他很怕面对自己的内心,也很怕见到她。原来人的精神可以那样脆弱,当他知道无能为力的时候,除了远远躲开,不去触碰,再没有别的办法。

她还在眼巴巴地看着他,等他一个回答,他只好勉强应付:"我职上很忙,这两日顾不上回去……"

"有多忙?"她不屑地说,"爹爹那时候筹备出征打仗,也每日回来呀,上京又不用打仗,你怎么那么忙!"她不满地嘀咕半晌,见他无言以对才罢休,又切切地叮嘱,"以后要回家,知道吗?你不回家,我晚上都睡不好……你看我的眼睛……"说着她凑近他,仰着一张绣面让他细看,指指眼下问,"有青影,是不是?你都不懂!"说完又叹气,"你一点都不懂!"

他见她这样，若说内心没有震撼，除非他是死人。

她嫌他不懂，难道她也有困惑吗？是不是她某些时候也会有小触动，那些触动直击灵魂，所以她困惑不解，所以她耿耿于怀，所以她会派女使出来探他有没有赴宴，先前的奠雁礼上，才会那样迫不及待地向他示意后巷再见。

老天爷，是他想多了吗？他在一连串的心潮澎湃后，又忽然觉得气馁，暗暗苦笑不迭，自己想了千千万，挣扎彷徨不知所措，其实一切都是因为她还依恋他。她没有爹娘，没有靠山，在她心里，自己是兄长一样的存在，无关其他。他这是做什么呢？一个人胡思乱想，把自己想得寝食难安，而她，像天黑该收衣裳一样，不过是本能罢了。

小小的车厢内，他们并肩坐在一起，她身上有酒香，那香气让人产生微醺的晕眩。路有不平坦，马车颠簸一下，她就像杨柳一样随风摇摆，肩头碰撞他的手臂，畅快地打上一个酒嗝。

见他长久不说话，她又皱了皱眉，舌头打结，气势却不减："哎，难道我还不够诚恳吗？还是你想逼我求你啊？"

他无奈，却又不好应她，只道："我不便再住回去了，等过两日得闲，把房契重新归还小娘子名下……"

话还没说完，就被她截断了，她气恼地一挥手："别和我说这个，我就想让李判回家，你长篇大论……啰里吧唆……喋喋不休，真烦！"

他究竟和一个醉鬼掰扯什么呢？万事顺着她的意思，就没有那么多的纠结了。李宣凛道："好，我往后日日回来。"

她满意了，摇摇晃晃地说："我有些坐不住了，靠着你，好吧？"

他心头一趔趄，不知道应该怎么回答她，她好像并没有指望他会答应，自顾自地靠在他肩头，然后梦呓般喃喃道："这酒喝多了，像做神仙一样……"

他却僵着身子不敢动，怕有一点偏移，她就会从肩上滚落下来。

小小的姑娘，没有多少分量，却又奇异地重如万钧，压得人喘不过气来。他现在是真的进退两难，战场上懂得排兵布阵，但一身的能耐，到了这里竟无能为力，他已经掌控不了大局了。他知道不应该，但思绪难以操控，这两日，他住在衙门,整夜怪梦连连,好像得了一场大病,病得除了溃逃,没有任何自救的办法。

明妆心里倒是很满足,李判在身边,就像她的大山又回来了,只是酒后昏昏欲睡,找不到一个舒服的支点安放她那颗脑袋,前仰后合觉得不稳当,嘴里嘀咕着:"我搂着你,好吧?"说着手已经穿过他的腋下,把他的胳膊紧紧抱住了。

全然醉了吗?其实还有一点清醒,脸上热烘烘,但心里踏实笃定。近来不知怎么,她很是渴望与李判亲近,就像年幼时常常想让阿娘抱抱,那种感觉有瘾……她是孤独得太久了吧,一定是这样的。家里明明也有至亲的人,两位小娘,商妈妈、赵嬷嬷,还有午盏她们……但就是不一样,她们是她的责任,不是她的依靠。她有时候也觉得累,过去三年咬牙挺着,李判回来了,她就变得懈怠了,想挨在他身边,万一天塌下来,他应该能帮她顶住。就像现在这样,她紧紧搂着他,去他的男女有别,反正没人看见。

困意一点点漫溢,脑子也越来越糊涂,有好几回险些滑落,她赶紧手忙脚乱地重新挂住……李判的胳膊真是坚实可靠,隔着薄薄的春衣,能感受到底下旺盛的生命力。

然而那个被她依靠的人,却如坐针毡。她很热,像一团火,自己的胳膊落入她怀里,几乎要燃烧起来。他鲜明地感觉到,一个姑娘的胸怀是何等滚烫,偶尔一点若有似无的接触,让他浑身僵直,连呼吸都窒住了。某些感觉开始萌芽,蠢蠢欲动,他几乎要控制不住自己,人像悬在半空中,神思飘荡起来,他是二十五岁的男人,知道那是什么。

一瞬间,他羞愧、悔恨、无地自容,大将军这样信任他,把仅剩的血脉托付给他,他却生出不该有的邪念,他该上大将军灵前以死谢罪。

可以把她推开吗?他尝试过了,想把胳膊抽出来,结果她却揽得更紧……汹涌的血潮霎时拍打向他的耳膜,他只有咬紧牙关,才能止住心的颤抖。他忽然又觉得恐惧,自己怎么会变得如此失控,如此不分场合。若不是怕惊扰了她,他真想扇自己一巴掌,这满脑子的绮思究竟从何而起,自己还是不是人!

可惜她对一切浑然不知,甚至嘟囔起来:"我躺下好吗?"说着就要向他的大腿倾倒。

他一惊，慌忙把她搀住，尽量控制好语调，温声道："小娘子等等，我去把赵嬷嬷唤来。"

她勉强睁开眼，甚是不悦："你又要走？"

悬挂的小灯笼不知怎么灯芯一跳，忽然熄灭了，小小的空间陷入巨大的黑暗，黑暗会滋生出很多东西，比如妄念，比如痴狂。

咚咚……心跳得愈发激烈，视线被切断了，听觉便更加敏锐，他能听见她的每一次呼吸，甚至能听见她缓缓的动作，衣料发出的摩擦声。她的手在黑暗中摸索，想找到一个合适的姿势来依靠，好像百般不能舒心，慢慢把手攀过他的脖颈，挂在另一边肩颈，孩子般发出不满的啼泣："我想睡觉……"

他无可奈何，只好转身搂住她，让她靠在自己怀里。也许是心跳太急，吵着她了，她傻傻地问："你怕黑吗？"

他没有说话，微微收紧手臂，那不是让她借靠，是拥抱。

很多话到了嘴边，却没有力气说出来，怕一时莽撞，断送了以后，她如果知道他的龌龊心思，又会怎么看待他？所以不要说，什么都不要说，趁着她还糊涂，趁着她看不见他的面红耳赤，就算是老天赏了他一时的得意也好，他知道这些都是偷来的。

她领上有清幽的栀子香，伴着一点脂粉的味道，是女孩子独有的甜腻。

车外雨声大作，赵嬷嬷和午盏终于坐进了另一辆马车。他开始期望路更漫长些，走得更久一些，这样的夜晚不会再有了，自己的那点心思，也会消散在漫天的冷雨里，不会有人发现。

第五章

　　就这样保持着抱姿,明妆居然真能睡着,不久就听见她气息咻咻,酣睡得像孩子一样,剩下李宣凛独自怅然。其实从头至尾只有他一个人在苦恼,苦恼她究竟对他是怎样的一种感情,苦恼自己因爱生欲的那点不堪。

　　他逐渐平静下来,年轻的悸动散去,他抬手轻抚了抚她的脊背,不掺杂任何俗世的欲念,像家人那样,满心都是怜惜之情。他的想法一直很简单,只要她好好的,自己护她一路周全,就对得起大将军夫妇了。只是他也有恍神的时候,也有信念动荡、谋求私利的时候,好在还能醒悟,还能及时抽身,至少不去动用她对他的信任,卑鄙地试图将她占为己有。

　　李宣凛慢慢松开臂膀,心一点点冷硬下来,知道不应该再眷恋了。御街上的灯亭燃着蜡烛,随马车前行一路倒退,渐渐变得疏朗,不久拐上界身南巷,车内的光线又暗下来,很快两盏高悬的灯笼透过车窗煌煌照耀,终于到了。

　　他听见婆子搬动脚凳,放在车旁,于是轻声唤明妆:"小娘子醒醒,到家了。"

　　明妆勉强睁开眼,车门打开,赵嬷嬷撩起门帘向内询问:"小娘子可能自己下车？"

　　自己下车好像有点难，她嘴里说好，脚下却拌蒜。最后还是他先下马车，在下面张着臂膀迎接，她几乎没有任何犹豫，歪歪斜斜就跳了下去。

　　赵嬷嬷和候在门上的商妈妈交换了眼色，但又不好说什么。商妈妈在小娘子落地之后赶忙上前接手，笑道："今日小娘子又耍孩子脾气了，李判千万别放在心上。后头的事就交给我们吧，你也忙了好几日，快些回去洗漱洗漱，早早歇下吧。"

　　她们搀着人进了大门，李宣凛站在那里，若说先前一直没有深切的体会，到这时，她身边的人开始对他起了防备，他才鲜明地意识到，有些事在潜移默化地发生转变，或许自己在她们心中，再也不是那个可堪依托的人了。

　　七斗见他怅然立在那里，上前轻轻唤道："公子，快回去歇着吧，明早还要上朝。"

　　他听后回过神来，重新挺直脊背，转身往跨院去了。

　　那厢，商妈妈将人安顿在床上，看看这烂醉的样子，真是愁煞了人："究竟喝了多少，怎么醉成这样？"说完替她脱了罩衣，接过午盏递来的帕子仔细给她擦拭。

　　午盏道："也没喝多少，前前后后三杯罢了。我们小娘子的酒量是真不济，我看袁家二娘子和三娘子喝了总有七八盏，一个都没上脸，人家喝酒像喝水似的，只我们小娘子，三杯就倒，往后怕是要滴酒不沾了，否则可得闹笑话。"

　　说起笑话，赵嬷嬷看了午盏一眼，有些话不大好说，勉强等商妈妈替明妆擦完身子，暗暗招了两下手，挤眉弄眼地说："来。"

　　商妈妈迟迟跟过来，两人让到僻静处，商妈妈问："怎么了？"

　　赵嬷嬷抚胸道："有件事我憋在心里半天，总觉得不大对劲。你瞧我们小娘子，可是有些过于依赖李判了？这两日李判不曾回来，我看她蔫蔫的，整天没什么精神，今日喝醉了把午盏撑下车，非要李判上去……孤男寡女的，虽都坦坦荡荡，但终归说不过去。其实若是不与仪王殿下议亲，李判倒是很好的人选，他那样大仁大义的品格，何愁将来小娘子过得不和美？可如今不是已经把亲事说定了吗？"

家中长辈答应,宰相娘子也回了圣人,小娘子再同李判走得太近,终归不合适。"

商妈妈也呆呆的,搓着手道:"他们年少时就认得,交情非比寻常……"言罢,想起刚才李判伸手接小娘子那一下,心里也开始彷徨,犹豫地看了看赵嬷嬷,"要不明日你与小娘子说说?"

赵嬷嬷为难起来:"小娘子是你奶大的,你们更亲近,自然应该由你来说。你可万万不要推脱,我是陪着出门的,和你自是没法比。"

商妈妈没办法,想想到底是为小娘子好,也没了二话。

第二日,待得辰时前后,终于听见里间有动静,明妆拖着长腔叫妈妈,她忙进去察看,温声道:"小娘子醒了?昨夜吃醉了酒,今日有没有哪里不舒服?"

明妆说没有,朝外看了看:"还在下雨吗?"

商妈妈说:"昨晚下了一夜,今早已经停了。小娘子可要起身?我让午盏把衣裳送进来。"

明妆却摇头,又缩回被窝里,懒懒道:"不起来,再睡一会儿。"

今日是单日,她知道李判大概已经上朝去了,也不用多此一问,只是想着他中晌会不会回来。昨天自己喝得浑浑噩噩,说了什么话已经记不清了,只记得自己很困,想睡在他大腿上,结果没能成功,被他一手架住了。

她冥思苦想,想不明白自己到底在琢磨什么,为什么想睡在他大腿上?醉时一切合乎常理,醒后一想五雷轰顶,她觉得自己大概是疯了,就算交情再深,也经不住她这么磋磨。

她愁眉苦脸,侧过身子把手垫在颊下,两眼空洞地望向半垂的竹帘,那模样看得商妈妈一阵忧心。

商妈妈摆手让内寝的女使都退下,坐上床沿,温和地唤道:"小娘子,妈妈有几句话想同你说,你可愿意听一听?"

明妆收回视线,"嗯"了一声,道:"妈妈有什么话,只管说吧。"

"倒也不是为旁的,就想聊一聊你的婚事。"商妈妈含蓄道,"小娘子已经决定和仪王殿下定亲了吗?要是还未决定,可以好好想想,究竟自己心里更喜欢谁,哪一个是你可以依附终身的人。依着我的意思,仪王殿下虽好,但到底不是知根知底的，小娘子嫁了他，虽有荣华富贵，但高门大户水深得很，小娘子将来能够应付吗？若是心里还犹豫，不如趁早婉拒，换一个可靠的郎子，安安稳稳过一辈子，岂不是更好吗？"

商妈妈没有直接点出李判，但如果她当真对李判有心，就应该明白自己的言下之意。

果然，明妆调转视线，怔怔地望向商妈妈："妈妈怎么忽然和我说这个？前两日已经交换了信物，妈妈现在却鼓动我反悔吗？"

不知怎么，她有些恼羞成怒，但至于为什么会这样，自己也说不上来。

她依稀记得，昨晚李判好像抱过她，自己虽然醉了，但那种感觉能够回忆起来，如果说花园里绊倒那一下是水，那么昨晚便是烈酒，既辛辣，又回甘。可是她不敢想，在她看来，李判这种人可以生死相托，但不能拿儿女私情亵渎，他也不会喜欢她这种累赘的小女孩，所以商妈妈的话经不得推敲，她上哪里去找一个知根知底、安稳可靠的郎子？就算有，也不能助她走入禁中，婚姻和爹爹的仇，究竟孰轻孰重？

商妈妈见她脸色微变，不由得噎了一下："小娘子，我不是这个意思……"

一个近身侍奉的人，在她眼里长辈一样的乳母，忽然因她的不悦而惶恐局促起来，明妆顿时有些后悔，忙换了个语调说："妈妈，我知道你是为我好，若阿娘还活着，一定也是这样劝我。可是……和皇子结亲不是儿戏，今日答应，明日反悔，叫人怎么看我呢？"说罢她笑了笑，"我知道你们在想什么，都觉得我应当嫁给李判，对不对？我昨晚是吃醉了酒，做事出格了，自己也在反省呢。回头等李判回来，我当面向他致歉，请他原谅我昨晚的鲁莽，这事就算过去了。"

她说得很坦荡，没有半点犹豫为难，商妈妈觉得自己可能真的多虑了，又露出笑脸道："小娘子心里有成算，我就放心了。哎呀，我也是杞人忧天，不知担心那些做什么！好了好了，小娘子再睡个回笼觉，锦娘正在蒸栗子糕呢，等出锅了我来叫你。"一面说，一面替她掖了掖被子，从内寝退了出去。

明妆长出一口气，心里沉甸甸的，闹了好半天，她觉得自己应当有那么一丝丝喜欢李判，至于从什么时候开始，也许就从他每年为爹爹祭扫开始吧。虽然那时两人并不亲近,每年也只写一封信,但感激日久变成喜欢,也不是不可能。后来他立下军功,封了公爵,在宣德门前对她长揖,她也没想到他会这样念旧情,若是一早知道,自己应当不会与仪王做那个交易。现在是骑虎难下了,就算不和仪王定亲,也不能与李判有纠葛,万一仪王调转枪头,联合弥光陷害李判,那怎么得了?况且那日她问李判,要不要继续与仪王定亲,李判是赞同的。命运逐步推进到这里,她已经不能回头了,既然如此,就心无旁骛地走下去吧,那点不为人知的小情小爱不重要,自己知道就行了。

反正心情不好,她又蒙着被子睡了一个时辰,等醒来时,已经快到晌午了。家里没有长辈,不需要晨昏定省,睡到几时是几时,明妆起身,收拾停当用午饭,其实她时刻都在等着外面传消息进来,可惜李判还是没有回来。

下半晌,袁家来人了,是两位舅母带着将来陪嫁的礼单,特意送来给她过目。

大舅母萧氏指着册子上登记的物件给她看:"这排是老太太预备的,这排是大舅舅的,这排是二舅舅的……还有这里,是你姨母给你准备的。你仔细看看,看有没有什么遗漏的,好立时填补进去。"

明妆托着礼单,当下五味杂陈:"为我的亲事,让长辈们费了好些心,我怎么过意得去呢?"

二舅母黄氏道:"女孩子出阁,这些东西是必不能少的,到时候一抬抬装点起来,外人看体不体面,全拿妆抬作凭据。老太太说,易家那头是不指望了,咱们自己操持,反倒样样顺心。"

明妆笑了笑:"可是还早呢,下月初二才过礼,不是还有二十来日吗?"

萧氏说:"你不知道,从定亲到迎亲,快的不过个把月而已,人家既已定下亲事,哪有不着急把人迎娶回去的道理?现在不预先筹备起来,到时候时间太赶,唯恐有遗漏。上京那些人的眼睛毒着呢,一个疏忽,就让他们有了谈资。"

明妆颔首,她虽然对婚事本身没有什么期待,但外家的心意不能辜负。她逐样仔细查看,簪花小楷写得清楚,销金裙、珠翠团冠、四时髻花、锦绣被褥……

时光倏忽,翻过一页,忽然便到了四月月头。

新开的那间香水行生意很不错，明妆坐在窗前翻看账册，上月的进项居然超过了车马行。今日有人登门商谈入股，要将上京的店名和格局原封不动地搬到幽州去，在幽州乃至附近的郡县开设挂靠在易园名下的行当。

这事明妆想了好几日，觉得可以一试。上京这里的行市她要垄断，但在外埠开设，却可以造起易家香水行的名望。自己在家收取赁金，每年一百五十贯的进项是白赚的，又不用自己耗费人力物力，这个买卖做得，于是她吩咐管事出面商谈，将一些要规避的风险白纸黑字地写清楚，自己坐在屏风后听着，等字据立下，再送来让她掌眼。

前面的谈话声隐隐约约地传进后阁，人家倒也说得实在："易园的买卖做得大，仪王殿下更是金字招牌，有了这两项，还愁买卖做不好吗？说句真心话，每年一百五十贯的借名金确实不菲，但咱们也是瞧着这两项，贵些就贵些，总是值得的。"

管事笑着寒暄："杨大官人说笑了，上京之外的店任由大官人开，你就是开到西域去，咱们也不管，一百五十贯而已，也算多？"

午盏捧过印泥送到案前，明妆在字据上钤印，不管他们打什么太极，这桩买卖算是已经成了。

明妆枯坐半日，觉得累了，后面的事由管事去办，自己起身重回后院，刚迈上木廊，听见身后传来急急的脚步声，女使上来回话，说公爷回来了，在西边花厅里等着小娘子叙话。

明妆有点恍惚，芝圆大婚那日后，她就没怎么见过李判，听赵嬷嬷说禁中给他说合了亲事，后来他也没在易园过夜，想必相得不错吧，与她无形间也就疏远了。

今日他忽然来见她，应当是为归还易园。她心里有底，便让商妈妈回房把票据取来，以便接下来钱房两讫。不过她赶去见他，心里还是雀跃的，就是那种忍不住的向往，虽然情怯，但依旧有热望。

明妆脚下匆匆地到了花厅前，还未进门就看见他的身影，穿一件曾青的襕袍，侧身站着，一副若有所思的模样。她笑起来，轻快地唤了声"李判"，他听见了，转头看过来，眼中微波一漾，很快浮起一片暖色。

"你今日怎么有空来找我？衙门里不忙吗？"她提着裙子上了台阶，回身吩咐煎雪上茶。

李宣凛却抬手说："不必，茶就不喝了，我来看看小娘子是否有空去一趟检校库，大尹那里我已经说定了，只等过去变更房契。"

是啊，明日要过定了，前事须得厘清。这件事拖了这么长时间，确实是自己拖累他了，于是明妆爽快道："今日就有空，我已经让商妈妈去取卖契了。"

他说好，尽量显得从容些，连目光都要好好控制，不让它在她身上过多停留。

明妆却有点伤心，两人之间不知何时筑起了一堵高墙，他有他要在乎的人了，再不愿意多看她一眼。

她顿时心有不甘，打探道："听说李判也在议亲，议得怎么样了？可决定什么时候过定？"

他怔了一下，颈间喉结滑动，看来这个问题很难回答，好半晌才道："在议，还没打算定下。"

正说合的那家，是荆国大长公主的外孙女，官家开口保媒，算得上是真正的金枝玉叶。但本朝好就好在官家只牵线，不指婚，这样各自都有选择的余地，并不是奉了旨意，便一定要成婚。

明妆虽然心酸，但他要是能聘得一位好妻子，自己也会为他高兴的。像这等身份尊贵的女子，娶进来倒是好事，至少唐大娘子没有胆子欺压，新妇也能过得舒心些。

李宣凛实则没有更进一步的打算，他是个一根筋，走进死胡同里，就很难扭转自己的决心。况且眼下事忙，官家也有册立太子的准备，朝中暗潮涌动，人人自危，这个节骨眼，他哪里有闲心谈什么婚事？所以往后一拖再拖，错过了那些说合的贵女，对他来说没什么可惜，只是在她面前，一些难言的心里话说不出来，以前的坦荡，变成了现在的猥劣，他时刻在自责，却又深陷其中不能自拔……像今日，见她一面暗藏欢喜，而为了这一面，又不知鼓了多少次勇气。好在她什么都没察觉，这样很好，不会对她造成困扰，只要仪王不生狼子野心，她可以安稳一生，尊贵一生，即便不在他身边，也不要紧。

商妈妈很快把东西取来，马车也在门上候着，大家一同去了检校库，换回了房契，明妆也将那十万贯交还给李宣凛。

他捏着交子，竟有些不知怎么处置，蹙眉又往前递了递："还是小娘子继续替我保管吧。"

明妆却不接，笑着说："我不日就定亲了，不能替你保管这样巨额的钱财。李判拿它买宅子吧，最好买得不要太远，我若是想串门，也方便一些。"

再多的话，无从说起，从满心依恋到不得不疏远，其实只需一转身而已。

明妆登上马车，朝他挥了挥手："李判，我回去了。易园虽归还于我，但你得空也要常来看看我啊。"

他深深地望了她一眼，颔首说好。

不过是随口虚应，彼此都知道。

明妆放下车帘，朝外吩咐了一声："走吧。"

马车跑动起来，她没有回头望，心一点点沉下去，唇角再也扬不起来了。

第六章

他目送马车远去,不知怎么,仿佛有什么重要的东西从生命里抽离了,一时人也有些惘然。

七斗见他怔愣,一连唤了好几声公子,说:"官家先前传话,命公子傍晚入禁中,公子别忘了。"

他这才回过神,整顿了下心绪,牵过七斗手里的缰绳,临上马前吩咐了一声:"即日起,去各大牙行打探宅子,先安顿下来再说。"

七斗应了声是,笑道:"小人也这么想来着,总住在衙门也不成。小人回头就让张太美往南瓦子去一趟,那里有全上京最大的牙行,哪里有宅邸出手,哪里有商铺租赁,他们全知道。"说完顿了顿,又追上去问,"公子,找哪个坊院的,有讲究没有?我听说崇明门内大街那块,有西河郡公的宅邸出售,那园子才建成没几年,西河郡公要携全家迁往封地,这宅子打算折变,咱们过去瞧一瞧吧,若是能成,买下来稍稍添置一些东西,就能住进去。"

听他说完,马上的人却沉吟道:"崇明门内大街,远了些。找离界身南巷最近的宅子,就算价钱高些也无妨。"说完打马扬鞭,往御街上去了。

七斗看着随行官护卫他走远,往南张望了一眼,站在检校库广场上就能看见崇明门内大街的牌子。崇明门内大街到易园,至多两炷香,哪里就远了!

七斗嘀嘀咕咕地往停在道旁的马车走去,张太美打量他一眼,道:"又遇上什么难事了?嘴里直倒涎。"

七斗把公子的话复述了一遍,又不屈地回身朝南指了指,道:"你说说,这也算远?"

张太美比起七斗,果然更精于人情世故,"嘁"了一声,道:"你小子,该学的地方多了!你说你这么没眼力的愣头青,公子偏要你跟着,反观我,明明一个大机灵,却用来赶车,真真是大材小用!"他感慨了一番境遇,最后还是给七斗拨开了云雾,"公子说远了,那就是远了,咱们做下人的,照着吩咐办事就对了,有什么好啰唆的?你想想,前阵子公子可是住在易园里的,如今搬出来,门槛外面就算远的了,你倒好,一下子找个两炷香路程的,怎么不上幽州找宅子去?"

七斗眨着眼,愕然地看了张太美半天:"你的意思是……"

"没什么意思。"张太美说,"就顺着易园那一片找,实在找不见,往南,观音院桥那片也未为不可。"

这回七斗明白了,观音院桥附近是戚里,仪王府就在那一片。易小娘子明日就要和仪王定亲了,将来总有出阁的时候,把宅子买在观音院桥,离仪王府近一些,照旧能和易小娘子做街坊。

唉,这么一想,公子真是云天高谊,令人钦佩。七斗朝着他远去的方向望一眼,暮色逐渐蔓延,四月的暮云已经很有夏日风范,一簇簇野火般堆叠着,把皇城上空都填满了。

几乘快骑到了东华门,因鹤禁在左承天祥符门以南,控鹤司与殿前司分管禁中戍守,控鹤司掌东华门及左掖门,余下诸门仍由殿前司掌管。

门上青琐郎上前叉手行礼,唤了声上将军,他微一摆手,将手里马鞭扔给身后的随行官。

禁中无召不得阑入,因此官家早就派了小黄门在左银台门上候着,见他来了,忙快步上来行礼，复退身让到一旁，向宣右门请道："公爷请。"

官家这回在福宁殿，天色将暗不暗，距离掌灯还有一炷香时间，因此偌大的宫殿深处光线晦暗。有风吹进来，垂挂的帐幔飘拂鼓胀，远看像有人立在帐后一样。待风走了，又平息下来，这大殿便显得异常静谧，只听见更漏滴答，发出一点轻微的声响。

官家有召见，在这之前早就屏退了侍立的宫人，只余下弥光一人在殿前伺候。见李宣凛进来，弥光从阴影处走上前，客气地唤一声公爷，道："官家在后阁等着公爷，请公爷随小人来。"

穿过幽深的殿宇，后阁愈发昏暗，只有东边的一扇小窗，照进黄昏的天光。

官家喜欢蘅芜香，阁内每每香气浓郁，伴着这样的天色，莫名有种沧桑的意味。官家在屏风前的官帽椅里坐着，抬了抬眼，示意他坐，隔了好半响才开口道："谏议大夫今日秘奏，说高安郡王借大婚之名，四处结交党羽，大肆收受贿赂。如今他府上门客已有两三百人，长此以往，只怕这社稷就要倾斜了。"

李宣凛听后，不免仔细掂量，斟酌了一下，道："皇子豢养门客，向来是大忌，高安郡王岂能不知这个道理？官家且少安毋躁，这件事还是得从头彻查，若是有人刻意构陷，拿住那个贼人以正视听，也好还郡王一个公道。"

官家却显得疲惫又失望，缓缓摇头："朕有八个儿子，大哥如今被圈禁，三哥一心想当神仙，五哥是个书呆子，余下几个年幼还需历练，只有二哥和四哥能替一替朕的心力。四哥的脾气朕知道，平时喜欢结交朋友，半个糙人还要附庸风雅，若说他养门客，朕并不怀疑。正是因为要供那些人吃喝，收受贿赂便说得通了。"语毕又长叹起来，"朕竟不知哪里做错了，几个年长的儿子一个都不让朕省心，这太子之位，也不知什么时候能放心册立。"

大概因为气闷，官家又咳嗽起来，弥光上前为官家捶背顺气，道："官家别着急，庆公爷来了，总能商量出个办法来。像公爷说的，总是要彻查的，就是这承办的人选还需斟酌，官家何不听一听公爷的意思？"

官家闻言叹息："皇子们一个接一个犯事，朕的脸都快被他们丢光了。谏议大夫早朝后单独奏谏，说得唾沫横飞，雨点子一样射进朕眼里，朕还能说什么？

只好自己擦拭罢了。民间那些做父母的,尚且因管教不好儿子被人说长道短,我们这样的天家,更是要被天下人诟病,叫朕如何不伤心!说实话,朕真的有些怕谏院那些人,一个个张牙舞爪,说话不留半分情面,为立太子一事不知和朕缠斗了多久,如今又弄出这么一桩丑闻,朕更是被他们骂得狗血淋头。还有孙贵妃,哭天抹泪地替四哥说情,朕知道,她是因着芝圆,一心要保全四哥,可娄子已经捅出来了,叫朕怎么办!"说来说去,终究回到了原点,"你说,让谁来负责彻查此事最合适?我想着家丑不可外扬,还是要找个贴心的人,才能把事办好。"

李宣凛思忖道:"臣以为,监察御史何同光是个合适的人选。他是新城长公主的驸马,官家若不想外人插手这件事,还是托付何监察最为妥当。"

官家又是半晌没开口,慢慢停住把玩玉石的手,通常这样的时候,就表明龙颜不悦了。

气氛果然紧张起来,李宣凛察觉了,忙离座揖手:"臣见识浅薄,眼下只想起这个人选,若有妄议之处,还请官家恕罪。"

官家那嗓音仿佛浸透了寒霜,伴君如伴虎,无外乎如此,前一刻还和风细雨,后一刻便让人如临深渊。

"你也知道监察御史是长公主的丈夫,既是外戚,这件事就不该插手。我心里的那个人,其实你已经料到了,不过你有意绕开他,是出于私情,试图保全他,朕猜得可对?"

一旁的弥光顿时洞悉,朝李宣凛看了一眼。

李宣凛的身子俯得更低:"官家明鉴,臣并没有私心,举荐何监察,也实在是因为何监察秉公办事,刚正不阿。"

"秉公办事……"官家冷笑一声,"曾经朕也以为你是个秉公办事的贤臣,如今看来,你也会徇私。你与密云郡公师徒情深,朕知道,所以你处处看顾恩师的女儿,朕也知道。明日二哥就要向易小娘子下聘了,为了保易小娘子平安,你自然想让二哥远离是非,因此弄出个何同光,想把二哥摘出去,是不是这个道理?"

弥光听了,微微抬眼一觑李宣凛,见他低着头。

李宣凛顿了顿,才道:"臣确实有私心,但臣不举荐仪王殿下,也是为着诸皇子的兄弟手足之情。"

官家显然更不愉了："兄弟手足之情，应当拿徇私舞弊来周全吗？他们先是朕的儿子，后是兄弟手足，为朕分忧是他们的分内事，我倒要看看，二哥经过了大哥那件事，是否还有胆量彻查其他兄弟。"

李宣凛只得道是，不敢再说其他，弥光却从中窥出了一点端倪，看来官家这回，是有意要试探仪王了。这一试，其中满含深意，也许就是以此来衡量仪王是否能胜任储君一职，试他是否秉公、是否怕得罪人，甚至是否刻意逢迎。只要过了这一关，想必仪王的前路就要敞亮起来了。弥光紧紧掖起两手，心里松了松，庆幸离日后将养子捧上高位，又近了一步。

官家手里的玉把件又不紧不慢地旋转起来，这时掌灯的宫人列队进来，将这昏暗的后阁点亮了。

"控鹤司那头好好主持，日后朕还有重任要交给你。"官家闭了闭眼，似乎有些不耐烦，微摆了下手，"好了，你退下吧。"

李宣凛道是，长揖之后退出福宁殿，走过一重宫门，宫门便紧紧合上，到了落锁的时候，每个角落都充斥着门轴转动的声响，浩大低沉，像一曲悲壮的挽歌。

宫城正北的拱宸门，闭合稍晚了半分，一个换了便服的小黄门悄悄出来，过了护城河上长桥，对岸有快马牵在一棵歪脖子树下，他解了缰绳，便一路朝仪王府赶去。

王府灯影幢幢，两个侍卫站在门前，哼哈二将一般。小黄门上前，微微抬了抬压低的笠帽，侍卫一见他的脸，什么话都没问，退让到了一旁。

府中管事向内通禀，很快把人带到仪王面前，小黄门将官家的话一字不差地传达上去，语罢又道："弥令的意思是，官家大有可能借助高安郡王的案子来试探殿下。朝野上下，已然有了官家欲册立太子的传闻，殿下这回领命，须得慎之又慎。弥令命小人带话给殿下，官家未必没有另外派遣第二人暗查此事，无论如何，殿下秉公办事就好，官家要看的是殿下的真心。"

仪王明白过来，顿了顿又问："李宣凛也奉召面圣了？"

小黄门说道："是，庆国公极力推举监察御史侦办此案，想是怕殿下卷入其中吧。"

这倒是个好兆头，所以将般般留住，果真能够牵制李宣凛。其实当初自己做这个决定，也有死马当活马医的意思，一则自己在朝中一直与军中有牵连，再与重臣联姻，目的太明显。二则自己与弥光过从甚密，若是娶了易云天的女儿，也可以打消有心之人背后的闲话。

现在进展顺利，大约是阿娘在天上护佑着自己吧！无论如何，爹爹总还是对自己寄予厚望的，八个儿子里，只有他一直被委以重任，这江山有什么道理落到他人手上？

仪王轻舒一口气，颔首道："好，带话给弥令，官家若有任何动向，即刻派人呈报我知晓。"

小黄门道是，长长一揖，复退出书房。

案头灯火摇曳，火光照亮他的眉眼，他没有起身，搁在案上的手缓缓舒张，又紧握起来。多少次的防备试探，或许这是最后一次了，官家的身体每况愈下，这无休无止的父子拉锯也到了该收尾的时候。很奇怪，官家对其他兄弟，好像从来都是慈父，唯独对他，莫名有种奇异的忌惮。譬如当初与桂国公家的亲事，明明已经十拿九稳，却一夜之间风向大变，那个曾经和他青梅竹马的女孩子，转头就嫁了别人，其中难道没有官家的主张吗？他这个没了母亲的孩子，越长大，越发现连父亲都失去了，某种程度上，他其实和般般一样，娶了她，看见另一个自己，所以这门婚事于他来说并不为难。

如果一切尽如他意，留下她也无妨，至于她要的弥光，待得时机成熟，杀了就杀了，反正一个事事谈条件的宦官，留着也没有大用处。

他打开抽屉，里面摆着那方紫色的罗帕，探手取来，细腻的质感在指间蔓延，柔软得像她的皮肤。其实他算得上薄情寡性，他自己何尝不知道？但孤单得太久，也想找个人做伴，如果这人不令他讨厌，还有几分利用价值，那就更好了。现在的自己力量不够，需要借助一些人事，等到了能够主宰天下的时候，大概就对她没有所求了，届时未必不能好好过日子。

好好过日子，多简单却又难以企及的字眼，出身使然，处境使然，让他没有机会像个普通人那样谈婚论嫁，即便要成婚，也是充满了算计，细说起来，不可谓不悲哀。

不过还好，他是有几分喜欢她的，明日的定亲仪也让他隐约有一点期待，自己年纪终归不小了，看着身边那些人一个个儿女绕膝，若来一两个小人追着他喊爹爹，其实也是一种不错的体验吧！

一向四平八稳的人，居然忐忑地过了一夜，第二日，天蒙蒙亮，贴身的女使就隔着帘子轻唤："郎主，该起身了。"

他一激灵，翻身坐起来，床前的帘幔高高打起，要穿的衣冠源源不断地送进内寝。

洗漱、用晨食、打扮停当，过定也须讲究吉时，司天监早就看好了辰时三刻，提前或延后都不行，于是喜庆的队伍从仪王府出发，一路招摇过市，到了界身南巷，吕大娘子作为媒人，早就在巷子里等着了，家仆将圭表放在日光下，一瞬不瞬地盯着光影移动，盯了好半晌，终于大喊一声"吉时到"。易园的大门敞开，门内走出两列仆妇，个个满脸喜气地上来祝福，将送聘礼的队伍迎进大门。

十六抬聘礼，算是上京城中极有排场的了，内宅的人纷纷出来观礼，明妆也被女使搀了出来。

今日她穿着一件朱殷的交领上衣，下配余白的襦裙，腰上束着青楸的腰带，很有少女的明媚窈窕。见人来了，她白净的脸上露出一点腼腆的笑意，浅浅一低头，忽然让他的心跟跄了一下。

吕大娘子笑着上来道喜："今日良辰美景，正宜两姓联姻。"说完向袁老夫人呈上礼单，"请老夫人过目，珠翠首饰、金器裙褶、缎匹茶饼都已齐备，女家若应准了，请回鱼箸，让李郎子放心。"

金尊玉贵的二皇子，第一次被称作李郎子，不过一个称呼的转变，忽然有了家常的味道。

袁老夫人连连道好，忙命人将准备好的回礼运上来，有紫罗匹缎、箧帕鞋鞍，最要紧的是回筷礼，往两只罐子里装满清水，投入四条金鱼，另把彩帛做成的生葱和一双金鱼筷挂在罐子边，这就表示这门亲事板上钉钉，轻易不会更改了。

礼已成，一众在场的亲朋都很欢喜，当然也包括强颜欢笑的易云川夫妇。

仪王作为新郎子，须得向长辈们一一见礼，见过了外祖母，转而来给伯父、伯母请安。

仪王长揖下去，这一揖让易云川又慌又羞，连连说不敢。仪王一笑，和声道："伯父与伯母是长辈，就安然受从源一礼吧。之前的事，还请二位不要放在心上，无论如何，血脉相连，般般将你们视为长辈，那么于我来说你们就是长辈。"

易云川这才松了口气，愧怍道："多谢殿下宽宏大量。今天是好日子，前事就不提了，般般年轻，又失了怙恃，往后还请殿下多加爱护。"

仪王说一定，复回头看她一眼，眉目之间满是笑意："我今日既给她下了定，一辈子就认定她了。请长辈们放心，不论祸福，我都不离不弃，除非她不要我。"

这话说完，众人笑得欣慰，只有明妆觉得意外，那双大眼睛怔怔地望着他，消化了好半晌，才抿唇笑了笑，算是收下了他这份心意。

他拿目光瞥她，碍于人多，不好亲近，心里只是觉得奇异，这个女孩子，将来大概就是他的枕边人了，原配的夫妻，无论如何不同于以往的女人。

定亲的流程走完，诸多亲友欢坐一堂，饮茶吃果子，他好不容易从人堆里脱身出来，才与明妆私下说上两句话。他微微弯下腰，偏身在她耳边叮嘱："今晚我在杨楼订了座，邀至亲好友吃席。晚间我来接你，打扮得漂亮些，千万要给我长脸。"

明妆瞥了他一眼："我就是不打扮，也很漂亮。"

分明是不满的反驳，他却品出了字里行间的小骄傲，噎了一下，会心笑起来。

第七章

　　杨楼，相较潘楼不那么豪奢，是个更为雅致清静的去处，门前虽也有迎来送往拉客的，却没有南瓦子那样张牙舞爪的做派。淡施脂粉、点着绛唇的女子，穿着杨柳色的春衫立在门前轻送婀娜："贵客进来小歇片刻，有新酿成的蓬莱春。"
　　若是客人摆手拒绝，也绝不夹缠，又换下一位路人殷勤招呼，总有欣然相就的客人。然后便莲步款款引领，送进丝竹管弦深处，深处有醇美的琼浆和嘌唱的伶人，晚间的上京城一扫白日的端直，连那些王侯将相也如鱼游春水般鲜活了起来。
　　仪王酬谢亲朋的场所，定在二楼连号的酒阁子里，原本每间阁子都是独立的，逢着客人有需求，阁与阁之间的屏障可以收拢，变成一个深长的小厅，但男客与女客要分开宴饮，因此在走道对面另准备了三个阁子。仪王是东道主，要款待他的朋友同僚，女眷这头大多是明妆的至亲、吕大娘子及几位随丈夫赴宴的贵妇。明妆不会饮酒，她们也并不介意，只关心楼里新出了什么点心，聂五娘什么时候来献艺，大家漫谈着，这场宴饮很随意自在。

049

静好还是爽朗的性子，偏头和大家说起州桥夜市上新来了一个点茶婆婆，明明一脸褶子还要扮俏，搽着大红的胭脂，头上戴三朵花，说得一手好故事，等有空，一定邀大家过去吃茶。

平常这种话题，芝圆最感兴趣，可这回不知怎么，她显得有些心不在焉，连周大娘子也是一副心事重重的模样。明妆觉得纳罕，私下问芝圆怎么回事，芝圆忌惮人多不好开口，便推说要如厕，拽着她出了酒阁子。

待跑到僻静处，就可以发泄心里的不满了，芝圆随手揪下一截花枝，气恼地抽打抱柱，向明妆抱怨道："成了亲真不好，烦恼事一大堆。原本我自己一个，吃饱喝足万事顺心，现在却强塞进很多苦恼，早知道就不嫁人了。"

明妆失笑："是谁一听说要定亲，高兴得几晚没睡好？现在倒来后悔，郡王知道了要伤心的。"

"他伤心什么？还不都是他惹的祸事！"芝圆愤愤不已，"闯了祸，天塌下来当被盖，他倒是一点都不担心，我都快愁死了。"

明妆愈发不明白了："究竟怎么回事，你天上一句地下一句，能不能把话说明白？"

她刚说完，芝圆便幽幽地盯住她，道："我发现手帕交，原来可以用来救急。"

看着芝圆那双眼在昏暗处简直要发绿光，明妆有点发怵："你遇上什么难事了吗？"

"二嫂。"芝圆忽然叫了她一声，把明妆吓了一大跳，然后一把拽住她的手，央求道，"你和二哥说，四哥绝不是那样的人，虽收过几样小礼，但全是亲近的朋友送的，压根不是谏议大夫上奏的那样。"

这没头没尾的话听得明妆摸不着头脑，但大致也听出了些头绪，问："是因为收了几样小礼，被人参奏了吗？"

"对！"芝圆耷拉着眉眼道，"谏议大夫弹劾四哥收受贿赂，还说他豢养门客，天知道他这样四体不勤的人，连自己都照顾不好，何谈什么豢养门客！可是官家相信了，跑到贵妃那里质问，吓得贵妃连忙差人出宫送信。今日官家又下了令，命二哥彻查此事……"她说着用力地摇了摇明妆，"四哥的性命前途可就在二哥

第七章

手里攥着了,你好歹要在二哥面前替我们美言几句,大事化小,先把这件事遮掩过去。"

明妆讪讪道:"他们是亲兄弟,让郡王直接向他澄清,不是比在我这里绕弯子好吗?"

芝圆却摇摇头,压声道:"他们兄弟面上亲厚,暗地里较着劲,四哥哪里敢同二哥说?我想着咱们倒是无话不谈,你又和二哥定了亲,说不定你能替我们说上几句话。"言罢,她蹙眉眨了几下眼,"当然了,二哥这人凶得很,我也怕他怪你多事,你小心翼翼打探打探,若是他不高兴,你就不必再说了,免得因我们的事让你为难。"

这算是人生到了转折点后,遇见的第一件事,芝圆当然是相信她才来托付她的,可芝圆不知道,她在仪王面前其实说不上什么话。明妆很尴尬,又不好回绝,只得硬着头皮道:"我试试吧,但朝中事务,恐怕没有我插嘴的分,你不是说他凶得很吗?"她悲观地撇了下嘴角,"我也有点怕他。"

芝圆呆了呆:"有点怕他?不应该啊,你们都定亲了,你是给自己找丈夫,又不是给自己找长辈。"

好友似乎非常担心她的现状,一扫搬救兵的执着,先来苦恼她的处境。

"我觉得,是因为他对你还不够温存,只要你们多亲近两回,你就不会怕他了。"芝圆一副过来人的姿态,指点江山道,"不过若是连他对你好,你都觉得无福消受,那你就该好好想想要不要成这个亲了。"

道理明妆都明白,但内情不能为外人道,只好含糊敷衍,连连点头。

芝圆转头看向天际,天顶一线月,细得像琴弦一样,愈发令人多愁善感。"悔教夫婿觅封侯啊。"

明妆笑了笑:"可你那夫婿本来就是王侯。"

芝圆听后更惆怅了:"贪图富贵的代价,就是时不时提心吊胆。"语毕摆摆手,打算和她重回酒阁子。

可是明妆却站住脚,芝圆见她不挪步,纳罕地回头看了一眼,见她直直地望向对面,便顺着她的视线望过去——只见一个儒雅清俊的男子正从对面的酒阁子里出来,那人生得极为周正,身量也极高,像芝圆这种矮个子,简直怀疑自己是不是只及人家腰身。

确实是个好看的、耀眼的男人,不过对已经定亲的人来说,看得这么痴迷似乎不大好吧?芝圆正想拽她的衣袖以示提醒,却听她愉快地叫了声"李判"。

对面的男子向她拱了拱手:"恭喜小娘子。"

芝圆不解地看看明妆,发现她眼里一闪而过的彷徨,很快明白过来,这两人之间肯定不简单。要不要留点时间让他们独处?芝圆识趣地冲明妆比画:"我先进去……"

明妆却牵住她的袖子,说:"咱们一起进去。"说罢向对面的人微微颔首,拽着芝圆进了身后的酒阁子。

芝圆最爱管闲事,临进门之前扭头看了一眼,看见那人神色黯然,有种被遗弃的落寞感,她的好奇心瞬间高涨,探身在明妆耳边追问:"那人是谁?"

明妆随口应道:"就是每年替我爹爹祭扫的人。"

"啊,庆国公吗?"芝圆一脸不敢置信,"就是他追敌千里,攻破了邧国王庭?我看他明明很斯文的模样,一点也不像武将,他没有武将身上那种粗犷的味道。"

明妆笑着说:"我也这么觉得,但人不可貌相嘛。"说着她接过一个酥山,往芝圆面前推了推,"吃吗?今日天气暖和,可以吃两口解解馋。"

芝圆捏着银匙挖了一匙,填进嘴里还不忘嘀咕:"他长得很好看,我打量他,比四哥可好看多了。"说完歪过脑袋贴在她耳边问,"你们,没什么事吧?"

明妆心里一慌,忙说:"没什么事……能有什么事?"心慌完,只剩尴尬的讪笑,"今日这酥山,做得好甜啊!"

芝圆和她相识这么久,好友之间就是能洞察微毫,明妆的一点小异常,她都能精准拿捏,不过现在情况不大对劲,话当然也不能乱说,因此便含糊过去,又同静好她们谈论别的趣事去了。

终于一场宴饮结束,大家从杨楼散出来时已经二更时分了。送别宾客,袁老夫人不大放心明妆一个人回家,原想让她大舅舅相送,却被仪王接过了话头:"外祖母放心,我送般般回去,不会有差错的。"

第七章

袁老夫人迟疑了下，一旁的萧氏只管打圆场："就让殿下送般般回去吧，也让他们说两句体己话。"

袁老夫人这才答应，想想也是，两人都已经定亲，自己还那样防备着，说来好笑，于是对仪王道："那就劳烦殿下相送了。"

仪王道声好，拱手送别袁家的长辈们，回身搀扶明妆登车。在他眼里，好像没有男女大防那些事，送明妆上了车，自己也随即登上马车和她并肩而坐，不过不关车门，垂帘高高打起来，冲她欣然一笑："我还是头一回和你同乘呢，往后这样的机会会越来越多，小娘子要习惯。"

明妆不置可否，想起芝圆刚才托付的那件事，只道："殿下，我向你打听一件事。"

他"嗯"了一声，应道："你说。"

明妆斟酌了一下，道："就是高安郡王那件案子，芝圆很是担心，本想让郡王亲口和你说，可郡王又说不出口，只好托付我来替他们说情。"

"说情？"仪王笑起来，"这件事岂是说情就能解决的！芝圆果然还是年轻，把朝政大事想得太简单了。不过你们小姐妹之间，私下议论一点倒也无伤大雅，但要记着，这些话千万不能同外人说，说出来会害得我左右为难。"

明妆顿时有些下不来台，心里只管悲哀起来，果然这事她是真的帮不上忙。

他似乎察觉了她的落寞，忙又换了个语调，温声道："你放心，我知道你们之间的交情，况且四哥又是我的手足，我怎么能让人随意构陷他？可你不知道，官家把这案子交给我，也是为了试探我，我要是有意袒护他，只怕在官家面前不好交代。我能答应你的，就是秉公办理此事，只要四哥不曾犯错，任谁也陷害不了他。但他若是当真一时糊涂，做下错事，那我也保全不了他。"说罢顿了顿，又耐心地同她解释，"般般，如今咱们定了亲，你我是一根绳上的蚂蚱，我首先要考虑的是咱们自己的安危，不能因别人的事葬送了自己的前程。我身在其位，一个疏忽就会万劫不复，你明白吗？"

明妆说："是，我明白。我只是将话传到，殿下能秉公办理就好，若郡王果真触犯律例，自有官家裁夺，殿下就尽人事，听天命吧。"

仪王听罢，高深地看了她一眼："其实你是怕我暗中下黑手，怕我火上浇油，利用职务之便，坐实他贪赃枉法的罪证，是不是？"见她迟疑地望了望自己，他由衷地唏嘘起来，"看吧，在我未过门的夫人眼里，我就是这样精于算计的人，连自己的至亲手足都不放过。"

可帝王家的手足从来就不是手足，他们是冤家对头，更是你死我活的劲敌。明妆虽然不像芝圆那样从小长在禁中，目睹过尔虞我诈，但这样的现实也不难想象，所以仪王试图撇清一切，就显得愈发虚伪了。

不过明妆不用去戳穿他，只道："我哪能这样看待殿下，官家能把案子交给你承办，难道我还会怀疑你吗？"

仪王这才满意，舒展开身子伸了个懒腰，曼声安抚她："我与四哥，以前算不得多亲厚，但如今各自有了身边的人，你和芝圆交好，我们兄弟间的情义自然会比往日更深，就算看着你的面子，也不能让他蒙冤。"

只要不趁机落井下石，已经算给足脸面了，还去计较什么呢？明妆很承情地说好，又想起先前吕大娘子带来的消息，问："圣人后日要召我入禁中，殿下那日一起去吗？"

仪王摇了摇头："只有大婚第二日，我才能陪你一起觐见。这回你得自己去，不用害怕，圣人很和善，既然认可这门婚事，自然不会为难你。"

明妆道声好，又问他："官家会召见我吗？"

他想了想，道："说不准，官家也许会在皇后殿中，你只要沉住气，依着皇后殿里长御的指引行事，就能平安应付过去。"说着看她似乎有些忧心，抬指在她的脸颊上刮了刮，"丑媳妇总要见公婆，若你能讨得官家和圣人欢心，也算为日后的前程做经营。孙贵妃能给芝圆讨诰封，圣人当然也能，只要圣人想抬举你，不过是举手之劳，你要善用圣人和孙贵妃之间的微妙关系，懂吗？"

他在教她尔虞我诈，他也喜欢这样的小接触，在他看来是拉近距离的手段，但明妆有些不适应，往后缩了缩，嘴里应声知道，却见他微微放低身子，目光与她齐平，脸上神色肃穆，让她陡然生出畏惧。

忽而，他又笑了，操着耳语般暧昧的语调说："般般，你我虽然是因弥光结缘，但事到如今，咱们定亲是真的，你要嫁给我也是真的。这不是小孩子过家家，人人都要为自己的决定负责，从今往后，我以真心待你，你也要拿出真心来待我，好不好？"

明妆自然不敢说不好，木讷地点了点头。

"那就不要抗拒我，你要是畏畏缩缩，日后可怎么相处呢？"他说着，眼波一转，斜了她一眼，"其实我有些羡慕俞白，你在他面前从来没有拘谨过，每次见他都是笑吟吟的，我不知还要修炼多久，才能像他一样得你信任。"

明妆知道他的每一句话都不是随口乱说的，必定有他的用意。他意在陕州军，甚至是控鹤司，虽然实话不便说出来，但不妨碍他时不时点拨提醒，她唯有装傻充愣："我和李判是旧相识，故人之间自然不用拘谨。殿下也不必同他相比，我信任你，不过是早晚的事。"

"那倒是。"他似乎微微带着点小得意，"毕竟我与你定亲了，往后你我才是至亲至近的人。"

明妆堆着假笑应承，心里只管抱怨，这杨楼街怎么离界身南巷那么远！

好在后来对话寻常，鬼市子上繁华，一路走来都是售卖琳琅小物的。仪王也做到了一个未婚夫应有的小体恤，叫住车，给她买了一盒香糖果子。

终于，马车慢慢拐上热闹街，离易园越来越近，明妆有种如蒙大赦的感觉，人也活泛起来，下车后还能说两句场面上的热闹话，请仪王进去坐坐。

"不坐了，以后有的是时候。"他含笑道，"今日你也累了，进去好好休息吧！我那里还要忙四哥的事，快些查验明白，也好给官家一个交代。"

明妆说好，复体贴道："公务再忙，不能累坏了身子，殿下也要好生休息。"

他当然很领情，那笑意又和软三分，只说知道了，退后两步牵缰上马，明妆目送他走出巷口，这才长出一口气。

赵嬷嬷站在她身后，轻声道："小娘子今日受累了，快进去吧。"

明妆垮下肩，惨然地喃喃："应付得好累……"

所幸后日就能进宫了，只要走进那座禁廷，对她来说就是实现愿望的一大步，即便仪王没有如约，自己也能想办法找弥光索命。

她提了提裙裾，转身迈上台阶，忽听午盏叫了声小娘子，回身一看，见巷口又有人进来，热闹街上灯火辉煌，照得那一列人马跟镶了金边似的，到了宅前灯笼照得见的范围，才看清是李判和他的随行官们。

明妆一喜："你怎么来了？"

李宣凛不自在地抬起马鞭，指了指跨院的方向："我有件东西落下了。"

明妆"哦"了一声，问："是叫人送出来，还是你自己进去取？"话才说完，他已经翻身下马。

"我自己进去取。"他快步迈进门槛，却在槛前止步，回身望向她。

明妆忙跟着进门，正要让人引路，他却拔下门旁挑着的灯笼，对赵嬷嬷等人道："你们先回内院，我有几句话要私下叮嘱小娘子。"

明妆怔了一下，忙道："好，我陪你过去取，有什么话，边走边说吧。"

他颔首，并不在意赵嬷嬷等人的目光，自己挑灯上了游廊。

夜很深了，风吹动院里的芭蕉叶，沙沙作响。他走在前面，听见身后清越的脚步声，知道她离他不远，脚步不由得放慢一些，想起先前在杨楼见到她，她没有像以往那样热络地同他搭话，巨大的落差让他的心拧起来，一直拧起来，拧得五脏六腑都疼了。

该怎么纾解，他不知道，心里只有一个念头，再见一见她，即便不合常理甚至背俗，也要见一见她。现在人就在身后，他却不知从何说起，来取物也是随便找的借口，其实他没有什么落下的，硬要探究，大约是一颗心吧。

第
八
章

  明妆跟在他身后,心里半是甜蜜,半是忐忑。
  先前在杨楼遇见他,想来自己那点心事没有逃过芝圆的眼睛,所以芝圆要先走一步,留时间给他们独处。可是自己怯懦了,那样大庭广众的地方,她不能再坦坦荡荡和他见面说话,明明在外人看来或许并没有什么奇怪,但偏偏自己心虚,刻意想要避嫌,所以在钻进酒阁子那一瞬,她连头都没敢回一下,怕人议论,也怕被他窥出端倪。
  现在想想,真是不应该,也许他会觉得她薄情,甚至有过河拆桥的嫌疑,这种误会该怎么解除呢?她一瞬间想了很多借口,但好像每一个都很牵强,到了嘴边也不敢出口,只好快快地咬住唇。
  明妆抬眼觑了觑他,那背影挺拔高大,看不见他的脸,恍惚觉得陌生起来。他蓦地停住步子,她驻足不及,险些撞到他身上,好在勉强刹住了,正庆幸着,却听见他低沉的嗓音说:"小娘子怎么好像很怕见到我?"
  明妆打了个激灵,暗道是啊,真的很怕见到他,说不清为什么,就是渴望

057

又抗拒。很多次，她告诉自己只有一点点喜欢李判，但这样的暗示太多，慢慢地，那一点点变得无穷大，变成了"很多"喜欢。就像现在，他微微回了回头，她只看见他耳畔那一片皮肤，一颗心已经杂乱无章地跳起来。她知道的，有些事按捺不住，越是按捺，越是泛滥成灾。

可她不能乱来，她怕李判会讨厌她，讨厌她贪得无厌，也讨厌她定了亲还朝三暮四。所以她必须忍着，并且要好好粉饰，不让他看出来，于是她又扮出一贯开朗的样子，连声音里都是笑意，轻快道："哪能呢，我日日都盼着你来看我，可惜你太忙了，我也不好打扰你。"

"是吗？"他凉声道，"先前在杨楼，你连多余的一句话都不肯说，那么着急就进了酒阁子，是怕我啰唆吗？"

明妆说不是，心中长叹，是害怕被芝圆窥出内情。但这话能直白地告诉他吗？显然不能啊！于是，她定了定神道："今日我定亲嘛，阁子里全是宾客，我忙着招待她们，不能在外多作停留。"

他的唇角泛起苦涩，用力咽了下去，说："也对，有客在，不能失了礼数。"

再往前，下了长廊就是月洞门，穿过门扉能看见跨院杳杳的灯火，还好，没有人去楼空，并不显得荒芜。

他悄然叹了一口气，将胸中那团郁塞强压下去，还有更要紧的话要嘱咐她："与仪王定了亲，禁中应当会有召见，小娘子进宫时要格外小心，一言一行不能有任何差错。圣人面前还尤可，若是官家来见……万万不能在官家面前提起大将军，更不要在这个时候为大将军鸣冤。官家身边伺候的人，就是当初的监军弥光，小娘子不管对他有多少恨，在根基未稳之前，千万不能显露出来，一定要记住我的话。"

明妆愣住了，她一直以为自己的心事能够隐瞒他，其实他早就看透了，只是从来没有表露，也许是怕自己猜错了，反倒激起她报复的心吧。

不过同样是叮嘱她入宫的禁忌，仪王在意的是让她讨得圣人和官家的欢心，以便谋个好前程，而李判呢，首先要保的，是她的小命。两个人，两种截然不同的选择，明妆心里愈发难过了，这辈子怕是找不到第二个能像李判一样全心为她的人了。

"好，我记住了。"她咬牙道，"你放心，孰轻孰重我知道。时机未成熟之前，我不会提起我爹爹，毕竟爹爹从来没有被定罪，我的冤也无从喊起。"

他这才放心，顿了顿又道："不论何时，若官家和圣人有传召，事先通知我。我那日留在东华门戍守，你进出宫门都能看见我，万一有什么事，也好有个照应。"

他说完，等着她应允，可是她却久久没有再说话。他心里一紧，忙回头看她，见她低着头，不知在思量什么，于是顿住步子回身，轻轻唤道："小娘子，我的话，你听见了吗？"

明妆仓促抬头，讪笑道："我先前也问过仪王殿下，能不能陪我入禁中，他没有答应。"

他闻言，轻蹙了下眉："想是事忙吧，抽不出空来。这两日又闹出高安郡王贪墨案，官家指派仪王侦办，办得好坏，直接关乎他的前程。"

但过多关于仪王的话题，他已经不想再提了，往前一程进了跨院，正屋里还是之前的摆设，鲜亮的帐幔，鲜亮的被褥。因这阵子一直住在衙门，他只带走了一些随身的东西，之前还曾嫌弃这屋子打扮像闺房，现在再看，却又品出了另一种温情的味道，让人眷恋，让人不舍。

他环顾一圈，竟找不出落下了什么，当即有些尴尬，忙扯开话题道："我看中了一处宅邸，惠和坊有个沁园，是幽州巨贾陈明臣的别业。近来陈家因做赔了一笔买卖，正四处找买家，打算出手，我今日去看过了，宅院很不错，用不着修缮就能住，所以下半晌已经下了定，不日就能搬进去。"

明妆很惊喜："惠和坊？离这里只隔一条街，要是着急过去，连半炷香都用不上，太好了。"

她笑得明媚，他望着她，心境也开阔起来，因为记得她曾要求过，希望他的宅子离她近一些，恰好有这样的机会，他几乎没有犹豫就定了下来，也是图以后往来方便一些。自己日后还回不回陕州，目前不确定，毕竟邺国这个心腹大患已除，照官家的意思，是另有安排。万一他仍要远赴边关，过上三年五载也会回来，到时候即便她已经出阁，但易园还在，每日经过，也是个念想。

总是一切都向她看齐，他也不明白，自己为什么慢慢变成了这样。从最初大将军托孤时的满腔热血，变得越来越惶恐，越来越没有底气，自己比她年长好几岁，怎么面对她时会生出一种莫名的卑微来……难道这就是深爱吗？

明妆应当是没有察觉他的万般心思，接过他手里的灯笼，说："李判，你不是落下东西了吗？快找找吧。"

他"哦"了一声，忙回身坐到书案前，抽开底下的抽屉，里面正巧有两页作废的公文，便装模作样地叠起来，收进袖袋里，煞有介事地说找到了，一副如释重负的模样。

"找到就好。"说话间，听见有雨打窗棂的沙沙声，明妆奇道，"先前天上还有月亮，怎么忽然下雨了……"

因跨院到长廊有一段路，须得打伞才能过去，明妆便探身站在廊上呼唤，想让守门的婆子送伞来。

然而这个时辰，是当值一天的婆子最松散的时候，先前进来就是院门半掩，也不知人上哪里去了，现在唤了半天，还是不见踪影，明妆嘴上嘀咕埋怨，心里却窃窃欢喜，道："且再等等吧，看园子的婆子可能吃酒去了。"

那就再等等。他看她把灯笼搁在一旁，敛裙在最高处的台阶上坐下来，这里有出檐和竹帘遮挡，淋不着雨，她抱着两条胳膊，背影看上去单薄纤丽，又让他想起小时候，院里那树枣子总不熟，她天天坐在台阶上望眼欲穿。

心里的重担倏地松懈下来，他也学她的样子坐下，人越长大，越有无数的教条束缚着，慢慢地，丧失了天性。在这雨夜，四下无人，就不必忌惮那么多了。两人之间隔着一盏灯笼，心里空前安定，她看他一眼，笑得眉眼弯弯，他喜欢她无拘无束的模样，这才是原本的她。

如果大将军夫妇还在，她是他们心尖上的肉，应当不会过早说合亲事。他也荒唐地设想过，到那个时候，自己有没有机会，答案是没有。二十七八的男人太老了，大将军夫妇看不上，即便军功再高，爵位再高，终究还是配不上恩师的爱女。

细雨霏霏，雨丝没有分量，偶尔从帘底飞进来，落在她的眼睫上。她偏头问他：

第八章

"李判,你打算什么时候定亲?听说官家保了媒,小娘子是荆国大长公主的外孙女,那可是好尊贵的人啊,千万不能慢待了。你不是刚买下沁园吗?必定花了不少钱,若是下财礼不够,一定告诉我一声,我有钱,可以替你填补上。"

他不由失笑,她果真还像孩子一样,没什么心眼,对亲近的人掏心挖肺。

"我有钱,买园子花不了多少,再说我往年也有俸禄,娶个亲足够了。"他望着外面的夜,望得出神,忽又道,"亲事没成,那位小娘子那里,我已经登门谢过罪了,毕竟来日可能还要远赴陕州,一去好几年,不能让人家姑娘枯等我。"

明妆顿时很为他惋惜:"那可是大长公主的外孙女啊,要是能结这门亲,说不定你就不用去陕州了。"

他摇摇头,也不知是不愿意留在上京,还是不愿意与人家结亲。

明妆爱打探的劲头又上来了,两臂圈着膝头,把下巴搁在臂弯上,小心翼翼地追问:"是那位小娘子不好看吗?所以你不喜欢?"

李宣凛说:"不是,我不想定亲,和人家好不好看无关,只是觉得眼下时机未到罢了。"

明妆暗暗腹诽,都二十五了,还要等什么时机?她嘴上当然不敢这么说,迂回道:"那你拒了婚,官家和大长公主会不会觉得你不识抬举?往后会不会为难你?"

他笑得很无谓:"或许会吧,但我谢罪时说得很诚恳,我想长公主也不愿意外孙女守活寡,上京贵公子遍地,这门亲事不成也没什么可惜。"

终究是被人拒绝了,作为女孩子,面子上有点过不去,说不定梁子已经结下了。不过若论心,明妆听见他说婚事不成,竟然偷偷一阵窃喜,细想之下又很羞愧,自己定了亲,却不指望他有佳偶,这哪是平常心,分明过于自私了。

她轻轻吁了口气,说:"圣人让宰相娘子传话,后日召我入禁中。"

他听了,道:"好,我会托人在禁中接应你,到时候不必慌乱,自会有人提点你。"

明妆却说:"不必,宰相娘子同我一起去,有她在,自然诸事替我周全。你不必托人,现如今朝局动荡,别因这个弄出什么风波。还有高安郡王的事,我看芝圆担心得很，你说……不会出大事吧？"

李宣凛垂眼思忖道："若是出了事，皇子中已弱冠且没有卷入是非的，只剩仪王一个，人过于拔尖不是什么好事，届时满朝文武都会盯上他，就算是个完人，也能被人挑出错漏。不过越是这样，我料仪王越会想办法保全高安郡王，除非证据确凿，让他没有隐瞒的必要。"

明妆仍觉得悬心："如果高安郡王收受贿赂是事实，那该怎么办？官家会降罪吗？会不会牵连芝圆？"

李宣凛道："官家是慈父，就算上回大皇子窥伺御前，也不过降了爵，高安郡王犯事，惩罚至多效法大皇子。只是永失承继大统的机会，对他们这些皇子来说，是最严厉的惩罚了。"

明妆不由怅惘："我原以为芝圆会是过得最安稳的，不想她才出阁没多久，就迎来这样的风波。"

"帝王家，哪里来的安稳？"他的眼里带上一点嘲讽的味道，"待你嫁给仪王，会见识更多的尔虞我诈……我只是有些担心你，不知道你将来是否能够应付。"

明妆无言地凝视着黑洞洞的夜，半晌才道："既然贪图权力富贵，就得时刻准备付出代价。李判，我能走入禁中，能触到和爹爹有关的人和事了，你不知道我有多高兴。我再也不用时刻望着那座禁城，再也不用为了接近它而绞尽脑汁了，所以一切都是值得的。"

他听她这样说，久久沉默下来，心里只是不断追问着，真的值得吗？不过她有她的目标，也好，就让她放手去完成，反正善后有自己。一切都有安排，一切也都有条不紊，她是其中一环，少了她，好些事反而不能成了。

他两手扣着膝头，不敢无所顾忌地正视她，便拿余光包围她。烛火照亮她的脸颊，她的眼神坚毅，面庞却有与之不相符的青涩稚气，无一处不让人怜爱。

大概是有些凉了，她抽出双手抚了抚两臂，结果他一时动作没跟上脑子，嘴里问着冷吗，手已经探过去握上了她的。

明妆呆住了，他也呆住了，脑中"嗡"的一声，他才发觉自己逾越了，狼狈甚至有些仓皇地忙把手缩回来，道："夜深了，别着凉，小娘子快回内院吧，

第八章

我也该走了。"说完,他霍地站起来,"你稍待,我去找人送伞过来。"然后头也不回地冲进了雨幕里。

明妆立在檐下,满心失落,见他果真走了,便慢悠悠地转到屋角的小阁子前,打开阁门,取出了一把油纸伞。

撑开伞,水红色的伞面荡出一片旖旎,她挑着灯笼走过僻静的园子,淋湿的石板路上倒映出她的影子,一路无声无息,像个孤魂野鬼。

李判是不是还拿她当孩子?她记得有一回自己去爹爹的校场,那时春寒料峭,她的斗篷挡不住风,冻得人直打哆嗦,那时李判就站在她旁边,探过来摸了摸她的手,然后二话不说解下自己的斗篷,披在她身上。多年过去,他好像还是保留着这个习惯,只是没有意识到她已经长大了,所以忽然醒悟,像针扎了一样。

她气馁地低头看看自己的手,她手上又没长刺,干吗大惊小怪!

明妆垮着双肩回到自己的小院,院前商妈妈和赵嬷嬷已经在等着了,见她从边路上过来,奇道:"午盏去送伞了,没有遇见小娘子?"

明妆"嗯"了一声,说:"我找到一把伞,自己回来了。"

商妈妈和赵嬷嬷交换了下眼色,看她无精打采的,也不便问她内情,先把人迎进院里。屋子正中间的桌上摆放着今日下定送来的东西,普通人家是三件金银首饰,到了仪王这里,十来样的款式,样样扎实厚重。

商妈妈说:"小娘子,这些首饰都收进妆盒里吧,平时还可以拿出来佩戴。"

明妆连看都没有看一眼,说:"大秤砣一样,戴着显胖。"

这意思就是全部收起来,收进高阁里,日后有兴趣了,可以改成别的款。商妈妈会意,重新把匣子的盖子盖好,和烹霜、煎雪一起把匣子搬进内室锁好,从里间出来又叮嘱道:"热水已经备好了,小娘子洗漱洗漱,快些上床歇了吧。"

明妆点点头,拖着沉重的步子迈进耳房。

赵嬷嬷从外面进来,晦涩地看了商妈妈一眼,自我宽解般喃喃:"往后见面的机会应该不多,不要紧的。"

商妈妈两手抄在衣襟下,唏嘘道:"缘分要是没断,有的是机会见面。"

见面也就罢了,还要支开贴身伺候的人,李判如今办事也不如以前稳妥了。

这还是在自己府里,没人往外传,要是在外头落了别人的眼,叫人怎么议论?仪王的脸面还要不要?

东耳房里传来哗哗的水声,两人在门前站着,赵嬷嬷又朝商妈妈递递眼色,示意她进去,见缝插针地提点提点。商妈妈脑袋摇得拨浪鼓一样,上回自讨没趣,险些惹得小娘子发怒,这回要是再去,只怕伤了彼此间的情分,让小娘子愈发对她不满。

"那可怎么办?"赵嬷嬷长吁短叹,"要是大娘子还在就好了,母女之间好说话,小娘子自然听她的。"

商妈妈悲戚地皱起眉:"若是大娘子还在,小娘子也不至于这么难。"

可是她们又能帮上什么忙呢,那些儿女私情是他们自己的事,自己唯有尽心服侍罢了。

不多会儿,小娘子穿着明衣从里间出来,一阵风似的旋上床,一眨眼工夫就钻进了被窝里。

商妈妈上前轻声问:"小娘子,睡前可要喝一碗安神汤?"

明妆说:"不必,今日累了,不用安神也能睡得很好。"

可是待屋里侍立的人都退出去,她却睡意全无,听着窗外的雨声直发呆。原来情窦初开不都是美好的,譬如她,窝在心里谁也不能告诉,怕说出来丢人,更怕让那个人知道,会看不起她。

她伸出那只被他触过的手,举在眼前端详半晌,多可惜,连滋味都不曾品出来,他就慌忙躲开了。现在倒开始怀念那晚的酒后无德,要是刚才也有那样大无畏的精神,那就好了。

第九章

可惜那点野望也只是自己不切实际的幻想,若是见到李判,她必定照旧天下太平,哪里敢表露半点觊觎之心?

纠结了半个时辰,后来不知不觉睡着了,一夜无梦,更别提在梦里再放肆一回了。第二日一睁眼,天已经亮了,雨没停,淅淅沥沥地下着,上京的春日就是这样,雨水很多,滋养着亟待萌发的春草春树。

女使伺候她起身洗漱,吃过晨食,便上高安郡王府拜访芝圆,彼时芝圆打扮停当,在上房正襟危坐,见她进门便起身相迎,愁眉苦脸地说:"你来了?我正在想要不要进宫一趟,求贵妃娘娘再想想办法。"

这就是有夫之妇的现状,再不是闺中无忧无虑的姑娘了。明妆从没见过芝圆如此长吁短叹的模样,牵了她的手坐下,切切安慰着:"这时入禁中拜见贵妃,恐怕没有什么用,官家既然下令严办,就算贵妃娘娘也说不上话。你越走动,越叫人捏住把柄,到时候反而解释不清。一动不如一静吧,且再等等,看看有什么新消息再说。"

芝圆惨然地看了看她："你不知道，我急得火烧屁股一样，哪里在家坐得住？爹爹也替我们四下打点呢，可惜有劲使不上，这案子在二哥手里，谁敢随意沾染……你与二哥提了吗？他怎么说？"

明妆爱莫能助地望了望她："昨日他送我回去，我在路上就同他说了，他的意思是官家正拿这事试探他，他能保证的就是秉公办理，不会冤枉郡王。至于旁的，他不松口，我也没办法。我就说了，朝政方面的事，我恐怕帮不上忙……"说着她握了握芝圆的手，"对不住啊，有负你所托了。"

芝圆却庆幸不已："我等的就是这句话，只要没人陷害四哥，二哥那里一定查不出什么。"言罢，又龇牙冲她笑了笑，"我是不是说得太不委婉了？其实我心里的想法是，只要二哥不针对四哥，我们就有一条活路。你看帝王家多可悲，兄弟手足间就是这样自相残杀的，你还记得大哥吗？莫名卷进宫人坠楼案里，说他什么逼奸窥视，其实我们都知道他是冤枉的，他不是那样的人。如今轮到四哥，我很害怕，怕一样的境遇也落到四哥头上，那我的荣华富贵怎么办？我才开始打算好好喜欢他，他要是贬了爵，我就得跟他一起嚼盐芥，想想都不是人过的日子……你知道的，我是个只能同富贵的人嘛。"

前半段说得很好，后半段就开始原形毕露，明妆暗叹，芝圆不愧是芝圆。不过好朋友，明妆不能嫌弃她的耿直，忙安慰她："不会的，郡王是个稳当人，你要相信他。况且当初大皇子的案子是仪王办的，现在郡王的案子也落到他手上，他就算为了自己的名声，也不能捏造事实，构陷郡王。"

芝圆觉得她说得很有道理，但越听越不是滋味："你和他已经定亲了，可你怎么好像一点都不向着他？"

明妆噎了一下，只好讪讪应道："因为比起他，我更在乎你。"

芝圆立刻大为感动，伸长手臂抱住她，亲昵地蹭了蹭，道："般般，以后不管他们兄弟怎么样，我们的情义不能断。你记着我说过的话，谁当上皇后，一定照拂另一个，他日我要是落难了，你不能只管吃香喝辣的，把我忘在脑后，记着了吗？"

明妆失笑："那你若是当上皇后，也不能忘了我，我还想沾你的光，在上京城里作威作福呢。"

两人口无遮拦地说着犯大忌的话，还好内外侍立的人都遣走了，说到最后才猛然意识到，忙伸舌捂住了嘴。

"我们成亲之后，我是没见过四哥往家运东西，除非他有外宅，运到别处去了。"芝圆想了想，可能性也不大，便托腮道，"算了，听天由命吧，反正我看他也不着急，还让我莫慌呢。我已经想好了，若是落了难就投奔娘家，让他做上门郎子。"

明妆服了她的天马行空，说："哪里就到那样的地步了，你别瞎想。"

芝圆伸着两腿无奈地叹息："原想着嫁了皇子，好歹风光两年，结果还不到两个月，就要跟着提心吊胆。所以嫁进帝王家有什么好？还不如找个普通富贵人家，当一辈子闲人。"说着忽然想起昨日那位庆国公，顿时兴致大增，拿肩顶了顶明妆，"你和庆国公之间，可是发生过什么？易般般，看你小小年纪，手段却不一般，左手仪王，右手庆国公，这全上京的贵女，哪个也比不上你。"

明妆红了脸，嘟囔道："别胡说，让人听见了要闹笑话的。我和他没什么，不过是我爹爹过世之前托他看顾我，他这人重情义，彼此常来常往罢了。"

话虽说得合情合理，但芝圆并不相信，搂着明妆的胳膊说："你别骗我，你那副惊慌的小模样，能瞒过我的眼睛？快说，你们究竟是怎么回事？若是敢隐瞒，我就要咯吱你了！"

明妆没办法，连连说别，最后只得妥协："我告诉你，你可不能告诉别人……大概总是得他照顾，我好像有些喜欢他，只是不敢说出来，如今也不能说出来了。就像小时候买蜜饯，吃了蜜金橘，又觉得蜜李子更好，人心哪有足意的时候？"语毕又摇了芝圆两下，"你不许说出去，就连郡王面前也不能说，说了我可要和你绝交的，除非你不要我这朋友了。"

芝圆说："哪个少女不怀春，不过你没怀在二哥身上罢了。放心，我不会告诉任何人的，四哥更不会，他凭什么知道我们闺阁中的秘密？不过你不同他说，这是对的，不说还能兄妹一样相处，说了就连往日的交情也没有了。毕竟你已经和二哥定亲了，二哥这样的身份地位，庆国公八成没那个胆子得罪。"说着无能为力地摊摊手,"人嘛,谁还没有三心二意的时候,我那时还悄悄喜欢过襄王家的小四公子呢。"

明妆有些意外:"小四公子?襄王的孙子吗?那个十三岁考上贡士的奇才?"

芝圆忙来捂她的嘴:"小声点,四哥拷问了我好几遍,问我是不是心里念着小四公子,因他也行四,才勉强嫁给他,我当然不能承认!你看,我也曾经空念人家一场,最后还不是嫁了个脑袋空空的家伙。所以你也要振作起来,喜欢又不能当饭吃,喜欢过一阵子,忘了就忘了,肚子吃饱,身上穿好,才是快意的人生,知道吗?"

明妆受教地点头,心里只管悲伤起来,芝圆对小四公子的恋慕,是小女孩对聪明脑袋的恋慕,自己和她不一样。李判是真真实实的人,曾经够到过,感受过温暖,根本不能混为一谈。

从郡王府出来后,明妆忍不住吩咐前面赶车的马阿兔:"去惠和坊。"

一旁的午盏纳罕道:"小娘子去惠和坊干什么?"

明妆说:"那里有个沁园,离咱们家很近,却从来没有机会路过门前,这次去看一看。"

午盏不明就里:"沁园,就是那个幽州富商的别业?小娘子是打算和陈家做买卖吗?"

明妆说不是,打起门上帘子往前看,随口应道:"李判买下了沁园,这两日正准备搬进去呢。咱们过去看看,有没有哪里能帮上忙。"

午盏一听,兴起道:"那倒是近得很,和咱们的院子就隔着一个打瓦尼寺。"

于是马车笃笃地转上旧曹门街,再往前一程,老远就看见一座气派的庭院,据说这园林布局是出自将作监李明仲之手。当年陈家鼎盛的时候,府里收藏了很多古画,挂画盛行之初,沁园内整日文人雅士出入,这园子也曾名噪一时。可惜后来渐渐式微,明妆和阿娘回到上京时,沁园已经冷落,最终难逃转手的命运。不过倒腾一下也好,换一个主人,园子便重新换了气韵,"富"过了,后面就轮到"贵"了。

马车慢慢停下,她坐在车内探身朝外看,只见家仆忙进忙出,几个随行官站在门廊上指派,吩咐将东西运进园内。

赵灯原不经意一回头,正好看清马车内的人,忙押着佩剑迎上来行礼,唤了声小娘子。

明妆问:"一切都顺利吗?"

赵灯原说:"是,新雇了好些家仆婆子,帮着打理庭院。小娘子可要进去看看?园子大得很,景致也不错,前头的家主把宅子保存得很好,换了床榻,再重新添上几样家私,就能住进去了。"

明妆道:"眼下正忙,我就不进去添麻烦了,等整理好再说吧!李判不在吗?又在衙门忙公务?"

"可不是?"赵灯原道,"控鹤司两万余人,每日大事小情不断,连置办宅邸都顾不上回来,全交代给卑职了。"

明妆又朝门上张望一眼,问:"没有雇请女使吗?怎么都是些婆子?"

赵灯原咧嘴道:"上将军的脾气,小娘子还不知道?这些年在军中已经习惯了,根本用不着女使伺候。"

明妆说:"那不行,还是叫橘春和新冬过来吧,先前侍奉过一段时间,他应当也习惯了。"

她看看这宅院,确实很合心意,坐在车上略观望一会儿,因雨势渐渐大起来,便放下垂帘返回易园了。

第二日天气终于放晴,一早起身,烹霜就来给她梳妆:"今日要进宫,小娘子得打扮得体,咱们化个珍珠妆。"说着将珍珠贴上她的两边脸颊。

所谓珍珠妆,是时下最新潮的妆样,前阵子兴起的梅花妆,只红了短短的一阵子,但这珍珠妆经久不衰,从禁中蔓延到了市井间。

明妆的珍珠妆不浮夸,所用的珠子也不多,仅在面靥、斜红处略粘几颗作为点缀,就已经能够表达对圣人的敬重了。再换上一件玉色圆领大襟短衫,配一条红藤杖的四破三裥裙,清爽素净的打扮,谁见了都会喜欢。

待一切收拾停当,出门往宰相府与吕大娘子会合,吕大娘子早就候着了,听见门上通传就赶出来,笑着招呼道:"小娘子坐我的马车吧,路上也热闹些。"

明妆应了，跟着登上吕大娘子的油壁车，发现车舆相较一般的也宽绰，不时还有香风传来。吕大娘子神秘地说："这车是我娘家陪嫁，壁板镶了沉檀，名贵得很。只是家主身在高位，不便张扬，所以我平常从不邀人坐我这车，免得回头啰唆。"

明妆明白了，这是宰相娘子格外高看她一眼，当下表了一番感激。

吕大娘子摆摆手："你不知道，我在上京这些年，还不曾正经给哪家做过媒，没想到圣人一下子托付了仪王殿下的婚事，真叫我受宠若惊。看着你们顺利结亲，我心里欢喜着呢，比自己嫁女儿还欢喜。"

明妆抿唇浅笑："我的事，多谢大娘子费心操持了，我没有母亲，一切全赖大娘子替我周全。"

说起这个，吕大娘子有些伤感，拍了拍她的手，道："当初做姑娘那会儿，我和你母亲曾有过一面之缘，只是不曾深交。那时你母亲在贵女里头就极为出挑，像你现在一样，谁料红颜薄命，早早去了……你放心，你的亲事包在我身上，我一定顺顺利利将你们送进洞房。今日见圣人也不用害怕，照着我的引领做就是了。禁中规矩虽严，圣人却不是个斤斤计较的人，你只要小心行事，不出什么大差错，圣人一应都能担待的。"

明妆"哎"了一声，自然还是要格外谨慎。

马车穿过御街，往东华门去，在下马石前下了车，吕大娘子携明妆进门，门上有青琐郎查验名牌，这是外命妇进宫必经的一道流程。就在这一停驻的当口，明妆看见一个身穿甲胄的人立在斜对面的石碑前，碍于不便说话，只是向她微微颔首。她顿时松了口气，见李判果真在这里，虽然只是遥遥望一眼，心里也安定下来。

吕大娘子不知内情，收起名刺，来携明妆，低声说走吧。再往前一程，到了左承天祥符门，已经有仁明殿的女官在等候了。

见她们出现，穿着小簇花锦袍的女官上前来迎接，毕恭毕敬地将人引进后苑。后苑之中除了福宁殿，就数皇后的仁明殿最为开阔，穿过两重阁子，到了正殿前，长御向内回禀，说宰相娘子及易小娘子来了，里间立刻便迎出皇后身边的长御，

第九章

含笑来向吕大娘子请安,复向明妆行礼。

待要说话,却被人抢了先,一个十二三岁的女孩子从里面快步出来,笑着问:"这就是二哥的新妇?"

明妆闹得很不好意思,也不知应当怎么回答,好在长御很快解了围,诱哄孩子般同那女孩说:"不是新妇,是与二殿下定了亲的小娘子,殿下可以唤她易姐姐。"言罢又向明妆介绍,"这是圣人跟前的五公主,听说今日小娘子要来,一早便在殿里等着小娘子了。"

明妆明白过来,关于皇后的情况,她也听说过一些,皇后册立后,生了两位公主,一位行四,一位行五。四公主聪慧,很得官家喜爱,但这位五公主先天有些不足,也不算是傻,总是智力上欠缺了一些,难怪说话很直白。不过五公主的长相清秀可爱,并没有那种一眼就辨认得出的特殊面容,于是她敛裙向五公主行礼道:"殿下芳安。"

五公主天性最自然,看见新来的小娘子很喜欢,也没有什么顾忌,一把牵过她的手道:"走,去见过阿娘。"说完便将她拉进殿里。

因为不受禁中教条约束,五公主在这深广的大殿里洒下快活的呼声,边走边喊阿娘,一口气拽着她进了东边会客的阁子,然后把人往前推一推:"阿娘快看,二哥的易姐姐。"

皇后失笑:"什么二哥的易姐姐,是与二哥结了亲的易姐姐。"

明妆忙垂眼向皇后道万福:"妾易氏,恭请圣人康安。"

皇后看她款款福下去,那身形样貌果然如传说的一样端庄曼丽,心里很称意,抬了抬手道:"快免礼,我早就想见你了,只是碍于你们亲事还未说定,没有名目召你进宫。这下好了,既定了下来,往后就可以常来禁中走动走动。"说罢转头问一旁的五公主,"你可曾向易姐姐介绍你自己?你叫什么名字,今年几岁?"

五公主这才想起来,赧然对明妆道:"易姐姐,我叫满愿,今年十三岁,住在西边的仙鹤台。易姐姐,你可要去我那里看看?我种的花都开了,还给小兔子搭了一个漂亮的窝……"

皇后见她叽叽喳喳说了一大堆,忙道:"今日易姐姐才入禁中,暂且要和阿娘说话,你先找王内人去玩,等过会儿再来问易姐姐愿不愿意去你那里坐坐,好不好?"

宫人见状便来劝导,好不容易才将她拉走。

吕大娘子笑道:"这才叫有缘,看看,连公主殿下都这么喜欢小娘子,将来姑嫂相处必定和睦。"

皇后道:"我这满愿是小孩子天性,别看她大大咧咧,识人最清,既然一眼便喜欢易小娘子,那日后可有麻烦的时候了。"说着忙赐座,和声道,"内殿没有那么多的规矩体统,大家松散说说话,千万不要拘谨。原本官家也要来的,可惜前朝出了点事,一时处置不下,今日就不见了,等下回再说。你们的婚期,官家命司天监排算了,最近的好日子在七月初八。我想着,还有三个月,足可以筹备了,不知小娘子意下如何?"

明妆在椅子上欠了欠身:"一应由官家和圣人做主。"

吕大娘子见她没有异议,笑道:"既这样,那过两日就可以上易园请期了。易家是指望不上了,幸好有袁家做主,还有枢密使府上,周大娘子是小娘子干娘,上回还同我说,要拿小娘子当女儿一样送出阁呢。这回她原本要陪着一起进宫的,可……近日似乎有些烦恼的事,因此没能一道来。"

皇后一听便明白了,知道明妆和汤家有干亲,也不讳言,低声道:"官家因四哥的事,气得几日没有好好吃饭,刚才外面禀进来,说四哥的案子已经查清了,这才匆忙上崇政殿议事去了。"她边说边抚了抚膝盖,转头望向门外,"也不知究竟怎么样……但愿只是虚惊一场吧!"

可是照着她的想法,反倒是坐实了更好,毕竟能与二哥抗衡的,现在只剩四哥。这回只要四哥栽了跟头,那么二哥的太子之位就稳了,比起孙贵妃的一笑百媚,皇后当然更喜欢看她梨花带雨的模样。

第十章

崇政殿里，仪王和会同协理的审刑院院判，将收集来的高安郡王罪证，如实上报给了官家。

"借由大婚收受的贿赂，单是临安府通判那处，就高达两万贯之巨。还有一些零散往来，共四万五千贯，这只是近一月的暗账，要是加上以前一些旧账，那更是不敢设想。"

仪王站在那片光影里，膝襕上的云气纹辉煌，一钩一绕间，几乎要把人的神思吸进去。

他手上的账册没有半点伪造，因此底气很足，语调也铿锵，甚至带了些悲悯的味道，无奈道："臣也不知四哥究竟要这些钱做什么。论用度，郡王的俸禄食邑已经够他花销了，却不知怎么养成了这样欲壑难填的毛病。臣初拿到罪证时，实在不敢相信，也犹豫了好久，不知该不该禀报官家。那些向他行贿的人，眼下都关押在审刑院大牢内，臣连夜审问，一直审到四更，方不得不相信，一切都是真的。"

官家的视线久久落在手里的账册上，好半晌才艰难开口："查明这些钱财的去向了吗？"

一旁的曹院判道："多半用于豢养门客了，还有迎亲扩建庭院及在梅山修建别业。仪王殿下唯恐哪里还有错漏，冤枉了郡王，昨夜传召郡王府长史，询问了府中账目花销。据长史所说，郡王在幽州还养有一批厢军，这些人不受刺史管辖，盘踞在郊野操练，每逢郡王外出狩猎，作包抄围堵之用。"

官家听得脸色铁青："了不得，打猎还要砌起一堵人墙，朕的诸皇子中，怕是没有一人能比他更讲排场了。"说罢又气得狠狠捶书案，捶得桌面摆放的文房一下子蹦起来老高，官家的嗓音透出绝望的味道，又悲又怒道，"他隐瞒君父，私设禁卫，究竟想干什么！本以为本朝不令皇子就藩，不会生出那些拥兵自重的事来，结果谁知竟还是这样的结果！那李霁朗是吃了熊心豹子胆吗？敢在朕眼皮子底下做这样的勾当，其心可诛，更胜大哥！"

仪王眼见官家情绪激动，人也发起抖来，忙道："官家息怒，这件事或有内情，臣已经派人赶赴幽州详查，目前不过将长史官的供述回禀官家，未必就是实情，还请官家保重，切勿动怒。"

弥光亦上前替官家顺气，切切道："官家生养诸皇子，龙生九子，各有不同，品行操守本就靠个人。官家已尽了君父之责，至于皇子如何立世为人，就看他们自己的吧。"

官家仰天长叹，悲愤地喃喃："这是怎么了，难道禁中的风水坏了不成？一个个……让朕操不完的心！"

最怕就是查出这样的内情，他不愿意承认自己失败，所生的儿子没有几个成器，先前还有一丝奢望，盼着四哥不要出乱子，最后结果竟还是这样。

但果真都是如此吗？也许是因为不敢置信，官家开始茫然地寻找原因，甚至有些迁怒眼前这个承办的儿子，就算他的兄弟们有行差踏错的时候，那他为什么不能稍加遮掩，难道连一点手足之情都不顾吗？

官家缓缓抬起头，阴冷地望了仪王一眼，道："四哥收受贿赂一事，眼下能定案吗？"

第十章

仪王因父亲那一眼，心底不由得滋生出寒意，他有些弄不清父亲的用意了，分明是以此来试探他，但当他如实呈禀查来的真相时，如何官家又似乎不满意了呢？君心难测，即便是父子之间，也隔着鸿沟天堑。

仪王暗暗吸了口气，拱手道："禀官家，受贿一事实可定案。臣已将钱款来去账目查清，证据确凿，请官家定夺。"

官家闭闭酸涩的眼，松开手里紧握的账册，颓然靠向椅背道："是朕教子无方，眼看着这些儿子一个个堕入深渊，却没有半点挽救的办法。罢了，老天既然这样安排，朕也无话可说。"顿了顿，他传令弥光，"召集台院官员，商议高安郡王的处置办法。朕想着，大约真的到了杀鸡儆猴的时候，朕有八个儿子，两个已然烂得无可救药，剩下那些应当好好警醒，让他们别再令朕失望了。"

弥光得令，应了声是，正志得意满地要出门前往御史台，迎面却遇上了闯进来的高安郡王。

他张了张嘴："郡王……"后面的话还没来得及出口，就被高安郡王扬了个趔趄。

高安郡王生来就有一股傲劲，也十分看不起官家身边这位近侍，连与他多说一句话都嫌麻烦，见他挡了自己的路，没有踹上一脚已经是留情面了。

他风风火火地闯进崇政殿，扑通一声便跪在官家面前。同行前来的，还有宣徽院北院使冯收，见郡王这样，忙退让到一旁，然后便迎来高安郡王的大声号哭，直着脖子说："爹爹，儿子冤枉，请爹爹为我做主。"

这下连仪王和曹院判都有些傻眼了，不知高安郡王这又是唱的哪一出。原本有官员在，父子之间哪里能称什么爹爹儿子，他这回胡叫一气，除了是慌不择路，试图倚仗亲情，再没有别的说法了。

仪王睨起眼，想看一看他究竟有什么花招。

官家也蹙起眉，咬牙道："你来得正好，这册子上一笔一笔记得清清楚楚，你自己看看吧，还有什么话可说！"

迎面一团飞扑过来，正砸在高安郡王的脑门上，他手忙脚乱地接住，低头仔细查看，看了半晌，嘴里只管嘀嘀咕咕，也没说出个所以然。

官家两眼盯着他，简直要把他盯出窟窿来，厉声道："怎么哑巴了？你不得传召闯到御前，难道就是为了给朕下跪吗？"

仪王也淡淡道："四哥，官家命我彻查此案，你若是有什么冤情，直接找我澄清就是了，何必闯入禁中，惊扰官家？"

高安郡王回头看了他一眼，哂道："我哪里敢麻烦二哥，若是早早将内情告知二哥，岂不是坏了二哥的筹谋吗？"说着他向上拱手，扬声道，"官家，这册子上的每一笔我都认账，确实是我背着官家和朝廷，收揽了这些钱财，但我可以拍着胸脯保证，这上头的每一文钱，都没有落进我个人的腰包，而是另有更好的去处。"说完他向冯收递了个眼色，"请冯院使将宣徽北院近年的账目呈交官家，官家一看，便知道臣的用心了。"

冯收道声是，将手里托着的两摞账册递交给小黄门，再由小黄门呈到官家面前。

官家翻开账目，上面密密麻麻尽是宣徽北院的各项支出与进项，仔细逐条查看，看了半天，终于看出了眉目，里头每隔一段时间，便有来自高安郡王的一笔捐赠，多达几万贯，少的也有上千贯。

怕官家看不全，冯收站在一旁趋身解释道："官家，从上年起，郡王就开始陆续向宣徽院捐赠钱财，京畿路接连开设了四十二家慈幼局和漏泽园，全是由郡王出资建造的。还有年下城中火灾频起，各坊院施救不及时，损毁了好些屋舍，郡王便筹建了十二支潜火队，日夜轮班穿街过巷，守上京百姓平安。郡王这些义举，臣原本早就打算向官家禀明，但郡王一直不让，臣也不能自作主张，只好隐瞒至今。但前两日听闻谏议大夫弹劾郡王，臣便向郡王提议，是时候把内情告知官家了，可郡王却说仪王殿下慧眼如炬，自己不好意思向官家邀功，这事经由仪王呈禀官家才最合适。"说罢他微微撇唇，苦笑了下，"可惜，仪王似乎没有仔细彻查，抑或不愿仔细彻查，便急急将结果报到官家面前。臣看这事非同小可，再也不能含糊下去了，因此拽了郡王来面圣，请官家为郡王正名。"

此言一出，仪王大惊，他慌忙看了曹院判一眼，曹院判也是丈二和尚摸不着头脑，喃喃道："臣等明明查得很仔细，桩桩件件也对得上号，怎么又牵扯上宣徽北院了？"

冯收掖着袖子道："大约是世人只知有宣徽南院，不知有宣徽北院吧。我们宣徽北院就是掌内外进奉的，收到的每一笔钱，都要花在刀刃上，不像旁人一点小小建树就闹得天下皆知，我们北院干的是实事，名声却不响亮，这也是无可奈何的事。"

仪王忽然明白过来，原来自己一时疏忽，竟然落入了李霁朗的圈套。弥光说官家要看他的真心，于是他秉公办理这件事，将明面查得清清楚楚，确认无误，才敢向官家禀报。结果他所查到的，全是四哥刻意经营的结果，目的就是扣他一个同室操戈、手足相残的大帽子。

那个宣徽北院，相较南院确实不起眼，北院与南院两位院使暗暗较劲也不是一日两日了。他与般般定亲之后，袁家的二娘子与宣徽南院柴家议了亲，如此一来他和柴家的关系便紧密起来，也正是因为这个原因，冯收今日才来出头，这样一想，竟是成也萧何，败也萧何。

仪王的心绪难免不宁，觑了觑官家的脸色，只见官家查看手里账目，越看眉头拧得越紧。再望四哥，他虽然跪着，脸上的神情却淡然得很，低垂着眼，连看都不曾看他一眼。

真没想到，他一直将大哥视作劲敌，却忽略了这个扮猪吃老虎的兄弟。就是这样出其不意的一击，加上上次那桩宫人坠楼案打前站，恐怕会勾起官家对他更大的不满，蛇打七寸的目的也就达到了。

他试图为自己转圜，斟酌道："宣徽院的账目是院内机要，从来不向外公布，这里头有内情，实在是我始料未及。"言罢又对高安郡王道，"四哥，你这些年的俸禄和食邑及田庄收入，审刑院都彻查了一遍，进项确实与实际不符，这点难道是审刑院冤枉了你吗？若是冤枉，那审刑院大牢里扣押的那些向你行贿的官员，他们众口一词，又作何解释？"

高安郡王自有他的说辞："朝中行贿受贿常有，若想肃清，难如登天。官家知道臣荒唐，臣想出的法子就是顺势而为，让这些人心甘情愿地把钱财送来，再如数充入国库。他们的罪行，我一一替他们记着，也在暗中查访收集证据，若是没有谏议大夫的弹劾，我不日就要提交察院，不想二哥来得快，把我的计划全打乱了。"

这番话，彻底扫清了官家心里的疑云，他合上面前的账目，垂眼打量高安郡王一眼："起来吧。"然后又吩咐曹院判，"行贿的人既然在审刑院关着，那就连合三衙，把一切给朕查个水落石出。"

曹院判忙道一声是，大有泥菩萨过江的狼狈，也顾不上仪王了，领了命便快步退出崇政殿。

官家的脸色很不好，却也按捺着没有发作，对殿里众人道："幸而这件事没有闹大，到此为止就罢了。四哥，以后不许自作主张，再有下次，朕一定不轻饶你！"

高安郡王道："是，是臣鲁莽，往后绝不敢再犯。"

官家疲乏地摆了摆手："退下吧。"在众人行礼如仪后，又掀起眼皮瞥了瞥仪王，"你留下。"

高安郡王与冯收却行退出崇政殿，仪王站在原地，难堪地低下了头。

殿里好静，静得连一根针掉落的声音都能清晰听见，他心里惴惴，不知官家会如何看待这件事，如何看待他。他尽力想做到最好，然而似乎总是事与愿违。

沉默是最令人煎熬的，他讨厌那种大气不敢喘的感觉，于是向上看了一眼，与其这样钝刀子割肉，不如先行向官家澄清，便道："臣所查，样样属实，没有半分私心作祟，请官家明察。"

官家却冷笑了一声："朕说你私心作祟了吗？还是兄弟手足一个个倒在你手上，你自觉心虚，才说这番话？四哥虽然莽撞，所幸这次有宣徽北院为他证明，若是冯收紧闭牙关，咬死绝无此事，那朕是不是又要亲手断送一个儿子，你又多了几分胜算？"

其实诸如立储之事，永远是父子之间不能提的隐痛，彼此都刻意回避，轻易从来不去触及。但这次官家竟将一切摆到明面上，顿时让仪王难堪加倍，多时的愤懑与不平也一下子冲上了脑门。

他的手在袖中颤抖，负气道："在爹爹眼里，我就是为了权势而不择手段的人。所有兄弟都是无辜的，他们每做一件错事都是被我陷害，既然爹爹这样猜忌我，又何必将彻查他们的重任交给我？"

他从来没有顶撞过官家，若是自己这回确实在四哥的事上动了手脚，那心里的不平还能减轻几分。正是因为坦荡，他反倒生出蒙冤之感，这种感觉并不好受，这么多年的不满叠加起来，便让他有些口不择言。

话出了口，他忽然有些后悔，分明已经忍了那么久，为什么偏在这个时候与官家起争执呢？

果然官家拍案而起道："你做的那些事，还要朕细数？屡屡委以重任，是因为朕信任你，可你又做了些什么？口中冠冕堂皇，却在紧要关头疏忽了、大意了——你这样滴水不漏的人，会犯此等荒唐的错误吗？你这哪里是在为父分忧，分明是拿朕当傻子，将朕玩弄于股掌之间！"

官家震怒，他也许说两句服软的话，认个错，这件事就遮掩过去了，可是他并没有，他说："爹爹，你几时信任过我？我的七个兄弟，个个坦荡正直，只有我一人是洪水猛兽。这次四哥的事，我承认自己确实失察，但绝不像爹爹说的那样，有刻意构陷的嫌疑。爹爹难道看不出，这分明是四哥的诡计……"

可是没等他说完，便招来官家一声断喝："住口！到了这个时候你还在诡辩，这次四哥若是不自救，会是什么样的下场，大哥就是最好的例子！"

仪王原本还有千般万般的不屈，他想向官家解释，四哥并不是那样看着人畜无害，四哥也有自己的算计，然而官家的态度忽然让他意识到，任何解释都是徒劳，官家根本不会相信。

他一瞬间灰了心，垂着手道："爹爹对我的猜忌从何而来，不就是从我母亲而来吗？我不明白，爹爹何以这样恨我的母亲，夫妻之间，果真有那样的深仇大恨吗？"

结果这话招来了雷霆震怒，砰的一声，一块砚台向他砸来，他没有躲避，额角被重创，墨汁伴着鲜血淋漓而下，把他的衣襟都染透了。

官家暴喝："滚出去！"

心在腔子里结成冰，他后撤两步，平静地向上长揖，然后从崇政殿退了出来。

门外候命的弥光被殿内父子间的对话惊出一身冷汗，见他迈出门槛，又变成这副模样,惊愕之余忙抽出汗巾来给他擦拭,却被他抬手格开了。

他什么也没说,扬长而去。弥光怔怔地看着他的背影发呆,直到听见官家咳嗽,方匆忙返回殿内。

明妆从禁中出来,得了皇后好些赏赐,吕大娘子欣慰不已,笑着说:"小娘子很受圣人喜欢,嫁入帝王家,势必要找一靠山,圣人是一国之母,有谁能比这个靠山更稳固呢?"笑罢,忽然又嘀咕起来,"咦,先前庆国公可是在东华门上戍守?我家官人昨日还说要请他上家里赴宴,我怎么给忘了……"

想是年纪大了,脑子也不好使了,吕大娘子敲敲脑壳,叹了口气。

马车就在前面,吕大娘子让中黄门把东西运上车,一路把明妆送到家,商妈妈和赵嬷嬷在门上等着,见车来了忙上前接应,喋喋向宰相娘子道谢:"今日又偏劳大娘子了,没有大娘子,我们小娘子怕是不得周全。"

吕大娘子摆手说这点小事,不足挂齿,临走又嘱咐了一句:"过两日要来请期,到时候别忘了把袁老夫人请来。"

说完,这才命小厮驾车返回韩府。

女使源源不断地将赏赐搬进去,午盏上来携了明妆问:"小娘子,宫里怎么样?吓人吗?还有圣人,和气不和气?"

明妆打趣道:"屋子比咱们家大,伺候的人比咱们家多。至于圣人,和气得很呢,否则哪能赏我这些东西!不过唯一可惜的,是没有见到官家……"

没有见官家,就没有机会见到弥光,重重宫阙,禁卫森严,要想图后计,还得从长计议。或者想办法先买通个小黄门,禁中能出头的黄门太少了,大多是辛苦一辈子,每月赚着一吊钱,总有人为了钱愿意替她留一份心。只要掌握了弥光每日的动向,空子就多起来,若是正大光明讨公道行不通,那就暗中使绊子,总会有办法的……她心里盘算着,回到上房坐在窗前向外望,看着满院春光跳跃,蹙眉眯起眼。

煎雪送熟水上来,欢快道:"小娘子尝尝,这是余家花塘今春头一批莲子,好不容易才买到的。"

余家花塘的荷花养在室内，为了日照，房顶上开洞，甚至拿炭火来加热，把花房焙得温暖如夏。因时节大大赶超寻常莲子，所以区区几颗，价值不菲。明妆其实不怎么喜欢吃莲子，但物以稀为贵，头一茬也愿意尝尝鲜。

正当要入口，突然听见外面赵嬷嬷急急唤小娘子，那声调仓皇，把明妆吓了一跳。

"怎么了？"她站起身，快步到门前，猛然见仪王一身狼狈地站在那里，猩红着两眼，脸色白得像纸一样。她怔住了，手足无措道："殿下……"

他踉跄着迈上台阶，每一步都耗尽了力气，好不容易跨进门槛，他顺势靠在门框上，唇角勉强挤出笑来，颤声道："我走累了，来你这里歇歇脚。"

第十一章

只一瞬,明妆就明白过来,他这是在禁中吃了官家的排头,否则以他的身份,没人敢这么对他。她没有多言语,转头吩咐烹霜去打热水,又命午盏去取金疮药,自己默然上前搀扶他,将他搀进里间,安顿在榻上。

怎么照顾人,这是她要面临的难题,原本可以让女使们代为伺候,但自己终究和他定了亲,只好勉为其难亲自动手。

他身上的襕袍已经污损得不成样子,先替他脱下,再让人去仪王府取干净的来。而他呢,好像失了魂一样,呆呆地任她摆布,全没了平时的警敏能干。明妆想打听究竟出了什么事,但这一刻也不好问出口,仔细看他的额角,涌出的血把墨汁都冲淡了,上红下黑的一大片,看着有些瘆人。

她卷着帕子进退维谷,想上前擦拭又不敢,犹豫了好半晌,他终于看不下去了,闭着眼睛说:"你擦吧,已经不疼了。"

煎雪把绞干的手巾送上来,明妆这才壮胆挨在榻沿上,放轻手脚,一点点替他擦拭瘀血。瘀血之下有个半寸来宽的小口子,口子不算太深,周围起了瘀青,

083

看来砸得不轻。干涸的血痂还算容易清理，但墨汁沁入肌理就很难办了，她让人拿来胰子，即便换了几盆水，也还是留下淡淡的青影，最后只好放弃，再擦下去皮该破了。明妆摆手让烹霜把水盆端走，往他伤口上撒了金疮药，再拿纱布缠裹起来，总算勉强收拾妥当。不过她的手艺不太好，前后缠了两圈，看上去有点滑稽。

这些且不管，明妆接过煎雪手里的杯盏，探身道："殿下，我有刚煎的莲子熟水，给你喝两口好吗？"见他不反对，便将杯盏递到他嘴边。

那一线热流慢慢温暖了他的五脏六腑，他终于有了点力气，说："多谢。"

明妆笑了笑："你饿吗？我让人给你准备蕨笋馄饨，吃点东西，心情就会好一些的。"说着便要退出去，却被他一下抓住手腕。

他一脸的颓丧，垂首道："别走，陪我说说话。"

明妆没办法，唯有遣退内寝侍候的人，自己搬了张杌子，坐在他榻旁。

月洞窗半开着，一只鸟笼挂在窗下，里面的雀鸟辗转腾挪，却无论如何挣不出这小小的牢笼。仪王出神看了半晌，心空如洗，喃喃道："官家拿砚台砸了我，我从禁中出来，一路走过十二道宫门，每道宫门上都有侍立的黄门，你不知道，我顶着这样一副样貌……让那么多人看了笑话，心里有多羞惭。"

他说这些的时候神情很淡漠，但明妆能够体会那种无地自容的感觉。他的身份在诸皇子中最尊贵，越是尊贵，越骄傲得不容践踏。可是官家把他的体面撕下来，踩在脚下，让那些宫人目睹了他的狼狈，这比任何羞辱都刻肌刻骨，若是换成自己，恐怕早就跳进汴河了。

虽然这人不怎么讨喜，但女孩子心软，这一刻明妆还是很同情他的。他那双眼，到现在红丝还未退，看来先前一个人偷偷哭过吧！就算长到二十多岁，被父亲捶打，都是一桩令人伤心欲绝的事，连仪王也不例外。可是要怎么安慰他，明妆觉得自己嘴笨得很，想了半天，道："他们不敢笑话你的。"

他闻言，冷笑了一声："越是蝼蚁，越喜欢看贵人也沦为蝼蚁。那些黄门，没有几个是好东西。"

明妆只得又换了个路数："在官家面前，何谈体面？你看破了，就不会耿耿于怀了。"

"或许是吧！"他乏累地叹息，"其实我一直以为，自己在官家眼里不同于旁人，原来是我自己想多了。"

眼见他又泫然欲泣，明妆心里也很不好受。帝王家兄弟间的攀比历来就有，君父的一碗水端平，尤其重要。况且仪王是个自视甚高的人，毕竟他是中宫所出，原本就该比其他兄弟尊贵，但在官家这里得不到应有的重视，这种落差，无疑让他崩溃。

他定着两眼，平静的语调里透出凄惶，自言自语般道："先前我去崇政殿回禀四哥贪墨案的结果，我真的仔细核对过每一处细节，确定无误才敢报到官家面前，却没想到一头钻进了四哥设下的圈套，我的秉公办事变成了残害手足，查得的结果，在官家看来也成了欲加之罪。我知道自己这回技不如人，没有什么可埋怨的，但官家那些话实在令我心寒。自我十六岁起，为朝廷办事，为官家分忧，到最后官家只觉得我处心积虑。别人吃喝玩乐时，我在四处奔波，别人高床软枕时，我在巡营住大帐……不是能者多劳，是多做多错，早知如此，我也像他们一样，也许官家就不会忌惮我了。"

他好像并不需要人倾听，只是在发泄自己心里的愤懑，明妆这才知道高安郡王的事竟有了这样的反转。难怪芝圆急得热锅上的蚂蚁一样，高安郡王却笃定得很，果然生于帝王家，没有一个是等闲之辈，他们心机深沉，连自己的枕边人都可以瞒骗。

该怎么宽解他呢？说他们都是机关算尽的人，但他这回棋差一着，下回再分胜负吗？明妆有点苦恼，知道这话万万不能说，说了大约会把他气死。

仪王发泄了满腹牢骚，终于转过头来看她，见她凝眸望着自己，从那细细蹙起的秀眉里，隐约能窥出一点关心。其实一点关心就够了，揪紧的心逐渐平复下来，大悲大恸过后，某些一直无法下定的决心也可以尘埃落定了。

他轻舒了口气，勉强笑了笑："我今日在你面前现眼了，还请小娘子不要笑话我。"

明妆真切地说："当然，谁还没有走窄的时候，心里有什么不高兴的事就说出来，说出来就不难过了。"

"不难过……哪里能不难过？"他悲戚道,"身体发肤,受之父母,官家伤我,我不怨他,但他不该这样慢待我。我曾打听过官家和我母亲之间的恩怨,一切始于猜忌,我母亲嫁给他之前,曾有过青梅竹马的恋人,所以官家百般怀疑我母亲,或许在他心里,我不是他的儿子,是野种。我还记得他同太傅埋怨过,说……二哥是所有儿子里,最不像朕的……"

明妆呆住了:"官家竟这么说？禁中何其森严,他不是不知道,这样无端猜疑,实在太折辱人了。"

他看她义愤填膺,不光是为他叫屈,也为先皇后喊冤,心里忽然有了一点慰藉。这么多年,阿娘死后,没有人再这样真情实感地替他鸣过不平,她是唯一一个。而这唯一的一个,不出差错的话,将来应当是与他最亲近的人……他发现自己好像并不孤单,至少这一刻不孤单,对她的浅浅喜欢,也加上了几道分量。

他伸出手,牵住她的袖子,把她拽到榻沿上,说:"般般,你坐得离我近些。"

"怎么了？"明妆仔细打量他两眼,看那额角包扎的地方有没有重新渗出血,"还疼吗？"

刚问完,就发现他贴上来圈紧她,下巴搁在她的肩上,喃喃说:"别动,让我抱一会儿,抱一会儿我就不难过了。"

明妆想推开他,实在是这样的亲近让她很觉得不适。

那日在梅园第一次见到他,他一副冰雪之姿,好像谁都不看在眼里,如果能一直保持,那也很好。但随着相处日渐多起来,又加上定了亲,他也会有些许小意,喜欢行动上的小来小往……她曾对自己说过,既然和人家定了亲,就免不了会这样,但不知为什么,只要他靠近,她就寒毛乍立,有惊惶遁逃的冲动。

"殿下……"她委婉拒绝,"你还受着伤呢,躺下吧。"

他却不以为意,枕在她的肩上喂嚅:"我没有亲近的人,只有你了,般般。"

他这一说,她倒不好意思挣脱了,只好僵着身子,勉强接受了他暂时的栖息。

过了好久,他才慢慢放开她,眼里的苦难消退,有些腼腆地对她说:"谢谢你,我的心情好些了。"

第十一章

明妆惨然地望着他，心道真是诡计多端，但也确实是个可怜的人。诉过苦，也占了便宜，这下总算可以消停了，于是她站起身道："殿下睡一会儿吧，我已经让人去王府取衣裳了，料想很快就会回来。"

他听后慢慢仰回枕上，闭上了眼睛。

谁知他这一睡，直接睡到了天擦黑，明妆和近身伺候的人都站在廊子上，冲着慢慢升起的月亮发呆，里面一点动静都没有，每个人都很彷徨。

午盏看了小娘子一眼，眼神恐怖："殿下先前是不是伤到头了？不会出什么事吧？"

明妆心头一跳："不会吧……"

赵嬷嬷道："还是进去看看，时候不早了，可以起来用暮食了。"

话才说完，就听见里面传出脚步声和杯盏的声响，大家终于松了口气，明妆定定神，转身迈进门槛，进门便见仪王在桌前坐着，换上了干净的衣衫，头上的纱布扯落了，伤口暴露在空气里，似乎也无关痛痒。他抬眼看了看她，微微浮起一点笑意："多谢你收留我，让我睡了个踏实的好觉。"

明妆照例客套两句，方问："殿下在这里用暮食吗？我已经命人准备好了。"

他摇了摇头："还有好些事要忙，就不多逗留了。"言罢依依望着她，温声道，"今日我失态，让你见笑了，但在我心里，受了无法诉说的委屈，你这里是唯一能够疗愈我的地方。幸好我来对了，白天的那些伤痛，现在也可以坦然面对了，总之多谢你。"

明妆道："殿下不与我见外就好。"她心里想着快些送走他，忙唤赵嬷嬷，"王府的马车还在吗？传个话，让外面筹备起来，再派两个人跟着，护送殿下回王府。"

仪王说："不必了，我还有事，暂且不回王府，叨扰了你半日，累着你了，你也早些休息吧。"说着在她的臂上轻轻一拍，转身往外去了。

一路穿过庭院，他脚下走得很快，额上的伤口也因步履震动隐隐作痛。龙虎舆就停在台阶前，他登上车辇抬眼看了看，压声吩咐："去沁园。"

小厮应了声是，但有些犹豫，回头道："庆国公往常宴饮不断，恐怕未必在府里。"

087

仪王却凉凉牵了下唇角："今日一定在。"

白日禁中闹了这么一出，李宣凛身为控鹤司的指挥使，早就得到消息了。自己满身狼狈出宫的时候，他就在东华门目睹了一切。现在的李宣凛大约正心事重重吧，时间这么晚了，还不见他从易园出来，心里怎么能不七上八下？既然他在盼望，那自己倒不如亲自过去一趟，否则这份颜面，便丢得没有价值了。

马车赶出界身南巷，挨着打瓦尼寺的外墙往北，走了不多远便绕上旧曹门街，往西即见惠和坊，老远就看见沁园门上灯笼高悬，几个禁卫在廊下站着，一本正经的模样，仍是一派军中作风。

车辇停下，小厮上前拱手道："我家仪王殿下前来拜访庆公爷，请问公爷可在家？"

门房一听，不敢含糊，立刻摆手让人进去传话，自己走到车前叉手道："给殿下见礼。回禀殿下，我们公爷刚到家，小人已经命人进府通传了，请殿下入内，在厅房稍待片刻。"

仪王这才下了马车，举步迈进沁园大门。这园子很是敞亮气派，自己以前来过几回，那时陈家挂画名动上京，他登门时，陈家的家道正兴隆，不想短短五六年而已，这么快便颓败下来，看来园子和人之气运一样，也有繁盛到衰败的过程。

廊上婆子把人引进厅房，刚坐定，便见李宣凛从外面迈了进来。

"殿下。"他拱了拱手，"先前在禁中见到殿下，着实吓了俞白一跳，后来我下值，专程命人打探殿下的去处，得知殿下在易园，便没有去打扰。这究竟是怎么回事？如何惹得官家如此震怒？"

仪王坐在圈椅里，蹙眉叹道："还能是怎么回事，我着了四哥的道，他挖了个大坑让我跳进去，官家得知他有苦衷，贪墨那些钱是为建什么慈幼局、漏泽园，当即便对我大发雷霆，指责我残害手足，把先前大哥那件事也搬了出来。"

李宣凛听后怅然道："那日官家召见我，让我举荐彻查的人选，我之所以推举监察御史，就是不想让殿下卷入其中。这件事，办好办坏都对殿下无益，与其接这烫手山芋，不如明哲保身。可惜，官家似乎刻意要将殿下引进去，不知是出于对殿下的信任，还是有意试探殿下。"

他说这话时，脸上带着无可奈何的神情，能看得出对官家的安排也颇有微词。仪王很愿意看见这样的局面，他要拉拢的人确实一点点在向自己靠拢，当然，除了裙带上的牵扯，男人之间也需巩固交情。

仪王抬手触了触额上的伤口，凉笑道："我这些年为朝廷出生入死，不明白官家为什么还要试探我，若是不信任，大可将我弃于一旁，何必一次又一次委以重任？早前我是孤身一人，就算做个闲散宗室也没什么，可如今定了亲，有了般般，不上则下，拖累的不光是自己，还有般般。"

李宣凛明白了，他这是将自己与般般彻底捆绑起来，暗示自己的好与不好，直接关系般般的一生。今日被官家砸伤，若是换了平常，他那样体面的人，怎么会顶着血墨穿过整个禁廷，他之所以没有擦拭，没有遮掩，就是为了让自己看见，让自己知道他的处境有多艰难。到了不得已的时候，他或许需要借助控鹤司和陕州军的力量，但一切都是为了给般般一个光明的前程，一切也要他心甘情愿。

不过李宣凛并不急于表明自己是无条件拥护他的，只道："眼下官家对殿下似乎有些误解，殿下一动不如一静，还是再观望观望吧。"

观望？仪王咬牙道："四哥此一举，是将我彻底踩下去了，不单顺利给自己脱罪，还在官家面前立了大功，转眼就成了满朝文武眼里的大仁大义之人，叫我哪里坐得住！"

李宣凛望了他一眼："那么殿下有何安排呢？"

仪王却不说话了，那双眼敏锐如鹰隼，看得人遍体生寒。过了好久，他才温暾道："官家的偏见，我恐怕是无力扭转了，我只想为自己讨个公道而已。勤勤恳恳多年，抵不过一次大张旗鼓的讨好，我心里有不平，而官家一点都不在乎我的不平。俞白，大丈夫可以流血，但不能被冤屈，早前郡公所受的磨难，我不愿意再在自己身上重现，我不能害了般般，我要给她一个安定的生活。我知道你忠于郡公，也将般般视作己任……你有没有想过不去陕州，留在上京？少年时意气风发征战沙场，但这不是长久之计，留在上京，既可以完成自己的人生大事，也可以像往日一样照应般般，这样不好吗？"

仪王是个摸得透人心的人，他看得出李宣凛对般般的感情，开出这样的条件，是最好的贿赂。但说来可笑，准许别的男人照应他未过门的妻子，仪王殿下也算得上能屈能伸。当然这能屈能伸也只适应于当下，以后怎么样，就不好说了。

话到这里，就该顺势而为，李宣凛道："我确实想过留在上京，毕竟邺国已经归降，暂且不会再有战事，安西四镇近年太平无事，有副都护与兵马使在，军心也安定得很。但……官家的意思不能违逆，若是官家没有政命，我就得按时返回陕州。"他说罢笑了笑，"还有两个月，时间不多了。"

是的，还有两个月……仪王道："你我的苦，都苦在身不由己，要是能做自己的主……"后面的话便不说了，意味深长地望着他，他是一等聪明的人，自会明白自己的用意。

果然，李宣凛沉默了，不再应他的话，只是客套地引他用茶："家中小童点茶手艺很不错，殿下尝尝。"

仪王没有动那兔毫盏，一字一句道："俞白功高，攻破邺国王庭之后不过得了个国公的头衔，实则是屈就了。还有那十万贯赏钱，景定年间，一个九品将仕郎嫁女，仅姿妆就耗费了十万五千贯，如此一比较，官家不算厚待你。可是你的功绩，我都看见了，他日我若有了出息，绝不会亏待功臣，就看你……愿不愿意助我一臂之力。"

第十二章

兜兜转转，话术用了千万，到最后终于切入正题，把难题推到了他面前。皇子的出息，指的是什么呢，聪明人一听便知道。以前的仪王藏得很深，即便有野心，也不会直白地说出来，但这次不一样，他大约感知到了日暮西山的惶恐，对官家的最后一点期望也没了，便开始绸缪，向着他的计划前进。

李宣凛眸色微沉，探究地观望了他片刻，最后也没有应他的话，只道："今日殿下受了伤，思绪不宁，还是早些回府，好好将养两日吧。"

仪王牵了下唇角，笑道："说起思绪不宁，先前确实有。我从禁中出来，心里乱成一团麻，不知该何去何从，后来忽然想起般般，就直接去了易园。般般是个好姑娘，她尽心照顾我，我在她身边感受到了从未有过的温情。真的，自先皇后离世，我一直活得像个孤魂野鬼，想要的东西永远失之交臂，越是不得满足，我越是要追寻，越是追寻，心里便越空虚。好在老天赏了般般给我，有她在我身边，我才觉得自己还活着。俞白，你是明白人，不会看不透我的想法，我今日能同你说这些，也是经过深思熟虑的。"

李宣凛有些难以抉择，蹙眉道："殿下已经乱了方寸，这是大忌。官家那里，还未有确切的消息，大可再等等……"

"是啊，我等得，但问题在于我等来等去，到最后都是一样的结果。官家曾说我急进、功利、心机深沉，你觉得这是对储君的评价吗？我原本一直觉得自己做得很好，不想官家这样看我，到今日……我一寸寸灰了心，我知道一切无望了。"他轻舒一口气，抚着圈椅的扶手道，"我也没什么好隐瞒你，你身上本来也流着李家的血，皇权争斗下的尔虞我诈，你不比我知道得少。像我这样的出身，其实没有太多选择，无论哪个兄弟即位，我都会受忌惮、受打压，下场凄惨几乎是已经注定的。与其坐以待毙，倒不如为自己筹谋，至少大厦倾倒时，还有一线生机。"

李宣凛的脸色变得很难看，阴云笼罩着眉眼，灯下看，那双眸子隐隐暗藏杀机一般。

仪王心中一沉，但还是不动如山，话说出去便说出去了，剩下的时间不多了，成败就看今夜的谈判究竟是何结局。

见他气势上不退让，李宣凛的嗓音里带上了薄怒："殿下若是早有打算，就不该把小娘子牵扯进来，她已经够可怜了，何必再让她经历那些？"

仪王道："她有你，不会可怜，你我心知肚明。与我这样的人定了亲，就没有反悔的余地，只要我不放弃，今生她都得陪我沉浮，你愿意看见她吃苦吗？"话说完，他沉默片刻，忽然又笑起来，"俞白，陕州军三刀六洞，扎破了你的面具，你对般般的感情，是你以为的那么简单吗？"

这句话让李宣凛慌乱起来，他霍地站起身："殿下慎言！"

仪王却饶有兴趣，不紧不慢道："我早就知道了，这世上哪里来的什么披肝沥胆，有的只是私欲上雕花，让人误以为仁义罢了。你喜欢般般，喜欢到只要她好，就宁愿将她拱手让人，既然如此，为什么不能继续成全她？"

终于，李宣凛的脸上写满难堪，鬓角汗气氤氲，连仪王的视线都躲开了。

圈椅里的人长叹道："你我不该是对立的，因为我们都喜欢她。不过我背负太多，论感情没有你纯粹，但我也希望她过得好，无论是跟着我，还是跟着你。"

李宣凛愕然地抬起眼，仪王的最后一句话，着实引发了他不小的震撼。

"殿下是什么意思？俞白不懂，还请明示。"

仪王道："你听得懂，只是不敢想而已。美人常有，良将难得，于我这种站在权力旋涡里的人来说，美人锦上添花，良将是救命稻草，孰轻孰重，我不说你也知道。"

所以现在是愿意拿女人来做交易，只要他愿意倾尽全力相帮，事成之后，例行封赏之余，还要加上一个般般，是这样吗？

果然好大的诱惑啊，任何一个头脑发热的人都无法抗拒。他想过仪王会利用般般拉拢他，甚至威胁他，却从来没有想过仪王会以她作为筹码。他心里的怒火忽地高涨起来，若不是理智提醒他不能造次，他可能已经一拳将这个伪君子揍趴下了。自己最看重的姑娘，在弄权者手里却是可以拿来作为交换的物件，虽然他知道仪王是在借此试探自己，但这种卑劣的话说出口，已经足够让他对仪王恨之入骨了。

"殿下不该折辱小娘子，她既然与殿下定亲，殿下就应当爱惜她。"李宣凛袖中的拳紧握，指甲深深抠进掌心里，浑然不觉得疼，他隐忍再三，方道，"我受大将军临终托孤，从不敢生非分之想，殿下这样说，是陷我于不仁不义。殿下放心，殿下若有差遣，俞白愿意赴汤蹈火，只求一桩，请殿下善待小娘子，莫让小娘子伤心失望。"

仪王等着他的答复，在他松口之前心一直高悬着，就算知道这样的聪明人，不可能当真来同他抢女人，但这根弦紧绷着，半点未敢放松。终于，李宣凛的答复没有让他失望，到底是征战多年的战将，不会分不清轻重缓急。这就好，助力借到了，般般也留下了，如此局面，合乎他的预想，笑意从他的唇角流淌出来："她是我的未婚妻，我自会担负起对她的责任。不过俞白，今日你我说的这些话，我料想不会泄露出去，是吗？"

李宣凛看他神色笃定，其实也知道他在虚张声势，眼下的仪王算得上是穷途末路，因为他知道官家今日大发雷霆意味着什么。话虽然没有完全说破，但那太子之位，已经是不可企及了，他除了尽力一搏，没有别的办法。

"殿下大可放心，你我不过口头闲谈，无凭无据地到处宣扬，就成了构陷皇子，这样的罪过,不是我一个戍边将领担待得起的。再者……"他犹豫了下,无奈道,"我希望小娘子好,殿下若登高位,那么小娘子便能万人之上。自郡公夫妇走后,她一个人支撑家业很是艰难,老天爷总要赏些恩典,才能平复她这些年受的委屈。"

仪王听罢,终于体会到了尘埃落定的踏实感,颔首道:"你说得对,老天爷总是公平的。我年少没了母亲,懂得她的不易,若是老天爷不成全她,那就由我来成全她。只是一路多艰,还需俞白助我,既然你答应了,我心里便有了底,接下来也敢大胆施为了。"

李宣凛没有应他,算是默认了,顿了顿又追问道:"殿下打算如何部署?"

可仪王奸猾得很,并未直接给他答复,只道:"待得时机成熟,我自会告诉你的。"

总之此行的目的达成了,他如释重负,眼下控鹤司和殿前司分管禁中,殿前司指挥使老奸巨猾,他没有十足的把握,轻易不敢策反,但从李宣凛这里下手,就容易多了。

李宣凛年少成名,未必没有更进一步的野心,加上他终归年轻,再冷静的头脑,终敌不过心底的儿女私情,略使一使劲,不愁他不上钩。现如今的局面,是控鹤司戍守左掖门和东华门一线,虽范围不如殿前司广,但东华门是连通内城的要隘,相较于正北的玄武门和拱宸门,离垂拱殿和福宁殿更近。这样有利的位置,在精不在多,只要东华门上松个口子,便什么都有了。

仪王拍拍膝头,撑身站起来道:"时候不早了,我也该回去了。今日与你畅谈,把心里的结都解开了,咱们都是李家的子孙,原该像至亲手足一样,往后你要是有什么想法,只管来和我说,万事咱们都可以商量。"

李宣凛说:"是,我送殿下。"

踩着薄薄的灯光,两人穿过幽深的庭院,一路无言,直到将人送至马车前,李宣凛方道:"殿下受了伤,回去还是包扎一下吧,伤口不经处理,将来会留疤的。"

仪王点了点头,由小厮搀扶着坐进马车,垂帘半掩,遮挡住他的眉眼,只见那薄唇轻启:"我先前与你说的美人良将,你大可再考虑考虑,若是改了主意,就和我说。"

第十二章

李宣凛眼神微一闪烁，退后一步，弓腰道："殿下保重伤处，一路小心。"

仪王轻轻一笑，放下车上垂帘，小厮破空抽打一鞭，马车驶入浓稠的夜色里。

一旁的赵灯原上前叫道："上将军，仪王今日在官家那里吃了瘪，当晚便来沁园，恐怕话到了有心之人嘴里，会引得官家猜忌，上将军切要小心。"

李宣凛"嗯"了一声，道："若官家问起，我自有应对的办法。"顿了顿，又吩咐赵灯原，"自今日起，左掖门与东华门调遣精锐驻守，每班人手照旧，不许让人窥出异样。进出的不论是官员诰命还是黄门，都要仔细验明身份再放行。记住了，牢牢给我守住，不许出一点差错，倘若坏了我的事，唯你是问。"

他这样一番严词警告，赵灯原顿时一凛，虽然不知道上将军所谓的"坏事"坏的是什么事，但他明白，守住这两处宫门尤为要紧。作为下属，他没有权利追问上峰原因，能做的就是听令办事，于是肃容道："是，请上将军放心。"

李宣凛负起手，长出一口气，转身朝南望，那打瓦尼寺烟气缭绕，看不见背后的易园。

仪王刚才那些话，头一次令他极其愤怒，但奇怪，第二次再说，却让他变得两难。他才知道自己的心念并不坚定，嘴上冠冕堂皇，其实意志已经开始动摇，即便知道一切都是仪王设的陷阱，但他还是控制不住自己的心，蠢蠢欲动起来。

不知般般得知仪王那套美人良将的说法，会是什么感想，还愿意继续将错就错吗？如果决定放弃，是不是有可能，愿意到他身边来……

思绪杂乱，想得他脑子生疼，他抬起手，重重敲击了两下太阳穴，赵灯原见状有些担忧："上将军……"

他摆了摆手，示意自己不要紧，又朝南望了一眼，方转身迈入沁园。

明妆因仪王在官家面前受了冷遇，忽然发现自己的计划应当重新调整一下，与其盼着别人来给自己报仇，不如自己想办法。

她在家按捺了两日，让人去州桥夜市采买了些稀奇的小玩意儿，最后选出几样，仔细装起来，择了个双日，入禁中拜访了杨皇后。

因她是仪王的未婚妻，杨皇后特赏了名牌，过门禁时可以畅通无阻。原本进宫总要有个由头，然而这次仪王的事，恰是个面见皇后的好借口。

宫人将她引进仁明殿后阁，皇后端端坐在榻上，没等她开口，就预估了她的来意："今日进来，是为二哥的事吗？"

明妆应了声是，在椅子上欠身道："妾冒失了，不得召见便来叩见圣人，还请圣人见谅。实在是那日殿下的样子吓着妾了，且殿下忧心忡忡，妾也不知该怎么办才好，他这次的差事办得不妥，引官家勃然大怒，但请圣人明鉴，他绝没有刻意构陷郡王的意思。只是这样的解释，官家未必肯听，妾思来想去没有旁人可托付，唯有来求圣人，请圣人在官家面前替他美言几句，殿下对社稷、对官家，向来是赤胆忠诚，求官家看在他往日的功劳上，原谅他这一回。"

这算是尽到了一个未婚妻的责任，在杨皇后看来，二哥这门亲事着实说得不错，所以情急之下明妆的鲁莽，也是可以理解的。但杨皇后在禁中多年，深知什么事该参与，什么事不该参与，眼下前路晦暗不明，不是她站队的好时候。她心里虽中意仪王，但官家的态度很明显，至少目前来说，仪王登上太子位，是绝无可能了。

心里明白的事但不能直说出来，因此她迂回婉拒道："我知道你护卫二哥心切，但你要明白，女子不可预闻国政，我若是无缘无故到官家面前替二哥说情，那不是在帮他，而是害了他。"说罢见明妆脸上的神色黯淡下来，又道，"不过你也不必着急，听说朝中有几位重臣正向官家上疏，为二哥求情，官家礼重臣僚，必定会再斟酌的。父子之间，其实哪来的隔夜仇呢，你回去同二哥说，让他少安毋躁，官家一向重用他，不会因这一件事就厌弃他的，等过上两日官家气消了，自然就雨过天晴了。"

深宫之中，大多数人还是秉持明哲保身的原则，现在的皇后不是仪王生母，出了差错自然能避则避，这现状虽不至于让人失望，却也值得唏嘘一番。不过这件事不是明妆入宫的主要目的，她的心思在别的上头，便调转话风问起五公主，笑着说："公主殿下很少出宫，想必也没有逛过夜市，我特意让人采买了几样小玩意儿，带进来给公主玩玩。"

一说起五公主，杨皇后脸上有了笑意，探身看了看锦盒里的东西，有促织笼、鱼龙船及牵绳傀儡等小物件,忙转头盼咐长御:"快把满愿叫来,就说易姐姐来瞧她了。"然后又对明妆道,"小娘子有心了,还惦记着她。那日你出宫后,她在我跟前闹别扭,说没有告知她一声就让易姐姐走了,心里老大的不情愿。今日你又来,还带了这些好东西,不知她会怎么高兴呢。"

果然,五公主是一路欢叫着跑进后阁的,进门便跳到那些小匣子面前,看看这样又看看那样,爱不释手道:"这可比读书有意思多了!阿娘,你快看,这笼子多好看,我要让人捉促织去。"说着又来拽明妆,"阿姐你说,这宝船能不能下水?"

明妆指了指船桨后面的小机簧,说:"能呀,把这个往后拨动,这船就自己跑起来了,我小时候玩过,上面放上几个小点心,它能运送到对岸。"

五公主顿时兴趣大增:"那咱们这就去试试!还有我搭的兔子窝,我带阿姐去看……"话音刚落,就拽着明妆跑出了仁明殿。

禁中不能胡乱走动,但有了五公主就不一样了,从仁明殿到仙鹤台,途经入内省,入内省规模很小,但就地位而言,连内侍省都无法与之相提并论。入内省,就是弥光任职的衙门。

经过门前时,明妆转头向内望了一眼,脚步渐缓,五公主拽她不动,好奇地追问:"阿姐怎么不走了?你在找什么人吗?"

明妆"哦"了一声,说:"我以前有个旧相识,在入内省当值。"

五公主歪着脑袋想了想,说:"你也有做黄门的旧相识吗?上回陶内人和曹高班在花园里牵手,被我撞见了,她也说自己和曹高班是……"

话还没说完,便被身边的陶内人捂住了嘴。

陶内人笑得难堪,慌忙朝不远处的子母池指了指:"咱们去那里放船吧!"

然而这子母池里种着碗莲,这个时节还没开花,但叶片已经长得层层叠叠,几乎看不见水面了。五公主不大情愿,嘟囔着:"你看看,这可怎么放,咱们还是去太液池吧!"

陶内人忙拨开莲叶诱哄道:"这里好,池子小,放出去的宝船能收回来。太液池太大了,水又深,万一小船到了池中央,回不来了怎么办?"

可五公主不依不饶:"我要去太液池,这里这么小,船跑不起来。"

明妆见陶内人为难,卷起袖子帮着将池边的莲叶推到一旁,温声对五公主道:"这船太小,不能远航,放进太液池会沉下去的,还是这里合适,不信殿下试试看。"

五公主这才作罢,扣动机簧把船放进去,小船悠悠,飘啊荡啊,荡到了池子对岸。

五公主很高兴,拍着巴掌追过去,陶内人抽出帕子给明妆擦拭,愧怍道:"竟把小娘子的袖子都弄湿了,都是奴婢的罪过。"

明妆说:"不要紧,内人伴在殿下身边,责任重大。也怪我,送什么宝船给她,真要是遇上危险,岂不是连累了陶内人吗?"

她温言煦语,半点没有贵人架子,陶内人心里很感激她,可想起刚才五公主脱口而出的话,不免有些忐忑,抬眼觑了觑她,犹豫要不要同她坦诚时,见她又望过来,只好硬着头皮哀求:"先前殿下说的……我与曹高班的事……还请小娘子替我保守秘密,千万不要泄露出去。"

然而面前的女孩没有立时应她,眼波一漾,先去应付五公主了。待把小船重新送上水面,明妆才转头与她搭话,含笑问:"禁中可是不许宫人私下来往?我常觉得这样的教条灭人欲,无奈人微言轻,不敢妄论。你放心,殿下的话,我绝不会宣扬出去的,更不会告知圣人,听过就已经忘了。"说完她亲热地携起陶内人的手,引人在一旁的鹅颈椅上坐下,温言道,"我看内人年纪和我一般大,进宫多少年了?我才与仪王殿下定亲,禁中的很多规矩尚不大懂,正想仰赖陶内人教我呢。内人不要与我见外,更不必将刚才的事放在心上,咱们寻常聊聊天,就当新结交了一个朋友,好吗?"

第十三章

这就是犯困有人递上了枕头,明妆原想着借由五公主进入后苑,人情往来间看准时机再做安排,不承想就是这么巧,伴在五公主身边的人,恰好与入内省有牵扯。果然这偌大的禁廷,除了宫女就是黄门,这两类人抬头不见低头见,一来一往便有了瓜葛,其实不是什么奇事。但陶内人的尴尬之处在于,她侍奉的五公主先天有些不足,皇后对公主身边伺候的人,要求自然特别严苛,怕她们一个闪失带坏了五公主,因此这事要是泄露出去,皇后是绝不会轻饶她的,连带着曹高班,人头都可能不保。

其实陶内人现在内心很煎熬,这半日强作镇定侍奉公主,几乎用光了她全部的力气。现在面对这个即将成为仪王妃的人,她除了低声下气乞求,没有其他出路。

陶内人看看眼前的姑娘,明眸皓齿,脸上没有刻薄之气,只有将一切希望寄托于她的仁慈,斟酌再三才道:"回禀小娘子,我是西京人,少时进宫,上月正满三年。当初是因为家道中落,我爹爹托付了在禁中任乳媪的宫人,把我送入禁中侍奉，这些年我与家里断了联系，上年曹高班奉命去西京办事，我托他打听家里境况，说是……爹娘都死了，家也败了，曹高班可怜我，一来二去的，就……"言罢她哀恳地望向明妆，切切道，"小娘子，我们只是……只是互生爱慕，绝没有别的什么。圣人对五公主身边的宫人管得严，要是让圣人知道，此事非同小可，我活不活得成，就全在小娘子了。"

明妆见她如临大敌，便好言安抚她："我既然答应了你，就绝不会泄露出去，你要相信我。我听了你的话，也觉得同情你，将来若是有机会，我一定尽力帮你，或者让你们有机会走出禁中，也免得一辈子提心吊胆。"

陶内人一听，心里的火苗燃烧起来，毕竟指望不上五公主为她安排，若另一个说得上话的人可怜她，那么自己和曹高班就有活路了。只是她也有另一种烦恼，垂首道："家里人死的死、散的散，就算能出去，也无人可投靠。"

明妆笑着说："这有什么好担心的，你在外面不是没有熟人，我不就是那个熟人吗？我呢，在上京城中有些薄产，岳台还有一个庄子，要安排两个人，不是什么难事。"

她是实心实意的，陶内人被她的话触动，虽然知道也许遥遥无期，但比起毫无指望，这个许诺已经很让她心生向往了。

"多谢小娘子。"她感激不已，"不管将来能不能如愿，我承小娘子的情。往后小娘子若有用得上我的地方，只管吩咐，只要我力所能及，一定尽力替小娘子完成。"

明妆等的就是这句话，抿唇笑道："陶内人言重了，我也没做什么，哪里当得起你一声谢。我在禁中没有朋友，陶内人算是第一个……"说着她捋下腕上的镯子，牵过她的手道，"这小物件跟了我许多年，今日我与陶内人投缘，把它送给你了，望陶内人不要嫌弃。"

陶内人推辞不迭："这怎么敢当，我不过是个小小宫人，小娘子看得起我已经是我的造化了，哪里还敢收小娘子的东西？"

明妆道："我也不讳言，将来一定有麻烦陶内人的地方，若是你不收，我也不敢开这个口。好在今日只你一个跟在公主殿下身边，否则人多，倒不好攀交了。"

说着她温情一笑,"你放心,就算有托付,也绝不会让你涉险,你只管收下吧。"

陶内人拒绝不得,只好半推半就收下了,低头看看,这手镯是赤金胶丝的,上面镶着玛瑙,实实在在的分量,不免让人心头惶然。

东西收得不上不下,陶内人还是有些为难,嗳嚅着:"小娘子,这太贵重了,奴婢是真的不敢收啊……"

明妆抬手将她的袖子放下来,盖住镯子,莞尔道:"你瞧,谁也不知道,陶内人就安心笑纳吧。"

她说完站起身在池边踱了两步,赏一赏周遭景致,又陪着五公主放了两回宝船。五公主是小孩心性,来来回回几趟之后,就没有继续玩下去的兴致了,又来纠缠明妆:"阿姐,我带你去看我的小兔子。"

于是三人一路脚步匆忙地到了仙鹤台,这仙鹤台名副其实,阁子前好大一个广场,几只仙鹤在场地上优雅地溜达着。从边上绕过去,阁子西边就是五公主养兔子的地方,拿稻草做的篱笆圈着,中间是一个用砖瓦堆叠起来的楼阁。不得不说,那楼阁的规模很宏大,向四个方向延伸出去,虽然搭建得粗糙,但兔子似乎也愿意进出。

五公主眉飞色舞地介绍道:"这是正殿,这是后阁……这里是伙房,那里是书房……"

明妆自然要赏脸,绞尽脑汁地夸赞:"殿下这楼阁组建得很不错,将作监的人看了,只怕都要夸一声妙。"

五公主红了脸,扭捏道:"那个耳房,我没能搭建好,前几日还塌了,压伤了一只小兔子。"

陶内人知道她又要伤心,忙说:"不要紧,已经让人加固了,就算下雨都淋不着里面,小兔子也恢复得很好,今日已经能蹦跶了。"

五公主点了点头,转身又忙着指派宫人给兔子添食送水去了,明妆趁着众人各有忙碌,低声向陶内人打探:"曹高班平常在哪里伺候?"

陶内人道:"在福宁殿伺候,专管官家饮食起居。"

明妆满脸失敬道:"福宁殿可是官家寝宫,那也算要职了。"

陶内人笑了笑："哪里算得上要职，高班之上有高品，高品之上还有殿头，他只比普通黄门略好些罢了，不用做最粗重的活。"

　　说起心上人，仿佛天底下所有的女孩子都一样，脸上洋溢起温存又骄傲的笑。明妆望着那笑容，趁热问："如今官家身边的殿头，曹高班熟络吗？"

　　陶内人一直在五公主身边伺候，并不知道她与弥光之间的恩怨，直言道："殿头对底下的人来说是好大的官了，一个殿头管着三四个高品、十几个高班，虽每日能见到，不过够不上熟络。"

　　"哦……"明妆想了想，又问，"曹高班既然在殿头手下当值，那么一定知道殿头与谁走得近，又与谁不睦吧？"

　　陶内人见她总是追问弥光，大惑不解："小娘子与弥令认识吗？难道先前说的旧相识，就是弥令？"

　　明妆不便说实话，含糊敷衍道："早前打过交道，这不是因为仪王殿下前两日引得官家震怒，我在想，可要托个人与弥令说说情，请他在官家面前斡旋斡旋。"

　　陶内人明白过来，和声道："小娘子不必担心，弥令原本就与仪王殿下私交甚好，殿下出了差池，他自会帮着斡旋的，哪里用得着小娘子托付。"

　　此话一出，明妆大为震动，竟有些怀疑自己是不是听错了，忙又追问陶内人："仪王本来就与弥令私交甚好吗？这是真的？"

　　"真的。"陶内人道，"我听曹高班说，弥令原本在仁明殿伺候过先皇后，后来先皇后仙逝，他才调往入内省。官家八位皇子中，就数仪王殿下和弥令走得最近，弥令自然处处为殿下周全。像前两日的事，弥令八成已经在官家面前美言过了，所以小娘子就不用费心了，您这样尊贵的人，大可不必与内侍打交道。"

　　明妆却因她这番话，心底陡然生出一股寒意。回想前情，那次在梅园明明是仪王主动攀搭的，也是他毛遂自荐要当金钟，彼时，她只觉得他在图谋陕州军，却没想到，他原来与弥光是一伙的。世上怎么会有这样两面三刀的人？一面许诺会替她杀了弥光，一面却与弥光狼狈为奸，甚至弥光还是他登上太子之位的助力。自己呢，傻乎乎与他定了亲，傻乎乎等他履行承诺，她在他眼中，就是个不谙世事、可以随意蒙骗的笨蛋。

明妆气极，心都要蹦出来了，她原本以为两人虚与委蛇，只要他能说到做到，自己同他耗上一辈子也无所谓。现在看来，自己真是太蠢太天真了，像这样多智近妖的人，从来不屑说真话，他今日可以欺骗她，明日就可以杀了她……这样一思量，顿时惊出一身冷汗。

陶内人见她脸色不好，小声问："小娘子怎么了？哪里不舒服吗？可是因为走了半日，累了？快进阁子里歇一歇，我让人送些点心和熟水来，给小娘子垫垫。"

明妆摇头说不必，又浮起笑脸，牵了陶内人的手道："看来我白操这份心了，今日咱们说的这些话，不必让曹高班知道，万一泄露进仪王殿下耳朵里，怕是要笑话我多事。"

陶内人心领神会道："放心，我不会同别人说的，小娘子的一片好意不该被辜负。"

明妆舒了口气，心里庆幸着，好在陶内人进宫时间不长，爹爹的死已经不再是禁中的谈资了，密云郡公这个称谓离她很遥远，在她眼里，自己只是个普通的贵女而已。

眼下很多计划都要推翻重来，明妆虽然恨仪王，却无法去质问，在厘清他与弥光究竟是何种关系之前，不能打草惊蛇。但若是坐实了……倒也是好事，她起先还发愁，暗想除了用最低等的刺杀，还找不到铲除弥光的机会。如今时来运转，与其蛮干，不如学会借力打力，那么自己便可以不伤一兵一卒，轻松达到目的。

心里有了成算，就不必慌张了，她定了定神，转头问陶内人："你与曹高班的事，入内省的人知不知情？"

陶内人摇头："这样的事怎么能宣扬，要是闹出去，我们都会被发去当秽差的。那日被公主殿下撞见，我央了她好半晌，她才答应保守秘密的，可今日……想是她很喜欢小娘子，不知怎么脱口而出了，好在边上没有其他宫人，我现在想起来，还有些后怕呢。"

明妆颔首："入内省不知道便好，那个衙门诡谲得很，陶内人不在明面上与其中人来往，才能永保太平。"说罢又一笑，"我进宫好半日了，也到了该出去的时候，这就与殿下道别了。"只是她嘴上说着，脚下却顿了顿，慢慢回身一瞥陶内人,"下回再来,大概会有事托付陶内人,到时候还望陶内人不要推辞,帮我个小忙。"

陶内人因有把柄被她捉住,又得了一个镯子的好处,早就没有了置身事外的余地,只好硬着头皮应了,将她引到五公主面前。

"殿下,"明妆笑着同五公主打招呼,"我要出宫了,下回再给殿下带好玩的东西。"

手里捻着菜叶的五公主有些失望:"天还没黑呢,阿姐就要走吗?"

明妆"嗯"了一声,道:"家中还有事,不能耽搁了,过两日我再来看你。"

五公主依依不舍,再三追问:"那什么时候再来?明日吗?"

明妆做出一脸为难的样子:"我还未与你二哥完婚呢,常出入禁中,会让人笑话的。"

五公主说:"那有什么,我与阿娘说,让阿娘召见你,就没人敢说你了。明日好吗?明日是仙鹤的生辰,你来同我一起庆祝,好不好?"

明妆失笑:"仙鹤也过生辰吗?"

五公主点头点得一本正经:"只要我想见阿姐,就让它们过生辰,明日仙鹤,后日小兔子,大后日还有狸奴和金鱼,阿姐可以进来好多次。"

也真是多亏有她,自己出入宫闱才能师出有名,明妆心里很感激五公主,温声道:"上京城里有一家官巷花作,里面做的像生花很漂亮,我下回给殿下带一盒。还有福公张婆糖,老公公背上背个老婆婆,老婆婆手里摇扇,可有意思了,也给你带上一个,好不好?"

这么一来,简直勾住了五公主的魂,她道:"那阿姐明日一定来,千万不能失约。"

明妆说好,辞过五公主,临出宫前又拜别了杨皇后,方从后苑出来。

离宫之前须经过东华门,她脚下缓缓,心里期盼着李判能在门上,可惜那些身穿甲胄的禁军里并没有李判的身影。她不由得有些失望,暗叹一口气,在小黄门的引领下迈出了宫门。

直道旁的合欢树下停着她的七香车,她登上马车后吩咐午盏:"咱们去仪王府一趟,探一探仪王殿下。"

午盏道是,打起帘子传话小厮,又道:"小娘子至今只去过仪王府一回,是该走动走动了。"

明妆没有应她,双肘撑着膝盖捧住脸颊,快速将脑子里的头绪理清,路过潘楼时还买了一盒糖糜乳糕浇,算是带给仪王的慰问礼。

马车穿过观音院桥,再往前一程就是仪王府邸,门上的小厮在初二那日见过易家小娘子,不用自报家门就跳起来道:"哎呀,小娘子来了!"然后转身朝门内传话,手臂抡得风车一样,"快快快,蔡妈妈快去报信!"

传话的婆子这辈子想是没跑得那么快过,一溜烟不见了,还没等明妆迈进门,内院的女使就迎了出来,上前纳福行礼道:"请小娘子随我来,郎主在园内等着小娘子呢。"

明妆跟着入内,这王府她之前来过,当时冰天雪地,别有一番凛冽气象,如今到了仲春时节,又绿意盎然起来。草木丰盛,木廊婉转,因园子很大,连女使引领的路径都与上次不一样。

终于进了内院,老远便见仪王站在台阶上,大概因为被官家申斥,这两日没有过问公务,身上穿得很随便,宽衣广袖迎风招展,乍看之下颇有几分羽化登仙之感。

见她来了,仪王唇角勾出笑意,带着一点怨怼的意味道:"我以为你第二日就会来看我,谁知拖延到今天。小娘子,你好狠的心啊!"

明妆振作起精神,从午盏手里接过食盒,往前递了递:"你看,我路过潘楼还给你买了好吃的。再说我也没闲着,今日还为你入禁中求见圣人呢,殿下可不要冤枉了我。"

他听后讶然扬眉,伸手接过那只食盒:"你为我入禁中了?"

明妆说:"是啊,你与官家生了嫌隙,我看着着急,又没有别的办法,所以入禁中求见圣人,请她向官家陈情,让官家消消气。"

仪王听了却发笑:"去求圣人有什么用?她又不是我的生母,这时候怎么会为我去触官家的逆鳞。"他边说边携她的手,引她进了厅房,转而又换上一副欣慰的眉眼，柔声道，"但你能为我出面求情，我心里已经很高兴了。以往看你总是远着我，没想到这样为我着想，人说妻贤夫祸少，看来我聘小娘子，算是聘对了。"

明妆讪讪一笑："我是可以共患难的，殿下不要小看了我。我知道你这两日还在生闷气，但是与官家赌气，犯得上吗？何不请人调停调停，这样僵持下去，对你没有半点好处，难道还真能和官家计较出个长短对错来？"

她仰着一张脸，神情格外真挚，仪王垂眼看着她，看着看着，便看出了满心的柔情。她真是个可心的姑娘，又单纯又温软，那日他和李宣凛说了所谓的美人良将，这一刻忽然后悔起来，真要把她拱手让给李宣凛，他是万般不舍的。

她目光楚楚，像他幼时养过的那只鹿，他虔诚地捧住她的脸颊，瓮声道："我现在……一点都不想谈及官家。"

他眼里有火焰，看得明妆心惊肉跳，还有那慢慢贴近的脸，近得几乎与她呼吸相接。她心中大跳，难堪地避开，结结巴巴地说："殿……殿下，小不忍则乱大谋，还是……还是再想想办法吧。"

他的手落了空，有些懊恼，垂袖站在那里嘀咕："小娘子与我如此见外。"

明妆心里嘀咕起来，不见外要怎么样，当着这么多女使的面让他亲一口吗？这人果真经验丰富，兴之所至，便来亲近，好像从不考虑她的感受。要不是自己另有目的，今日也不会来见他，说实在的，她从一开始便对他没有什么想法，不过为了走入禁中才与他定亲，也早将自己的婚姻置之度外。可是今日听了陶内人的话，她忽然发现自己有被骗的可能，再看眼前人，便越来越觉得他虚伪，虚伪得让人不寒而栗。

然而还是要应付，她若无其事地转开身子，道："现在不是我与你见不见外的问题，是官家与你见不见外的问题。"她一边说，一边在圈椅里坐下，揭开食盒盖子，压惊式地喂了自己一块乳糕浇，余光瞥见他走过来，正歪着脑袋看着她，她有些不好意思，只得挑出一块递给他："吃吗？"

第十四章

仪王一向不爱吃甜食,但她既然盛意相邀,他便赏脸地接了过来。

他在圈椅里坐下,低头咬了一口,浓烈的甜意立刻蔓延齿颊,甜得他几乎要打噎,这才发现自己真和她吃不到一处去,小女孩喜欢的东西,他一点都不喜欢。

不过懈怠了两日,确实也到了再面对官家的时候,毕竟除却父子,更是君臣。天底下有哪个做臣子的能与君王闹意气?就算有后计,暂且也要维持表面的太平,若是把关系一下子闹得太僵,对自己无益。

他扑了扑手,说:"那明日入禁中一趟吧,去见见官家。"

明妆说:"这就对了,屋檐矮,低一低头就过去了。论功绩,你是兄弟之中最高的,别因一时的失利就自暴自弃,说不定官家也正等着你去认错呢。"

她说得耿直,仿佛在她眼里没什么难事。也对,她从小是蜜罐子里泡大的,双亲没有儿子,只有她一个独女,她哪能知道帝王家父子之间生了嫌隙,动辄是要命的。

手上的霜糖没有拍落,仍旧黏腻,他学着她的样子,把指尖叼进嘴里,问她:

"那明日你陪我一起去吗？"

这个提议正好撞进她的心坎里，明妆道："你想让我陪，我就陪你。官家面前我不便露面，先去满愿那里等着好了，等时候差不多了，你再来接我。"

他说好，即便是小小的人，这一刻好像也能给他提供短暂的依靠。多不可思议，她年纪还小，搂在怀里小小的一团，却没想到给了他莫大的慰藉。他望着她，终于品出了未婚妻和寻常女人的区别。虽然到了万不得已的时候也可以舍弃，但穷途末路之前，她还是那个要紧的人。

他探过手，把她的手握进掌心，正想向她抒发当下的情感，没想到竟被她嫌弃地甩开了。

他遭受冷遇，不由得一怔，见她皱着眉嗔起来："你刚才舔过手指，又来牵我，多恶心人！"

他气结："你也舔了手指，我还不是没嫌弃你？"

两人吵吵嚷嚷，一旁的女使大受震撼，在这府邸之中，郎主是绝对的权威，即便是侍奉了他好几年的侍娘，在他面前照样大气不敢喘。现在能因这么一点小事和姑娘拌嘴，大约真是闲来无事，无聊得发慌了。

明妆毕竟无心和他夹缠，转而又换了话头，问："殿下的伤现在还疼吗？"

身后的女使搬来银盆让他们净手，他没将她的厌弃放在心上，依旧殷勤地拽了她一下，把她的手塞进水里，嘴上应着"不疼了"，然后卷起袖子，拨动清水替她擦洗。那小小的手，浸在水里越发剔透，就算她挣扎，他也不在意，饶有兴致地将那指尖、指缝都揉搓了一遍。

明妆挣不脱，气得脸色微红，可对面的人却连眉毛都没抬一下，知道她不服气，笑吟吟道："你我已经定亲，有些亲昵举动再正常不过，你要是不好意思，就让侍奉的人退下去。"说罢顿了顿，实在觉得无法理解她，"其实你做什么要把她们放在眼里？她们是伺候你的，只管尽好自己的本分就行了，主家的一切她们都不能过问，你大可把她们当成猫儿狗儿，天底下哪有人在猫狗面前难为情的？"

这就是天潢贵胄和普通人的区别，普通人家的下人都是雇来的，受雇期间不自由，一旦期满就可以自行选择去留，在家主眼中，他们是独立的人，不可随意打杀。但王府的女使则不一样，她们通常是宫人出身，在禁中时就服侍皇子，即便跟着皇子入府，照样有教条约束她们，除非皇子开恩，否则她们就得老死在王府。所以在皇子眼中，她们和猫狗一样，没有自我，没有自尊。"

明妆听他这样说，难堪地看了看一旁侍立的人，那些女使果真眼观鼻、鼻观心，对他的话恍若未闻。她不由得唏嘘起来，人上人就是这样，任谁在他眼中都像草芥一样。其实出身辉煌，傲慢一些也无可厚非，但像他这样不顾情面，性格缺陷可见一斑，也着实危险。

当然，反驳他大可不必，明妆僵着脸笑了笑："不说这个了，明日是单日，你可要上朝？"

他显得意兴阑珊："我告了好几日假，明日也不打算上朝，免得官家当着满朝文武的面，叫我下不来台，还是等前头散了朝，我再求见不迟。"说罢无奈一哂，"我与官家是至亲骨肉，可是想起要去见他，心里就恐惧起来，般般，这就是天家父子。"

天家无父子，有的只是君臣，这个道理明妆早就知道，只得顺嘴安慰他："小时候我做错了事，也害怕见到爹爹，畏惧尊长是人之常情，没什么丢脸的。"

但这仅仅是丢脸这么简单？他无奈地看看她，见那双大眼睛干眨了两下，不知怎么回事，今日格外灵动，好像较之以前更活泛起来。姑娘一活络，便极其讨人喜欢，隐隐约约的，多年前那种感觉又回来了，他已经好久不曾对女孩子心动了，真没想到自己这颗枯槁的心，还有死灰复燃的一天。好在她已经是他的未婚妻了，不会像他头一次的恋慕一样乍生变故，如今大半个易般般已经是他的了，只要他不愿意，谁也不能抢走她。这种笃定让他欢喜，唇角的笑意也愈发大了，孟浪地问了句："你今日可要留宿这里？我让人收拾出来一间卧房，明日正好一起入禁中。"

明妆想都没想就拒绝了："多有不便，我要回家。"

有时候她是真的不解风情，他算计不成，有点失望，但也不强求，唏嘘着说："好，那我明日一早去接你。"

事情说定，无需再逗留，明妆起身说告辞，他体恤地将人送到门上，像寻常人家公子送别心上人一样,亲手将她送上马车。

外面春光正好,他揹着两手,含笑对她说:"今日辛苦了,回去好好歇一歇。"

明妆颔首:"殿下快进去吧,伤口还没痊愈,当心吹了风头疼。"

小厮拿马鞭敲了敲车辕,顶马甩开蹄子跑动起来,午盏回头瞧了仪王一眼,放下门帘才敢抱怨:"仪王殿下待小娘子挺好,却不怎么拿女使当人看,我们这些人在他眼里是猫儿狗儿,这话真是伤人。"

明妆道:"他清高他的,何必把他的话放在心上?咱们自己家里过日子,我几时也没拿你当猫儿狗儿呀。"

午盏还是很低落:"往后小娘子要出阁的,到了仪王府上,我们自然就成牲口了。"

明妆嗒然笑了笑,没有多言,转头朝外看,窗外的风融融地吹进来,时间过得真快,转眼天气就暖和起来了。李判是年下回来的,如今入了四月,再过不了多久,他就该返回陕州了。这一别,不知什么时候还能再见,戍边的将领通常三五年才能回来一次,到那时自己已经好大的年纪了,无论最后嫁给谁,都已经出阁了吧!

好可惜,情窦初开恋慕的人,对面相望,却不敢让他知道她的心。因为太珍贵,反倒诸多担忧,捆绑住了手脚……罢了,眼下是紧要关头,没有闲心去想那些。

回到易园,明妆用过饭在临窗的榻上小憩,正迷迷糊糊要睡着,听见院子那头传来脚步声,烹霜站在廊上询问:"小娘子睡下了吗?"

煎雪说:"刚睡下,有事吗?"

烹霜道:"姚娘子送了个食盒进来,说让小娘子尝尝手艺。"

"姚娘子?"煎雪一时没想起来,"哪个姚娘子?"

烹霜道:"还有哪个姚娘子,当然是李判的生母姚娘子呀。想是看李判的宅邸离咱们很近,送了些果子点心来,诚如邻里结交一样,真是尽心。"

她们在廊上喁喁低语,明妆想睡也睡不着,伸手推开半掩的窗,叫了声"进来",不一会儿烹霜搬着一只朱红的食盒到了榻前,揭开盖子呈给她看,里面摆着一盘酥油泡螺、一盒松子糖,还有一盒橄榄脯。

姚娘子是个精细的人，每一样小食都摆放得漂亮，跟进来的煎雪拊掌道："小娘子的茶点有了，这会儿要吃吗？我这就办饮子去。"

明妆说："不用，给我倒杯水来。"说完先捏了个酥油泡螺搁进嘴里，抿一抿，入口即化，乳香四溢。可惜她刚吃完饭，吃不下小点心，便含了块松子糖躺下，招呼身边的女使："你们也尝尝，姚娘子真是好手艺，可我白吃了人家两回点心，很是过意不去。回头替我挑两把细画绢扇，再准备两盒香品，算我的答礼。"

"那唐大娘子呢？可要给她准备一份？"

明妆说："不必，她上回在祖母面前那样挑唆，就没打算再和易园来往，我要是热脸贴冷屁股，岂不是白长了个脑子？"

烹霜应了声是，将食盒放在桌上，屋里几个人笑嘻嘻地各尝了一块，重新将盒子盖起来，留给小娘子睡醒再吃。

赵嬷嬷这时从外面进来，笑着问："遇上什么好事了？都这么高兴……"话没说完，午盏就往她嘴里塞了一颗松子糖。赵嬷嬷咂了咂，直说香甜，又道："先前我在园子里碰见兰小娘，她眼眶红红的，像是哭过。我问她出了什么事，她也没说，后来问她身边的女使，才知道午后崔家有人来过，想必是她那个不长进的兄弟又来和她要钱了。"

明妆听得怅然，兰小娘什么都好，就是性子面，娘家人一回又一回来搜刮，她也没有拒绝的勇气。一个不学无术的少壮兄弟，多少钱财都不够填补，上回听说兰小娘把自己的首饰都典当了，这才隔了多久，又来讨要。然而自己这阵子忙得很，没有时间理会这些，等得了闲，还是要替小娘料理了这件事。

可眼下怎么办呢，明妆对赵嬷嬷道："兰小娘身上怕是一点傍身的钱都没有了，你替我送两吊钱过去，嘱咐她不许再给崔家人。让马阿兔派人出去打探打探，看看那个崔家公子有什么雅好，钱都花到哪里去了。"

赵嬷嬷道声是，待煎雪伺候明妆漱了口，摆手让人都退下去，又道："小娘子今日劳累，别再过问那些了，先歇个午觉，其他的容后再说。"言罢自己也退出上房，承办差事去了。

慢慢地，日影西移，阳光穿过竹帘间隙，在地上洒下斑斓的光影。有风吹拂竹帘，光影款款荡漾，满室便像浸入涟漪里，一切似真非真起来。

待得第二日早起，明妆刚换好衣裳，就听女使说仪王已经在门上等候了。她站在镜前仔细端详自己，不紧不慢地收拾停当才出门，仪王也不知吃错了什么药，见她露面，满眼都是惊艳之色，嗟叹道："小娘子今日真好看。"

他夸得生硬，但能得眼光极高的仪王殿下一声赞美，就当自己装扮得很成功吧。

登上车，两人并肩坐在车舆内，仪王不时瞥她一眼，温情地说："将来我们成婚，一定也是这样，我要是犯了什么错，有娘子陪我一同入禁中赔罪，我觉得自己不孤单。"

明妆转头轻撇了下唇角，道："如果可以，我希望殿下不要再犯错，也免得我跟着担惊受怕。"

他听了立刻舒展眉眼，坚定地说："你放心，我以后绝对不会再犯错了。"因为他知道，当权力到达顶峰之后，错也是对，那个时候谁还敢来指责他？

马蹄笃笃，乘着晨光到了东华门，放眼望去，这道他往来了无数次的宫门，每一个垛口、每一块香糕砖，他都了然于心，甚至城门有多深，戍守的班直每班多少人，快马通过需要多长时间，诸如此类不能忽视的细节，他也精密计算过。好在如今这道门在李宣凛手上攥着，所有设想的困难都不存在了，身边的女孩就是钥匙，只要有她在，他什么时候想进来，李宣凛都会为他开门。

可惜今日李宣凛不在，否则进宫之前还能打上一声招呼。他牵起明妆的手，走过长而幽深的门洞，再踏进光瀑里时，就是另一个世界了。

宫门上有黄门侍立，见人进来，引入左承天祥符门。官家这个时辰在崇政殿理政，仪王站住了脚，温声嘱咐她："你先去满愿那里，我过会儿去找你。"

明妆道好，目送他踏进宣右门，自己随女官往仁明殿去。

那厢五公主早就等她多时了，一看见她便跑出前殿，吵着要带她去自己的阁子。明妆连给皇后行礼的空闲都没有，远远朝立在门上的杨皇后纳福，脚下还没站定，就被拽了出去。

杨皇后含笑看她们走远，掖着手长叹："我们满愿和易小娘子很是投缘，要是将来满愿能得她照应,我也就不担心了。"

一个先天不足的女孩子,需要一生受人照顾,本朝的公主们很多命途都不好,皇后希望自己的小女儿是个例外,那就需要她结交的闺阁朋友,将来有无量前程。然而眼下局势模糊,连皇后都说不清楚。昨日她壮着胆子和官家提了提二哥,官家恼恨地扔了一句"你知道什么",便把她撅回来了。

知道什么……她什么都不知道,但她明白一点,二哥这回险得很,在官家心里,怕是已经将他除名了。

再看看走远的那个女孩的背影,她忽然又觉得同情起来,姑娘家的荣辱都系于郎子一身,原本仪王是诸皇子中胜算最大的,但不知为什么,官家对他猜忌至此,真是帝王心术不可揣测,今日能捧你上天,明日就能把你踩进泥里。

五公主的笑声隔着几道门禁都能听见,她说:"阿姐快来,我已经给仙鹤做好帽子了。"

果然,仙鹤台的鹤头上都戴着展脚幞头,颌下拿带子束着。那两根帽翅有一尺来长,简直和前朝官员们头上戴的一样,被风一吹,晃晃悠悠,加上仙鹤翅尾的黑羽,看上去十分相得益彰。

大家笑着站在台前欣赏,仙鹤姿态优雅,戴着幞头慢慢踱步,五公主说像龙图阁那个上了年纪的直学士。

既然做寿,就得有寿宴,亭子里摆好了一桌酒席,五公主邀请明妆入座。明妆奉上寿礼,示意宫人呈上盒子,打开让五公主过目。盒子里摆着巴掌大的小家具,桌凳、凉床、交椅、裙厨等,应有尽有,五公主当即就跳了起来:"阿姐怎么知道我要这个!"

明妆笑着说:"我看殿下给小兔子搭了窝,窝里却没有用具,总是缺了点什么。所以让人去夜市上购置了一套,殿下看好不好。"

五公主感动非常,转身抱了抱她:"好得不得了,多谢阿姐,果然阿姐最知道我。"

明妆又叹息道:"我还买了福公张婆糖,那糖做得极好,可惜落在车里了。要不殿下等一等,我去取来给你,你看了一定更喜欢。"

五公主点头不迭,这位易姐姐在她眼里就是个缤纷的杂货铺,代表着民间所有的奇思妙想。那福公张婆糖不知是多有意思的东西,她心里急切,说让黄门去取,黄门跑得快,但易姐姐又说二哥的小厮认人,等闲不会把东西交给黄门。

　　"还是我自己跑一趟吧,请陶内人陪我一起去就是了,殿下先去布置这些家什。"一番游说之后,明妆顺利从仙鹤台脱身出来。

　　她往东看看,昨日已经大致摸清了这一线的路径,崇政殿西侧是明华门,一般人等进出都走明华门。对面的庆寿门与它一路之隔,而从仙鹤台穿过去便是庆寿门……如果小心点,多少会有收获。

　　将要迈出庆寿门时,明妆顿住步子,退到门后的阴影里,对陶内人道:"仪王殿下进崇政殿拜见官家了,我有些担心,就在这里等他出来吧。"

　　恰好庆寿门是一道便门,平时不设黄门看守,陶内人见逗留在这里没什么妨碍,也愿意陪她多等一会儿。

　　时间一点点流逝,不知崇政殿内会发生什么,也许官家怒气未消,也许冷静几日,已经原谅仪王了……正在明妆惴惴不安时,隐约听见说话声,一个略尖的嗓门宽慰道:"官家这几日有些松动了,昨日我趁机又提了提殿下小时候的趣事,官家脸上也有笑意,大概忆起了旧时光,官家对殿下,还是有旧情的……"

　　袍角翻飞,两只穿着皂靴的脚,从明华门内迈了出来。

第十五章

说话声渐近,明妆隔着门轴旁的缝隙朝外看,见一个内侍打扮的人伴着仪王迈出门槛,那内侍一身绯色公服,腰间束着革带,这是六品官职才有的打扮,和寻常绿袍的内侍黄门不一样。早前她也打听过弥光的长相,据陶内人所说,这位内侍殿头生得很白,非常白。再打眼看那人,发现评价果然精准,就是那种白如浮尸一样的皮色,白得几乎没有血色。

构陷爹爹的人就在眼前,她心头大跳,奈何不能轻举妄动,只好咬牙按捺。不过短短的几句话,她已经听出仪王和弥光之间不简单,在官家面前说情时都提及仪王小时候了,要是半道上开始合作,真不见得能搬出这种旧情来。

果真,仪王接下来的话又印证了这一点,正因为很熟,他的语气里带着怨怪:"是弥令说的,官家要看见我的真心,结果现在真心送到官家面前,却换来这样的结果。"

弥光"啧"了一声,似有些不悦:"就算小人妄揣圣意,也是为着殿下。殿下想,前头出了豫章郡王的事,官家嘴上不说,心里可是对殿下生了猜忌?这次庆国公极力推举监察御史,官家却执意要让殿下彻查,殿下是聪明人,不会不明白官家的用意。"

眼见话不投机,仪王自然不能让彼此生嫌隙,便又好言转圜:"弥令别误会,我没有责怪你的意思。先前我向官家认了错,官家倒不像前几日那样疾言厉色了,只是要想一切如旧,还需托付弥令替我周全。"

弥光摆了摆手,道:"这些哪里要殿下嘱咐,这两日殿下不曾入禁中,我在官家面前不知说了多少好话。殿下放心,只要有机会,我自然见缝插针地替殿下斡旋,官家心肠软,要不了多久必定会重新起复殿下的。"

门后的明妆舒了口气,不知怎么,心里反倒松泛了,因为知道不用再强迫自己接受这门婚事,不用再将仪王视作郎子,就像关押多时的人忽然被释放,浑身上下都自由起来。

陶内人见她舒展眉宇,以为她是庆幸仪王逢凶化吉,悄悄朝她拱了拱手以示恭喜。明妆抿唇笑了笑,顺着墙角退到花园,仍旧带着陶内人往宫门去取东西,不过半道上嘱咐陶内人道:"回头若是仪王殿下问起,千万不要透露咱们在庆寿门停留过。"

陶内人不疑有他,笑道:"小娘子对仪王殿下真是一片深情,明明为他如此操心,却什么都不让他知道。"

那是当然,要是让仪王知道,计划就打乱了。不过弥光那头,得另有安排,她思忖着对陶内人道:"我有件事,这回恐怕真要麻烦内人和曹高班了。"

陶内人迟疑道:"小娘子有什么吩咐,只要我们能办到……"

"不是什么难事,不过是传句话。"明妆顿住步子,含笑对陶内人道,"只要这件事办成,我一定重重酬谢二位,他日想办法向五公主讨了你,在上京城中给你置办个小院子。曹高班出宫的机会很多,你们大可在宫外相逢,不必再这样偷偷摸摸,你看如何?"

这样的承诺彻底让陶内人动摇起来,俗话说,富贵险中求,况且只是传句话,也算不得险,于是她咬牙应下:"请小娘子交代。"

明妆微微侧过头,示意她附耳过来细听。陶内人听了半晌,却纳罕道:"小娘子不让仪王殿下知道，却为什么……"

明妆做了个噤声的动作，截住了陶内人的话，又问："曹高班进宫多少年了？能做到高班，想必有年头了吧？"

陶内人说："是，有五六年了。"

"五六年……"明妆沉吟道，"你把我的话告知他，他自然明白我的意思。"

交代完一切，心里的石头落下一半，明妆取回福公张婆糖，快步回到仙鹤台，此时仪王已经入席，在亭子里坐着了。

五公主显然因为他的到来很不自在，这位二哥一向和她不亲近，她甚至有些怕他。今日，他莫名跑到仙鹤寿宴上，强势地挤进上座，简直像大人欺负小孩。五公主束手站在一旁，脸上带着畏惧之色，好不容易见明妆来了，忙高呼一声"阿姐"，忽然意识到二哥也在，嗓门立时就矮下去，挨过来期期艾艾道："你怎么才回来？"

明妆打开竹篾编制的盒子，把里面的糖取出来，迎风摇了摇，张婆手里举着的风车旋转，呜呜作响，她说："这风车也能吃，木樨花香味的。"

五公主没舍得咬，对这惟妙惟肖的糖人爱不释手，觑了觑仪王，指指福公，说："等二哥老了，是他。"又指指张婆，"阿姐老了，是她。二哥背着阿姐，买糖吃。"

也许因为这等祝愿很美好，仪王冷峻的脸上浮起笑意，对五公主道："承你吉言。"

五公主的笑容挤得很勉强："我拿去给阿娘看看，宴散了，你们回去吧。"说完一溜烟跑了。

众多宫人慌忙跟上，这场鹤宴当即只剩下两只戴帽子的鹤，和独自一人坐着的仪王。

主家已经发话送客，他只好拂袍站起来，脸色有些不满："什么寿宴？连杯酒都没喝上。"说着又调转视线瞥了明妆一眼，"要取东西，吩咐宫人就是，何必自己跑一趟？"

明妆有些心虚，但还是稳住心神，轻描淡写地说："你不懂，这糖精致得很，我怕宫人不小心把它磕坏了。"

两人缓步走出后苑，路上明妆追问面见官家的结果，仪王负着手道："平淡得很，官家没有动怒，也没有发难，只说过去的事不要再提，我也不知道这算不算既往不咎。"

明妆其实对官家的态度并不感兴趣，但今日既然是为这个进宫的，自然要敷衍两句，于是搜肠刮肚地问："那官家减免你手上的公务了吗？可削你的权啊？"

仪王摇了摇头："暂时倒没有，但也不曾再委派什么差事给我，想是不相信我，自此要冷淡我了吧。"

夹道高深，两人缓缓走在其中，抬起头，只能看见窄窄的一道天。

明妆说："不会的，再等等，等官家想明白就好了。殿下承办了这么多公务，难得一回失手，官家会宽宥你的。"

他笑了笑，没有再说话，牵着她的手迈出了宣右门。

崇政殿中，官家独自坐在圈椅里，看着窗外的景致发呆。四月的天气已经很暖和了，风里都带上了初夏的味道，他却仍觉得凉，中衣之外穿了一层薄薄的丝绸袄子，每次召见臣僚，都要小心地将袖子卷上两道，以防不经意露出来，让人看见。有时觉得，身体里好像住着另外一个人，他想伸左手，身体里的人却伸出右手，不由他操控。虽然这样的时间并不多，但每每发作都让他觉得惶恐，他不知道自己还能坚持多久，也许时间不多了，所以他开始加紧步调部署。太子之位悬空，那几个年长的儿子还在暗中较劲，不能这样下去了，必须下定决心，将眼前这桩亟待解决的大事妥当处置。

远处，不知是谁放了一只风筝，纸蝴蝶大张着翅膀悬浮在窗口那片天空，虽然有线牵着，好像也飞得十分洒脱。官家看得有些出神，看着看着，眼皮沉重起来。

弥光抱来一条薄衾，替官家搭在身上。官家很固执，不到午睡的时候，即便是在圈椅里打盹，也绝不上内寝躺着。弥光惯会伺候，待一切安顿好，摆手把侍立的人都遣了出去，然后跛上廊庑，背着手打算去入内省，才走了几步路，那个常替他传口信的小黄门芒儿迎上来叉手行礼道："弥令，外头有消息。"

第十五章

弥光脚下顿了顿:"哪里的消息?"

芒儿道:"仪王府的。"

弥光莫名看了他一眼:"仪王府?什么消息?"

芒儿道:"今日入内省采买宣纸布匹,是曹高班领着人出去的。先前小人与他闲聊,他随口说起在外听见的传闻,据说易家小娘子在家大吵大闹,要与仪王殿下退亲,怕是不日就要入禁中求见圣人了。"

弥光吃了一惊:"易家小娘子要退亲?为什么?"

芒儿摇了摇头:"曹高班没能打听出来,但依小人之见,这件事怕是不简单。就在昨日,易小娘子陪着仪王殿下一道进宫,小人查问了一遍,有人看见易小娘子带着五公主身边的陶内人在入内省附近徘徊过。"

这番话惊出了弥光一身冷汗,问:"她在入内省附近徘徊……她想干什么?"

芒儿向上觑了觑,道:"弥令,易小娘子为什么会与仪王殿下定亲,弥令还记得吗?再者,仪王殿下又为什么想迎娶易小娘子……殿下的心思,弥令应当知道啊。"

怎么能不知道,那两个人本就各怀鬼胎,一个想借陕州军做靠山,一个想要他的人头。关于易明妆要报仇这件事,仪王曾经据实与他说起过,当时他心里就直犯嘀咕,说不担心是假的,再好的同盟,怕是也敌不过枕头风。他惴惴不安,与仪王商讨,也得到了仪王肯定的答复——一个小丫头,将来除掉便是了。

他相信仪王有这样的魄力,但那是在易明妆没有利用价值之后,而不是现在。现在大局未定,李宣凛又掌管着控鹤司,正是能给仪王最大助益的时候,若是这个当口易明妆闹起来,哪头轻哪头重,似乎不用考虑。如果易明妆逼仪王做选择,那仪王会选李宣凛还是自己,结果不言而喻。

真是晦气,偏偏现在出了乱子!弥光想了想,拧眉盼咐芒儿:"你去仪王府一趟,看看仪王殿下……"话说了半截,又收住声,忽然意识到这件事要是真的,追问仪王也是白搭,难道仪王会承认为了留住易明妆,打算向他举起屠刀吗?

弥光泄了气,捶着廊上的柱子思忖着,眼下还是先确定易明妆究竟有没有察觉内情吧。一个小姑娘,只进了三回宫而已,哪里来的本事横行禁廷?

"你去,"他转头吩咐芒儿,"把那个陶内人给我传来,我有话要问她。"

芒儿道声是,掖着两手朝后苑跑去。

站在廊庑上,外面的春光晒得人睁不开眼,弥光的心里却结起了寒冰。他与仪王之间脆弱的关系,一向是靠利益来平衡,自己要钱要权,要为侄子谋求前程,若不是能在官家面前说上几句话,仪王怕是早就不耐烦自己了。若是哪天支使人往自己杯中滴上两滴鹤顶红,那怎么办?难道官家会为自己申冤,向亲儿子索命吗?

弥光心里焦躁不已,搓着手来回踱步,终于见芒儿领着一个宫人从门口进来,等不及那宫人向自己纳福,急切道:"我问你,你可曾陪着易小娘子来过入内省?可曾在哪儿见过我与仪王?"

陶内人有些慌,但心里早有准备,便稳住心神,弓腰道:"回禀弥令,昨日我们五公主筹办鹤生日,请易小娘子入禁中赴宴,中途易小娘子发现把带给公主的糖落在车上了,就让我陪着一块儿去宫门取。我们是从西边花园过来的……"说着回身指了指路,"行至庆寿门时,正遇见仪王殿下与弥令从明华门出来,易小娘子就站住脚,退到门后去了。"

弥光心头大跳:"那你们听见我说了什么?"

陶内人道:"也没什么,就是弥令答应给仪王殿下说情,还和官家提起仪王殿下小时候的趣事,说官家已经缓和了态度,不生仪王殿下的气了。"

弥光暗呼一声糟糕,其实自己与皇子间这样的应酬,任宫中谁人听了都不会觉得有什么不妥,人情往来嘛,答应说情是人之常情。但这话到了易明妆耳朵里就不一样了,难怪她回去要和仪王吵闹。

弥光定了定神,又问:"易小娘子后来说什么了?"

陶内人道:"没说什么呀,不过感慨了一句,弥令真是好人,这样帮衬仪王殿下。"

弥光愈发躁眉耷眼,头上的幞头热得戴不住,一把扯了下来。

陶内人见他这副模样,忙低下头。昨日她和曹高班说起易小娘子的吩咐,曹高班当时就愣住了,她也是到这时候,才知道明妆和弥光之间的恩怨。

第十五章

杀父之仇，非同小可，原本是不该闯进这浑水里来的，但他们之间的事既然被易小娘子知道了，又给了郑重的许诺，不过传两句话，她咬咬牙便做了。再说弥光对待手下人确实不慈悲，曹高班几次要升高品，都被弥光中途截和，塞给了自己的心腹。曹高班虽然面上宾服，但私底下十分恨弥光。就算退一步，他出卖易小娘子取悦弥光……那到时候了不得做上高品，爬得再高还是内侍，私情方面，就更谈不上长远之计了。

弥光失魂落魄地摆了摆手，定眼看陶内人退下，半晌对芒儿道："我为仪王，也算鞠躬尽瘁，他总不至于不念旧情，为一个小丫头和我反目吧。"

芒儿打起眉眼官司道："仪王可以不看重易小娘子，但不能不看重庆国公。况且上回高安郡王那件案子办砸了，仪王对弥令有诸多怨言，若不是弥令让他秉公办事，照着他的手段，或许能另辟蹊径打压高安郡王也不一定。"

弥光觉得很冤枉："我那是害他吗？我那是为着他好啊！"

可是说来说去，他也明白，仪王未必不会因为那件事猜忌自己。现在加上易明妆的逼迫，仪王为了表决心，十有八九会把他推出去祭旗。

芒儿忧心忡忡地向上望着，道："弥令，接下来怎么办呢？"

弥光那张脸像冻住了一般，隔了好久才抽搐了下嘴角，道："怎么办？蝼蚁尚且懂得自救，何况你我。"

不光彩的同谋，彼此间本就没有信任可言，有的只是不断的暗中揣测。当初他与仪王交好，是因为仪王答应日后抬举弥家，自己不济，却图子孙后代重新扬眉吐气，希望弥家将来能成为上京的望族。现在看来，仪王上位的机会很渺茫了，与其同他继续纠缠，不如趁早脱身，另起炉灶。

思及此，弥光吐了口浊气，道："芒儿，给我弄支银针来。往后的饭食，先替我试过毒再送上来，我可不想死得不明不白。"

芒儿正想应是，一个小黄门上前通传，说官家醒了，正找弥令呢。弥光不敢耽搁，匆匆赶回去，进门见官家正要起身，忙上前搀扶。

官家自言自语道："睡得久了，身上寒浸浸的……"

然而外面艳阳高照，过不了多久就要入夏了，弥光知道，官家的身体一日不如一日，册立太子的事，也迫在眉睫了。

宫人送来参汤，他小心翼翼地呈敬到官家面前，趁机道："官家要保重龙体，有官家在，社稷才能安定，宵小之辈才不敢轻举妄动。"

他话里有话，官家听出来了，瞥了他一眼道："外头又有什么传闻了？"

弥光支吾片刻，方为难地说："臣本不想多嘴的，但今日听说有人对官家诸多埋怨，甚至口出恶言……臣也有些替官家不平，后悔多番在官家面前替他遮掩，闹得自己为虎作伥一般。"

官家立时就明白了："仪王？"

"唉……"弥光垂着眼，很快地眨动了几下眼睛，"臣也没想到，他是这样薄情寡恩的人。因着早前先皇后对臣不错，臣总想报先皇后的恩情，因此处处维护仪王殿下，其实官家也看出来了。他有些小差错，臣料官家也不与他计较，可他现在竟因高安郡王一事怨怪诅咒官家，臣是不能忍的。官家可曾想过，他能冤屈郡王，未必不会构陷大皇子。大皇子中庸，为人耿直，如今还被圈禁在麦仓呢，官家难道不心疼吗？何不趁着这次机会，将此案发还重审，命御史台会同三衙彻查，要是果真有冤情，官家现在为大皇子翻案，还来得及。"

官家调转视线看了他良久，慢慢地，唇角浮起一丝不易察觉的笑："你说得很在理，既然如此，就好生严办吧。"

说罢转过身，碾碎指尖的鱼食，向缸中一抛，锦鲤浮头，一口就吞吃了一大片。

第十六章

接下来的几日,明妆要打听朝中的动向,奈何身边并没有能够准确告知消息的亲友,正想着要不要上袁宅一趟,门上婆子进来回禀,说汤小娘子来了。

她忙站起身相迎,芝圆还像以前一样提着裙子快步跑进来,商妈妈见了人也很高兴,对传话的婆子道:"如今不该叫汤小娘子了,汤娘子已经出阁,论理应当称呼汤大娘子才对。"

芝圆摆了下手:"叫什么汤大娘子,别把我叫老了。"说完又亲热地携了明妆道,"我近来在家闲得慌,大前天上禁中探望贵妃,听说你也进宫了,本想去找你,打发宫人去问,说你已经出去了,可惜没碰上。"

明妆笑道:"五公主给她的鹤设寿宴,请我去吃席来着。正好那日仪王殿下也要入禁中,就一起去了。"

提起仪王,芝圆显然有点尴尬,嗫嚅道:"那件事……没想到会变成这样。我也一直蒙在鼓里,后来听四哥回来说了,才知道里头有那些纠葛。其实当日我就想来找你的,可惜我不好意思,总觉得很对不起你。你看男人之间钩心斗角,倒弄得咱们两个骑虎难下，我早说了，嫁了人再不能像以前一样，我心里真是难过得很。"

她是爽朗的性子，伤心了，情绪就做在脸上。明妆要安慰她，搂了搂她，道："不管他们怎么样，咱们永远是最好的朋友，就算嫁了人，也不改初心，何况我还没嫁呢。"

这么一说，芝圆立刻觉得有道理："婚期定在七月初八，还有两个多月，咱们不着急。"说着龇牙笑了笑，"我觉得自己心眼挺坏的，不希望你嫁给二哥，你看他如今境况，说句实在话，很不乐观。你听我说，虽然个个皇子都有当太子的雄心，但他不一样，他是嫡出的皇子，若当不上太子，他自己心里都过不去。万一失利，说不定日日借酒浇愁，到时候变成一个酒鬼，对你不好，打你骂你怎么办？"

她扮出凶神恶煞的模样，朝着明妆一顿张牙舞爪，想让她知难而退。明妆觉得好笑，其实她不来恫吓，自己也已有了退意，七月初八大婚，大抵是不能成了。可是现在还不能说，还得继续静候消息，她要看一看弥光会有什么行动，若是直接找仪王质问，那么自己便可以打开天窗说亮话。照常理来说，弥光不会那么蠢，主动挑破，无疑是将脖子送到铡刀下，所以他宁愿做些小动作，也绝不会正面和仪王起冲突，只要仪王发现他有二心，那么到时候用不着自己催逼，他也会想办法除掉弥光。

但话总有说破的时候，她也做好了准备，为了给爹爹报仇，别说一场婚姻，就是命，她也愿意豁出去。既然什么都不在乎了，那还有什么好怕的？就让他们自相残杀，自己就在这里静待着，了不得仪王来找她算账，她也不怕。

明妆压下芝圆的手，笑着说道："现在五月还未到呢，我不会给他机会打骂我的。"

到底是好姐妹，芝圆频频点头："那最好，你再好好斟酌斟酌，与其嫁他，不如重新寻个好郎子，这上京王公遍地，还愁没有好人家？"说着又调转话风，把从高安郡王那里探听来的消息告诉了明妆，"大哥那桩案子，发回三衙重审了，你知道吗？"

第十六章

明妆迟疑道:"宫人坠楼那桩案子?"

芝圆说:"可不,那时候是二哥主审的,你想想,官家此举是什么用意?明晃晃打二哥的脸呢!"

明妆闻言,心里雀跃起来:"怎么忽然重审了?可是有谁在官家面前说了什么吗?"

芝圆耸耸肩:"谁知道呢,反正官家本身也想替大哥翻案。唉,我上月和四哥一块儿去麦仓看望大哥一家,真是看出了我两眼泪花。大哥整日坐在院子里发呆,大嫂身上一样首饰都没有,眼巴巴看着他,生怕他想不开,做傻事……你说原本那样显赫的门庭,忽然冷落至此,人生真是大起大落,不可捉摸。"

明妆也叹惋道:"世人都恨自己没有投身在李家,可谁又知道李家的子孙不好当。"

说完心里却在琢磨,官家忽然打算推翻仪王经手的案子,这就表明弥光在里头起了大作用,仪王这下该慌了,慌起来了,才能两败俱伤。一切都在往她设想的方向发展,她长出一口气,等着坐山观虎斗,转而又和芝圆提起五公主,笑着问:"你可曾结交过满愿?真是单纯可爱得很哪!"

芝圆自小养在宫里,五公主比她小不了几岁,彼此自然有交集,不过芝圆不怎么喜欢她,也和她玩不到一处去,撑着脸颊道:"我们在一起念过书,我是看着她长大的。可惜她出身虽高,脑子却不大好,八岁还不会写自己的名字,直学士一说她,她就号啕大哭,闹得大家连课都上不成。"

明妆道:"她的兴致不在读书上,也不必强求她。"

芝圆哈哈一笑:"我的兴致也不在读书上,要是有个像你这样开明的老师,小时候也不用受那些苦了。"言罢顿了顿,眼里暧昧丛生,"近来可私下见过你的李判哥哥?上回听说他拒了县主家的亲事,看这架势,是不打算在上京娶亲了。"

明妆这阵子忙着自己那点事,已经好几日不曾见到他了,不知怎么,提起他,陡然生了许多生疏感。

芝圆见她走神,盯着她看了好半天,"哎"了一声,道:"和我说着话,想的却是自己的心事,小娘子不怎么把我放在眼里啊。"

明妆失笑："我哪里没把你放在眼里，我是想着该让人准备什么好吃的来招待你。"

芝圆说："不必了，我这两日胃口不好，老是泛酸水，还是少吃些东西吧。"

明妆一听，顿时直起身子："泛酸水？我们香药铺子隔壁就是熟药局，上回听坐堂的大夫说，泛酸水不是吃坏了肠胃，就是怀了身孕。芝圆，你别不是怀上了吧？"

"你还懂这个？"芝圆手忙脚乱来捂她的嘴，"不能声张。"

明妆挣扎道："为什么？这可是好事。和干娘说一声，她要做外祖母了，我呢，就要做干娘了！"她越说越高兴，盘算起来，"孩子的彩衣我来准备，还有小儿戏耍，我能供到他六岁，要什么有什么。"

芝圆却苦着脸，压声道："不是说这个。我和四哥成亲才一个多月，这时候怀上孩子，那不是穿帮了吗？所以我连身边的嬷嬷都不曾说。"

明妆不明白了，问："成亲了有孩子不是应当的吗，穿什么帮？"

芝圆面红耳赤，凑在她耳边说："大婚起码满两个月，诊出怀上孩子还说得过去，我和四哥大婚之前……没能止乎礼，要是果真怀上，那可要被全上京耻笑死了。"

明妆目瞪口呆："你们的胆子好大！"

"情到浓时嘛，有什么办法？"芝圆讪讪道，"当时想着反正要成亲了，试试也没什么，四哥说了，出了事他负责。"

成亲就算负责吗？可惜孩子不能放到他肚子里，丢脸的还是女孩家。

"不行，我要找他算账去！"芝圆拍案而起，"害我还得忍上好几日才敢去看大夫。"

明妆慌忙追出去："你怎么像炮仗一样？倒是先看准了再找他算账啊……"

结果芝圆潇洒地一挥袖子，快步往月洞门去了。真是来去一阵风，明妆垂手站在廊上叹息，像芝圆这样快意的人生，其实很让人羡慕，这才是上京贵女应有的样子。

她正感慨着，午盏从院门进来，手里捧着两只檀香木的盒子，到了明妆跟前敬了敬，道："小娘子，今夏的头一批绢扇出来了，小厮刚送进来的，请小娘子过目。"

明妆揭开盖子，取出来细看，满上京就数中瓦子钱家的扇子做得最好，异色影花扇还有梅竹扇面，是每年不过时的样式。

明妆很满意，把扇子装回去，让烹霜把准备好的藏香取出来，自己进去换了身衣裳，命小厮套车，准备上沁园一趟。

商妈妈看看天色，日头挂在西边的天幕上，再过一会儿太阳就要落山了，这个时候恐怕多有不便，遂道："还是先打发人过沁园问一声吧，若是姚娘子在，你再过去不迟。"

明妆却没想那么多："要是不在，把东西放下，让府里人转交就是了。"临出门前又叮嘱道，"晚间不要准备我的暮食了，我去潘楼看看今年的荔枝酥山开售没有。"

商妈妈一听她又要吃凉的，犯了大忌讳，劝道："天还没热起来呢，别吃坏了肚子……"

可她哪里肯听，笑闹着和午盏跑出去了。

马车从打瓦尼寺的墙外经过，这个时候正是傍晚前的松散时光，坐在车里能听见墙内的嬉笑声。

寺里的尼姑，很多都是年轻的孩子，也有她们消遣的方式，忽然闹哄哄一阵叫好，墙头上露出半个光脑袋，一瞬间又不见了。再等一等，这次秋千荡得更高，连眉眼都看见了。不想外面正巧有人经过，没戴帽子的小尼姑一声尖叫，明妆会心笑了笑，放下窗帘——尼姑与女冠不一样，女冠留着头发，尼姑须得剃发。姑娘大多爱漂亮，这样光着脑袋让人看见，想来十分羞惭和不情愿。

小厮敲敲车辕，在沁园的台阶前停住，张太美从门内迎出来，叉手行礼道："小娘子来得巧，与公子前后脚。"

明妆有些纳罕："你怎么又调来守门了，先前不是赶车的吗？"

张太美一副郁郁不得志的样子："天冷的时候我们公子乘车，所以小人赶车，天热了，公子不乘车了，小人英雄无用武之地，就被派来守门了。"

所以是个实用且多能的人才啊,明妆示意午盏把盒子交给他:"我就不进去了,这是我的一点心意,替我转呈姚娘子。"

张太美接过盒子,哈着腰说:"小娘子还不知道吧,今日公子在校场上受了伤,小娘子既然来了,不进去看看吗?"

明妆听闻李判受伤,心一下子悬起来,正巧院里的婆子出来引路,便改了主意,跟着婆子进了内院。

沁园的景致很好,无奈她没有兴致欣赏,顺着木廊穿过月洞门,见李判坐在窗前,想是刚上过药,低头掩上了衣襟。

七斗带着大夫从屋里退出来,一眼看见明妆,叉手行了个礼。

明妆问:"公爷的伤怎么样?"

七斗道:"伤口有些深,还好并未伤及内脏,小娘子自己进去问公子吧。"说着将大夫引出了月洞门。

一列随行官从房里出来,遇见明妆纷纷行礼,明妆点了点头,目送他们出了庭院,再回头时,见窗内的人正望着自己,便不再驻足,忙提裙迈进门槛。

他想是已经换了衣裳,身上看不见伤,只是唇色发白,看她到了面前,温煦地笑了笑:"小娘子今日怎么有空过来?"

仿佛阔别,从天而降令人惊讶,身上的隐痛也消散了,满心都是欢喜。

他总是这样,眼神热烈,神情却很矜持,明妆有时有些忘形,但看见他的脸,不自觉便庄重起来,老老实实道:"前两日姚娘子又让人给我送点心,我白吃了好几回,实在不好意思,今日准备了两样小东西给姚娘子,又懒于上洪桥子大街,所以送到沁园转交,没想到一来就听说你受伤了……"说完她忧心忡忡地看了他两眼,"怎么会伤着呢,严重吗?"

李宣凛摇头道:"皮外伤而已,没什么要紧。这两日衙门新造了一批武器,我和郎将练了练手,大概是因为分神,避让不及,被枪尖挑破了皮肉,养两日就会好的。"

明妆蹙眉道:"刀剑无眼,那种时候怎么能走神呢?先前七斗说扎得很深,你还在骗我。"

第十六章

他还在敷衍："流了点血而已，包扎起来就好了。"

明妆并不相信他，他就像爹爹一样，惯会大事化小，遂有意指指他手边的果盘，说："我要吃果子，你把那个最红的递给我。"

他听了，抬手想去拿，结果左手抬不起来，只好改用右手。

明妆把果子重新放回去，怨怼道："胳膊都不能动了，还说伤得不重。"

见被戳穿，他也无话可说，调转视线往圈椅上一递："坐吧。"

明妆退后两步坐下了，彼此沉默着，各自心里五味杂陈，良久才听见他说："我近来忙，没能过去探望你，小娘子一切都好吗？"

明妆想，应该算不错，自己趁着这段时间慢慢筹谋，无论如何已经起了一点成效，心里隐隐高兴，又犹豫该不该告诉他，若是他知道了，会不会怪她莽撞？

她嘴上应着很好，又说："定亲之后应酬多起来，光是往禁中就跑了两三趟。"

听她提起禁中，他的唇角微沉了下，隔了好一会儿，忽然道："午盏出去，我有话要对小娘子说。"

午盏怔了一下，犹豫地看看明妆，明妆道："这园子怪好看的，你去逛逛，过会儿再来接我。"

午盏道声是，向李宣凛纳了个福，从上房退了出去。

一时静谧，四下无人，夕阳穿过屋顶，在东边的院墙上洒下光，李宣凛临窗而坐，半边脸颊沐浴余晖，半边脸颊沉溺在黑暗里。

屋里静悄悄的，明妆能听见心在胸膛里突突地跳。每当独处，她就莫名有些慌乱，自己知道为什么，一面甜蜜，一面如坐针毡。

他总不说话，她怯怯地抬眼望他，大概因为受伤的缘故，他的面色苍白，看上去竟有些羸弱。

她在椅子上挪了挪身，问："李判，你要同我说什么？"

他垂下眼，长而浓密的睫毛，在颧骨上洒下一片扇形的阴影。

"你是真的喜欢李霁深吗？还是喜欢他的身份给你带来的便利？"

他忽然这么问，明妆很意外，但转瞬就平静下来，若是换了以前，她还要遮掩，不敢把自己荒唐的打算告诉他，现在……似乎除了那点女孩子的小心思，没有其他需要隐瞒的了。

于是明妆直言道："我想入禁中，这个我早就告诉过你，与他定亲是为了弥光，你也早就看破了，不是吗？"

这是她第一次正面回答他的问题，答得诚实，毫无隐瞒。

他的眸中闪过一丝微光，道："果然，你从来不曾忘了大将军的仇，一直在寻找机会。"

明妆说："是啊，我怎么能忘记。原本我们一家在陕州过得好好的，就是因为官家派了个什么监军到潼关，把陕州军搅成一团乱麻，把我爹爹逼上绝路。我一年之中痛失爹娘，这种痛谁能懂？人人都说我可怜，我不要他们可怜，我要报仇。可是我没有别的办法，易家也好，袁家也好，他们和禁中没有牵扯，要是知道我存着这样的心思，一定会吓坏他们的。我已经没有亲近的人了，我害怕自己的异想天开会让他们对我敬而远之，所以我不敢对任何人说。爹爹的不幸，原本是官家造成的，我不能将官家怎么样，只好在他的儿子身上打主意。"

她说这些时，连眉头都没有蹙一下，仿佛在谈论别人的事。

圈椅里的李宣凛叹了口气，他能体会她的切肤之痛和为难，人大多时候都是孤独的，踽踽独行在世间，必须小心翼翼收起身上的刺，才不至于把身边的人吓跑。

"可你为什么要选仪王，因为他比翼国公更明白你的诉求吗？还是相较翼国公，你是真的更喜欢仪王？"

这个问题很要紧，即便是有一点点喜欢，对他来说都是不好的消息。

对面的那张脸，显出与年龄不相符的深沉来，答道："因为他答应帮我除掉弥光，我当时相信了。虽然我料定他是为了陕州军才想与我结亲，但我觉得他不过是想壮大自己的声势，又不是要谋反，所以心存侥幸，就应下了。"

他听罢一哂："不是要谋反……小娘子还是太年轻了，看不懂那些政客的用意。仪王老谋深算，他在拉拢同盟时，暗处早就被他渗透了。如今控鹤司的四直都虞侯，有三个是他的人，其他衙门呢？上四军、幽州军、道州厢军……他这几年广结人脉，可不是白忙的。"

明妆被他这样一说，心里不由得发毛："难道……难道他真的……为什么呀？他是皇子之中唯一封王的。"

李宣凛道："封王与立太子差得很远，再说他进封郡王，在兄弟之中不算早，当了五六年国公才抬爵，那时候豫章郡王已经入内阁办事了。他本是先皇后嫡出，但在官家面前处处受压制，自然不服。前几日他来找我，开门见山畅谈了一番，小娘子猜猜，他给了我什么承诺。"

明妆思忖道："无外乎钱权，他八成许你高位了。"

他寂寥地牵了下唇角："不止。"

可是除了这两样，她想不出男人之间能有什么交易，茫然地问："还有什么？"

他不说话了，只用那双眼睛直直望向她，直看得她局促起来，最后才启唇告诉她："你。"

第十七章

"我?"明妆起先觉得惊讶,后来脑子转过弯来,愤怒瞬间盈满胸腔,"我吗?"

是啊,她,对他来说,是最大的诱惑。可是这话怎么告诉她呢?他不敢解释,仪王实在是洞察人心的高手,也许在他还未察觉的时候,仪王就已经了然于心了。

但要说起仪王的卑劣,这人确实处心积虑,他一直在放任自己对般般产生感情,甚至在易园转手后,般般曾提出要搬离易园,他仍旧以冠冕堂皇的一套说辞劝说她留下。男未婚,女未嫁,如果仪王当真对般般有真情的话,必定是介意他们同在一个屋檐下的,但他大方地包涵了,因为这本就是他想看到的结果。自己呢,虽然警醒,却没能好好控制感情,到后来如了仪王的愿,单方面地泥足深陷,因此也让仪王有了辖制的底气。

还好,影响并不大,他的感情还不到动摇社稷的地步,但仪王的用心,他要让般般看到,如果她真的喜欢仪王,那么现在看清他的真面目,还来得及。

明妆气红了脸,羞惭之余愈发憎恨仪王,自己虽然一向知道他阴险,但从未想过,一个人竟能无耻到这种程度。

"他是拿我当作换取连盟的工具了吗？"她不想失态，但颤抖的嗓音泄露了她的愤怒，"我是与他做了交易，但他就有资格随意将我送人吗？我不过是和他定亲，又不曾卖给他，他到底凭什么？"

她在圈椅里微微颤抖，说到最后哽咽起来，大约是想起了自己的孤苦，没有爹娘的孩子，会沦落到这样的地步，即便得知仪王要将她赠予的人是李判，也不能减少她的委屈。

李宣凛静静地看着她，看她从盛怒逐渐转变成悲哀。她红着眼睛，却努力不让眼泪掉下来的样子，让他心头隐隐作痛。他叹了口气，道："你永远不知道，一个人为了权力可以有多疯狂。原本今日我没打算把这些内情告诉你，但你既然来了，我觉得让你知道他的为人，也不是什么坏事。你若不喜欢他，那最好，守住自己的心，不要让他伤害你。你若是喜欢他，现在止损也为时未晚，不要等到木已成舟才幡然悔悟，那个时候就来不及了。"

明妆低着头，一团气堵在喉头，简直要把她憋死。她不想在他面前哭的，可眼泪还是挡住了她的视线，她赶在它们掉落之前，抬袖把它擦掉了。

与其说是愤怒，不如说是悲哀，以前她也听说过男人将女人拱手送人，但那种男人大多是赌徒，本就没有什么廉耻心。她没想到，自己生活的圈子里竟也有这种骇人听闻的事，仪王与市井的赌徒没什么两样，原来这种顶级的权贵，才是世上最肮脏的人。可是她不愿被作践，委屈至极，气恼过后慢慢也想开了，自己既然和这样的人打了交道，被谋算也是早晚的事。今日不过是要把她送人，明日也许还会杀了她，这样一比较，便没有什么可想不通的了。

明妆舒了口气，擦干眼角的湿意，道："我没有喜欢他，之所以生气，是因为自己被他折辱了。不过退一步想，这人什么都能拿来利用，区区一个未婚妻，又没有感情，送人便送人了。"说完强颜欢笑一下，还有些庆幸似的，"好在他要把我送给你，要是送给别人，那大事就不妙了。"

然而李宣凛冷眉冷眼看了她半晌，她的这个笑刺伤了他，她怎么知道送给他就是好的呢？她从来没有想过，仪王不会无端下饵，之所以拿她来交换，是基于什么原因。

明妆没有察觉他的想法，甚至饶有兴致地追问："你是怎么回答他的？"

他有些负气，寒声反问："若是我答应了，小娘子打算怎么办？"

这话确实意气用事，说完他就有些后悔，但这也是他心中所想，他忽然有种强烈的渴望，想知道她会如何回答。

明妆怔忡了一下，疑惑地望过去，见那张脸上没有半丝笑容，心头忽地悸动起来。可是她知道，就算天底下所有人都负她，李判也不会负她，正是因为有这个底气，她拍了拍膝头，轻快地说："那我就跟着李判吧。"

这话说完，对面的人似乎很惊讶，深邃的眼眸中忽然浮起一点癫狂的、妖异的神色，可惜转眼即逝，很快调开视线，轻轻咳嗽两声，没再说话。

说不清为什么，她有些失望，其实那话半真半假，有一瞬间，她是真的希望他能应下，但李判就是李判，他从跟在爹爹身边做副将时起就是谨慎的性子，走一步看三步是他的习惯，他哪里会这样顾前不顾后，更不会借此冒犯她，所以自己在胡乱期待什么呢？她暗暗唏嘘，两人对坐，又是半晌无言，但见他抬手捂了捂伤处，她心里焦急起来："怎么了？疼吗？"

他摇了摇头："刚才我说的实情，还望你留神，总之不要再相信仪王了。虽说他可能是在以此试探我，但能开出这样的条件，足见此人心术不正，不可深交。"

明妆说："好，我记下了。"复又问，"他要是真有反心，又来拉你入伙，你打算如何应对？"

他轻喘了两口气，伤口随着一呼一吸而钝痛，但因为她在，只好咬牙硬挺着："我自有安排，你不必担心。你只要好生照顾自己，这段时间不要再入禁中了，也不要面见官家和圣人。你要做的事，我会替你做到……在我离开上京之前，一定做到。"

明妆看着他，鼻子没来由地一阵发酸，好像刚憋回去的眼泪又要流出来了，上一次是愤懑，这次却是酸楚。

也许仪王要将事情闹得很大，难道他是打算借势铲除弥光吗？她忽然觉得害怕，喃喃说："李判，你不要着了仪王的道，不要听他的话。我可以不报仇，不要弥光的命，我也希望你好好的，千万不要掺和进这件事。"

听她这样说，他蓦地温暖了眉眼，知道她在他与血海深仇之间，还是选择了他。

心里的坚冰一点点融化，他望着这小小的姑娘，故作为难地说："晚了，仪王已经将图谋透露给我了，若是我不答应，过不了多久，就会从功臣变成阶下囚。"

她心里着急，想了想，道："咱们还是去禁中面见官家吧，把仪王的野心告诉他。官家本就对仪王起疑，只要咱们敢做证，就能把仪王拉下马。"

他却失笑道："你想得太简单了，咱们没凭没据，空口白牙告发皇子，最后只会落得个刻意构陷的下场。"说着眼中春波一漾，"再加上弥光在一旁煽风点火，万一说你我有私情，联合起来陷害仪王，届时应当怎么办？"

明妆被他说呆了，思来想去，发现竟真的没有自证清白的办法。

"所以告发这条路行不通。"见她很迟钝，他勉强匀了两口气，道，"小娘子在仪王面前……也要佯装不知情，继续敷衍他。"

他的脸色越来越难看，额角也沁出冷汗，明妆大惊，才知道他这半日一直在强撑着，忙离座来看他，不由分说地将他的右臂绕上自己肩头，气壮山河道："靠着我，别用力，我送你去榻上躺着。"

李宣凛觉得不大自在，虽然虚弱，但还不到这样的程度，看她自告奋勇，竟觉得有些好笑。

她真真实实在他身边，发间有暗香隐约飘来，那么纤细的身体，哪里承受得了他，他是断不敢把分量压上去的。不过倒也确实借着一点力，他挪动脚步，上半身有些难以支撑，靠她搀扶着。可女孩子毕竟力气小，他听见她气喘吁吁，还在努力坚持，忙正了下身子，方才那一点依靠也只是为了满足她急于帮忙的心。

穿过垂挂着竹帘的隔断，绕过半透的山水屏风，后面就是他的卧房。她咬着牙说："到了……到了……你和人比试枪法的时候到底在想什么，堂堂的上将军，却被副将刺了一枪，说出去……多丢人！"

他没有反驳，更不敢说真话，因为看见格纹窗棂前摆着一只瓜棱瓶，里面插着几枝素雅的花，让他想起她在跨院张罗的种种，神思一恍惚，不知怎么就失手了。

第十七章

　　他不回答，她也不去追问，将人搀扶到床榻边的脚踏前。内寝昏暗，已经到了太阳落山的时候，弥散的光线像一团雾，浑浑噩噩笼罩住所有。

　　两人抬腿迈上脚踏，他身量很高，她又生得小巧，两人步调便不一致了。他的一条腿用上了力，身子却被她牵制，她跨上来的时候顺势一顶，他的脚尖绊了下，失去平衡后猛地向床榻栽倒下去，左手下意识去撑，只这一个动作，便痛得他几乎晕厥过去。

　　两人双双倒在榻上，明妆才知道，他的床榻居然这么硬！没有香软的垫褥，看着像床，其实和席地而睡没什么区别，单单是倒下那一瞬，就撞得她肩头闷痛起来。可是多神奇，一边的人闷哼一声，右手却坚定地托住她的后脑，大概他也知道自己的床太硬，撞一下，会把她彻底撞傻吧！

　　来不及感动，她忙爬起来照看他，看那张脸因剧痛皱成一团，她顿时惊慌失措："怎么办？我去叫大夫！"

　　待要蹦起来，却又被他拽住了，忍痛说："不要紧，拉扯一下而已，很快就会好的。"

　　"伤口要是崩开了怎么办？"明妆想去解他的交领察看，中途发现不便，快快地把手缩了回来。自己什么忙都帮不上，只能等他扛过这阵剧痛，越想越自责，带着哭腔说："都怪我，我是个没用的人，连这点小事都办不好。要不是认识多年，你该怀疑我要暗杀你了吧？"

　　他气结，这个时候她还能说这么奇怪的话，无奈又气恼地白了她一眼。

　　然而她对他的不满浑然未觉，跪坐在他身旁殷勤照看，窗口最后一寸光影照在她的脸颊上，素肌玉骨，可爱可怜。她牵过他的被子给他擦了擦鬓角："汗都下来了……"说着敲敲床榻，那动静像敲门一样笃笃作响，她由衷地感慨，"你的床好硬啊，我要是在这床上睡一晚，第二日肯定硌出一身瘀青来。"

　　她也是有口无心，但话一说完，彼此都尴尬了。明妆因自己有小心思，便格外心虚，慌忙摆手辩解："不是……我不是那个意思……"

　　李宣凛牵了下唇角："你以为我觉得你是什么意思？"

　　明妆不知道怎么回答，但她似乎从他的话里窥出了一点戏谑的味道，心忽然急切地跳起来，她想多了，但又有种别样的欢喜，不可言说。

夕阳一点点沉下去，这时廊上有脚步声隐约传来，隔着重重桃花纸，灯笼的光影慢慢升到了檐下。不一会儿外间也有人入内掌灯，像是橘春的声音，轻轻"咦"了一声，问："小娘子回去了吗？"

屏风是半透明的，从内寝往外看，看得很真切，但外面的人看不见里面。

两个女使一个捧灯，一个捧果盘，新冬将中晌的点心撤下去，道："午盏还在园子里转悠呢……"后面的话忽然顿住了，她与橘春面面相觑，连头都没敢再回一下，匆忙退出了上房。

这下好像要闹误会了，明妆发现自己竟还跪坐在他身旁，忙手脚并用地爬了下来。

"时候不早了，我该回去了。"她无措地抿了抿头，离开之前又叮嘱道，"天还没热呢，床上太单薄容易着凉，让她们再给你加一条垫褥吧。"

他并不关心褥子的事，先前短暂的相处，其实不能缓解这段时间的相思。她要走了，他有些失望，却不能开口挽留，顿了顿才道："我先前的叮嘱，还请小娘子记在心上，你该做的事都尝试了，余下的全交给我吧。"

明妆应了，又迟疑地问："那我与他的亲事……"

他神情淡淡的，不知是痛麻木了还是胸有成竹，随口应道："待到不能成时，自然就不成了。"

这话真是有禅机，虽然含糊，却也让明妆把心放回了肚子里。之前她不知道仪王是那样无所不用其极的人，这场婚事至少在外人看来是体面的，她也不至于太过排斥。但当她得知仪王和弥光的关系，得知他打算把自己送给李判，那厌恶之情就难以自控了，现在恐怕连看见那张脸都会觉得恶心。

好在还有转圜的余地，她点了点头，最后深深看他一眼："我走了，李判保重身子。"

他没有应她，目光依依地看她退出内寝，案头的烛火照着她的身影，隔着屏风上的经纬，像个柔软的梦。

明妆从上房退出来，看月洞门前的灯亭都点亮了，照得满院辉煌。午盏在台阶前等了半日，见她现身，忙迎了上来。

平常啰唆的午盏，这回竟什么话都没说，只是怏怏地看了她一眼，眼神里满是心事。

明妆看她欲言又止，料想她大概也想歪了，暂且不好解释，牵了下她的衣袖，道："走吧，上潘楼去。"等两人坐进车舆，明妆才问，"午盏，你可是有什么话要说啊？"

午盏半张着口，又愣住了，那模样像变天前的鱼，支吾了好一会儿才道："我先前回来接你，没有看见你，小娘子上哪儿去了？"

站在午盏的立场上，这件事十分隐晦且不可说，自家小娘子在李判的房里，和李判一起失踪了，过了好一会儿又从里面出来，这意味着什么，细想之下简直头皮发麻。

明妆被她这样一问，不上不下道："李判受了伤，他在圈椅里坐久了，冷汗都下来了。我看他撑不住，就把他搀进里面去了，安顿他躺下后又说了几句话……就说了几句话而已，没什么吧？"

照着人情世故来说，确实没什么，但要是按俗礼来说，就不大合适了。午盏转头觑了觑她，道："反正这事要是被商妈妈知道，怕又要啰唆了。"

午盏跟了明妆很多年，从陕州到上京，一直伴在她身边，有些话就算不说出来，明妆也明白。

"我知道，今日的事办得不稳当，往后一定留神避嫌，你不要告诉商妈妈。"明妆认错认得很干脆，为了表示诚意，直奔潘楼带着她去吃酥山。可惜今年南边的荔枝来得没有往年早，她们心心念念的荔枝酥山没能吃成，最后只好退而求其次，吃了两盏蜜浮酥奈花。

回到易园之后，午盏还在抱憾："是因为今年天热得晚吗？我看与往年没什么不一样呀……小娘子不要灰心，过两日我再去问问，或是嘱咐潘楼的管事一声，只要荔枝一到，立刻让闲汉给咱们送来。"

明妆对吃的执念没那么大，反正吃不成荔枝酥山，还有其他好吃的。上京的瓦市，各种铺子遍地开花，像近来新出的戈家蜜枣、猫儿桥魏大刀熟肉，还有涌金门灌肺，都是可以聊作消遣的好东西。

前几日太忙碌，她花了不少心思，见过李判之后心里的浮躁消退了，接下来两日闭门不出，情愿在家里看账册。对明妆来说，看账册并不为难，比起在禁中周旋，一个人静静坐在窗前对账，反而是相对松散的时光。这几日，仪王也没有再登门，他不出现，想必朝中局势愈发紧张，已经让他无暇他顾了。她只是有些担心，仪王会不会狗急跳墙，把李判拖下水，因此每日让小厮去南山寺脚下的朱家瓦子探听。那地方向来举子文人云集，清谈也好，结诗社也罢，国家大事都是议论的话题，消息比别处更灵通。

小厮一连去了三日，起先倒还好，风平浪静，都是些外埠的琐事，到了第四天，小厮终于带回来一个重要的消息，说官家已经赦免了大皇子，恢复其郡王封号，解除圈禁，准他们一家返回郡王府了。

明妆的手颤了颤，指尖的算盘珠子顿时移位，她回过神，又将它拨了回去。豫章郡王的爵位恢复了，仪王这回怕是不太妙，看来三衙会审的结果与他勘察的大相径庭，不知官家又会怎么看他。

正思忖着，廊上有脚步声急急到了门前，赵嬷嬷站在门外说："小娘子，崔家又来人了。兰小娘院里的女使偷着来报信，我挨在墙根听了两句，那崔家老娘因讨不着钱，哭天抹泪不肯走，急起来就大骂兰小娘，还扬言要见小娘子。兰小娘没用，锯了嘴一般光会哭，那崔老娘就盘腿坐在地上，说不走了，要跟着女儿住在易园，小娘子瞧，这件事可怎么办？"

明妆听了哼笑道："这是哪家的菩萨，打算学我祖母的做派？"说着合上账册，站了起来，"走，过去会会她。"

第十八章

　　还没进院子,老远就听见崔老娘的哭声,细数着自己的艰难:"我二十六岁才养的你,你爹爹身子又不好,是我替人浆洗缝补,含辛茹苦把你姐弟俩带大。如今你有了出息,住着这么堂皇的院子,孝敬你老娘难道犯了天条,怎么就不行?我鲜少来问你要钱,这是实在过不下去日子了,才厚着脸皮登门的,但凡我有办法,还用得着来瞧你的脸色吗?"

　　兰小娘哭得打噎:"兴哥前不久才来问我要了五贯,我又不是做买卖赚大钱的,哪里来那么多的私房贴补你们?"

　　崔老娘却道:"兴哥是兴哥,兴哥的钱也不到我手上,你只管给他,不管我,我可是你亲娘!"

　　有这样的亲娘,着实让人难办,明妆看了赵嬷嬷一眼,直皱眉。赵嬷嬷压声道:"兰小娘的爹死了好几年,这婆子后来又改嫁,想是现在这男人也是个没脸没皮的,撺掇着婆子想方设法来要钱。"

　　两只蚂蟥趴在身上吸血,兰小娘纵使浑身的铁,又能打几个钉?明妆问:"让人打听崔家公子的花销，可打听出根底来了？"

赵嬷嬷道："喝酒、赌钱、出入勾栏，兰小娘那点钱，不消两日就花光了。"

这么看来是真没办法了，这世上什么人都有回头路，唯独赌鬼不可救。为了填上饥荒，发誓戒赌连手指头都敢砍，砍完转天就忘了，反正有十个，少一个不打紧。

兰小娘还是要脸的，哭着央求："阿娘你回去吧，我是真没钱了。如今郎主不在了，我留在府里全仗着小娘子可怜，你们要是再来闹，叫我在小娘子面前怎么做人啊？"

崔婆子啐了一口："怪你自己肚子不争气，倘若有个一儿半女，还怕没有立足的根本？易小娘子好歹要唤你一声庶母，兴哥是她娘舅，我也合该是她庶外祖母，亲戚里道的，登个门怎么了？难道还撵我？"

这话一出口，实在叫人忍不住，赵嬷嬷让明妆在门外稍待，自己抬腿迈进屋，皮笑肉不笑道："崔大娘，话可不能这么说，我们小娘子何等金贵的人，哪里蹦出你们这样的亲戚来？什么娘舅，什么庶外祖母，没规没矩，叫人听了要闹笑话的。我看趁着没闹起来，你快回去吧，好好过你们的日子，两下里太平，不好吗？"

崔老娘哪里肯买赵嬷嬷的账，蹙眉道："这位妈妈是园子里的管事吗？来得正好，且给我评评理。我养大一个女儿不容易，年轻时身子骨好，能自己挣口饭吃，到老了，一身的病痛，家里穷得揭不开锅，来找女儿接济接济，不应该吗？退一万步说，倘若她自己艰难，我也不来找她，可你看看她，穿着上等的绫罗，跟前有人伺候，要是眼睁睁看着老娘饿死，那是要遭天打雷劈的。"

赵嬷嬷看看兰小娘，见她气得跌坐进圈椅里，又捂脸痛哭起来。兰小娘向来不算厉害，当初对付易家老宅的人，跟着惠小娘扯嗓子叫骂倒还行，一旦牵扯上自己的娘家，就掰不开镊子了。

赵嬷嬷见好言好语不起什么作用，便放了狠话："咱们这园子是郡公府邸，高门大户，打秋风的人虽多，却从未见过硬讨的。小娘在园子里，受小娘子奉养，自己能顾好自己就不错了，哪里经得住你们这么榨取？她平日从牙缝里省出体己，兄弟一到便要掏出来，前两日刚给完，今日又来，这是胳膊腿儿不好卖钱，要是能卖，你们想是要把她大卸八块了。"

崔老娘眼见这婆子来拆台，顿时也没了好气，掖着两手道："她是受易娘子奉养，但这奉养是平白得来的吗？她侍奉郡公爷，没有功劳还有苦劳呢，郡公爷去得早，她花样的年纪全砸在这园子里，就算贴补她一些也不为过，她可是给你家郡公爷做妾的！"

明妆听到这里，便有些听不下去了。原本赵嬷嬷要是能处置这件事，自己也犯不上和这样的人对峙，但这话越听越不是滋味，看来这崔婆子是拿不到钱财不会罢休了，这次要是含糊，下次她还来，一个月来上两三回，家底都要被崔家掏空了。

于是明妆迈进门槛，寒声道："我母亲说过，当初兰小娘是自愿卖身进袁府的，后来给我母亲做陪房，才提拔成我父亲的妾室。我父亲亦不曾亏待崔家，给贵府送了八十贯，作为小娘的纳金，这笔钱，想来崔大娘经手了，既然钱进了你崔家的腰包，那么小娘在我们府上为主也好，为奴也好，都不和你相干，如何她锦衣玉食就亏欠了崔家，非要逼着她把钱拿出来，填补什么娘家？"

小娘子一到，屋里的人忙退散到两旁，兰小娘脸上露出尴尬之色，喏喏道："怎么惊动小娘子了……家中这些污糟事，小娘子就别管了，快些回去吧。"

明妆没有理会她，径直在上首的圈椅里坐了下来。

崔老娘一看这小娘子，生得一副精巧玲珑的好相貌，美则美矣，却不大好说话，知道来硬的是不行了，只好纳个福，放软语气道："这位就是易小娘子？我先给小娘子见礼了。小娘子家大业大，不知道我们市井百姓的难处，真真兜比脸干净，活都活不下去，实在没办法才找到贵府上来的。不管怎么说，我总是她的娘，瞧着骨肉亲情，也不能弃我于不顾。"说着讪讪低头眨了眨眼，"按理，这是我们母女之间的私事，不该脏污了小娘子的耳朵，可小娘子既然来了，我也不拿小娘子当外人，就和小娘子诉诉苦吧！她那兄弟虽混账，但到底是崔家的独苗，如今到了年纪还不曾婚配，我这做娘的总要替他张罗一房媳妇，才好向他死去的父亲交代。过日子、说合亲事、下定，桩桩件件都要钱，我哪来的身家为他操办婚事……"

"那就不要娶亲了。"崔老娘话还没说完，明妆就截断了她的话头，"既然连饭都吃不上了，做什么还要娶亲？把人家姑娘聘进门，跟着你们忍饥挨饿吗？"

崔老娘被她回了个倒噎气，瞠着两眼说："小娘子，话不能这么说，穷人就不配娶亲了？他是崔家的独苗……"

"难不成崔家和李家一样，也有江山要承继？听说你家田地、房产都被令公子输光了，那么娶妻生子是为了什么？让孙子继承儿子的品行，一代一代地赌下去吗？"

她说话毫不留情面，崔老娘下不来台，嘟嚷着："这是家中事，和小娘子没什么相干。"

明妆却笑了："崔大娘都已经登门了，怎么和我不相干？兰小娘每月的月例只有那么多，我听崔大娘话里话外，怕也有责怪我苛刻的意思。今日既然开了口，索性把话说明白，彼此心里也好有个数，让我知道日后应当怎么对小娘，怎么对崔家。"

兰小娘毕竟在易家多年，深知明妆的脾气，听她这番话，就知道自己的母亲果真触怒她了。

"阿娘，快别说了！"她局促道，"你先回去，我再想想办法……"

"小娘能有什么办法，你每月初二发月例银子，他们准时在门上候着，你就算想和人借，往后怕也没钱还人家。"明妆又将视线落在崔老娘身上，"我先前就听说大娘想见我，现在见着了，有什么话，便开诚布公说吧。"

崔老娘其实也有些发怵，不知道为什么，这年轻姑娘竟比她以前遇见的都难对付，但转念一想，已然走到了这一步，错过这个村就没有这个店了，自己的女儿身上料着是没几个子儿了，若是能从家主这里弄到一笔，好些难事就能迎刃而解。

思及此，她横下一颗心，谄媚地挤出笑，道："我早听说小娘子是菩萨心肠，小娘子好心有好报，如今又和仪王殿下定了亲，不日就是王妃了，总不至于亏待了家中姜母。想我这女儿，十二岁便入袁府，后来又得郡公爷和大娘子抬举，当上了小娘，原本还求什么呢，可她命薄得很，郡公爷和大娘子撒手去了，她年纪

第十八章

轻轻就守了寡,虽是吃穿不愁,但到底心里苦闷。我们呢,是她的血亲,这世上没有人不盼着娘家好,小娘子看,何不瞧在她愿意为郡公守节的分上,多多看顾她的娘家。我这姑娘是个老实人,要是换了那些有异心的,只怕早就跑得连影子都不见了,哪里还愿意在这园子里死守?"

明妆耐着性子听她说完,颔首道:"这话不错,小娘确实为我父亲守节,三年不曾离开易家,但崔大娘不知道,我不是那种古板的人,其实我父亲过世后,我就同两位小娘说过,若是有谁想离开,我绝不强留,这话到今日依然算数。"说着她转头看了兰小娘一眼,"小娘的身契早就放还了,衙门里也消了奴籍,倘若现在想走,也来得及。不论是爹爹在时,还是爹爹过世后,我自问易家都不曾亏待小娘。如今崔大娘搜刮完小娘,还要我继续帮衬崔家,恕我人小力单,奉陪不起。"

这话一出口,不单崔老娘,连兰小娘都愣住了。

明妆脸上神情冷漠,眼神里丝毫没有留恋,兰小娘仔细审视她再三,心里忽地恐惧起来,惶然喃喃:"小娘子,你怎么……"

明妆调开视线,对崔老娘道:"易园养了小娘多年,你也瞧见了,她锦衣玉食,出入有女使伺候,怕是早就已经忘了怎么过苦日子。今日崔大娘既然来了,若是觉得她在我易家过得不够好,那就将她带回去吧。来日我要出阁,这园子早晚是要处置的,到时候她若是在,我还要费心安顿她,反倒麻烦。你们是嫡亲的母女,今日领走她,日后出了什么事,就和我无关了。"她边说边吩咐房里的女使,"快去,把小娘的衣裳收拾收拾,交给崔大娘。"

女使应了,奉命退进内寝。

崔老娘措手不及,回身看看女儿,忽然觉得这棵摇钱树变成了烫手山芋。一个做妾的,回到穷苦的娘家,能有什么出路?就算再嫁,也不会有像样的男人来娶,到时候配个屠户、脚夫,又能帮衬娘家什么?退一步说,就算重新入高门大户做了仆妇,一个月的月例又有多少,怕是连现在的零头也不及。要是留在家里,要供她吃供她喝,这么一算,买卖不划算,崔老娘思前想后,还是却步了。

"她在贵府不是一两年了,自大娘子出阁就伴在身边,时间比小娘子的年纪还长呢,这样说带回去就带回去,怕是不妥当。"崔老娘边说边看了看一脸惨然的女儿,心想这回的秋风是打不成了,没想到这易家小娘子完全不念旧情。本以为她年纪小,又掌着家业,纵使为了打圆场也愿意掏出个十贯八贯来,自己得了些好处,也就回去了,不想最后竟是这样的结局,细说起来真是不甘。

"那依崔大娘的意思,是仍旧让她留在易园吗?"明妆站起身道,"既要留在易园,那咱们就得把话说清楚,先前兰小娘贴补家里的钱财,有二十几贯是预先从账房上支取的,这是欠的公账,你既是她亲娘,这钱我就要向你讨取。带她回去之前得先平了账,才能走出我易园大门,如今你又改了主意让她留下,但账还是得抹平,须得从她每月的月例中扣除。如果日常开销照旧发放,二十几贯,大约扣上三年就差不多了。这三年间,你们自己想办法糊口,若是还想搜刮她,三年之后再来,到时候你们要是愿意接她回去享福,我也绝不拦着,但这三年之间,若再让我看见贵府公子伸手来要钱,他伸的哪一只,我就命人剁了哪一只。"明妆恫吓过后,又笑了笑,"崔大娘别欺我年纪小,我这人脾气不好,事办了就办了,你们若是不服气,只有去衙门告状……不过告状我也不怕,崔大娘要是不相信,那就试试吧。"

崔老娘哪里见过这么厉害的女孩子,什么欠着公账上二十几贯,这分明就是要断他们财路。她想号啕,但觑见那张脸,又觉得没胆量,家主出手,把她捆绑起来扔出去,自己只有吃哑巴亏。

她转头看看自己的女儿,咬着后槽牙又问了一遍:"兰月,你真欠了公账?还是小娘子有心唬我们?"

兰小娘也不傻,起先小娘子那绝情的模样让她有些彷徨,她是真的害怕府里人厌烦崔家人总来打秋风,连带着也不待见她,但后来说到欠公账、三年才能还完云云,她就知道小娘子还是向着她的。

三年时间,足够让一个年少的姑娘长成当家主母,到时候他们若还来,小娘子自然另有对付他们的办法。这种娘家人,说实话已经让她怕透了,只恨没办法彻底摆脱,既然小娘子愿意替她出面,那事情就好办多了。

于是兰小娘点头不迭:"兴哥每月来要钱,多起来一月两三回,我就是个钱库,也要被他挖光了，哪里来那么许多钱？没有办法，我只好上账房预支，阿娘要是不相信，那里还有我按下的指印为证，取来让你过目就是了。"

崔老娘一听，顿时哭天抹泪："这该杀的贼，只管自己快活，不图家里人死活。他讨要那么多钱，全送到外头去了，家里揭不开锅他也全然不顾。"哭完了，擦擦眼泪又来向女儿求告，"你少给些，让我回去买袋米也好。你总不见得看着你娘饿死吧，姑娘？"

听她退了一步，兰小娘犹豫了，怯怯地看了看明妆，本想答应，但到底不敢，怕小娘子怪罪。

明妆淡声对崔老娘道："若果真揭不开锅，不说小娘不舍，我也不能袖手旁观。"说完转头吩咐赵嬷嬷，"厨房今日不是刚运回一批米面吗？让人搬两袋米到门上，给崔大娘带回去。"

这下崔老娘无话可说了，她的本意是要钱，结果竟弄了两袋米。这米就算折现也不值几个钱，又不能说不要，真真是白辛苦一场，浪费口舌不算，扛回去还得花力气。

赵嬷嬷会意，忙向崔老娘道："小娘子放了恩典，大娘快跟我来吧，趁着天还早，想办法运回去。"

崔老娘脸上不是颜色，只得朝明妆福了福，又狠狠瞪了女儿一眼，方跟着赵嬷嬷去了。

屋里一时清静下来，兰小娘啜泣道："今日在小娘子面前现眼了，真让我无地自容。"

明妆到这时候才有了笑脸，上去携着她的手坐下，温声道："哪家没几个不上道的亲戚，小娘别放在心上。今日我把人支走了，我料他们未必罢休，下回兴许还来，那就要看小娘自己能不能狠下心肠了。这些年小娘在府里过得很拮据，我都知道，你把钱省下来全填了他们的窟窿，若是能填满就罢了，结果呢，胃口竟是越养越大。你舍不得吃，舍不得穿，人家一夜就能把你的钱输个精光，何苦来的？我已经让人去赎你典当的首饰了，自今日起，小娘顾着点自己吧，爹爹没了，小娘要过好自己的日子，方能让爹爹和阿娘放心。至于崔家，我自会吩咐门上，不许再放他们进来，只要小娘不心软，他们就拿你没办法，倘若敢撒泼，咱们报几回官唬住他们，往后便消停了，小娘只管放心。"

兰小娘怅然点头，回想以往，确实没意思得紧。自己和何惠甜一样是做妾的，惠小娘就没有她这种负累，日子过得风生水起，比她强百倍。而自己呢，总是紧巴巴的，又不能与别人诉苦，其中的滋味，只有自己知道。

"这回我也看明白了。"她横下心道，"当初我入袁府，把终身都卖了，她拿了钱，头也不回地走了，自那时起，母女之间就该断绝往来才对。后来大娘子抬举我，又赏了崔家一笔钱，我不欠他们什么。先前他们来要钱，我也怕丢人，从不敢和小娘子说，这回既惊动了小娘子，那做个了断也好，可我又担心他们没生计，当真会活不下去……"

明妆道："上京这样富庶的地方，只要肯出力，连闲汉都有生计，小娘担心什么？若是实在走投无路，来讨钱没有，讨个活儿干，还是可以安排的。外面那么多铺子和庄子，用人的地方多了，只要不打着我舅舅和庶外祖母的名号，哪里都容得下他们。"

这话一说，兰小娘顿时面红耳赤："我母亲口无遮拦，小娘子千万别和她计较。我原是给大娘子做陪房女使的，承小娘子厚爱才唤一声庶母，我那娘……她……她真是一点不顾念我的脸面，说出这么不知天高地厚的话来，真是羞死我了。"

明妆看她又要哭，笑着安抚道："我没有怨怪小娘的意思，也知道小娘难得很，今日的事过去便过去了，往后不要再提就是了。"

兰小娘擦泪说是，她是不善言辞的人，好些话说不出口，唯有用力握了握明妆的手。

明妆让她放宽心，好言半晌才从兰小娘的院子里退出来，走在长长的木廊上，抬头看天边流云，心里又发空了，她瞥一眼午盏，问："你说……李判的伤怎么样了？"

午盏道："李判是练家子，没有伤筋动骨，用不了多久就会痊愈的。小娘子要是不放心，我上沁园跑一趟，打探打探李判的境况。"

明妆听完又支吾起来："我想自己过去来着……"

午盏便不说话了，拧着眉头计较再三才道："小娘子不去探望仪王殿下，却总往沁园跑，话到了别人嘴里，恐怕不好听。"

明妆顿时大觉难堪，连午盏都明白的事，自己却还在蠢蠢欲动，实在是不应该。

"那你代我跑一趟，看看李判的伤好些没，问问他可有什么话要带给我。"

午盏道声是，先将她送回院里。未时前后的日光，照在身上已经火辣辣的了，午盏临出门前从门廊上取了把伞，撑开便往沁园去了。

第十九章

好在两府相距不算太远,略走一程就到了。午盏撑伞到了门廊,见张太美正掖着两手朝园内张望,上前唤了声:"公爷可在家吗?"

张太美这才转过身来:"午盏姑娘来了?公爷不在家,今日上朝之后就不曾回来,你找公爷有事?"

午盏道:"公爷前几日受了伤,我们小娘子不放心,差我来问问,看公爷的伤势怎么样了。"

张太美道:"歇了两日,已经可以如常办差了。"说罢又朝院内指了指,"姚娘子来了,就在院里。我把小娘子送来的物件转交了姚娘子,她刚还说呢,可惜没能谢过小娘子。"

话才说完,院内的姚氏不经意地回过头,正看见午盏。因上次去易园拜访,午盏就伴在明妆身旁,因此她认得那张脸,遂快步从院内赶到门上,笑着问:"姑娘可是易小娘子身边的女使?"

午盏向她行了一礼,说:"正是,我们小娘子承娘子的情,不知怎么感激娘子,上回想来拜访娘子，无奈娘子不在，只好让公爷转达我们小娘子的心意。"

姚氏说："小娘子太客气了，东西我收着了，多精妙的扇子，我很是喜欢，请姑娘替我谢谢你家小娘子。如今两府离得近，得了闲，也请小娘子过来坐坐。"

午盏应道："是，可惜娘子不常在，否则倒好与娘子说说话。"

姚氏也是得知儿子受了伤，今日才过来的，平时家主和主母管教严，不让她随意出门。像二郎自己建府一事，她不知受了多少阴阳怪气的嘲讽，李度没有旁的，只会暴跳如雷，大骂小畜生。而那唐大娘子，对她横眼竖眼，立在门前只管哼笑，说："果真生了个好儿子，府邸换了一个又一个，眼下打算如何，要接你过去享福吗？父亲和嫡母都健在，绕开我们单单奉养你，似乎不成规矩吧？"

姚氏挨了骂，也只有生受着，不过这并不妨碍她硬要过来瞧瞧。早前买下易园，其实她也知道不长久，总是为了帮易小娘子应付易家人，事解决了，园子也就归还了。如今这沁园，她是一万个称心，二郎没空张罗，她就帮着张罗，这里栽一树牡丹，那里栽一树乌桕，再在窗前种一株芭蕉，早也潇潇晚也潇潇，提醒他该娶新妇了。

可是新妇在哪里，至今连个影子都不得见。上回官家说的县主家的千金，竟被他回绝了，官家虽没有恼火，但也不知得罪人家县主没有。作为生母，姚氏愁断了肠子，俗话说，知子莫若母，虽然二郎从不与她说心里话，但她就是知道他的想法。

姚氏看看易小娘子身边的女使，殷勤地向她打探小娘子好不好："与仪王殿下的婚仪定在什么时候呀？"

午盏道："多谢娘子关心，我们小娘子一应都好，迎亲定在七月初八，到时候还请娘子赏光。"

"一定，一定。"姚氏笑呵呵地说，低头算了算时间，"还有两个多月……那时候二郎已经去陕州了……"

说来有些悲伤，那个呆头呆脑的儿子，长到这么大，喜欢的姑娘还是不懂争取，最后眼睁睁看着人家定了亲，自己嘴上不说，心里只管煎熬。作为母亲，她自然心疼儿子，万般无奈之下，又来问午盏："你们小娘子，可有兴趣相投、还未说合人家的闺阁朋友？"

午盏不知她为什么有此一问，迟疑道："我们小娘子平常和家中姐妹来往较多，最好的朋友是汤小娘子，不过汤小娘子已经嫁进郡王府了……娘子问这个做什么？"

姚氏不便直言，只是讪讪笑了笑，道："你家小娘子的姐妹中，可有没定亲的？我听说袁家有三位姑娘，这三位姑娘都在室吗？"

午盏道："是有三位姑娘，不过大姑娘今春出阁了，二姑娘和三姑娘也都说了人家，就差请期迎亲了。"

姚氏顿时失望，心道这可怎么办，原本想着实在不行，迎娶易小娘子的姐妹也成，结果这几位表姐妹竟也有人家了。实在没办法，她萌生出退而求其次的想法："那易家那头呢？我想着易家老太太不着调，家中女孩子未必也都那样吧？"

午盏一听，笑道："娘子快别打听她们了，那两位小娘子像和我家小娘子前世有仇一般，只恐欺负不够我家小娘子。先前住进易园就口无遮拦，大放厥词，后来竟和我们府里的小娘动起手来，半点没有贵女的做派，简直像市井里长起来的。"可惜上梁不正下梁歪这种话不能说，说了会连累自家小娘子，毕竟她也是易家子孙。

姚氏愈发怅然了，连找个差不多的都不能……其实上京那么多好姑娘，只要二郎愿意，什么样的都找得着，可他好像全无这个念头，当娘的就算着急也无可奈何。

午盏看她问了一圈，心里隐约也知道她的想法了，生怕自己言多必失，忙向姚氏福了福，道："娘子要是没有旁的吩咐，我就回去了。"

姚氏"哦"了一声，道："一定替我谢谢小娘子，过两日若做了新鲜果子，再给小娘子送去。"

午盏道了谢，仍旧撑伞顺着长街往南。姚氏目送她走远，一边迈出门槛，一边喃喃自语："还有两个月……不知这易小娘子和仪王殿下处得好不好。"

张太美是人精，毕竟跟随公子多日，从买宅子一事上就看出端倪来了，不过下人不好随意插嘴，只管躬身道："姚娘子这就要回洪桥子大街吗？再等一会儿，公子没准就回来了。"

姚氏摇了摇头:"他忙起来也没个准时候,要见一面都得撞运气。回得晚了大娘子要啰唆,算了,这就回去了。"走了两步,又回身吩咐道,"你替我带话给他,让他好生养伤,别只管忙公务。年轻轻的,日子长着呢,身子是自己的,闹了亏空可不得了。"

张太美忙道声是,点头哈腰地把姚娘子送上了马车。

他刚退回门廊,就见七斗骑着马回来,进门没打招呼,飞也似的进了内院,又飞也似的出来。张太美险些被他撞个趔趄,气道:"你这猢狲,属陀螺的,忙个什么劲!"

七斗龇牙笑道:"对不住,我忙着给公子取闲章呢,等回来请你吃酒,给你赔罪。"说罢翻身上马,又一溜烟地跑了。

他打马扬鞭往方宅园子去,今日公子没在衙门忙公务,下半晌和几个同僚友人相约,在方园品茶雅聚。正巧有位名仕完成了一幅画作,请今日在场的王公大儒们题跋,公子欣然应允,便让他回来取闲章,凑个趣。

待闲章送到,七斗退到廊亭之外,听里面高谈阔论,从黄庭坚说到赵孟頫。这场聚会持续了许久,太阳将要落山时方各自散了。公子从廊亭中出来,七斗跟在他身后服侍,正要往园门引,却见他忽然拐个弯,上了一条长长的复道。复道那头连着一重重的酒阁子,方园的酒阁子不像潘楼连接紧密,这里每一个阁子都是独立的,就着入夜后错落的灯火,像山坡上零星的农舍。

七斗紧追两步赶上去,李宣凛抬手示意他在外面等候,自己转身进了一间阁子。

阁中早就有人等候,见他进来,示意他坐,笑道:"等你好半晌,看来那些文人谈兴颇高,不肯放你出来。"说罢沏上一杯茶,往前推了推。

李宣凛见了茶水就摇头:"下午灌了一肚子水,再也喝不得了,还是谈正事要紧。"说完压声道,"今日散朝后,官家秘密宣宰相和参知政事入禁中,商谈册立太子一事。"

对面的人神色一凛:"你怎么知道是商谈此事?官家可召见你?"

李宣凛叹了口气："殿下与小娘子定亲之后，官家便对我有了防备，像这等机要，再没有传召过我。但今日我正好在东华门巡视，听戍守的班值说韩严两位相公奉召入禁中，我就留了个心，暗中向严参政打听了一回。"

　　仪王仿佛听见命运宣审判一般，背上沁出汗，几乎浸透中衣。他两手扣着茶案边缘，紧张地追问："官家心里的人选，是谁？"

　　这个节骨眼上，仿佛每个兄弟都有可能，是生还是死，就要见分晓了。

　　仪王紧紧盯着李宣凛的脸，期盼能从他眼里看见释然，但是没有。绝望和灰心慢慢爬上心头，他开始有了不好的预感，甚至有些害怕李宣凛将那个人选说出口，可是不亲耳听见又不死心，最后他又追问一遍，才见李宣凛蘸了茶水，在桌面上写下了一个"三"。

　　"三哥？寿春郡王？"仪王简直有些难以置信，虽然他一向觉得那人深藏不露，但若说有什么建树，却也谈不上。他心里充斥着巨大的不平，白着脸道："官家究竟是怎么想的，宁愿选那个假道学，也不肯把江山交到我手上。我曾经以为他倾向于大哥，大哥不成事了，四哥也有可能，结果竟是他吗？"说着他抬起眼，望向对面的李宣凛，"俞白，你这消息究竟准不准，严参政会不会有意诓骗你？"

　　李宣凛说："不会，当年他在陕州任安抚使时，我曾救过他一命，有这样的交情在，他是绝不会骗我的。"

　　仪王紧绷的肩背一瞬间颓然，悲愤、失望、大惑不解，最后也只能无奈苦笑："我是元后所生，原该是兄弟之中最尊贵的，这些年为官家鞍前马后，结果竟要对那不起眼的李霁恒俯首称臣，我不甘心。"

　　李宣凛蹙眉望着他，半晌道："殿下少安毋躁，未到正式颁诏的时候，一切还有转圜。"

　　仪王摇头道："能有什么转圜，官家决定的事，鲜少会更改，内阁一直催促着立太子，如今给了他们人选，料他们也不会执意反对。"

　　既然他能够接受这个结果，李宣凛便不讳言了："这阵子官家的种种决定，确实对殿下很不利，单说重审豫章郡王的案子，就让我十分不解，为什么好好的，忽然翻起旧账来？其后豫章郡王恢复爵位，官家却不曾怪罪殿下失察，一切都是绕开殿下办的,这不合常理,殿下不觉得其中有隐情吗?"

关于这件事,仪王其实已经惴惴了好几日,他以为官家会追究,结果却没有,难道这次的担待,权当是不能册立他为太子的安抚吗?还有为大哥翻案的事,居然不曾从弥光那里听见任何消息,看来这阉贼早就嗅出味道,打算与他割席了。

但他不死心,他还要求证,问明弥光,官家是否真打算册立三哥。一想起自己辛苦多年,最后竟被样样不出挑的李霁恒夺了太子之位,他便怒火中烧。这四月的天气,酒阁子里仿佛燃了炭一样,简直要把他整个神思、整个身子都烧化了。

搁在桌上的手紧紧握成拳,诸多盘算在他的脑子里车轮一样碾压而过,他思忖良久,终于抬起眼望向李宣凛:"若是我不争这太子之位,你觉得我还有退路吗?"

这话问得言不由衷,因为他根本不可能不争。但眼下这个局面,李宣凛必须照着他的思路办事,最后一把柴,也得添得漂亮。

他缓了缓心神,沉淀下来,由衷道:"如果殿下从来不曾在诸皇子中出头,从来不曾有过威望,或许殿下还有退路。可惜这满朝文武,有一大半的人认为太子人选非殿下莫属,那么殿下便是怀璧其罪,将来无论由谁继承大统,殿下都不可能全身而退。这件事我也细想过,官家那里不发难,殿下的地位暂且稳固,其后娶妻生子,一切有条不紊,但三年五载过后……也许用不了三年五载,削权打压便会接踵而至,届时小娘子就要跟着殿下受苦……如果我现在央求殿下与小娘子退亲,殿下可愿意?"

仪王慢慢挑起眉,没有说话,只是高深地望着他。

他轻叹了口气,道:"看来我的要求非分了,那么只剩一条,若殿下有用得上俞白的地方,我自会尽全力,听凭殿下差遣。"

所以这场变故,受牵连的不只是自己一个,仪王很庆幸,他们是一根绳上的蚂蚱,李宣凛这人真是什么都好,就是太重情义,爱得太深,以至于影响判断,让他为了一个女人愿意赴汤蹈火。

满脑子情情爱爱,真是要不得,仪王牵动了下唇角,说:"有你这句话,我就后顾无忧了。俞白，你我都是李家子孙，李家子孙有几个是愿意屈居人下的？届时……只要你开启宫门，里应外合，让我有机会与官家心平气和生谈一谈，或许局面会扭转过来，向着我们看好的方向发展。"

李宣凛听他说完，极慢地点了点头。

两人都知道，开弓没有回头箭，什么心平气和生谈一谈，全是谦辞，说得好听罢了。仪王其实早在很久之前就已经部署起来，这么久的观望，是因为他觉得官家还念及父子之情，毕竟名正言顺地承继大统，总比谋朝篡位体面得多。可惜事到如今，一切终究不能尽如他意，暗藏了许久的力量不得不动用起来，他仔细衡量过诸皇子手上的兵力及勤王大军抵达的时间，反正有十成的把握，就不用再犹豫了。

事情商定，李宣凛先行一步离开，仪王在阁中又静坐了很久，待到戌正时分，方慢悠悠走出阁子。

天地宽广，凉意扑面，清醒过后已经能够接受官家的薄情了，接下来便谋事在人，成事在天吧。

第二日，仪王命人给弥光传话，说自己有事要与他商谈，约他在大庆殿西挟相见。结果竟等来弥光的推诿，说官家这两日圣体违和，御前一时也离不开，就不赴殿下的约了。

仪王听了消息，在幽深的内衙枯坐半晌，愤愤将手里的杯盏掷得粉碎。待冷静过后，他命小黄门送去了当初弥光从陕州寄来的手书。

福宁殿内，官家刚歇下，弥光从内寝退出来，正想松松筋骨，一个小黄门向他呈上信件。他起先没闹明白，撇着嘴展开扫了一眼，看清之后大惊失色，慌忙将信叠起来收进袖袋。

小黄门向上觑了觑，道："弥令，明日酉时三刻，殿下约弥令艮岳云浪亭相见。"

弥光心里很不情愿，气愤道："酉时三刻，真是会挑时候，官家那头难道不用侍奉了？"

可是人家拿捏着他的小辫子，到时候若向官家告发，那自己任是有几个脑袋也不够砍。没办法，愠恼归愠恼，他还是勉强答应了。

到了第二日,弥光早早便向官家呈禀,说天气暖和起来了,要预先去艮岳安排,好迎官家、圣人及后宫娘子们过去避暑。

官家抬抬眼,搁下手里的狼毫笔:"还未入五月呢,何必那么着急?"

弥光赔笑道:"五月里再收拾就晚了,入了春,蛇虫鼠蚁多起来,也不知山里硫黄都放置好没有。孙贵妃极怕蛇,要是不提前驱赶,到时候惊了贵妃娘娘,那可如何是好。"

官家听了,便不再说什么。到了酉时,弥光将一切吩咐妥当,趁着天光黯淡,带上贴身的小黄门出了拱宸门。

艮岳在宫城东北,上京因地处平原,没有山峦,前两代帝王收集各地奇石,造出了一个避暑胜地。这艮岳每年三季闲置,只有盛夏才派上用场,平时只留管事和为数不多的黄门看守,算得上是上京城中最为僻静的去处。

从禁中过来,走一炷香就到了,远远见朴拙的入口挂着两盏灯笼,夜里看上去颇有山野的诡异玄妙。

见弥光走到门前,守山的管事从里面迎出来,笑着上来叉手行礼:"这么晚了,弥令怎么来了?"

弥光放眼看向远处黑黢黢的山,山里隐约有灯火,随口应道:"官家和圣人不日就要搬来避暑,我领命先行查验,免得到时措手不及。"

管事诺诺应了,将人引进门,再要陪同巡视,却见弥光摆了摆手,说:"我自己进去查看,你不必跟着。"说罢挑起灯笼,往梅渚方向走去。

第二十章

有山的地方总要有水，万松岭半山腰造了个倚翠楼，山脚有一方大池，池上建洲渚，云浪亭就在西边的梅渚之上。

苍松翠柏遍布山野，袍角撩动道旁的青草，发出沙沙的轻响。弥光顺着山脚小径向前，行至池边，放眼一望，一条弯曲的水廊横卧池面，廊底错落有灯火，倒映在水面上，随着水波轻漾，漾成纤长的光影。

因天色太晚，弥光看不见亭子里的人，只好带着近侍一路往前，终于到了云浪亭前的平台上，隐约见一个人临水负手而立，弥光脚下微顿，回身叮嘱身边的人："切勿走远了，就在这里等着我。"语毕壮了壮胆，举步走向云浪亭。

大约是听见脚步声，亭子里的人转头望过来，弥光心里本就有些不满，这时意气上头，快步入亭内拱了拱手，直言道："并非我推脱不愿见殿下，实在是近来官家身体不好，跟前一刻也离不开人。我这是脱不开身，殿下怎么就不能担待呢？让人送来这信件，难道不顾往日交情了吗？"

仪王并不吃他先发制人的那一套，哂笑道："弥令是大忙人，但见了这信件就不忙了,你说可是奇了?我原以为你我是一条船上的,没想到还未靠岸,弥令便偷偷下了船,连招呼都不打一声,也太不将我放在眼里了。"

弥光嘻了一下,自然要辩解:"殿下说的哪里话,小人承殿下的情,这些年哪一次不是随叫随到?我如此信任殿下,却没想到殿下还留着当初的信件,如今更是以此来要挟小人,说实在话,小人真是心寒得很,殿下办事未免太不厚道了。"

这些抱怨的话,他想说只管去说,待他发泄完,仪王才道:"不是我有意要留着这些信件,实在是弥令多变,我若不牵制你,怕弥令将我卖了。"

弥光"嘶"地倒吸了口气:"殿下,这信件因何而来,难道殿下不知情吗?当年是殿下说要让陕州军易主,才有了后来这些事,小人可是照着殿下的吩咐办事,殿下如今竟反过来攀咬我?"

仪王凉凉地瞥了他一眼:"我是说过要让陕州军易主,但我可曾支使你侵吞军资?官家派你监军,你却背着我将粮饷收入自己的腰包,要不是我极力替你捂着,你坟头的草都已经三尺高了。"

弥光懊恼不已,这李二真是巧舌如簧,自己竟有些说不过他。凭心论,要将一个戍边大将拉下马,最好的办法不就是屈死他吗?自己将事情办到了,不过顺带谋求一点私利,谁知被这李二拿住把柄,开始大做文章。是,阴差阳错之下,原本看好的人选没能接手易云天的职务,但那全因那人不长进,错并不在自己。

弥光本想反驳,可话到嘴边又咽了回去,他知道说得再多都是徒劳,便叹了一口气,垂着两手道:"殿下这次邀小人前来究竟有什么吩咐,请殿下言明吧。"

仪王也不耐烦与他啰唆,只问:"太子人选,官家可是定下了?这么要紧的大事,弥令怎么不派人告知我?"

弥光粉饰道:"这样的机要,官家与内阁商议,哪里准小人在场,因此太子人选究竟定了谁,小人也不得而知……"结果仪王的眼风如刀,杀到他面门上,弥光顿时一凛,后面的话便刹住了。

仪王冷笑道:"弥令拿我当傻子了,你是贴身伺候官家的人,若说毫不知情,你猜我可相信你?"亭内高悬的灯笼洒下一地水色,也照得他眉眼深深如鬼魅,说完这话又负手感慨,"弥令与我,怎么忽然这么见外了,难道是得知我不能登太子之位，所以决定另攀高枝，弃我于不顾了吗？"

他的阴阳怪气，着实引发弥光不满，起先还打算极力应付，但转念一想，这李二就是个秋后蚂蚱，蹦跶不了几日，便也无需诸多搪塞，笑道："哪里是我弃殿下于不顾，分明是殿下先舍弃小人的啊。当初殿下与易小娘子定亲时，就不曾考虑过小人的处境，那易小娘子恨我入骨，有朝一日易小娘子若是逼迫殿下取我性命，殿下究竟是取，还是不取？当时小人就担心过，这世上哪有人深知别人拿自己的脑袋做交易，还能高枕无忧的，小人不是信不过殿下的承诺，是信不过自己，小人几斤几两，自己还是知道的。说句逾越的话，殿下想两头拉拢，最后两头都慢待，终究是殿下过于贪心所致，不能怨怪小人。"

仪王的出身，养成了他不可一世的性格，还从来没有一个奴才敢对他这样出言不逊。他慢慢眯起眼，道："这件事我早就与你解释过，成大事者不拘小节，是弥令太计较了。"

弥光说："不是小人愿意计较，是不得不计较。成大事也是殿下的事，小人只想保住自己的脑袋，这没错吧？况且如今易小娘子与殿下闹起了退亲，婚事一旦动摇，势必影响庆国公的立场。庆国公手握雄兵，又掌管着控鹤司两万禁卫，与他相比，小人不过是无足轻重的卑下之人，实在不敢拿自己的小命开玩笑。"

他说得真切，仪王却觉得意外："易小娘子何时说要与我退亲了？弥令若是想与我断交，大可直接说出来，无需用这种捕风捉影的事来洗清自己。"

弥光笑了笑："殿下不必遮掩，我已经全知道了。那日易小娘子来赴五公主的鹤宴，在庆寿门听见了你我的谈话，回去便与殿下决裂了。小人深知自己不可与庆国公相提并论，为了保住脑袋，独善其身也是无奈之举，还望殿下见谅。"

两方的消息不对等，拼接起来，拼成了个面目全非的四不像。仪王只是惊讶，到现在才发现般般已经察觉内情，可她没吵没闹，竟像无事发生一样，连他都要意外于这个年轻女孩的城府。不过只是转瞬间，他就看透了一切都是她的安排，她瞒住他，挑唆弥光，弥光为求自保，自然率先动作。内侍嘛，能做的无非是在官家面前煽风点火，煽得官家重新彻查大哥的案子，煽得官家对他再无任何信任。除却这些，自己那些不为人知的秘辛，应当也经由弥光之口传到了官家耳中，所以眼前此人确实不该留,这阉人最后的一点价值,就剩安抚般般,巩固他与李宣凛之间的关系了。

思及此,好些难题迎刃而解,仪王负手道:"我若再向弥令下保,我料你也不愿相信,只是可惜了你我多年的交情,竟如此不堪一击。如今我也没有什么可怨怪弥令的,只望弥令能够将官家心里的太子人选告知我,我为了那个位置,不辞辛劳多年,别人不知道,弥令是一清二楚的。"

弥光听他这样说,也知道彼此的交易做不下去,今日有个了断也好,便道:"告诉殿下也可以,不过在此之前小人还要问一问,殿下究竟掌握了我多少证据,若是殿下向官家揭露当年的真相,那么小人又当如何自处?"

仪王道:"买卖不成仁义在,这回出此下策,原就是因为弥令不肯相见,若是昨日弥令愿意赴约,又何必闹得这样呢?我明白良禽择木而栖的道理,果真到了无缘的地步,好聚好散也不是不可以,你我相交多年,这点道义还是有的。"

这样的话从一位王侯嘴里说出来,总还有三分可信。如今的弥光并不觉得仪王有什么可怕,官家既然要册立太子,仪王是太子登基前最后的阻碍,用不了多久官家便会出手。仪王如今是穷途末路,未见得敢动自己,因为他不敢被官家拿住把柄,因为他知道官家不会手下留情。

于是弥光稍稍放心,挺了挺脊背,道:"那日官家宣了韩相公与严参政入崇政殿议事,小人听见几句,官家属意的是寿春郡王。韩相公与严参政对这个人选并不满意,在阁内与官家争论半晌,官家虽答应再作考虑,但更改的可能不大,拖字诀用到最后,内阁也不能更改诏书,最后定下便定下了。"

果然人选是三哥,仪王沉沉叹了口气。无论如何,自己是与太子宝座失之交臂了,这么多年殚精竭虑到底是为什么!

弥光此时很有一种置身事外的轻松,对插着袖子,隐带几分刻薄道:"殿下还是看开些吧,时也运也,命中注定没有帝王命格,还是不要强求了。官家查明了豫章郡王的案子,是殿下从中动了手脚,却没有因此追究殿下,说明还是念着父子之情的。殿下若是有心与官家重修旧好,便放下心里的执念,去官家面前负荆请罪吧,官家看在父子一场的分上,还是会原谅殿下的。他日殿下做个富贵闲王，娶妻生子，好好过日子。三殿下性情疏阔，不是个不能容人的，只要殿下安分守己，一个容身之处总会给殿下的。"

仪王仔细听着他的谆谆教导，听到最后绽出一个笑："弥令是个好奴才，却不是个好同盟，不懂得一拍两散时，人情留一线的道理。"

弥光正想反唇相讥，忽然发现自己被他扼住了咽喉。一个经历过大战的男人，自身的武艺修为不会差，仪王又是诸兄弟中身手最好的，只听"咔嚓"一声脆响，没等弥光叫出声来，便被折断了脖子。接着又是轰的一声，身体被抛进大池中，远远站着观望的两个小黄门见状，几乎吓得肝胆俱裂，正心慌不知如何是好时，背后两记手刀斩下来，闷哼一声便昏死过去了。

仪王收回视线，望向山野，赞叹这里还真是个沉尸的好地方。艮岳留守的黄门不多，不花上两三日，发现不了这里的异样。自己一直下不了决心，不敢尽力一搏，今日杀了弥光就没有回头路了，继续走下去吧，筹谋多年的计划，早就该实行了。

从艮岳出来，仪王直奔易园，无需门房通传，径直入了内院。

彼时明妆刚拆了头发准备上床，忽然听见外面传来女使的声音，惶然叫着殿下："请殿下稍待，小娘子怕是歇下了，等奴婢进去禀报一声……"

可门还是被人一把推开了，仪王带着肃杀之气迈进上房，着实吓了明妆好大一跳。想是弥光那件事暴露了吧，她也早有准备，于是直直望过去道："殿下大晚上闯进我的闺房，究竟有何贵干？"

本以为接下来会直面他的质问，甚至可能迎来一个窝心脚，结果竟没有。他脸上的神情从肃穆转变成温软，和声道："我先前听说有贼人闯进易园作乱，所以不顾一切赶来救你。般般，真是吓坏我了，幸好你安然无恙。"

明妆疑惑地打量他一眼，心道哪里有什么贼人作乱，这上京最大的贼人难道不就是他吗？只是她嘴上不好说，敷衍道："多谢殿下关心，家中太平无事，外面又有小厮护院，不会有人敢闯进来的。"

他"哦"了一声，笑道："也是，我关心则乱了。"说罢又温存地询问她，"时候还早，你这就要睡下了吗？"

明妆看了看更漏，说："不早了，这都快亥时了，我平日就是这个时辰上床睡觉的。"

他为难地眨了下眼睛："怎么办呢，我晚间有一场应酬，须得带上小娘子一起去。你重新梳妆起来，跟我跑一趟，好不好？"

他忽然提出这样的要求，她很纳闷，纳闷过后生了戒备，推脱道："我已经换了寝衣，不愿意再梳妆了，今日就不奉陪了吧。"

然而仪王蹙了下眉，道："你我已经定亲，只要亲事还在，小娘子就该尽力为我周全。还是勉为其难吧，实在是件很要紧的事，再说事关你与庆国公，你果真不愿意去吗？"

他说话半吞半吐，存心要勾起明妆的好奇心，一旁的商妈妈看自家小娘子迟疑，轻声道："若可以，何不明日再说？小娘子还不曾这么晚出过门……"

结果话还未说完，换来仪王不悦的低叱："我与小娘子说话，哪里有你插嘴的分！"

这下果真吓着了屋里所有人，因家里没有男性家主，姑娘当家处处都是和和气气的，如今来了个郎子，半夜三更闯进内院，言辞又是如此锋利，要不是忌惮他的身份，早就把他轰出去了。

明妆心里急跳，终于明白仪王来者不善，自己若是跟着他走，只怕是要出事，但执意不跟他去，料想他也不会罢休。思来想去，进退不得，她只好嘴上虚应着，拿眼神示意商妈妈，让她想办法上沁园报信。

商妈妈会意，悄悄从上房退出来，急急赶往后院小门，谁知一开门，人还没站稳，就被外面的人拽进暗巷。她要喊，很快又被堵住了嘴，只好眼睁睁看着界身南巷里光影往来，不多久一辆马车从巷口经过，她知道，小娘子一定被强行押上车了。

这一去也许凶多吉少，她顾不得其他，奋力挣扎，没想到竟被她挣脱了。她试图追上马车，可是马车走得很快，这个时辰，街道上行人稀少，马车几乎是一路狂奔消失在远处的暗夜里。商妈妈追得筋疲力尽，停下粗喘了两口气，忙掉转方向，心急火燎地朝沁园奔去。

第二十章

那厢，明妆坐在车舆内，惊恐地看着仪王，他的侧脸坚毅，想是下定了什么决心，槽牙紧紧咬着，咬出了下颌的峥嵘。她虽有些怕，但还是壮起胆问："殿下究竟要带我去哪里？"

与她并肩而坐的人恍若未闻，两眼只是穿过雕花的车窗，看向前方。

明妆忽地萌生了个主意，看准时机就想跳车，无奈又被他拽了回来。这回他又换上笑脸，温声道："你这是干什么？难道我还能害了你吗？你安心坐着，我带你去一个安全的地方。"

明妆自然不答应，挣扎道："我在家好好的，家里就很安全。你放开我，我不愿意跟你去，我要回家……"

别看小小的姑娘，反抗起来也不好压制，他有些恼火，愠声道："别动！你要是再挣，就别怪我伤了你。"可惜她并不理会，混乱中自己竟挨了她好几下，到最后没有办法，只得喝声道，"弥光已经死了！"

明妆呆住了，一时回不过神来："你说什么？弥光死了？"

仪王那张脸上表情空白，良久才道："是啊，就在刚才，死了。"

她终于冷静下来，怔怔地问："殿下不是在哄我吧？"

他看了她一眼："这不是你一直筹谋的吗？有意放出风声，离间弥光，让他日夜恐惧，让他倒戈相向。现在好了，你终于借由我的手替父报仇了，小娘子应当高兴才对啊。"

车盖下挂着的灯笼照进来一点光，照亮了他的面目，从愤怒到委顿，到重振精神，明妆很惊讶，这么短的时间内，能从一个人脸上看见如此复杂的人性转换。

看来他都知道了，如果他说的是真的，弥光一死，自己的目的也就达到了。她忽然想哭，无能的女儿横冲直撞，终于替爹爹报了仇，虽然无法让爹爹的冤情大白于天下，但让那个罪魁祸首偿了命，对她来说也足够了。

仿佛是达成心愿后的坦然，她没有再闹，安安静静坐在车内，跟他去了要去的地方。

马车停下后，他将她带进一个陌生的小院子，推门进上房，房里燃着灯火，他回身将门合上，这才同她说了经过，告诉她弥光这会儿正漂在艮岳的大池上，自己对她的承诺，也终于兑现了。

明妆很平静，站得笔直，带着视死如归的气魄道："殿下现在可以杀我了。"

仪王纳罕："我做什么要杀你？"

"弥光死了，势必会惊动官家，万一查到殿下头上，殿下不怕吗？"她说罢，凉凉瞥了他一眼，"你原本和弥光交好，要不是我从中作梗，弥光恐怕现在还在为你斡旋。失了这个助力，一切便不可控了，殿下如今八成恨我入骨，告诉你，我不怕，要杀要剐，悉听尊便。"

她这副倔强的模样，惹得他笑起来，原来她也有小牛犊子一般的傲性。他转而又来安抚她："般般，你误会我了，我和弥光从来不曾交好，不过表面虚与委蛇而已，毕竟我在禁中行走，他又是官家身边的近侍，总不好正大光明得罪他。不过今日取了他的性命，确实是为了给你一个交代，也迫使自己下了决心。"

明妆早就知道他所谓的决心是什么，给她交代不过是顺便罢了。"殿下难道不是拿弥光给我吃定心丸，也好借机拉拢庆国公？"

他微怔愣了下："小娘子就是这么看我的？你是我未过门的妻子，我为你完成心愿，难道错了吗？还有李宣凛……"他走到她面前，垂下眼，脉脉地望着她，明明眼神温柔，语调却带着恫吓，"以后不要再提他了，你是我的未婚妻，总在我面前提及别的男人，我会不高兴。虽说你我的亲事是一场交易，却不妨碍我当真，可当我喜欢上你的时候，你却恋着李宣凛，真让人伤心。"

第二十一章

　　明妆有些慌，自然不可能承认，板着脸道："殿下慎言，大可不必这种时候还来栽赃我。"

　　"我栽赃你了吗？"他挺直腰，慢慢踱开，边踱边道，"我也不逼你承认喜欢他，但你的心究竟向着谁，你自己知道。我呢，问心无愧，与你定了亲，就再也没碰过别的女人，一心静待你过门，但是小娘子好像没有遵守契约，更没有将我当成郎子。我那王府你从头至尾来过两回，而沁园建成不足一月，你就跑了三回，谁亲谁疏，一目了然。不过没关系，我也不是小肚鸡肠的人，少年人的爱慕可以理解，等日后咱们成亲生子，你的心自然就回来了，我不着急。眼下呢，我有一件要事必须去办，其中少不了李宣凛的支持，但李宣凛这人不好拿捏，他嘴上答应助我，我却怕他临阵退缩，所以把你请到这里来，就当是帮我一个忙，事成之后我必不会亏待你。"

　　看吧，说得多么冠冕堂皇，明妆是头一次遇见这样不要脸的人，愤然道："你是打算扣押我，逼迫他吗？可惜殿下打错主意了，他不过是看着我爹爹的面子顾全我,你要利用他替你打前锋,先要掂量我够不够分量。"

仪王失笑:"这样妄自菲薄,可不是小娘子的作风。你可能不知道自己对他来说有多重要,李宣凛是个闷葫芦,有时候我都替他着急……"他苦恼地咂了咂嘴,"明明将你装在心里,可他偏不承认,装得一副正人君子的仁义模样,你说他不累吗?"

明妆心里震撼,终于明白仪王为什么要拿她作为筹码,引李判上钩了。在他看来,李判是对她有情的,但果真是这样吗?自己从来不敢奢望,他却旁观者清,大约除了自作聪明,没有别的解释了。

仪王从她不屑的表情里,读出了她的腹诽。摆事实讲道理坐实他们互相有情吗?大可不必!只能说这两人都很迟钝,也庆幸他们没有再往前一步,否则自己便没有立足之地了。现在亲事已经定下,和皇子定亲不像民间那样定退随意,易明妆的前途和他捆绑在一起,李宣凛只要明白这点就足够了。

他转头看一眼案上的更漏,说:"我不能逗留太久,还有好些事等着我去安排。这一昼夜你就安心在这里,不要想逃跑,也无需逃跑,等我来接你时,就是另一番天地了,我敢断言,小娘子一定会喜欢的。"

明妆哪里能安心,她知道他要逼着李判跟他一起谋反,事若成了,李判早晚是他的眼中钉,将来必定除之而后快。若是败了,那更是满门抄斩的大罪,李判就活不成了。思及此,她一把拽住正欲离开的仪王:"殿下,这件事非同小可,还请殿下三思。"

仪王顿住步子,正色看了她良久:"如果你是因舍不得我才说这番话,我大约会觉得很欣慰……"但他知道不可能,所以为了掩饰自己的失望,转而笑道,"小娘子要明白,我是为你才杀了弥光的,弥光一死,我就不能回头了。为免官家责问,我必须先发制人,否则没有活路的就是我,你懂吗?"

他说完便扬长而去,明妆想追上去,无奈被门口的守卫拦住了去路。她不死心,探着脖子叫了两声殿下,仪王听见她的喊声,走得愈发急切。待回到王府忙完部署,已至丑时,易园的人应当已经通禀李宣凛了,他却按兵不动,没有漏夜过府质问,他就知道,一切稳妥了。

越是大战在即，越要保持距离。李宣凛是个聪明人，哪能不知道他将人转移到别处的用意，无外乎扣押人质罢了。

　　次日，朝堂之上，一切如常，官家听政时间长了便昏昏欲睡，文官谏诤，武官缄默，仪王的眼梢瞥向斜后方的人，见他掖着笏板低垂眼帘，也不知在想些什么。

　　向上看，那把鎏金的龙椅既远且近，以前，他以为只要一步一步稳扎稳打，就一定能登上去，结果事实证明，这种事还是要看运气。太子宝座，其实就算坐稳也还是等，不如一鼓作气拿下王座，痛快得立竿见影。仪王心里仔细盘算着，还有八个时辰，一切就该有个说法了，因此越发要耐下十二分的性子，熬过朝会漫长的时光。

　　终于到了尾声，没有商讨出结论的政务，官家打算留待朝后解决，言官们脸上犹带几分薄怒，无奈地退出朝堂。

　　仪王举步迈出门槛，放眼望向紫宸殿前的广场，外面日光耀眼，今年的夏好像来得特别早，公服里面一层中衣，已经热得几乎穿不住了。身边的臣僚像潮水一样向前涌，这两日朝中风声渐起，他也不如之前吃香，再也没人来邀他赴宴吃席了。以前他不耐烦应酬，但果真没有应酬时，又觉得这种受冷落、无人问津的感觉，着实不大好受。

　　身后有脚步声赶上来，那片紫色公服停留在他的视野里，不疾不徐地跟随着，低声问："殿下将小娘子送到哪里去了？"

　　仪王答得很淡然："我不想让她涉险，把她安顿在安全的地方了。眼下她一切都好，你不用担心。"

　　李宣凛沉默下来，没有再多问，行至左银台门前，往南拐进了夹道。夹道往东，那一大片就是鹤禁所在，官家未立太子，所以这地方一直空着。如今控鹤司建起来，除了正殿，各处都有人戍守，李宣凛例行巡查了一遍，往南出左掖门，回到控鹤司衙门，开始部署今晚的一切。

　　四直都虞侯，他已经先后召见过了，其中三人本来就是仪王的人，并不需要费口舌，剩下那个对他的景仰堪称痴迷，当初入控鹤司时便眼泪巴巴地对他说：

"卑职一向听闻上将军大名，只可恨晚生了两年，不能追随上将军征伐。现在好了，终于成为上将军麾下，只要上将军让我站着，我绝不坐着，上将军让我吃饭，我绝不喝汤。"

这样的追随者，也用不着费尽心力说服。

待把他们打发走，屋里只剩下赵灯原等近侍，虽说这些年出生入死，同进同退，但他们对上峰此举，还是觉得难以理解。

李宣凛却浑然未觉，继续自己的安排："老赵、老梁，带两队人马守住东华门。"说着将视线又调向剩下两人，"学之和习之带一队人马守住左掖门，你们这两路人马不必随众入禁中，只需负责城门开合即可。"

四人惶惶应了，赵灯原忍了半日，实在忍不住，冲口道："上将军，眼下的太平局面不好吗？咱们打下邶国，官家多有封赏，上将军已经是国公的爵位了，何必跟着仪王……"

李宣凛垂眼看着书案上的《孙子兵法》，极慢地说："我有我的安排，你们不必过问。"

赵灯原反驳："不是卑职要过问，是……"

没等他把话说完，李宣凛抬起眼道："谁要是害怕，现在就走，我绝不拦着。"

堂下几人面面相觑，到底谁也不曾离开。

"我们随上将军上阵杀敌，连命都是上将军救的，只要是上将军盼咐，我等绝无二话。只是……只是……"赵灯原支吾半晌，向上觑了觑，"上将军此举，可是为了小娘子？因为小娘子许了仪王，上将军便如此维护仪王？"

李宣凛心头跟跎了一下，一时不知道该怎么回答他，脸上不免有些讪讪。

一向语迟的梁颂声这时开了口，一针见血道："上将军若是喜欢小娘子，干脆一鼓作气抢过来，何必冒天下之大不韪，给他人做嫁衣裳？"

大老粗们顿时觉得老梁说得很对，纷纷点头附和。本以为这话命中了要害，结果上面的人淡淡否决道："我是为了大将军。"

说起大将军，那是另一种刻在血液里的哀伤。当初大将军病故，十万大军哭声震天，他们都是流过相同热泪的人，懂得其中的愤怒与辛酸。如今三年过去，热血未凉,上将军不声不响,却是个办大事的人,想来他打心底憎恨官家,因为一切祸根都在官家,要不是他重用弥光,就不会让大将军含冤而亡。

话既说到这里,众人便都明白了,他们这些脑袋别在裤腰上的人,最不缺的就是义气和血性,既然上将军决定这么做,那他们舍生忘死当这马前卒就是了。

四人齐齐向上拱手:"听上将军号令。"

李宣凛领首:"那三队人马务必是亲信,不受任何人摆布。倘若其中有人胆敢违令,就地斩杀,无需宽待。"

众人道是,见他又摆了摆手,方退出正衙。

李宣凛独自坐在堂上,衙门幽深,即便日头惶惶,外面的光也照不进里面,坐久了人便有些发木。先前梁颂声的话,一直在他脑子里翻滚——喜欢就抢过来……是啊,他也不知自己在犹豫什么,明明抢过来就好了,可话到嘴边又不敢说出口。有时候细想真是可笑,自己征战沙场多年,杀敌时血溅五步都不曾却步,但面对一个小姑娘,他却心生畏惧,害怕自己唐突,害怕被她拒绝。

曾经有一次,他在梦里对她诉过衷肠,也不知哪来那么好的口才,声情并茂地将所有的心事都告诉了她。想过她会惊讶、会慌张、会羞报,结果她却说:"李判哥哥,我一直拿你当至亲,你却对我生出这样的想法,你对得起爹爹吗?"

只这一句,把他生生吓醒,醒后万分懊恼,他想自己大概真是疯了。

可是越压抑,心里越渴望,每次见她,他的每一寸皮肤每一点感知都在疯狂叫嚣着爱她。有时候他觉得害怕,怕自己忽然失了分寸,会做出什么不堪的事来,所以他开始避免与她见面,本以为长久不见,感情就会减退,谁知毫无作用,思念已经成为本能,戒不掉了。

也许这次过后,自己可以试一试,但愿到时候还能鼓起勇气来。仪王将她藏在哪里,他早就知道了,毕竟陕州暗哨不是摆设,所以他并不着急,暂且让她躲在那里也好,免得城中兵荒马乱,到时候被人拉出来做筏子。

看看时辰,日头到了中天,白日还是如常办公,处理营务,到了傍晚时分,出去巡营,已经能够隐隐嗅出布军的变动,宫城之外多了许多陌生的面孔,一股紧张的局势在蔓延。天终于暗下来了,夜深之后,巷陌里传来头陀敲打铁牌的铛铛声，一面高呼"普度众生救苦救难诸佛菩萨"，一面拖着长腔念唱："亥正，大渊献，万物于天，深盖藏也……"

他起身吹灭蜡烛，从正衙走了出去。

今日是十五，天上一轮圆月照得山河如练，即便不用掌灯，也能看清前路。官衙后巨大的校场上，早就云集了数千兵马，更多的精锐在外城集结，只等时辰一到，便打着勤王的旗号闯入禁中。

李宣凛翻身上马，在黑暗中牵紧缰绳。静静听，隐约能听见呼号声，他知道头一批上四军已经攻入内城，不久就要抵达皇城了。

坊间的头陀不曾察觉异样，照旧敲着铁牌穿街过巷："子正，困敦，万物初萌，藏黄泉之下……"

手里的鞭子高高扬起，破空一甩，啪的一声骤响如惊雷。校场大门洞开，数千兵马朝光亮处奔袭而去，一时冲得夜行运货的脚夫仓皇遁逃，夜半的上京与白天是截然不同的两个世界，马蹄飒沓，踏破了夜的宁静。

兵马汇集，入城的捧日军身着赤红甲胄，和殿前司班直战作一团。一向养尊处优的诸班直似乎并不是捧日军的对手，一路战一路退，最后被逼到了晨晖门外的长桥上。那长桥是木柞的，寻常看着大气煊赫，任君出入，可一旦几千兵马在此停留，桥便不堪重负，轰然一声坍塌了。

晨晖门是东华门以北唯二入禁中的通道，长桥一坍塌，宫城以东的路径便只剩东华门一线。仪王率领的人马终于抵达，高擎的火把照亮了为首者阴鸷的眉眼，兜鍪下的那张脸变得尤为陌生。他盯着前方，宫门也在这时缓慢开启，高不可攀的禁廷向众人敞开胸怀，攻破内城的防守后，离成功就只剩一步之遥了。

李宣凛解决了缠斗的兵卒，策马与仪王会合，彼此交换了下眼色，仪王抽出佩剑，身后的统制得令，带领前锋营攻进了东华门。

因控鹤司没有抵抗，顽守的殿前禁军又节节败退，先头部队可以说是长驱直入，一举便抵达了禁廷腹地。四下望，到处都是慌不择路的宫人，偶遇阻拦的亲军，也是一刀一个，毫不拖泥带水。仪王在起事之初还忐忑着，就算已经周密安排，也保不定有百密一疏的时候，直到他走进东华门，看着向西直达紫宸殿一线的防守全数崩溃，才真正有了胜券在握的信心。

这只是头一轮的攻势，内城拿下后，外城有天武和龙卫掌管，再过一个时辰，京畿内外所有关隘的将领都会替换成他的人，那么政权的交替便可以顺利完成了。自己踽踽独行多年，终于，一切筹谋在今夜实现了，他还是第一次深夜入前朝，原来月色下的紫宸殿，比他想象中的还要美。

官家的福宁殿就在西侧垂拱殿之后，他命人先行占据紫宸殿，自己则下马率众进入垂拱殿。

奇怪，这垂拱殿前的广场上没有灯火，静谧如异世一般，就着月色，只看见正殿大门洞开，像巨兽的大口。身后传来绵长的门轴转动的声响，那一长两短的嘎吱声他听过无数遍，心头忽然炸开惊雷——是东华门闭门了吗？

正惊惶着，垂拱殿内亮起灯火，官家不知何时走到了台阶前，身后乌泱泱排开的是亲军诸班直和内阁的几位重臣。

"看看，"官家抬手指了指，"这就是你们极力举荐的太子人选，他等不及想撵朕下台，自己接掌乾坤呢。"

宰相与参知政事等人一脸唏嘘，原本看好的继承人，就这样把自己活活坑死了。

仪王到这时才发现自己上当了，骇然转头看向李宣凛，却见他风平浪静地站在一旁，身后的垂拱门，身着细甲的控鹤司班直潮水一样涌进来，将他们的后路都截断了。

领头的指挥上前复命："上将军，宫城内外的叛军皆已伏诛，老赵和老梁已经领兵往外城去了，可以赶在幽州军入城之前，拿下各处关隘。"

李宣凛应了声好，再望向仪王时，眼里浮起淡淡的笑意。

"你……你是何时……"仪王惊得语不成调，"何时向陛下泄密的！"

李宣凛道："我从来不曾向陛下泄密，我也只是局中人而已。"

仪王明白过来，回身盯住官家道："爹爹，你早就防备我了，你果然从来不曾信任过我！"

官家居高临下地望着他，脸上流露出失望的神情："信任你，让你将刀架上朕的脖子吗？从源，这些年你的所作所为，朕都看在眼里，没有戳穿你，是念着父子亲情，希望你还有悔改的一日。可你不满朕这个父亲，你想取而代之，将手伸向各军，幽州、邓州、滑州，还有信阳军、陕州军……甚至道州那场兵谏，都是你潜心策划的，你以为朕不知道吗？你阵前英勇杀敌，身受重伤，感动得满朝文武皆为你摇旗呐喊，你在受众人吹捧的时候，可有一丝羞愧啊？朕三番四次给你机会，你为何总是辜负朕呢？朕本以为你只是少年意气，待长大一些就会沉稳起来，没想到你变本加厉，终于还是走到了这一步。"

仪王简直有些不敢相信，那些自以为瞒天过海的高明，在官家眼里竟是一览无余。他浑身颤抖起来，听见身后解甲的声音，不敢回头看一眼。

事到如今，他不得不承认，姜还是老的辣，但被愚弄的愤怒让他不甘，他大声反驳："陛下说得好听罢了，但凡你一视同仁，我何至于如此！我是先皇后所出，是陛下唯一的嫡子，陛下却从未高看我半分，反而处处抬举大哥。就是你这种明目张胆的偏爱让我意难平，我究竟哪里做得不好，哪里不如大哥，连晋爵都要比他晚上好几年！"

官家听他发泄，深感无力："朕是想锤炼你。大术之首，韬光养晦，大术之末，止于忍性。可你呢，心高气傲，从小人之邪意，这江山社稷要是交于你手，才是百姓之灾，家国大祸！"

仪王却笑起来："原来处处压制，就是陛下所谓的锤炼。其实在陛下心里，早就不拿我当儿子了，只是碍于悠悠众口，不能处置我。如今我自投罗网，正中了陛下下怀。我只是没想到……"他转头望了李宣凛一眼，"为了引我入局，你竟然能眼睁睁看着喜欢的女人与我定亲，李宣凛，我真是小瞧你了。"

李宣凛神色漠然，没有否认，也无需在阵前和他啰唆，只是微抬了抬下巴，道："殿下大势已去，就不要再挣扎了，快些向陛下请罪，也许还能保住一条小命。"

第二十二章

可是一条命而已,值什么!

开弓没有回头箭,不成功便成仁,他早就做好准备了,只是千算万算,没想到一切都在官家的掌控之中,这么多年的暗中布局,在官家看来简直像笑话一般,他受不了这种折辱。

仪王昂了昂头,还要保持最后的体面,从牙缝中挤出几个字来:"成王败寇,要杀要剐都由得陛下,但我这样的蝼蚁,陛下只要动动手指就能把我碾死,又何必大张旗鼓,将这么多人牵扯进来?"

见他到这个时候还执迷不悟,官家愈发感觉厌恶:"将那些兵将牵扯进来的人不是朕,是你。朕知道百足之虫,死而不僵,若是不设一局,怎么能把那些有二心的人一网打尽!"说着长叹一声,"这朝纲混沌太久,是时候该肃清肃清了,我们父子之间的恩仇却难以厘清,从源,其实一直是你在恨着朕,朕却处处为你留情面,只是你从来没看见罢了。"

说到底,官家也有自怨的地方,他一向知道自己的毛病,错就错在优柔寡断,对这些儿子，无论犯了多大的错，都没有狠下心肠处置，即便得知二哥有了反意，也还是想着再观望观望。

结果事与愿违，他的一再姑息，养大了二哥的野心和胃口，枉顾父亲的一片苦心，到现在兵临城下，自以为万无一失，带着亲信攻入禁中，却被瓮中捉鳖，官家甚至有些遗憾，自己怎么生出了这样愚蠢莽撞的儿子。

官家恨铁不成钢，那些看好仪王的官员也不能袖手旁观，宰相忙对仪王道："殿下没有发现，今夜在场的人中并无你的兄弟吗？官家为保全殿下的脸面，这样要紧的事都不曾通知其他皇子，足见官家的苦心，殿下应当领官家这份情。"

参知政事也好言相劝："殿下快些放下手里的兵器，向陛下请罪吧。"

灯火煌煌，照亮了众生相，有的冷漠、有的失望、有的嘲讽、有的作壁上观。仪王知道，虽然他们字字句句都在劝他回头，但那只是为了成全他们的假道义，就连官家，也不过是想通过此举，昭示自己是仁君罢了。他心头悲怆，自己是个清高的人，到现在落得人人看戏的下场，何其窝囊？谋反是重罪，就算侥幸能保住一条命，还能活出人样吗？与其苟延残喘，将来被猪狗不如的人作践，倒不如死了干净！

仪王横下一条心，将生死置之度外，但心里还有不能解的疑惑想问一问官家，问完了，就没有什么遗憾了。

"爹爹，你与我母亲有过真情吗？"他垂着两手，剑首抵在香糕砖上，仰头望向那个高高在上的人，"我究竟是不是你的儿子？"

官家脸色微变，没想到大庭广众之下，他能问出这样的问题，当即怒斥："混账东西，你这是在折辱朕，还是在折辱你母亲？朕真是后悔，曾经对你寄予过厚望，早知你这样难堪大任，就该将你放到外埠去戍边，今日也就不会丢人现眼，让人嘲笑朕教子无方了。"

此话一出，父子之间的情义便彻底断了，有的人终其一生都想得到父亲的肯定，仪王就是这样的人。这么多年，他一直努力做到最好，不过是想看到官家脸上的欣慰之色，夸一声"二哥做得好"，可是从来没有……从来没有！官家永远不满足，永远对他充满挑剔，像上回他日夜兼程去外埠勘察盐务水务，事情解决之后回来复命，官家隔着帐幔连见都不曾见他一面，更别说对他道一声辛苦了。

如果一切还可以掩饰，他就当官家只是严厉些，还是看好自己的，但现在终于听见父亲直言说出对他的失望，那眼中的厌恶像巨轮一样，瞬间把他的所有骄傲都碾碎了。

殿前诸班直上前一步，随时要来拿下他，他绝望了，眼里裹着泪道："爹爹，儿子活成了你的耻辱，儿子对不起你。"

话才说完，他忽然抬剑抹向自己的脖子，官家与宰相惊呼起来，一旁的李宣凛夺剑不及，那剑刃已经割破了他的喉咙。他倒下来，李宣凛忙去接应，大量的血喷涌而出，把彼此身上的甲胄都染红了。

仪王仰身望向天空，视线越来越模糊，今晚的月亮竟是血色的吗？

李宣凛用力按住他的伤处，试图减缓出血，可是没用，人像个水囊，口子破得太大，捂不住了。

仪王望向他，费力地翕动嘴唇："般般……"

这个时候他还念着般般，李宣凛忽然明白过来，自己其实没有看透他，他心里还是恋着般般的，只是他对权势的欲望太深太重，儿女私情对他来说并不重要。如果这场政变成功，如果他能活，他与般般之间大概又是另一种拉锯，另一种类似官家与先皇后的孽缘吧。

官家蹒跚走过来，一下瘫坐在地上，嘴里叫着"二郎"，顿时老泪纵横。他有八个儿子，成器的其实不及半数，这第二子曾是其中的佼佼者，如果没有那些心魔，没有那些猜忌，这江山不出意外应当是他的。然而人算不如天算，他一路走偏，连拉都拉不回来，自己的处置也欠妥当，慢慢对他灰了心，慢慢就开始厌弃他了。

终于走到了这一步，再要后悔，一切都晚了。官家握住他的手："你这又是何必，爹爹从未想过让你死。"

仪王用尽最后的力气缩回手，即便到死，他也不能释怀。

半睁的眼中光彩渐渐熄灭，医官跪在一旁查看，鼻息和脉搏都探不到了，医官向官家伏下身子："仪王殿下……薨了。"

他身上有爵位，还是官家最耀眼的儿子，当得上一声"薨"。官家摇摇晃晃地站起来，无力地摆摆手，殿前司与控鹤司诸班直抽出兵器，一片刀光剑影后，那些降顺的军士都被斩杀了，一时血流成河，血水顺着香糕砖的缝隙向前流淌，把这高洁的重地晕染得炼狱一般。

官家闭了闭眼，勉强撑住身子宣召："仪王篡位，被诸班直击杀于垂拱殿前，所率叛军全数伏诛，昭告天下，以儆效尤。"

残忍吗？或许是吧，但身为帝王，不能妇人之仁，他必须在木已成舟时，让一切利益最大化。

中书省的官员得令，躬身应了声是，宰相韩直向官家拱手："仪王殿下的身后事，就交由臣来处置吧。"

官家的身形微颤，说不出话来，只是颔首，示意应允。

乱臣贼子不会有丧仪，留个全尸，建个简陋的坟茔，逢着清明有人记得上炷香，就已经是很好的结局了。

官家踉跄两步，丧子之痛让他直不起腰来，一夕之间苍老了十岁一般，由内侍搀扶着，往福宁殿方向去了。

这广阔的天街上血腥气冲天，即便所有尸体都被运走了，即便百余黄门轮番提水来冲洗，也冲不去泼天的死亡气息。

李宣凛叹了口气，看着仪王被装进棺木，运出垂拱门。

一旁的宰相唏嘘不已："前阵子内人刚奉圣人懿旨，给仪王说合了亲事，没想到……他竟是这样的结局。"

李宣凛不知该说些什么，战场上看过太多生死，回京承办的头一件大事，却是目睹一位皇子从盛极走向衰败。

那日官家召见他，将仪王的种种告知他，其实连官家都不相信仪王当真会起事。毕竟一位皇子试图壮大自己是人之常情，官家总还抱有一点希望，盼他迷途知返，不至于越走越远。但期望归期望，试探没有停止，所以命他筹建控鹤司，为的也是看一看仪王的反应。

仪王不负所望，很快便有了动作，他不能阻止殷殷与仪王定亲，最后也只有盼望仪王不生狼子野心，与般般好好生活。可惜人的性格注定命运，到底还是逃不过这一劫，如今一切都归了尘土，万般的富贵，其实得到了又如何呢？

李宣凛回过神，对宰相拱手道："殿下的后事，若有用得上我的地方，还请韩相吩咐。"

宰相点点头，负手踱开了。

外面还要善后，殿前司的指挥使已经先行一步安排了，自己不能裹足于这里，忙振作精神走出东华门，将控鹤司接下来要承办的差事分派好。

一切尘埃落定，天也快亮了，他解下身上的甲胄丢在一旁，仪王的血穿过鳞甲渗进袍袖，也顾不上洗了，匆匆赶回衙门换了件公服，便跨马扬鞭直奔城南。

明妆一夜未睡，城里的厮杀声她听得很清楚，刀剑相击，恍在耳畔，每每吓得她坐立难安。她想出去，可门上有人守着，凶神恶煞的守卫语调让人不寒而栗："小人奉命办事，小娘子不要为难小人。"

明妆没办法，只得退回屋里，战战兢兢听着外面杀声震天，那动静一直持续了一个时辰，才逐渐平息下来。

起先外面有人走动，她知道那些守卫也在等消息，后来将近五更时，廊子上忽然安静下来，投射在窗纸上的人影也不见了，满世界清寂得诡异。于是她试着拽动直棂门，没想到门居然打开了，再探出身子朝外张望，院里的人凭空消失了一般，都走光了，她忽然有种预感，仪王这回怕是坏事了。

李判怎么办？明妆心头骤跳，手脚都麻了，失去爹爹的恐怖经历又一次重演，她不希望李判也是这样的结局。

她慌不择路，从院里奔出来，四下张望不知身在何处。周围的屋舍好像已经被废弃了，这条巷子里无人居住，来时走的什么路，她也不记得了，惊惶之下甚至怀疑自己是不是被送出了城，送到幽州去了。

天边泛起一点蟹壳青，这时候的天地还是乌蒙蒙的，小巷很深，两边坊墙高筑，连路都有些看不清。她跌跌撞撞沿着窄窄的青石板向前，前面隐约有灯火，也许是哪家早点铺子壮胆起来经营了……然后她听见笃笃的马蹄声，忽然有些害怕，立在原地不敢向前。闺阁里的女孩子，即便从小出入军营，但那是爹爹辖下，她从来不知道什么是畏惧。如今兵荒马乱,也不知来人是敌是友,她只好向后退,退到道旁,正好边上有几根竹竿,她随手操起一根,虽然不太趁手,但聊胜于无。

　　来了……原以为这巷子不起眼,那些人只是路过,不会留意这里,谁知那么巧,来人正是直奔巷子来的。明妆的心都快蹦出来了,骇然看着那些人马接近,高擎的火旗被风吹动,发出噗噗的声响。她想藏在黑暗里,但藏不住,火光终于到了她面前,她紧紧撑住竹竿,想着大不了鱼死网破吧,但定睛一看,马上那人有张熟悉的脸,她分辨再三,确定真的是李判。

　　她浑身的戒备顿时退去,颤着声说:"李判,你没事,太好了……"

　　李宣凛从马上跃下,见她孤身一人挨在墙角,心里涌起巨大的不舍,向她伸出手道:"小娘子,我来接你回家。"

　　横亘在身前的竹竿被她掷在地上,这时候也顾不得有没有外人,别人会怎么看了,一下扑进他怀里号啕大哭:"李判,我以为你出事了,我以为再也见不到你了。"

　　他起先有些惊愕,但当那伶仃的身影撞进胸怀,他便情不自禁地收紧手臂,微微弓起身子,为了更好地拥抱她。他知道她吓坏了,像抓住浮木一样用力攀附住他。他不由得庆幸,好在自己来得及时,万一她独行,遇上歹人,那后果便不堪设想。

　　他笨拙地在她脊背上拍了两下,温声安抚着:"不用怕,一切都过去了,我还活着,不会再让人伤害你了。"

　　她的情绪大起大落,本以为一切坏到了极点,没想到劫后还有余生。她宣泄一番后,逐渐平静下来,才发现自己这样死死搂着人家不成体统,忙收回胳膊擦了擦眼泪:"仪王呢?是他让你来接我的吗?"

　　李宣凛顿了下,缓缓摇头:"他死了。"

　　"死了?"明妆呆在那里,好半晌才回过神,"怎么会……死了?"

　　他垂下眼,没有立时向她解释,只道:"回去吧,小娘子离家这么久,把商妈妈她们急坏了。"

　　没有马车随行,只好委屈她骑马。他将她拉到马前,扣着那纤细的腰身轻轻一举,将她送上马背,自己翻身上去把她护在胸前,就像多年前大将军带着幼小的她练习骑术一样。

还好天色未亮,动荡过后,满城百姓都不敢开门,这一路行来并未落谁的眼。悄悄的,一点暧昧在心底滋生,虽然不合时宜,却无法抵挡。他唯有平下心绪,正视前方,不要想自己有多思念她,也不要想见到她时是怎样的喜出望外,只有这样,他才能时刻警醒自己肩上的责任,不因自己的情难自控而唐突她。

待将人送到易园前,府里的两位小娘飞快地从门里迎了出来:"老天保佑,小娘子回来了……"然后上下仔细打量,见她没有异样,心里的大石头方落地,惠小娘哭道:"可吓坏我们了,好在你安然无恙,否则我们怎么对得起故去的郎主和大娘子啊!"

众人直抹眼泪,商妈妈道:"我们在门上守了一昼夜,想出去打探,巷口有人盯着,又出不去,只好在家干着急。还好有李判,多亏李判把小娘子找回来,否则天一亮,就算拿刀杀我们,我们也要挨家挨户找你去了。"

明妆见她们大泪滂沱,反倒要来安抚她们:"我不要紧,就是被关了十几个时辰,也不曾受什么苦。"

众人这才擦了泪,簇拥着她说要上小祠堂去敬香。李宣凛没挪步,唤了声小娘子,道:"我还有要事,就不进去了。小娘子先压压惊,等手上的事忙完了,我再来与小娘子细说。"

明妆道一声好,眼神却依依不舍:"李判,你不会有危险了,对吗?"

他点了点头,没有再停留,翻身上马,向禁中方向狂奔而去。

一场动荡平息,损毁的宫城、桥梁要修缮,死伤的人数要统计,俘获的叛军也要看押审问,忙到晚间时分才暂时空闲。接手外城军务的赵灯原和梁颂声回来了,进门细细回禀了经过,说幽州赶来的人马被围剿于陈桥门,斩杀了为首的将领,剩下的那些生兵立刻就缴械了。眼下官家钦点的官员已经奔赴在上京各处关隘,就算有叛军,得知仪王已死,也会土崩瓦解的。

赵灯原嘿嘿笑了两声,道:"原来我们先前误会上将军了,我就说上将军这样聪明绝顶的人,怎么会轻易被仪王鼓动!只不过上将军不该瞒着我们,害得我们担惊受怕一整日，直到接令让我们关闭宫门，我们才明白过来，上将军是与仪王唱大戏呢。"

李宣凛这时方露出笑脸，瞥了瞥他们道："在你们眼里，我就是这样顾前不顾后的人？"

"不不不……"梁颂声道，"我们只是怕，怕上将军看重与小娘子的情义，被仪王牵着鼻子走。"

他们只管讪笑，李宣凛唯剩叹息，这些随行官也算为他的私情操碎了心，果真以为他单身太久，脑子不好使了。

这里正说笑，外面来了个小黄门，立在门前向内传话："公爷，陛下命公爷入禁中一趟，请公爷随小人前往。"

李宣凛应了，站起身整了整衣冠，从左掖门往北入内朝。路过垂拱门时，他下意识看了一眼，因诛杀了太多叛军，那香糕砖上血迹渗透，早就难以清洗。将作监召集工匠，将台阶前吃透血的墁砖都替换了，忙碌了一整天，到入夜时分，基本已经恢复如初。

所以现实就是如此残酷，一群人的生死，只要换几块砖就能被掩盖。

他收回视线，跟随黄门进入官家寝宫，福宁殿内外掌起了灯，官家孤零零地在榻上坐着，看见他来，指了指边上的圈椅，问："城内的民心，可稳定下来了？"

李宣凛说："是，叛军扫清，仪王也伏诛了，这件事很快便会过去的，官家不必担心。"

官家唏嘘道："朕心里发空，到现在都不敢相信，就这么失去了一个儿子。二哥……他究竟有多恨朕，连到死都要挣脱朕。"

然而官家可以惆怅，他却不能显露半点怜悯，李宣凛漠然道："仪王狼子野心，对君父不孝不敬，会有如此下场，是他罪有应得，官家无需耿耿于怀。"

官家需要的，正是这样的安慰，他一直觉得问心有愧，来个人狠狠说两句心安理得的话，他也就不那么难过了。

官家长出一口气，转头望向外面的夜，喃喃道："朕欲册立太子，若太子人选不是二哥，将来早晚会有这场变故，还不如早来早好。朕为太子扫清了前路，鹤禁有控鹤司护卫，就算朕现在闭眼，也没有什么遗憾了。"

李宣凛自然要替官家宽心，官家知道他要说什么，赶在他出声之前抬了抬手，道："朕只是一说，哪里那么快就死了，四哥还需扶植，天下立刻交到他手上，朕也怕他应付不得。"顿了顿，又道，"俞白啊，这次平定仪王叛乱，你功不可没，待事情平息之后，加封你为郡王，日后为朕之膀臂，好好助益四哥。"

李宣凛闻言站起身，揖手道："一切都是官家筹谋，臣不过奉命行事，不敢居功。"

官家笑了笑："你本来就是李家子孙，这郡王的爵位是论功行赏，你应得的。"见他欲言又止，很快便明白了他的心思，"你想为恩师正名，是吗？朕也不讳言，二哥若不谋逆，朕为了保全他，这件事永远不会提起。但如今二哥已死，易大将军的冤情就没什么好隐瞒的了，趁着这个机会，大白于天下吧。"

第二十三章

　　李宣凛一直悬着的心，这一刻终于放下了，自己没有辜负恩师，病榻前发誓要为大将军洗清冤屈的许诺，今日也实现了。酸楚哽住喉头，他退后两步，重重跪拜下去，过了良久才颤声道："官家圣明烛照，臣叩谢官家。"

　　官家垂眼看着他，说："起来吧，这本就是朕欠着易大将军的。这些年，着实是委屈易公家小了，易家小娘子往后可以自行婚配，不过朕知道，如今这样的现状，对她很不利，你不必担心，朕自会成全她的体面。"

　　李宣凛复又叩首，这才站起身，叉手道："臣愚钝，虽没有经纬之才，对官家却是赤胆忠心，苍天可鉴。日后必定潜心辅佐太子，以报官家知遇之恩。"

　　官家点了点头："过两日，册立太子的诏书就要颁布了，这是压在朕心头的巨石，早日放下，或许朕的身子也会好起来的。再者，上京内外兵力经过这次震动，着实是漏洞百出，上四军那帮人吃着朕的俸禄，竟想撬动朕的根基，可见整顿刻不容缓，再耗下去，上四军就要烂透了。朕先前与你说过，安西四镇眼下有人暂管，你可遥领大都护，特进金吾大将军。京畿道及幽州一线的军务和布防，就全交托给你了，你是稳当人，你办事，朕才放心。"

李宣凛道："是，臣领命之后即刻重整军纪，一定还官家一个太平京畿。"

官家说了半日，似乎有些疲乏，抚着圈椅的扶手，叹息道："朕的父辈也曾有过动荡，当初先帝堂兄弟三人争夺皇位，若不是三叔毒杀长兄，也轮不着朕来承继这江山。先帝励精图治，社稷稳固，朕也想效法先帝平衡天下，却没想到今日旧事重演，朕很羞愧，无颜面见列祖列宗。朕心里确实怨恨二哥，但过后也在自省，是不是自己过于想当然了，才逼得他这样。他一直因先皇后，对朕颇有微词，但夫妻之间的事哪里说得清楚？就算到了今日，朕也不明白为什么与先皇后渐行渐远，如今连她的儿子也没能保住，让他年轻轻的……就……"

官家说到动情处，泫然欲泣，他也有自己的无奈，但他先是皇帝，后才是丈夫和父亲，纵使性格里有执拗和倨傲的成分，晚景也不应该是这样的。

李宣凛不知怎么劝解他，到最后也只说出一句"人各有命"。

官家看看这年轻的王公，勉强牵了下唇角："你还不曾娶亲，也没有生子，哪里懂得朕的伤痛。不过朕希望你永远不知道，你应当有段美满的姻缘，生两个聪明懂事的孩子，安安稳稳、平平顺顺地度过一生，不要像朕一样。"

现在的官家，不是运筹帷幄的帝王，是个年长的过来人。李宣凛从他脸上窥出了岁月的沧桑，即便是立于山巅之上，也照样有他的情非得已。

后来他又陪官家说了几句家常，方从禁中退出来，站在护城河边向东眺望，能看见东侧的热闹街和界身南巷隐隐的灯火。

天色晚了，想过去看她，又怕不合适，还是待明日吧，如果明日有空的话。

李宣凛回到衙门又交代了军务，四直都虞侯斩了三个，如今位置空出来，须得择贤能者任之。

赵灯原道："这些事可以慢慢办，上将军且回去歇一歇吧，这里有我们兄弟守着，出不了乱子的。"

他听了，紧绷的肩背终于松懈下来，搁下手里的狼毫，合上诸班直名册。

从十字街往东，经过鬼市，本以为鬼市今夜会闭市，毕竟刚出了这么大的事，人心惶惶，可他完全料错了。这鬼市依旧开得很热闹，卖衣裳的、卖竹席的、卖诸色杂货的，应有尽有。死了一个皇子，对老百姓来说无关痛痒，日子还是照过，钱也还得照赚。

他从一片叫卖声中走过，穿越人海，仿佛重新还阳。行至沁园前，正要举步进门，张太美从门里赶出来，压嗓叫了声公子，示意他看斜对面停在暗处的马车。他这才发现车前站着一个身影，细看竟是般般，张太美在一旁解释道："并非小人不请小娘子入内，是小娘子不答应，偏说要在外面等公子回来。公子你瞧……"

明妆从阴影下走出来，一直走到他面前，仰着脸道："我看见李判就放心了，先前总担心有人为难他，官家会迁怒你。"

小女孩，没有通天的手眼能够触及朝政大事，唯一能做的就是死守。李宣凛感念她的情义，淡淡浮起一个笑，道："小娘子可以先入府，让她们奉了茶，慢慢等。"说完，朝内道，"进去吧，我知道你有话要问我。"

明妆跟着他进了厅房，这回不等他吩咐，主动让午盏在门廊上候着，自己压声追问："这到底是怎么一回事？仪王死了，你却毫发无伤，可是事先向官家告发了他，算是戴罪立功了吗？"

她很聪明，大抵算是猜到了。李宣凛将手里的佩剑放在剑架上，回身道："不是我向官家告发，是官家早就看破了一切。那时命我筹建控鹤司，召我入崇政殿密谈，开始其实只是观望，没想到仪王最后果真会谋反。"

明妆愣住了："这么说来，我竟是活生生走进了你们的网子里吗？你明知道官家怀疑仪王，怎么不告诉我？"

关于这个问题，他确实问心有愧，垂首道："那时你口口声声说喜欢仪王，我劝不了你，只能盼着仪王收敛，愿意做个太平王爷。后来我命人暗中勘察，查明仪王与大将军的冤情有牵扯，为了稳住他，我没有将实情告诉你，这也是我的不是。不过今日官家宣我入禁中，提及大将军的事，说不日就会将大将军的冤屈昭告天下。虽然对大将军夫妇和小娘子来说，一切于事无补，但只要能为大将军正名，能还大将军清白，就算被小娘子责怪，我也不后悔这几个月的筹划。"

明妆当然懂得孰轻孰重，不会为这点小事不依不饶。自己与仪王定了一场亲，至少向弥光索了命，她并不亏，现在得知爹爹的冤情能得以昭雪，所有的委屈和艰难也总算有了交代。

"官家说了，会给爹爹平反，对吗？"她含泪问，"会说得清清楚楚，爹爹没有贪墨，没有背弃陕州军，更没有对不起朝廷，对吗？"

李宣凛惨然望着她，坚定地说："对，大将军廉洁奉公，清清白白，从此小娘子再也不怕别人背后指点了，官家会还小娘子一个公道。"

这公道虽来得晚，但好在等到了，也不枉一场挣扎。

明妆点头，慢慢收住泪，又笑了笑："那日我问你，这场亲事该怎么办，你说待到不能成时，自然就不成了，我当时还不解，现在想来，你早就预知结果了。"

兹事体大，那时不能同她细说，他寂寥地牵了下唇角，道："这件事，我瞒了所有人，就连我身边的近侍，也是仪王攻进禁中之后才知道真相的。"说罢想起一个好消息，急着要告诉她，"官家准我留在上京了，安西四镇由兵马使和安抚使代为掌管，我在上京遥领大都护即可。京畿道的军务要整顿，官家都交代给我了，有朝一日，四镇逢战事，我再赴边就是了，若没有战事，就领控鹤司和金吾卫的差事，不必再去边关守着了。"

明妆一听，高兴得几乎蹦起来："真的？是真的吗？我先前还想着，再有一个月你就要去陕州了，心里还十分不舍呢，没想到官家的恩典来得这么及时。"

他什么都没在意，只听清她说不舍，深知小姑娘直白，没有那么多深意，可他听在耳里，还是品鉴出了另一种滋味。

抬眼望向她，灯下美人明艳，有殊胜之色。昨晚这个时候他还曾下决心，待事情过后，他想试试她对他的感情是否排斥，可是事到临头，明明她就在面前，他又退缩了，害怕自己对大将军的真情实感，会因这小小私情变成另有所图。

而明妆一直在回忆仪王对她说过的那些话，犹豫再三，观察再三，却始终没能从李判的言行中窥出任何别样的情感。是他藏得太深吗？还是仪王在误导她？眼前的人自矜、端稳，连眼神都毫不逾矩，哪里能看出他对她有情？明妆有些失望，可见仪王到最后都在诓骗她。

见李判不应，她就疑心自己是不是哪里说错了，忙没话找话般打圆场："你若不去陕州了，我想姚娘子心里一定欢喜⋯⋯仪王的后事，官家可说了怎么办？"

李宣凛道："谋逆的人，原该弃尸荒野才对，但官家还是不忍心，让宰相韩直承办了。不过陵地进不去了，大约会找个僻静之地葬了吧。"说完还是有些唏嘘，"原本好好的人，为什么要作那么多的恶？如果贪欲少一些，也许能够平稳地度过一生。"

明妆也沉默下来，想起梅园那次初见仪王，他锦衣轻裘，撑着一把油纸伞，冰天雪地里淡淡一回眸，世上怕是很少有女子能抵挡住这样的风华无两。可惜君本子都，奈何为贼，一步错，步步错，慢慢就走到了这步田地，细说也很悲哀。

李宣凛见她垂着眼，不说话，料想她大约也有些怅然，不是忘了父辈的仇恨，而是感慨于一个年轻生命的消逝。

关于仪王临终前的那一声唤，他原本是想告诉她的，但话到嘴边又改了主意，说出来不过徒增烦恼罢了，不如不说，总之眼下大事已然，尽快回到以前吧，闺中岁月温软，她应当在花间徜徉，不该搅进朝堂的争斗中来。于是他重新整顿一下情绪，有意岔开话题："小娘子与高安郡王夫妇相熟吧？郡王夫人是你好友？"

明妆说："是啊，我与汤府有干亲，芝圆是我最要好的朋友。先前因高安郡王的案子是仪王查办，我还担心会影响我与芝圆的感情，好在没有。"说罢迟疑地望了他一眼，"李判，你忽然提起他们……为什么？"

李宣凛只是一笑："过两日你就知道了。"

明妆眨了眨眼，从他讳莫如深的表情里窥出了一点端倪："难道……难道……高安郡王就是……"

就是官家认定的太子人选。

先前传闻的寿春郡王不过是官家用来混淆视听的。寿春郡王其人，是兄弟之中唯一对权势没有渴望的，挂画插花、焚香点茶，这些陶冶情操的东西他都精熟，若你问上京的禁军有多少人，每年盐粮税赋几月征收，他怕是一窍不通，所以官家和内阁说要立三哥为储君，遭到了宰相为首一众臣僚的反对，于是退了一步，决定册立四哥，便再也没有人叫板了，毕竟比起寿春郡王，高安郡王要靠谱得多。

"诏书尚未颁布，小娘子知道就好，千万不要向外透露。"

明妆连连点头:"你放心,我绝不往外说。哎呀,早前芝圆还同我开玩笑呢,说哪个当上皇后,将来一定多多提携另一个。如今我是背靠大树好乘凉,果真结交一个有出息的挚友,比自己一步一步往上爬省力多了。"

她是真真切切为好友高兴,好像没有半点怅惘,如果仪王成事,自己才是那个一步登顶的人。

当初大将军评价她,笑着说殷殷没有别的长处,就是心性好,知道什么是自己该得的,从来不为不属于她的东西而苦恼。这样的品行,在大仇得报之后,会过得越来越好吧!

他的眼神温暖,轻声道:"小娘子能有更多人护着,大将军和大娘子在地下也就安心了。"

然而他眼里的欣慰,却让明妆生出一点惆怅。他永远是这样,长辈关爱小辈般大公无私,难道有芝圆护着她,他就觉得自己可以功成身退了?

她有点气恼,站起身道:"我该回去了。"

他说:"好,我送你。"

两人迈出沁园的大门,明妆打算与他道别时,他却一直将人送到台阶下,问:"小娘子今日休息过吗?如果走回去,你会累吗?"

明妆很意外,心底隐约开出花来,刚才那点不悦忽然消散了,雀跃道:"到家我就连睡了三个时辰,现在浑身是劲。李判要送我回易园吗?我倒是担心你累着呢,从昨日到现在,你怕是没合过眼吧?"

一个武将,几天几夜不睡觉是常事,他没有多言,朝着她来时的路道:"走吧。"

午盏站在车前,发现小娘子不来乘车,一时有些茫然。张太美这时发挥了他的聪明才智,掖着手说:"午盏姑娘,你先回去吧,让公子和小娘子说两句窝心话。"

午盏看了张太美一眼:"先前不是说了好些吗……"

张太美一咂嘴:"话要是能说完,那人和人就不必再相见了。你呀,没开窍,如今你家小娘子身上可没有婚约了,你不愁你家小娘子的姻缘,我还替我们家公子着急呢。"三言两语就把午盏送上了马车,扬手在马屁股上痛快抽打一下,喝了声"驾",那马发足奔起来,驾马的小厮忙牵定缰绳,才勉强控制住方向。

张太美摇摇头,唏嘘道:"近身伺候的,怎么都像缺根筋似的。"说着伸手拦住正欲追出门的七斗,"你别跟着了,再这么跟下去,公子该打光棍了。"

七斗心里自然是有几分明白的,但还是不大服气张太美自作聪明,插着腰调侃他:"知道为什么公子不派你近身伺候吗?因为像你这么会钻营的,会把家主调唆坏的。"

张太美"嘿"了一声,一脚踹在七斗小腿上,待要再捶他,那小子一溜烟地跑进院里了。张太美搓了搓拳头,回身一看,公子与易小娘子肩并着肩走向打瓦尼寺东墙根,身影逐渐没入黑夜里。

寺庙晚间要做晚课,空气里盘桓着一股浓郁的檀香气,惠和坊和界身南巷两端都点着灯笼,唯独这一段距离没有光,只靠天上的月。今晚的月亮,比昨夜更圆更亮,这坊院间的小径浸泡在一片幽蓝里,看不清彼此的面目,只知道人就在身边,好像也有蜜糖漫上身来。

走了一程,两人都无话,对李宣凛来说,这样独处的时光是偷来的,很好很安然。

明妆却不似他深沉,索性开口问他:"李判接下来有什么打算?不去陕州了,往后就在上京扎根了吧?"

其实她想问他对于婚姻的安排,他今年二十五了,再蹉跎上两年,怕是要求菩萨保佑老来得子了。可她又不敢太直接,也无法从那纹丝不乱的表象下窥出他的内心,只好小心翼翼地打探。可惜他太过中规中矩,答案当然也与她期待的相去甚远。

他一本正经道:"官家将京畿道的军务全交给我,这京畿内外有二十二处兵营,一处处整顿下来很费时间,想来留在城里的时日也不多。"

明妆"哦"了一声,说:"那是因为没有成家,成了家就生根了。反正京畿道比起远赴安西强多了,至少不必长途跋涉,一来一往耗上几个月。"

他随口应了一声,负着手慢慢地踱,料她可能担心大将军坟茔日后无人祭拜,便道:"我打算过两日命人去潼关,把大将军的骸骨接回上京。邶国已经归降,大将军入土也满三年了,既然我要在上京任职,怕托付别人扫祭不诚心,还是把坟迁回来的好。人总要讲究落叶归根,安葬在上京,家里人也便于祭拜,小娘子觉得如何?"

他面面俱到,许多她想到还未说出口的事,他已经先行安排了。明妆感激地望了他一眼,由衷道:"若没有李判,爹爹那头真不知如何是好。既然能接回来,我想让爹爹和阿娘合葬,也好完成阿娘的遗愿。"

话说到这里,他忽地心念一动,试探着问她:"你说……大娘子可会后悔,这辈子嫁了个武将?"

明妆道:"不会。阿娘与爹爹恩爱了一辈子,虽然一路沉浮,但阿娘从来没有怨怪过爹爹。"说罢转头问他,"李判迟迟没有定亲,就是担心这个吗?还是怕人家爹娘忌惮,舍不得将女儿托付给你?"

第二十四章

　　这一问正戳中他的心事，细想之下终是叹了口气，自嘲道："以前总说自己是武将，会连累人家姑娘整日提心吊胆，可我自己知道，其实是因为胆怯，害怕被人拒绝。小娘子，武将是可以成亲的，对吗？以前在安西，要对抗关外不时扰攘的小国，怕自己一个闪失，有去无回，所以我不敢想太多。现在官家命我留京，我不用再去陕州了，也不必像以前那样征战沙场，我可以为自己的将来筹谋筹谋了，是吗？"

　　他一口气把心里的顾忌说出来，虽然还是模棱两可，至少能够让她知道他心里在想些什么。

　　明妆说："当然，武将征战有危险，难道文官在朝就稳当吗？万一差事没办好，惹得官家生气了，贬官流放也不是什么新鲜事。所以修行看个人，和从文还是从武没关系，你看上京那些高门大户，武将府邸还少吗？"

　　他心里暗暗生出一丝向往，问："与仪王的婚事到此为止了，小娘子日后若再说合亲事，也不会忌惮对方是武将吗？"

明妆心头蹦了一下，脸颊上热腾腾地灼烧起来，仿佛掩藏在冻土下的春苗就要冒出新芽了，很快便回答道："自然不会忌惮。我爹爹就是武将，我自小长在军营里，反倒更喜欢军中的快意恩仇，不喜欢上京文官那种文绉绉的拐弯抹角。"顿了顿，见他又沉默了，只好厚着脸皮佯装笑谈，"李判心里有合适的人选吗？若是有，不妨告诉我，我回禀了外祖母，请外祖母裁度裁度。"

然而这话怎么说出口，说是她吗？恐怕袁老夫人会大皱其眉，唾弃他监守自盗。况且刚出了仪王谋反的事，自己是协助官家下套的人，到时被人议论公器私用还是其次，坏了般般的名声，袁老夫人更不会答应。

心里的那团热火，在听见她不抵触武将时蓬勃燃烧起来，但往深处考虑，忽然又偃旗息鼓了，只得违心地敷衍："军中倒是有不少才俊，出身名门的世家子弟一般先入控鹤司历练，待时机成熟，再入朝为官……我会替小娘子留意的。"

明妆大失所望，失望过后便是无尽的唏嘘，自己原来那样可怜，要在他的控鹤司里找郎子了。话送到他嘴边，还是被他绕开了，想来他确实没有那个意思，自己还在耿耿于怀，也太自轻自贱了。

放眼往前看，巷口灯火明亮，也许商妈妈她们又在门上候着自己了。自己是长大了，开始存了小心思，自以为掩藏得很好，其实身边的人心知肚明。她忽然感到很羞愧，这阵子心神不宁，到底是在做什么！女孩子总是容易对亦师亦友的人产生仰慕，她想这应该是小小的一次恍神，等时间长一些，心里平静一些，便不会再胡思乱想了。

好吧，那就及时抽身吧……其实今早他从小巷里把她捡回来，那用力的一抱，还有马背上圈住她的姿势，一度让她怀疑，他也许真的有点喜欢她。但是现在，他打算在控鹤司里替她留意郎子，她难过之余觉得自己的一片真心被辜负了，往后再也不想与他过多来往，管他用不用女使，床榻是不是硬得像石头一样！

终于行至巷口，她回身对他说："李判就送到这里吧，免得被商妈妈她们看见，又要啰唆。"说着故作轻松地调侃，"咱们这样真是奇怪得紧，有车不乘，摸着黑走了一路，人家晒太阳，咱们晒月亮，据说月亮晒黑了脸，就白不回来了。我想着，接下来你大约有很多事要忙，我也不便打搅你，李判若是有空便过府来坐坐，快要立夏了，瓦市上出了好些时令果子，锦娘会做各色裹食，等你想换胃口的时候，打发人知会一声，我让锦娘预先准备起来。"

这样临别的话，忽然有一种要划清界限的意思，他惶然望着她："小娘子……"

明妆脸上含笑，眼里却荒芜起来："你总是叫我小娘子，你已经不是爹爹的副将了，也不是当年借住在官衙里的少年军士，还是叫我的名字吧！李判知道我的闺名吗？易般般呀，我的闺名叫般般。"

易般般，可是她对他来说，从来就不一般。他有时也恨自己，为什么明明已经难以自拔，还要装出一副高风亮节。自己总在犹豫，但她一显得疏离，他心里的彷徨和不安就铺天盖地，然后更犹豫，更彷徨，更战战兢兢，有口难言。

易园门廊上，商妈妈和赵嬷嬷果真在，看见他们立在巷口，虽没有迎上来，人却站到了台阶上。

明妆站住脚，朝他摆了摆手："李判再会，我回去了。"

说完转身一步步走向易园，其实她也盼着他能叫住自己，再对自己说些什么，可是没有。

好难过……她吸了吸鼻子，起先还走得缓慢，但越距越远便没有了指望，索性快步跑起来。

跑到门前时，商妈妈下来迎她，看她红着两眼，奇道："小娘子怎么哭了？"

明妆说："没什么，先前李判提起爹爹，说给爹爹迁坟来着……"说完低头擦了擦泪，没有再回头望一眼，快步迈进了门槛。

回到房里，把身边伺候的人都遣了出去，睁着两眼发了大半夜的呆。果然少女心事荒诞不经，她不好意思说出来，便一个人难过吧。

到了第二日，日子好像又活了，一早袁老夫人就赶过来，抚胸直呼神天菩萨："前日恰好你舅公过生日，我往幽州去了一趟，回来才得知出了这么大的事！还好你没事，否则可要急煞我了，你舅母来接你，你怎么不跟着去？有长辈们在，也好照应你。"

明妆接过煎雪奉来的茶，送到袁老夫人手边："昨日干娘也来接我，可我哪儿都不想去，就推辞了。"说着在袁老夫人身边坐下，笑道，"外祖母瞧，我好好的，没有受到波及，外祖母就放心吧。"

她还笑得出来，袁老夫人却要愁死了，抹着眼泪道："本以为你结了这门亲事，在上京贵女里说得响嘴，我也能向你爹娘交代了，可谁想，竟生出这样的祸端来！这仪王可是疯魔了吗？放着好好的王爷不当，非要去造反，这回可好，落得如此下场，害了自己不算，还连累了你。他一死倒罢了，你往后可怎么办？和这样的人定过亲，将来谁还敢来说合亲事？你好好的女孩，竟是要被耽误了，这仪王真真缺了大德！"

明妆眼下大仇得报，心境平和得很，见外祖母义愤填膺，反倒来安抚："就当这是我的坎儿吧，过去了，往后就一帆风顺了。外祖母想，经过这件事，来提亲的必定是真心待我的，只要门当户对，总错不了的。但要是没人来提亲，那就算了，我又不是养不活自己，非要找个男人来撑门庭。我就守着这园子，安心奉养两位小娘，日子也会过得很滋润，真的。"

袁老夫人听罢，非但没觉得安慰，心反而高高悬了起来。年轻轻的孩子，言语间居然有种看破红尘的淡然，这么下去怕是要坏了，她别不是打算终身不嫁了吧？

想到这里，袁老夫人忙携了她的手，道："好孩子，咱们不着急，自会遇见有缘人的。你能干，长得又漂亮，难道全上京的人眼睛都瞎了不成？现在仪王的事热乎着，难免引人忌惮，等风头过去，还愁没人登门吗？你还年轻，一年半载也等得，不说别人，就说广成侯的爱女，二十二岁才出阁，婚后不也夫妻恩爱，过得很好吗？"

明妆抿唇笑了笑："外祖母不用劝我，我一点都不着急。其实我有件事一直没有同您说，事到如今也不用隐瞒了，我与仪王定亲，并不是因为互相爱慕，是各取所需。他想靠我拉拢庆国公，我想借助他入禁中，杀了弥光，给爹爹报仇。"眼见着袁老夫人愣住，她知道自己吓着外祖母了，忙撒娇式地搂上去，腻在外祖母怀里说，"我瞒着家里人，一则是怕外祖母和舅舅们担心，二则是怕你们阻拦我，我会失了斗志，就此放弃给爹爹报仇。现在好了，弥光死了，背后指使他的仪王也死了，这是最好的结局，不是吗？"

袁老夫人的眼里却涌出泪，使劲搂了搂她，道："真是个傻孩子，没想到你不声不响的，居然有这么大的气性，你爹娘没有白生养你一场！可是般般，你为这件事搭上了自己的婚姻，没有想过将来万一婚事受阻，该怎么办吗？"

明妆道："我不去想许多，瞻前顾后，什么都办不成。"

她与她爹爹很像，小小的人，自有她的一腔孤勇。袁老夫人越想越心疼，垂泪道："别人家的女孩受尽父母宠爱，捧在手心里当宝贝一般养着，只有我的般般，小小年纪要经历这些，老天真是不公平。"

明妆却觉得很好，说："外祖母，我现在可高兴呢！今早在小祠堂给爹娘敬香，烧化纸钱的时候来了两阵小旋风，在火盆边直转悠，想是爹娘已经知道了，也夸我做得好。外祖母快别哭了，明明是好事，做什么要难过！"

祖孙两个正说着话，门外忽然骚动起来，传话的婆子跑进院子大声招呼赵嬷嬷："快……快……来了个做官的，还带了几个黄门，说有旨意给咱们小娘子，让小娘子到前厅候旨。"

上房里的袁老夫人和明妆不等赵嬷嬷回禀就听见了，袁老夫人惶惶道："天爷，难道禁中要牵连你吗？这可怎么办！"

明妆心里也紧张，但料想降罪不用颁圣旨，便让外祖母少安毋躁，自己换了身衣裳，赶到前厅焚香接旨。

来颁布昭命的是通事舍人，脸上没有什么表情，鹄立在门前高呼"有旨意"，满室的人齐齐跪了下来。

明妆伏地仔细听他宣读："易公云天冢卿地峻，权衡北斗之司，亲羽翼东朝之重，肆劳勋之懋升，宜眷酬之加渥。其女易氏，修穆行于家，婉愉忠孝之挚性，朕甚嘉焉。兹加封尔为江陵县君，宜令有司择日，备礼册命，主者施行。"

旨意简短，从父亲说到女儿，满屋子的人好像都没回过神来，通事舍人这时方换了一副笑脸，躬身道："县君请起。陛下感念令尊功绩，荫及家眷，特下旨册封县君，赏钱两千贯，食邑五百户，县君快领旨谢恩吧。"

明妆先前惴惴不安，多少担心仪王谋逆一事会对自己有些影响，如今居然接到封赏的旨意，实在令她喜出望外。她忙叩拜下去，复直身举起双手承旨，左右女使将她搀扶起来，通事舍人也向她叉手，笑着道了声恭喜县君。

明妆还礼，赧然说："劳烦通事了，请通事上座，我命人上茶，通事歇歇脚。"

通事舍人摆手道："这是我的分内事，茶就不喝了。今日宣了两道旨意，县君这里是第二道，我忙着回去复命，不能多作逗留，多谢县君盛情。"

袁老夫人最知人情世故，早就命人准备好了利市，听他这样说，便亲手上来相赠，笑道："通事忙碌一场，既不在家中喝茶，就与几位中贵人上梁园尝尝新出的饮子吧！"边说边将锦囊放进通事舍人手里，"还请通事笑纳。"

通事舍人推脱不迭："老夫人太客气了，这怎么敢当？"

袁老夫人道："今日是我们小娘子的喜日子，好消息是通事带来的，您是我们的贵人啊，这点小小心意不过拿来买茶吃，通事千万不要推辞。"说完复又打探，"通事先前说，咱们这儿是第二道旨意，那第一道旨意是颁给哪家的？"

通事舍人道："那家县君也认识，就是庆国公府。"言罢忙改了口，笑道，"如今不能再称庆国公了，该称郡王才对。因这次平叛有功，陛下特进其为丹阳郡王，领左金吾卫大将军。说句实心话，郡王这样年轻便有如此成就，可着满朝去问，实数凤毛麟角。"

袁老夫人咤然："那果真可喜可贺，家中长辈要是得知了，岂不是高兴坏了！"

彼此又笑谈两句，通事舍人方带着黄门告辞。

待人一走，阖家便欢呼起来，兰小娘连连合十："郎主和大娘子都看见了吧，我们小娘子如今是县君了！先前我们还在发愁，怕仪王坏了事，对小娘子多有牵累，没想到官家即刻就给了封赏。这下好了，小娘子往后就是响当当的贵女了，看谁敢轻视我们小娘子半分！"

惠小娘则有些怅然："官家知道冤枉了郎主，这是给郎主正名，给小娘子嘉恤呢。可是有什么用，人都不在了……"

眼见着大家都伤感起来，明妆道："过去三年咱们受人背后指点，心里再憋屈也没有办法，往后咱们抬头挺胸过日子，至少能活出个人样来。"

乍悲乍喜，这就是人生啊！

袁老夫人嗟叹道："庆公爷……哦，如今要称郡王了，真真是平步青云，眼看着一级一级升上来。不靠祖荫、不靠人提携,自己稳扎稳打走到今日,实在是个了不起的人。人家这回又高升了,般般,回头还是要预备些贺礼送过去,不拘以前多熟悉,总是礼多人不怪,记着了?"

明妆自然是为他高兴的,一个无爵可袭的宗室旁支能当上郡王,可以说是开了本朝的先河。但高兴归高兴,她却不再打算事事过问,不过还是应了外祖母,转头吩咐商妈妈:"准备几样贺礼送到沁园去吧。"

这里刚吩咐完,门上婆子便领了张太美进来,张太美喜气洋洋,手里捧着两个老大的盒子,笑着说:"给小娘子道喜了。我们公子得知小娘子进封县君,特给小娘子预备了贺礼,差小人给小娘子送来。"

从得知官家封赏到现在才间隔多长时间,这么快就送到门上来,可见这贺礼早就准备好了。他一向滴水不漏,明妆心里五味杂陈,却不敢想太多,示意午盏上前接手,对张太美道:"替我谢谢郡王,也恭贺郡王荣升,待我进宫拜谢圣人,得空再去向郡王道贺。"

这个态度,分明和以前不一样了。张太美原本是喜气洋洋地过来,料着只要一献上贺礼,易小娘子就会感动于公子的细心,说不定立刻便奔到沁园去了。可是如今事与愿违,小娘子脸上淡淡的,说要等入过禁中,"得空"才去道贺,这么一看,公子危矣,八成昨日相谈不欢,寒了易小娘子的心。

张太美搓了搓手,道:"小娘子,我们公子今日休沐在家呢。"

明妆颔首:"替我带话给他就是了。"

张太美无语凝噎,暗道这下可怎么办,依着公子那样沉闷的性子,要是易小娘子不主动来找他,两人之间怕是要渐行渐远了。可惜自己作为下人,实在不便说什么,只好行个礼,从易园退了出来。

张太美返回沁园,进门便见公子在前院踱步,虽是步态伴伴,不时还弯腰看花,但张太美明白,他这是在等消息呢。无奈这回要令人失望了,他上前弯腰道:"公子,小人将贺礼送到小娘子手上了,小娘子很感激公子,让我带话多谢公子。"

李宣凛点了点头,人却依旧站定,还在等他接下来的回禀。张太美咽了口唾沫,说:"小娘子说,今日要进宫向圣人谢恩,等得空再来给公子道贺。"

说完小心翼翼向上觑了觑，只见公子那八风不动的表情，终于缓缓浮现了一点裂纹，大约公子也察觉有些不对劲了吧，但仍是点头，并且继续站着，垂眼看着他。

张太美感受到了前所未有的压力，他忽然发现当贴身小厮也不是一件容易的事，以前真是小看七斗了。公子这样打量着他，而他却连半句话都榨不出来，心慌意乱下打算自救，十分聪明地给自己解围："那个……公子如今进封郡王，不久便会有人送礼道贺，公子可打算在潘楼摆酒席？小人过一会儿跑一趟，先同潘楼的管事打个招呼，免得要用的时候订不着酒阁子。"

可公子不说话，慢慢蹙起眉问："没了？"

张太美眨眨眼："没……没了。"嘴上应着，脑子却转得飞快，"还是公子打算在咱们府里摆席面？这也容易，一切交代四司六局操办，保证办得又好看又体面。"

所以是真的没了，李宣凛暗暗叹了口气，郡王也好，金吾大将军也好，仕途风生水起并不能让他高兴。他负起手，转身朝内院方向望了一眼，良久才自言自语："我那张床榻太硬，睡久了腰疼，让人再添两床垫褥……像先前借住易园时那样。"

张太美迟疑道："已经立夏了，公子要添两床垫褥，不热吗……"话方说完就回过神来，忙应了声是，飞也似的蹽进去承办了。

这时门房进来传话，匆匆道："郎主，洪桥子大街来人了。"

话音才落，就见父亲与唐大娘子并自己的母亲从门上进来，父亲仍是一股大家长的做派，道："禁中来报喜，听闻你进封郡王，如今不比当初了，家业要好好经营起来才是。"自顾自说完，举步往前厅去，走了几步发现儿子不曾跟上来，顿时有些不悦，"你还站在那里做什么，难道今日我来错了？"

李宣凛无奈，只得把人迎进厅房。

第二十五章

李度四平八稳地在圈椅里坐下来,即便儿子取得了今天的成就,似乎也不能令他感到满意。他朝下瞥了一眼,见那小子在堂上站着,一副洗耳恭听的样子,于是清了清嗓子,道:"官家厚爱,进封你这样的人当上郡王,你食君之禄,就应当愈发尽心为官家办差。"

也许这是每一位父亲立身大局的教诲,但话从李度口中说出来,便显得有些滑稽。

李宣凛抬了抬眼:"我这样的人?父亲眼中,我是什么样的人?"

李度今日来,并不想同他起争执,老子与儿子谈话,摆摆谱是常事,但眼前这当儿子的显然不服管,于是火气顿时就蹿了上来。

"你是什么样的人,还要我细数你的不周?回到上京后,你在爹娘跟前服侍过几回?起先是不见踪影,后来索性连家都不回,在外面置办起府邸来。我记得我曾说过,只许你成亲之后开府,你将我的话放在心上了吗?罢,你置办府邸这事且不怪你,但这府邸建成这么久,你就不曾想过回禀尊长一声,请爹娘走动走动,或是干脆接到府中奉养?"

当然,关于这点错漏,是唐大娘子在他耳边念叨了很久,连晚上说梦话都能倒背如流。先前自己遭罪,今日总算撂在了二郎脸上,他在夫人面前也算是交差了。说完,他拿余光扫一眼坐在一旁的唐大娘子,果然见她脸上露出赞许之色,就知道自己说对了。

李宣凛对这样的指责毫无触动,他也从来没想过要当什么孝子贤孙,面对父亲的指责,淡淡道:"我职上很忙,父亲刚才还叮嘱我要尽心为官家办差,家国不能两全时,就请父亲担待吧。至于新府建成,没有请尊长过来走动奉养,洪桥子大街的老宅是祖辈传下来的,我不能硬逼父亲离开故居,让父亲为难。若是父亲觉得老宅年久老旧,我出一笔钱修缮修缮就是,毕竟父亲在里面住了几十年,内城喧闹,怕父亲不习惯。"

李度被他回得哑口无言,自己虽有大家长的觉悟,但口才不怎么好,恼恨良久才道:"来不来是我的事,请不请就是你作为儿子的孝心了。你如今加官晋爵,怕是愈发不将父母尊长放在眼里了,若是你大哥还在,绝不会是这个模样,我真是前世做了善事,养大你这么个儿子。"

这话已经听出茬子来了,当初没去陕州前,父亲三番五次大骂,十分以生养他为耻。他打下邳国,受封国公后,本以为能令父亲改观,但发现照样没用,从那时起,他就不在乎父亲的想法了。

李宣凛轻舒一口气,在下首的圈椅里坐下来,道:"父亲总是后悔自己生养了我,可大哥要是还活着,我看未必有我这样的成就。我如今是郡王,一品的爵位,父亲知道吗?郡王之上是国王,国王之上是官家,难道父亲以为大哥能爬上那两个位置?"说着他嗤地一笑,"我看父亲平时胆小得很,没想到还有如此野心,连杀头都不怕。"

他一通歪曲,把李度都说愣了,一时面红耳赤,气得简直要厥过去。

姚氏看看家主,心里有些怕,对儿子道:"二郎,别胡说,气着你父亲了。"

唐大娘子这时开了口:"你升了郡王,我们阖家都高兴,都觉得你给家里长了脸,但你不能因自己爬得高,就打算压制你父亲一头。再怎么说你都是他生的,家里可不是官场,开国子也不兴管郡王叫爹,二郎,你说是吗?"

李宣凛摆了摆手,不耐烦道:"大娘子不必同我说这个,我是个糙人,不懂咬文嚼字那一套,只知道儿子是一品,老子是五品,那五品的爵位还是因儿子得来的,老子不说高看儿子一眼,也不能一来就指着儿子的鼻子骂。"说着涎脸朝上首的人笑了笑,"父亲总要成全儿子的体面,是不是?"

李度再次噎住,仔细想想,竟觉得有几分道理。

可是唐大娘子没那么好说话,也不和他扯什么老子儿子,转头四下打量一眼,道:"我觉得这个园子不错,比老宅好多了,住在内城样样方便,二郎,你快安排院子,我们这两日就搬过来吧。"

这种类似的伎俩,李宣凛早在易家老太太身上见识过了,也不曾应她的话,随手端起建盏抿了口茶汤。

唐大娘子"咦"了一声,问:"我的话,你听见了吗?"

姚氏在圈椅里不安地挪动了下身子:"大娘子,咱们在洪桥子大街住得好好的,做什么要搬到这里来?"

唐大娘子哼笑道:"养儿防老,我和他父亲如今都上了年纪,儿子既有大出息,合该父母跟着受用受用才对。"说着调转视线,一斜姚氏,"你自是不怕的,亲生的儿子,还担心他不孝敬你吗?这府邸来来回回跑了不知多少回,门槛都快被你踏平了。哪像我们,正头的爹娘,到今日才知道大门朝哪里开,可着全上京问,也没有比咱们更窝囊的父母了。"

姚氏一听,啜嚅起来:"这园子的大门不是一直开着吗?大娘子要是喜欢,跟着一块儿把门槛踏平,二郎也不会要你赔的……"

大娘子见她要胡搅蛮缠,立时狠狠瞪了她一眼,今日带她一块儿来,可不是让她来拆台的,然后又笑吟吟地望向李宣凛:"二郎,你给句准话。"

李宣凛很直白:"我习惯了一个人住,家里人口多了不方便,大娘子还是继续在老宅住着吧。"

此话一出,李度大怒:"你这不孝不悌的东西,眼里还有谁!"

李宣凛却不动声色,垂眼闲适地转动了下手上的虎骨扳指,淡声道:"当初父亲将我绑在祠堂，活生生抽断了一根马鞭，那时就没想过父慈子孝吗？实话同父亲说了吧，我从来就没想得到父亲的认可，因为父亲只在乎大哥，死了的永远比活着的好。我凭着自己的本事，一路从随从官做到郡王，从来不曾依靠父亲，所以父亲对我满意还是不满意，我半分都不在乎。这园子，买下是为日后娶亲用的，单看我与父亲相处，就知道将来住在一起不能和睦，既然如此，还是各住各的，免得麻烦。"说罢顿了下，又调转视线瞥了瞥唐大娘子，"我不是大娘子所生，大娘子也不曾对我尽过抚养教导的心，彼此面子上过得去就行了，也别来装什么嫡母的款。我这人在军中待惯了，脾气很不好，军务已经来不及处置，没有兴致玩什么钩心斗角。两下里客气，逢年过节我自会尽心周到，若是要闹，父亲就算上书朝廷弹劾我不孝，我也不怕，了不得罚上一年俸禄，父亲往后在官场上就不好立足了，孰轻孰重，父亲还是细想想吧。"

李度听他说罢，脸上青一阵白一阵，颤着手指指向他："你竟还打算给你父亲小鞋穿不成？"

唐大娘子瞪大眼睛，霍地站起身："二郎，你可是疯了，这样对你父亲说话？"

姚氏自然要维护儿子，又不敢直接和唐大娘子叫板，便嘟囔道："我就说，老宅住得好好的，做什么非要挤到一处来……"

结果这话招来唐大娘子悍然一喝："你不盐不酱的，嘴里在嘀咕什么！"

姚氏顿时吓得一激灵，这回没等众人反应过来，她率先抽出帕子捂住鼻子，号啕大哭起来："哎哟，这是挤对得人没法活了！大娘子，这些年我敬你是主母，处处忍让着你，连那时候郎主鞭打二郎，我都没吱一声，我心里疼得流血，这谁知道！大郎的死，你不能怨在我们二郎身上，八竿子打不着的，你迁怒得未免太过了些。可我们母子寄人篱下，只好咬牙硬扛着，谁让我是个上不得台面的妾，二郎是妾养的。"她说着，转而扑向李度，直哭了个梨花带雨模样，"郎主……郎主你睁眼看看，我知道你其实是心疼二郎的，大郎没了，二郎是你唯一的血脉，天底下哪有不爱惜儿子的爹？如今你们父子弄得水火不容，究竟是为了什么，郎主难道就不曾想过吗？"

唐大娘子见她这样，气不打一处来："果真是个妾室做派，你这么黏黏腻腻，

第二十五章

到底是在恶心谁？"

姚氏并不搭理她，一心只管纠缠李度，哭道："郎主纳我做妾，当初也曾相看过人，是瞧准了才接进门的，如何我生的儿子这样不得郎主喜欢？郎主，你那时说过的，只有在我房里，自己才像个家主的模样，郎主忘了？如今二郎出息了，他是我们俩的儿子，咱们是一家子，郎主做什么要受别人的调唆，弄得亲者痛仇者快。郎主啊郎主，你可醒醒神吧！"她一面说，一面矫揉造作地把李度狠狠揉搓了一通。

李度是个软耳朵，谁来和他纠缠，他就倒向哪一边。姚氏因是读书人家出身，以前从来没有在他面前失过态，平时连小小的撒娇都不曾有过，更别提如今又哭又闹了。他被她磋磨得没了主张，仔细想想，自己确实薄待了二郎，自己和唐氏生的儿子没养住，如今就剩二郎一根独苗，这独苗是从姚氏肚子里爬出来的，唐氏眼中钉肉中刺一样挑拨他们父子之间的情义，其实没盼着他好。

"罢了……"他忙卷起袖子给姚氏擦泪，"当着这么多人的面，别失了体统。"

唐大娘子自是咽不下这口气："你这贱人，在郎主面前浑说什么！"

姚氏如今是不怕她了，以前自己受点委屈不要紧，反正一辈子就是这么过来的。现在她要来祸害自己的儿子，为母则刚的时候到了，就没有什么好客气的了，遂大声道："大娘子，我也是官家亲封的诰命夫人，你再敢口出恶言，我就去官家面前告你！我知道大娘子向来看我不顺眼，可再不顺眼，我好歹替郎主生了个儿子，我有的是底气。今日我就打算冒犯大娘子一回了，你若实在容不得我，将我休了就是，反正我不是你家奴婢，我的身籍在自己手上，离了你家，不愁没有好儿子奉养我。"

唐大娘子气得七窍生烟，捂着胸口道："好啊，你们是合起伙来想气死我。"

姚氏两眼放光，这辈子从来没有这样扬眉吐气过。如果唐大娘子当真把她撵出去，反倒是因祸得福了。

李宣凛见母亲没有落下乘，也不屑和唐大娘子缠斗，向上首睒眉眴眼的家主拱了拱手："父亲看，这事如何处置？"

李度确实傻眼了，原想着来这里立威的，结果三两下，自家后院竟失了火。

一个是正房娘子，煞白着脸色气喘吁吁，一个是相伴多年的妾侍，披着帕子哭天抹泪，底下还有个小的火上浇油，他一气之下猛地一拍大腿，站起身道："吵什么？回家去！"

这一回合，显然姚氏获胜了，她知道李度的脾气，再怎么样也不会当真休了自己。她已经在老宅厮混了这么多年，不在乎继续厮混下去，遂朝儿子挤了挤眼，示意自己能够应付，让他不必担心。老宅闹得鸡飞狗跳不打紧，只要不影响沁园，不影响儿子娶亲就好。

李度倒驴不倒架子，临走时冲着李宣凛大喝一声："赶紧给我说合亲事，要是这两个月没有动静，我就拖家带口搬到这里来，你给我看着办！"

唐大娘子眼见雷声大雨点小，知道李度是上了姚氏的套，脚下站定，高声道："郎主就这么回去了？"

李度因闹得很没面子，数落也吃了个够，心道自己在儿子面前连个屁都不是，再留下去，不过自讨没趣罢了，于是回头看了唐氏一眼："你要是喜欢这里，就一个人住下吧！"说完被姚氏搡出了厅房。

唐大娘子被他回了个倒噎气，自己虽是嫡母，但万没有舍下丈夫，和小妾的儿子同一屋檐下的道理。况且这李二郎实在不是个善茬，拿道义拿孝悌来约束他都没用，她要是不信邪，非要留在这里，恐怕最后会被他绑起来，丢进汴河里喂鱼。

一想到这里，唐大娘子便没了斗志，最后气得跺脚，只得不情不愿地追了出去。

姚氏将李度送上马车，自己并没有跟着一块儿上去，站在车前问丈夫："郎主想不想要孙子？"

李度因家中人丁单薄，也曾深深苦恼过，听她这么一说，立刻直起腰背："孙子在哪里？"

姚氏道："让二郎快些娶亲，生一个呀，不生哪儿来的孙子？可你瞧瞧，他到如今还没有动静，再这么下去怎么得了！我想着，郎主先回去，容我和他好好说两句，他自会听话的。"

第二十五章

李度听罢，回头看了一眼，几个小厮正扶着一块偌大的"丹阳郡王府"牌匾送上门楣，这一刻，他才清醒地意识到，原来老子教训儿子那套，公职地位也须对等才行。他叹了口气，说："也好，你去劝劝他，自己打光棍不要紧，不要绝了我李家的香火。"

姚氏轻快应了声是，退后几步看着马车往十字街方向去了，忙提着裙子，转身重入前厅。

李宣凛见她折返，很意外："阿娘没回去吗？"

姚氏在圈椅里坐下来，端起茶盏抿了一口，道："忙活这老半天，又是说话又是哭的，真累着我了。今日是大娘子撺掇着郎主过来，想是得知你加封郡王，想捞个太爷太夫人当当，你不必放在心上。"她边说边调整了下坐姿，偏过身子道，"二郎，阿娘想问问你，你打算什么时候说合亲事？心里可有喜欢的姑娘？先前易小娘子与仪王定了亲，我想着你们两个是不能成了，如今仪王坏了事，易小娘子身上已经没有了婚约，回头咱们托个人上袁家跑一趟，同袁老夫人提一提，你看怎么样？"

李宣凛眼里隐约闪过一丝狼狈，很快便否决了："仪王谋乱的事刚出没两日，这场风波还未过去，现在平白去提这个，岂不是让小娘子和袁家为难吗？"

姚氏却不以为意："你可知道好姑娘最是紧俏，今日你一犹豫，明日说不定就被别家聘走了。"她嘴里说着，脑子里忽然回过神，他怕的是人家难办，却没说自己不喜欢，逼问多次都不肯承认，口风也真是紧。思及此，她不由得长叹道："你怎么和你父亲一点都不像，当初他来纳我，说了一车的好话，什么往后一定善待我，绝不让正室娘子欺负我，虽然一样都不曾实现，但他好歹说了。你呢，闷葫芦一样，心里喜欢只管憋着，难道等着人家小娘子对你投怀送抱不成？人家可是郡公府的千金，堂堂贵女，自矜自重得很呢，你不主动些，又要眼看着她同别人定亲了，一回错过，再来一回，你就甘心吗？"

姚氏说了一长串，等着看他的反应，可他调开视线，漠然道："我自己的婚事，自己知道。"

姚氏只觉好耐性要用光了，生出这样木讷的儿子，聪明脑子全用在打仗上了，对男女之情竟是半点不开窍。

"你当真知道？当真知道我孙子都抱上了，何至于等到今日！"她深知他的脾气，是个吃软不吃硬的主，只好放平心绪指了指对面的圈椅，"二郎，你坐下，咱们母子好好聊聊。"

李宣凛无奈，只得依言落座。

"你同阿娘说句真心话，你究竟喜不喜欢易小娘子？"姚氏灼灼地盯着他，"连县主家的婚事你都拒了，我看就算官家把公主嫁给你，你也未必稀罕。男人家这样挑剔，除了心有所属，没有旁的可能。你常年在军中，又不爱喝花酒，不爱吃冷茶，结交的全是郡公家的女眷，除了易小娘子还能有谁？总不至于是她身边的女使吧？"

姚氏三两句话把李宣凛说得嗒然，道："不是阿娘想得那样。"

"不是那样，又是怎样？"姚氏道，"你别顾左右而言他，只要回答我，究竟喜不喜欢易小娘子！"

向来练达的人，这下果真慌神了，红晕爬上白净的脸颊，这么巨大的一个幌子，想抵赖都抵赖不掉。

"喜欢就成了。"姚氏高兴道，"我也喜欢易小娘子，虽说正经只见过一回面，但是我看得出来，她是个能持家的好姑娘。"

李宣凛却觉得很羞愧："当初大将军将她托付给我，说得明明白白，让我像爱护妹妹一样爱护她。如今我生出这样不堪的心思，实在愧对大将军。"

姚氏明白他的苦恼，这就是太重情义，太将恩师的话铭记于心，才会灭了人欲，连自己心动都不敢承认。她作为母亲，自然得想办法开解他，于是谆谆道："大将军一定说过，让你看顾她吧？你瞧瞧，她先前定的那门亲，弄得这样惨淡收场，这世上有几个郎子是靠得住的？上京那些公子王孙，哪个不是一身陋习，三妻四妾，你能放心把她交给别人，将来受苦受委屈，日日以泪洗面吗？这世上，最可信的永远是自己，你既然答应照顾她，何妨照顾一辈子，连她的儿孙也一并照顾了。郡公爷所求，不就是看见自己的女儿过得好吗？你只要能办到，郡公爷就安心了，嫁生不如嫁熟，这才叫不负恩师所托，我的儿啊！"

第二十六章

李宣凛恍如醍醐灌顶,实在没想到,以前那个从不崭露锋芒的母亲,也有如此透彻果决的一面。她的话很对,与其照顾一时,不如照顾一生,可他除了担心大将军夫妇不能接受将女儿交给他,更担心的是般般的想法。

他望向母亲,幽深的眼眸里浮现犹豫之色:"我对她的情,从来不敢说出口,害怕一旦被她知道,吓着她,往后就连寻常来往都不能了。她究竟怎么看我,是不是只拿我当兄长,我没有胆量去问,今日她加封县君,我派人给她送了贺礼,她好像……并不十分欢喜,也没有来沁园……"

姚氏道:"你派人送贺礼,为什么不亲自过去?喜欢一个姑娘,脸皮要厚一些,不要担心吓着她,她未必如你想得那么脆弱。你们男未婚女未嫁,又是旧相识,常来常往再正常不过,你要是怕丢人,可先试探试探,若人家果真不喜欢你,你再全身而退就是了。男子汉大丈夫,大风大浪都经历过,还怕什么?当初你在军中爬上四镇大都护的位置,不就是咬着牙往前冲吗?如今遇见个小姑娘,竟不知如何是好了?"

他听了母亲的话，不由得苦笑："阿娘不懂，当年我初入军中，是个不起眼的侍从，她是大将军爱女，我看她就像看天边月，直到今日我也不敢造次。"

这应该就是他最真实的想法，姚氏心头不由得牵痛，原来风光无限的儿子，竟也有如此卑微的一面，即便当上郡王，也还是仰视易小娘子。

"可现在不一样了，二郎。"姚氏努力纠正他的观念，"你靠着自己的能耐，一步一步走到她身边，易小娘子这样通情达理的人，会因为你是从生兵干起的，就因此低看你吗？再说郡公爷，他和你一样，易家不是什么高门大户，他靠自己挣到了爵位家业，他也是苦出身啊。你瞧，从师徒变成翁婿，多顺理成章的事，我料着郡公夫妇要是还活着，一定十分愿意结成这门亲事。"反正真心话也听见了，用不着等他松口，姚氏便站起身，抚抚衣襟道，"我这就过易园一趟，探一探易小娘子的口风，你在家等我的消息。"

说罢快步从门上走出去，张太美早在台阶前候着了，见她出来，殷勤地引她上车，一面说着"小人送姚娘子过去"，一面接过赶车小厮手里的马鞭，跳上车辕。

两府相距不远，就这短短的一程，也够张太美向姚娘子诉苦了。

"您是不知道，公子等不来小娘子的消息有多吓人，先前贺礼是小人送去的，易小娘子没什么回应，公子就那么垂眼盯着我，直把我头顶要盯出个窟窿来似的。还好老宅来人了，及时救了小人一命，否则小人还在思量，用什么法子把易小娘子诓骗到咱们家来，好让公子与她说上话。"

姚氏听后唏嘘不已："二郎原来还苦恋人家呢。"

张太美把公子的老底抖了个精光，说："可不是，当初选房子，往南一里的都不要，就要挨着界身南巷找，那时候我就知道公子的心思了。可惜易小娘子和仪王定了亲，这事只能空想，现在仪王不在了，咱们公子的机会来了，只要姚娘子肯出面，这事八成有指望，我瞧易小娘子对咱们公子还是很有几分情义的。"

话才说完，车就停在了易园门前，贴身的婆子先行下车搀扶，姚氏踩着脚凳下地，让门房往里面通传。里头的人很快出来回话，向姚氏行了个礼道："姚娘子来得不巧，我们小娘子上禁中谢恩去了。"

"哦……"姚氏有些失落，又打量着眼前的仆妇，"妈妈是贴身伺候小娘子的吗？上回来易园拜访，我好像见过你。"

商妈妈笑道："是，奴婢是小娘子乳母，自打她落地，就跟在她身边了。"边说边朝内道，"姚娘子别在门上站着了，请上花厅用茶吧。"

然而人不在，自己干等着也不是办法，姚氏想了想，道："不了，我上麦秸巷袁宅，拜访袁老夫人去。"

她转身要走，商妈妈忙唤道："姚娘子还是缓缓再去吧，我们老太太并枢密使府上周大娘子，带着小娘子一同入禁中了。姚娘子现在过去，只怕也要扑个空，莫如吃盏茶等一等，没准小娘子就回来了。"

姚氏迟疑道："枢密使夫人与小娘子相熟吗？否则怎会陪小娘子进宫？"

商妈妈道："周大娘子是我们小娘子干娘，这些年我们小娘子一直受大娘子照顾，每年初一的团圆饭，都是在枢密使府上用的。"

姚氏听了，心里便琢磨起来，若是枢密使夫人能说上话，不知是否能托她保个大媒。

商妈妈见她不说话，不由得打量她两眼，这姚娘子是个纤丽的美人，即便年过四十也不见体态臃肿，低着头思量事情，那侧影竟有年轻姑娘般明媚的韵致。

正是这样的人，才能生出李判这等无瑕的君子啊！商妈妈因李判的关系，自然高看她几分，试探着问："姚娘子想见我家小娘子，可是有什么话要说吗？"

姚氏闻言抬眼笑了笑："也没什么，我家二郎今日不是晋爵吗？恰好我来沁园看望，听说贵府小娘子受封了县君，特来向小娘子道喜。"

商妈妈忙笑着说："同喜，先前我们老太太还说呢，郡王这样年轻便累官至此，本朝怕是没有第二个了。"说着又向内引，"姚娘子还是进去说话吧。"

姚氏婉言推辞了，心里盘算着自己是妾室出身，也不认得什么显贵人家，早年因二郎入军中历练，结识过振威校尉的夫人，振威校尉是从六品的武官，正好在枢密使手下任职，回头可以去打探打探，要是能说得上话，就皆大欢喜了。

这厢，袁老夫人并周大娘子还有明妆，坐在仁明殿的后阁里，槛窗半开，微微吹动垂挂的帘幔，初夏的日光蔓延进阁内，人也沐浴着金芒一样。

皇后不紧不慢地说："原以为是一桩好姻缘，没想到竟是这样的结局。如今怨怪二哥已经没有意义了，就算是命里的劫吧，历练历练，人就长大了。只是般般受了委屈，不是因二哥，而是郡公那件事……这些年郡公的冤屈不得伸张，昨日官家还与我说，自己当初不查，很是愧对郡公。于般般呢，也不知该怎么弥补，你年幼便失了怙恃，其实区区一个县君的头衔，哪能偿还你这些年经历的苦难？"

明妆在椅上欠了欠身："我仍是很感念陛下与圣人，当年的冤案，陛下高坐明堂，哪里能即刻洞察鼠类的勾当。如今真相大白，陛下已为家父平反，我想家父泉下有知，也会瞑目了。"

话虽这么说，但造成的伤害无法挽回，到最后也只有退上一步，勉强找些慰藉而已。

皇后见她识大体，不管心里怎么想，面子上能和解便是好的，暗暗松了口气，转而与袁老夫人叙话："老太君这些年不怎么入禁中走动，眼下腿疾可好些了？"

袁老夫人说："是，多谢圣人垂询，早年有阵子连路都走不得，后来慢慢颐养，终是好些了。也亏得我们般般，打听到一个游方的大夫，几贴膏药下去，夜里便不疼了，今日才好入禁中来面见圣人。"

皇后颔首："般般的婚事遇见了一点坎坷，接下来还需老太君为她操持，若是有好的人家，老太君只管进来商量，到时候托个合适的大媒跑上一趟，好事说话就能成的，暂且不用着急。"

袁老夫人频频点头："虽说前事对她有些妨碍，但等风头过去，一切自会好起来的。如今陛下和圣人又赏了县君的诰命，这是般般的底气，不愁将来没有好姻缘。"

皇后又怜爱地拍了拍明妆的手："往后常来禁中走走，遇上什么事，不要闷在心里，说出来，我也可为你参详参详。"

皇后表态到这个分上，已是莫大的荣宠，明妆站起身福了福，道："多谢圣人抬爱……"

话还没说完，五公主从外面跑进来，欢天喜地地叫道："易姐姐，你这阵子怎么不进来了?我问了身边的内人,内人们说你要筹备婚事,忙得很……筹备婚事就不能来看我了?"

明妆坦然笑了笑:"如今不用筹备了,可以常进来瞧瞧殿下。"

五公主很喜欢,拉上她的手,要带她去看自己的小玩意儿。皇后怕五公主纠缠她,特意吩咐了一声:"不许走远,就在殿前转转。"

五公主随口应了,搂着明妆的胳膊往前殿去,两个年轻的身影迈出门槛,隐约听见明妆追问:"怎么不见陶内人?"

五公主语气不快:"她喂死了我的鹤,我不要她了……"说着两人渐走渐远,往宫门去了。

皇后这才笑着摇头:"般般每每进宫,满愿就来缠她,也亏得般般脾气好,愿意这么迁就她。"说罢调转视线来看周大娘子,"我今日才知道,大娘子与般般还有干亲呢。"皇后心里其实知道官家要立四哥为太子,这位太子的丈母娘,自今日起就该打好交道了。虽说以往自己很看不上孙贵妃,但如今木已成舟,唯有接受且顺应。

周大娘子应道:"是,我与般般的母亲在闺中就交好,当初出阁时相约,将来孩子要认对方做干娘。"

"我瞧你也着实心疼她。"皇后道,"好在有你照应,孩子不至于太过孤寂。"

周大娘子道:"我受她母亲临终托付,自然要对孩子尽心……说起尽心,我有个莽撞的想法,其实已经掂量很久了,今日趁着入禁中面见圣人,也当着老太太的面,想同两位说说我的心思。我家里有个不成器的儿子,今年二十了,还没有婚配。他和般般也算青梅竹马,两下里相处得很好,从未红过脸。我想着,两个孩子既然都没有定亲,不如两好凑一好,让他们结成一对。像这等嫁娶的大事,到底要知根知底才放心,般般是我看着长大的,这孩子的品行没得挑,我家鹤卿呢,虽是愚钝些,但心眼好,将来必定能够善待般般。说句实在话,雪昼走后,我就有将般般接到家里养着的意思,可这孩子要强得很,要自己撑门庭,我也只好由她。原本和仪王定了亲,有圣人看顾着,她不会受委屈,如今这亲事……万一后头说合的人家知面不知心,婆母姑嫂妯娌难为她,那我的般般可怎么办!"

周大娘子说着，竟低头抹起泪来，看得皇后也是一阵心酸，长叹道："难为大娘子，这样为她考虑，至亲骨肉也不过如此。"然后转头问袁老夫人，"老太君觉得怎么样？"

袁老夫人心里其实很为般般的婚事着急，虽说官家封赏了头衔和食邑，但定亲的郎子出了那样的大事，难免让那些目光短浅的妇人背后嚼舌根，拿命啊运啊的来说事。现在周大娘子这番话，正说进袁老夫人的心坎里，简直及时雨一般，解决了她心里的所有困扰。鹤卿是汤枢使的独子，人品好，长得也周正，不像那些咋咋呼呼的世家子弟，待人总是一副温和面貌，也没听说房里有通房女使之类的，且周大娘子只生了他和芝圆两个，芝圆就别说了，是般般挚友，自然不存在姑嫂打仗的可能，般般要是能嫁进汤家，那真是天上地下难找的好亲事，还有什么所求！

袁老夫人欢喜得坐不住，抚膝道："先前你说有事商量，原来竟是这件事吗？"

周大娘子道："我是怕老太太不答应，所以特地当着圣人的面说，也是为显郑重。"

皇后见袁老夫人没有异议，便也乐见其成，顺水推舟道："我看这门亲事很不错，般般先前太过颠沛，要是出阁后能平平顺顺的，我也就放心了。"

周大娘子眼见皇后和袁老夫人都不反对，笑道："那好，咱们既说定，我心里便有底了。回头问过般般，只要她答应，回去就备上聘礼，等过了三伏把亲事办了，我的心事就了了。"

两家都觉得很满意，恨不得即刻拍板，回去的路上挤在一辆车里，周大娘子牵住般般的手，把因由同她说了一遍，末了问："好孩子，你看你鹤卿哥哥怎么样？我早有让你们定亲的意思，可惜你们好像都没这想法。如今我索性把话说开了，你好好思量思量，嫁进别家不知婆母秉性，婆媳相处起来只恐艰难。嫁进我们家，咱们如嫡亲的母女一样，芝圆出了阁，我身边留个你，干娘拿你和芝圆一样心疼，在我身边不怕受委屈。"

几句话听得明妆错愕，她张了张嘴，鹤卿喜欢信阳县君的话差点冲口而出，然而再一想，这事周大娘子恐怕还不知道，只得把话咽了回去。

周大娘子和袁老夫人都眼巴巴地看着她，袁老夫人道："般般，你的想法呢？"

明妆不好明着拒绝，讪讪道："我一直拿鹤卿哥哥当亲哥哥来着……"

这种托词其实长辈们不会往心里去，周大娘子道："越是贴着心的，将来越能过到一块儿去。干娘也不同你绕弯子，鹤卿到这会儿还不肯定亲，相看一个摇一回脑袋，我快被他气疯了，真不知道他脑子里在想些什么，难道他打算娶天上的仙女不成？我想来想去，还是得下决断，不能由着他的性子了。你放心，他就是玩性重，真要是给他说合亲事，他也就老实了，不愁他待你不好。"

如今的婚姻大多是这样，父母之命，只要不是天生反骨，慢慢也就屈服于命运了。好些夫妻到死恐怕都不知道什么是爱，不过相处久了，慢慢变成亲人，年纪越大越安于现状，一辈子就这么过去了。

明妆忽然想起李判……那人从脑子里一闪而过，心里隐约痛起来。终是不能成，终是没有缘分，自己还在指望什么？她认真衡量了汤家的这门亲事，眼下就她的处境看来，确实没有比这更好的了，但也不能为了给自己找依靠，就拆散鹤卿和信阳县君。

断然拒绝，怕会伤了干娘的心，她只得退一步道："这事我先不应干娘，等干娘回去问过鹤卿哥哥再议，好吗？"

这就是说她不反对，虽然无可无不可，但周大娘子已经很满意了。

待把人送回易园，周大娘子匆匆回到家里，叫来忙于公务、今夜好不容易着家的丈夫，打算好好商定这件事。

上房燃了好几支蜡烛，照得内外澄明，汤淳从外面迈进来，见夫人正襟危坐，脚下不由得顿了顿："这是干什么？要开人肉宴？"

周大娘子瞥了他一眼："坐下，等鹤卿回来。"

说起鹤卿，汤淳就明白了，退身落了座，朝外张望，眼看天都暗下来了，还是没见鹤卿的身影。既然人没回来，就先说说题外话，摆手把侍立的人都屏退，汤淳偏身对妻子道："我得了个消息，准得很，官家要立四哥做太子，已命中书省拟诏了。"

本以为周大娘子会很高兴，毕竟女婿当上太子，阖家都跟着风光，可汤淳看了半天,却没看见妻子脸上有笑容。

"怎么了?不好吗?"

周大娘子慢慢摇头:"倒也没什么不好,只是我想着芝圆那个脾气,怕她德不配位。"

汤淳却并不担心:"芝圆在孙贵妃身边养到这么大,禁中的一切她都能应付,你有什么可愁的?再说他们小夫妻和美得很,四哥又不是久穷乍富,他的人品你还信不过吗?"

周大娘子看了丈夫一眼:"等当上皇帝,还能如以前一样吗?你瞧官家和先皇后,当初不也是潜邸成亲,少年夫妻吗?"

汤淳顿时觉得很不吉利:"别胡乱拿来做比较,咱们芝圆和四哥是一同长大的,四哥为了来看她,翻墙差点把腿都摔折了,官家和先皇后何曾这样?"

周大娘子想了想,那倒是,高安郡王和芝圆在一起也算多灾多难,不是摔坏了腿,就是差点啄瞎眼睛,他还是高高兴兴的,一口一个"小汤圆好聪明"。其实女儿的婚姻,她并不是太担心,眼下担心的就是鹤卿。

正琢磨着,隐约听见脚步声,抬眼一看,鹤卿从门上进来,甲胄解了一半,见父母端坐在榻上直愣愣地看着自己,倒把他吓了一跳。

"今日是怎么了?"他笑着说,"有好菜色,爹爹和阿娘等我一起吃饭?"

汤淳喝了声:"别嬉皮笑脸,正经听你母亲说话。"

鹤卿知道不妙,忙逼退笑容,垂手道:"是,请母亲训话。"

周大娘子清了清嗓子,面无表情道:"汤鹤卿,你今年已经弱冠,到了必须娶亲的年纪,眼下我有两个人选,一个是你表姑母家的花姐,一个是殷殷。这两个姑娘里头你得挑一个,不要啰唆,也不许推脱,你就直说,选谁。"

第二十七章

鹤卿那颗聪明的脑袋一下子就想明白了，花姐不过是母亲拿来凑数的，真正要让他选的，应该是般般。

他还在苟延残喘，挣扎敷衍："表姑母家的花姐，那么大的脸盘子，那么厚的嘴唇……每回看她吃点心，我都担心她把匙子一块儿吞进去。"

周大娘子很赞同："我也是这么想，花姐这孩子品行很好，就是长相欠缺些，你呢，无论好坏，总算人模狗样，眼界还很高，要是聘了花姐，我也怕委屈你。那么如今就剩下般般了，般般怎么样？性情好，生得漂亮，对我和你爹爹也恭敬，我看是个很不错的新妇人选。况且今日禁中又下了诏命，封她做了县君，不是李氏宗女能得这样封号的有几个？配你是你高攀，你还不上祠堂拜谢祖宗保佑去！"

然而鹤卿还是不情愿："阿娘不是说要抬头嫁女，低头娶媳吗？般般如今都有诰封了，我还只是个节奉郎，不相配……不相配得很，还是算了。"

这回连汤淳都有些按捺不住了，赶在妻子张嘴骂人之前，先拍了桌子："你到底有什么毛病？给你说了这么多亲事，你一个也看不上，存心想让我汤家断子绝孙是不是？你说，你是不是不行？"老爹爹气起来口不择言，"你要是不行就直说，我送你进宫当黄门去，也好过天天戳在我眼窝子里气我。"

鹤卿无辜地眨了眨眼："我……倒也不是不行，我就是不想娶妻，这也犯王法吗？至于汤家断子绝孙，尚且不至于，爹爹不是还年轻吗？趁现在再纳一房妾，说不定还能生……"话没说完，就很活该地被母亲飞来的团扇砸中了。

"我们要孙子，孙子懂不懂！你在鬼扯些什么？你是看家里太平无事闲得慌，想置一房小娘和你亲娘打擂台，这样就没空管你了是不是？告诉你，别做梦！"周大娘子挪了挪身子，粗喘两口气方才平下心绪，"汤鹤卿，我今日郑重同你说，我和你父亲一致很喜欢般般，般般就是我们眼里的好媳妇，你这回是娶也得娶，不娶也得娶。今日我已经入禁中，向圣人陈过情了，袁家老太太也不反对这门婚事，我们大家都很满意，你的意见不重要。再者，般般一路行来很不容易，你婚后必须待她好，否则我就让你父亲剥了你的皮，不信你且试试看。"

鹤卿眼见秀才遇见兵，摊手道："你们既然都决定了，那还问我干什么？"

汤淳道："自然要问你，过日子的是你，入洞房的也是你。所以我说，你要是有暗疾，趁早给我说清楚，该看病看病，该吃药吃药，别害了般般。"

鹤卿站在堂上，像个受审的傻子，向上看，两座大山高耸入云，这回是绝对不苟言笑，下了死命令。

他垂下脑袋，亏心地支吾道："我拿般般当妹妹看待，在我眼里她和芝圆一样，我怎么能娶她啊。"

周大娘子道："少给我冠冕堂皇，你只要没有暗疾，等般般过了门，你们日日在一起相处，你不会喜欢上她才怪！世人都是这么过来的，当初我和你父亲也是奉父母之命成的亲，这几十年风风雨雨一起扛，不是过得很好吗？你将来也如我们一样就行了。"说罢悲戚地看了丈夫一眼，"别人家发愁，是因儿子左一个通房，右一个美妾，唯恐婚前弄出个庶长子来，不好说合亲事。咱们家呢，这讨债的贼对谁都没意思，但凡你有喜欢的人，哪怕是府里的女使，我和你父亲也就宽心了。"

结果这话说完，鹤卿沉默了，低垂的脑袋看上去像身负重罪，最后也没给出准话,转身道:"我回房去了。"

"站着!"夫妇两个同时发声,周大娘子呵斥道,"爹娘训话,你就这么走了,谁教你的规矩?"

鹤卿欲哭无泪:"我回房换身衣裳不行吗?"

"话还没说完,你换什么衣裳!"汤淳把嗓门提得老高。

鹤卿没办法,垂头丧气道:"等我得空去见一见般般,容我们俩先谈一谈,谈好了再说婚嫁不迟。"

周大娘子一听,这也可以接受,两个孩子向来处得兄妹一样,乍然要做夫妻确实有点尴尬,见一见,调整一下心态,有助于将来发展,这么说来就没有必要阻止了,于是爽快地答应道:"什么时候过易园?明日就去?"

鹤卿道:"明日我们营里有事,去不了。后日吧,后日我休沐,一早就过去,这总成了吧?"

周大娘子表示可以,但也着重警告道:"别给我耍花招,你要是给我来虚的,我即刻就给花姐下聘,反正你表姑母已经提过好多回了,要把花姐嫁给你。"

鹤卿吓得连连说好,然后闷着脑袋逃了出去。

周大娘子长出一口气,看看丈夫:"这回算是说定了吧?般般是个稳妥的孩子,只要她愿意,就一定能说服鹤卿。"

汤淳表示谋事在人,成事在天:"我们做父母的,尽到自己的心就成了,儿孙自有儿孙福,后面就别管了。"说着肚子唱起了空城计,"吃不吃饭?我都快饿死了。"

吃吃吃,这人打年轻起就是这样,办起家里的正事,没说两句话就喊饿。周大娘子懒懒挪了窝,抬手指指花厅:"走吧,早备好了。"说完踱到门前吩咐女使,"去公子院里催一催,让他快来用饭。"

这一晚倒也太平,饭桌上例行教训了鹤卿一番,接下来就等着他与般般细谈了。

第二日,周大娘子闲来无事,给芝圆新做的几件衣裳送进府里,她一一展开查看,见没什么不称意,就命婆子送往郡王府。

朝廷册立太子的旨意还没下，闲不住的周大娘子已经开始盘算，大摆宴席是不能的，做了太子愈发要低调，但自己家可以暗暗庆祝一下，反正芝圆出阁后没少带着郎子回来蹭吃蹭喝，多一回也不妨事。

"听说孙羊正店新近请了个会做南菜的铛头，过两日定几个拿手的菜色，请小娘子和郎子回来吃饭。"周大娘子说完，忽又想起来，补充道，"还有般般，一并也请来。"

身边的林嬷嬷凑趣道："大娘子如今甚有当婆母的做派，干什么都不忘明娘子，将来孩子到了身边，又不知怎么宠爱呢。"

周大娘子舒畅地笑起来："这叫一碗水端平，女儿新妇都疼爱，家宅才能太平。"边说边比画道，"我看这裁缝手艺不错，等般般来家里，让她也量个尺寸……"

这时门上有婆子隔窗回话："大娘子，来贵客了，是管城县开国子府上二夫人，与刘校尉家童大娘子。"

周大娘子踌躇了一下，刘校尉家因常有往来，彼此都认识，可这管城开国子府上二夫人是谁，却想不起来。

林嬷嬷见她疑惑，忙道："那位二夫人是丹阳郡王生母，一家子两位都封了诰命，您忘了？"

周大娘子这才恍然大悟："怪道呢，我说怎么称二夫人？"忙朝外传话，"快请到花厅奉茶，我这就来。"

说完抿抿头，整整衣冠，快步出了上房。

如今朝中局势明朗，李宣凛因平叛有功又加封郡王，官做到这个分上，谁还敢小看他的生母？于是周大娘子迈进花厅便堆起笑，上前亲热地携了手道："今日什么风，把二位吹来了？"说完客气地引人坐下，又唤女使，"先头不是刚到了两筐'陈紫'吗？快拿冰浥了送上来。"

女使领命去办，姚氏笑道："冒昧来打搅大娘子，很是失礼，怎么好意思再让大娘子劳烦？"

周大娘子道："快别这么说，因两府往来不多，我也没有机会结交娘子，今日娘子能登我的门，我高兴都来不及呢，哪里说得上劳烦？"

童大娘子也含笑斡旋:"我早说周大娘子和气,姚娘子这下总放心了吧?"

姚氏"哎"了一声,道:"因我是内宅的人,平时不出来结交,胡乱到枢使府上,唯恐自己莽撞了。"

周大娘子听她这么说,料想是有什么事要托付,便拿眼色询问童大娘子。童大娘子顺势接了话头:"是这么回事,郡王如今不是到了婚配的年纪吗?先前一直在陕州,不曾关心自己的亲事,现在留京任职,须得找个当家的娘子,家才像个家。原本这种事,理当是开国子府上主母出面,可惜那位大娘子……"说着她隐晦地笑了笑,摇头道,"不提也罢。今日姚娘子找到我门上,托我来向大娘子陈个情,是想请大娘子做媒人,替郡王保个大媒。"

替郡王做媒,那可是很有面子的事,周大娘子自然应承:"这是瞧得起我啊,我还有不答应的道理?"

笑谈间女使端了冰盆进来,只见削得细细的碎冰间摆放着鲜红的荔枝和阿驿,看上去明艳喜人。周大娘子命女使一个个剥了,侍奉贵客尝上几个,复传人端水来净手,才又言归正传。

"郡王是朝中新贵,又得官家信任,不知哪家的千金有这样好福气?"

姚氏抿唇笑了笑,看向童大娘子,童大娘子忙道:"不是旁人,正是大娘子的干女儿,易小娘子。听闻昨日易小娘子获封县君,如此一来愈发登对了,大娘子说呢?"

周大娘子原还笑着,这下笑不出来了:"你们是说……易小娘子?"

姚氏应道:"是,就是易小娘子。当初我们二郎在易公手下任副将,就与易小娘子结识了,后来易公病重,临终托付二郎照应小娘子,两人之间可算很有渊源。我想着,早前易小娘子定了仪王,咱们不便说什么,如今小娘子身上没了婚约,若是能够撮合他们俩,也好让二郎完成易公的嘱托,大娘子以为呢?"

周大娘子彷徨起来,心道这可怎么好,真真是对手从天而降。鹤卿本来就不积极,自己恨不得捶死他,丹阳郡王和殷殷是故交,又是眼下炙手可热的权臣,他要是一插手,问题可就大了。

姚氏与童大娘子看她犹豫,不由得交换了下眼色,童大娘子问:"难道易小娘子那头，已经说定别的亲事了吗？"

毕竟八字还没一撇，这种事不好浑说，周大娘子也是个直爽的性子，索性告知她们："请我说合，我自然不好推辞，不过里头有个巧宗……犬子也还没有定亲，昨日我已经当着圣人的面，和袁老夫人提亲了。"

这么一来就尴尬了，一时大家无话，过了好半晌才听见童大娘子生硬地打圆场："果真一家女百家求，可见易小娘子是个多好的姑娘，枢使府和郡王府都愿意结亲。"

周大娘子说"可不是"，顿了顿又道："眼下我们也是才提亲，不敢说十拿九稳，还得看孩子们的意思。姚娘子今日既来托付我，那我一定替娘子把话带到，毕竟明娘子也是我的干女儿，一切以她自己的想法为重。"

姚氏难堪地点头，喃喃说："真是没想到，咱们两家竟想到一块儿去了……"说罢勉强笑了笑，"那就看他们自己的缘分吧。"

说实话，周大娘子十分没有把握，心道老大难的鹤卿，这回怕是又要滞销了。就算将来混个国舅爷，人家已经是郡王了，爵位上肯定拼不过，他还三心二意的，这事就愈发悬了。

后来大家又寒暄几句，方把童大娘子和姚氏送走。人一离开，周大娘子就直发愁，好不容易挨到申末，打发人去衙门把鹤卿提溜了回来。

"你猜今日谁来了？"周大娘子叹息。

鹤卿在圈椅里坐下来："不会是表姑母吧？"

周大娘子白了他一眼，说："是丹阳郡王的母亲，来托我给她儿子和般般说合亲事。"

鹤卿一听，顿时两眼放光："竟有这种……事？""好"字终究没敢说出口。

周大娘子扶额说："是啊，可不是英雄所见略同！你看看求娶般般的都是什么人，你还稀里糊涂，姻缘就不是你的了。"

鹤卿霍地站起来："我这就上易园去！"

周大娘子见状顿时一喜，感慨着这小子终于知道着急了，忙朝外传话："快给公子备车。"

鹤卿说:"不必,我骑马去。"说完转身便出了上房,母亲在身后喊外面热云云,他也顾不上了。

一路疾驰到易园,等着门房进去传话,不一会儿明妆就从里面迎了出来,奇道:"天都要黑了,你怎么来了?"

鹤卿随她进了园子,边走边道:"昨日我阿娘说要来提亲,所以我今日赶来和你说话。"

明妆知道他心里喜欢的是信阳县君,便有意打趣:"看来你是同意干娘的想法,打算和我谈婚论嫁了。那鹤卿哥哥,你什么时候来下定?"

鹤卿慌了,结结巴巴地说:"那个……我不能给你下聘……"

"为什么?"明妆道,"是我哪里不好,鹤卿哥哥不喜欢我吗?"

她一脸纯质地望着他,鹤卿顿时红了脸:"不是、不是……"左思右想,终于老实坦诚了心里话,"我有喜欢的人了,所以不能向你提亲,更不能耽误你一辈子。"

明妆笑起来:"初一那日我就问你喜欢谁,你说以后告诉我,后来就没消息了,其实你不说我也知道,你喜欢颖国公家的信阳县君,是不是?"

鹤卿骇然:"你怎么知道?"

明妆说:"你别管我怎么知道的,反正自有人告诉我。我只想问你,你是单恋啊,还是两情相悦?"

鹤卿倒也没想瞒她,低头道:"我们偷着见过两回面,她摆脱身边的女使不容易,每次都是匆匆说上几句话,就又分开了。"

明妆怅惘不已,只怪两家结了怨,弄得有情人不敢正大光明来往。

"可这样总不是办法,家里会逼婚的,咱们还能商量,她那头呢?万一颖国公夫妇收了聘礼,那可怎么办?"

鹤卿也苦恼得直挠头:"我原本想同我爹娘说的,可前阵子两家不是又为些鸡毛蒜皮的事闹得不大愉快吗?温如说,等仪王案过去了再同家里提,眼下两家家主都忙,火上浇油怕不能成事。"

明妆颔首,转而又问:"要是家里不答应呢?"

鹤卿道："温如说了，了不得咱们私奔……"

这下倒吓着明妆了，忙说："不行，她那样的贵女，千万不能因此自毁名声。鹤卿哥哥，你就拿出男子汉的气概来，上颖国公府去求婚，就算是跪，也要把人家明媒正娶迎回来。"

还是女孩子懂得女孩子的难处，鹤卿点头不迭道："说私奔只是一时气话罢了，我哪能这么委屈她。"说完看了她一眼，"般般，我不能向你下聘，你不生我的气吧？"

明妆失笑："我又不喜欢你，为什么要生气？"

"那你喜欢谁？"鹤卿探着脖子问，"你喜欢李宣凛吗？"

明妆乍听这个名字，心头激跳一下，暗想难道自己的秘密被泄露出去了，怎么连鹤卿都知道了？结果鹤卿接下来的话更让她错愕："今日开国子府上姚娘子登了我家的门，想托我阿娘替李二郎说合亲事，要不你考虑考虑他吧，当朝新贵，长得不错，人品也好，最重要的是你们原先就相熟，将来相处起来应该也不难。"

明妆呆住了，一颗心悠悠悬起来，几乎吊上嗓子眼，颤声问："这是真的？他母亲让干娘为我们说合吗？"

鹤卿也愣住了，他从来没见过这样的易般般，以前虽然时时有笑容，但他看得出来，她其实没有真正高兴过。这回不一样，看着那双眼睛熠熠生辉，他就明白过来，原来她和自己一样，早就心有所属了。

鹤卿开始得了便宜卖乖，咧嘴笑道："你看我真是拿你当亲妹妹，一有消息就忙着来告诉你，般般妹妹，你该谢谢我。"

明妆才知自己失态了，忙整了整脸色，道："我谢你什么？不是你该谢我吗？我要是一口答应了干娘提亲，我看你怎么办。"

鹤卿立刻败下阵来，忙拱手朝她长长作了一揖："多谢妹妹成全我。"

可明妆又有些发愁，绞着帕子嘀咕："这是他阿娘的主意，还是他的主意……万一是他阿娘自作主张，那岂不空欢喜一场吗？"

鹤卿大手一挥："只要亲事能成，管他谁的主意，先答应了再说。"想了想又道，"你若是不放心，我帮你试他一试，到时候就见分晓了。"

明妆的心突突直跳，那种快乐不是无端的，是真正待嫁的忐忑与欢喜。鹤卿说愿意替她试一试，那再好不过，如果能断定李判对她也有意，那么她就敢放胆了。

　　两人在花厅合计了一番，待商议妥当，鹤卿便告辞了。明妆心神不宁地回到卧房，脑子里混沌极了，只记得一桩事，姚娘子托干娘提亲了！简短的几个字，在舌尖、心上翻滚了好几遍，越想越羞赧，忙捧住了脸。

　　因鹤卿来访，明妆身边的人怕他们有话要说，都远远站着，没在跟前伺候，所以并不知道内情。商妈妈见小娘子坐在那里直犯迷糊，空了的茶盏也端起来喝，脸上神情时愁时喜，心里便有些惴惴的。

　　"小娘子……"她挨过去，小心翼翼地问，"先前鹤卿公子同你说什么了？你怎么……"

　　明妆一头扑进商妈妈怀里，使劲腻了腻："妈妈，这门亲事真好，我想应下了。"

第二十八章

商妈妈失笑:"我们小娘子今日是怎么了?同鹤卿公子说上两句话,就那么高兴吗?"

明妆模棱两可应了,暂且不能把心里所想的事告诉商妈妈,只管搂着商妈妈的脖子,像小时候那样撒娇。

商妈妈温和地轻抚她的脊背,感慨道:"缘分这东西,真是玄妙得紧呢,咱们回上京三年,只与枢密使府上来往得多,你和鹤卿公子相识很久了,却从来没有往那上头想过。也是巧了,这回周大娘子忽然萌生了这样的念头,我的小娘子,合该你往后平平顺顺的。汤家多好啊,人口不复杂,只一位公子、一位小娘子,家里又全是周大娘子说了算,小娘子有这样一位婆母疼爱着,还愁往后不和美吗?你愿意应下亲事,当然是极好的,老太太知道了必定也高兴。"

明妆含糊地"嗯"了一声,说:"既要应下亲事,那往后就得自省了,妈妈回头吩咐午盏她们一声,那些不相干的人,能拦便拦住吧,不用报到我面前来了。"

商妈妈迟疑道:"小娘子说的不相干的人,是指谁?"

明妆没有明说,偎在商妈妈怀里道:"外男能不见的,就都替我挡了吧!毕竟和仪王定亲在先,汤家没有嫌弃我,我自己也应当惜福。"

商妈妈很快就明白过来,小娘子说的外男,其实是指李判。也对,人长大了,是要懂得男女有别,虽然李判与易园有很深的渊源,但天下无不散之宴席,人生走到分岔口,该当各奔东西,做个了断。

先前商妈妈心里也嘀咕过,小娘子真是过分依赖李判了,像夜里单独走回来这种事,要是落了别人的眼,不知会生出多少闲话。若是小娘子能与李判有个结果,她们当然乐见其成,比起和汤家的亲事,李判更为妥帖,也是商妈妈心里最好的郎子人选。然而人算不如天算,两下里迟迟没有进展,可见是缘分未到,既然如此,就不必强求了。

多的话不用再说,商妈妈道:"好,外面接迎的是马阿兔和任嬷嬷,等我嘱咐任嬷嬷一声就是了。"

从内院退出来后,商妈妈去了门房,把小娘子的意思告知了前院的人,马阿兔挨在门边问:"别人能不见,丹阳郡王也不见吗?"

好像易园的人都觉得李判往来是顺理成章的,说起外男,第一个想到的就是他。

商妈妈不好说破,掖着两手道:"横竖小娘子就是这么吩咐的,咱们照办就是了。"

马阿兔"哦"了一声,下意识朝门外看了一眼:"这两日沁园的马车都从咱们巷子经过,我以为十字街上修路来着,昨日经过那里看了一眼,并没有啊……"

商妈妈随口应道:"想是这里好走一些,十字街上有鬼市,马车穿街过巷不方便。"

马阿兔听罢,纳罕地眨了眨眼,心道界身南巷是个小巷子,比起十字街可窄多了,况且东华门与十字街在一条直线上,非要从界身南巷走,还绕路了呢。

不过主家的意思,他们这些当差的不该有二话,第二日,马阿兔举着笤帚清扫门廊时,眼看着沁园的马车又从这里经过,这回看明白郡王在车里坐着,半打起的窗帘没有遮挡他的视线,他朝门上望了一眼,那眼神孤孤寂寂的,一闪而过。

第二十八章

马阿兔撑着笤帚站住，扭头看了任嬷嬷一眼："嬷嬷，你说郡王这一天天的，在想什么？怎么还不来我们府上提亲？"

任嬷嬷"呸"了一声，道："浑说什么，人家不过打门前经过，你就想那许多，让赵嬷嬷知道了，小心揭你的皮！"

马阿兔吐了吐舌头，不敢再胡言乱语，但目光飘忽，又追随上那辆马车，看着车辙蜿蜒，一路往冬藏库方向去了。

今日是双日，不必上朝，仪王叛乱之后，衙门里连着忙了好几日，直到今天还有些零碎活没有完成。李宣凛坐在幽深的堂上，窗口被新添置的大书架挡住了半边，日光从柜壁斜照进来，一片金芒闪耀，看久了只觉眼花。

笔提在手里，却想不起来要写什么，昨日他母亲灰心丧气回来，把汤家向般般提亲的消息告诉了他，他的心就木木的，一直从昨天迷茫到现在。他想不明白，为什么会这么快，才一日而已，汤家怎么就向她提亲了？自己顾忌仪王的案子才出不久，怕把般般顶在杠头上，汤家却半点也不忌讳，竟直接在皇后面前提及。原本他母亲做主张罗，他那颗枯槁的心因为有了希望逐渐活过来，可谁知那么快，一盆冷水当头浇下，眼前的一切便都黯了，他开始心烦意乱……

烦透了，简直痛恨这糟烂的世界！

面前手册上的蝇头小楷也不耐烦看，他叹息着合起来，站起身思量，打算上金吾卫衙门看看。

恰在这时，衙役领着一个身穿甲胄的人进来，那人手里捧着一摞名册，恭恭敬敬送到他面前，朗声道："金吾节奉汤鹤卿，奉命向郡王呈敬金吾卫诸班直名册。"

汤鹤卿这个名字，让堂上的人微微一怔。

"你就是汤枢使府上公子？"李宣凛一面问，一面抬指示意衙役接过名册，自己却探究地审视了他两眼。

鹤卿交接了名册，复又向他叉手行礼，笑着说："是，卑职早就想结识郡王了，奈何一直没有机会。上回舍妹出阁，倒是见郡王驾临，本来想攀谈两句，但因那日事忙，就错过了。"

李宣凛冷眉冷眼地打量他，要说长相，这汤鹤卿也算得上一表人才，但不知为什么，总觉得这人眼里有股少年人的轻浮，浑身也充斥着一股不知天高地厚的傲劲。他知道，自己如今对人家满是偏见，但他不打算纠正，就是越看越觉得不顺眼。般般需要一个沉稳的人来小心呵护，这种少年郎，自己都立身不稳，将来怎么让她依靠？

鹤卿自然察觉到这位郡王看他的目光都带着火星子，这就是情敌相见，分外眼红啊。说实话，他是有些怕的，这可是领着十万大军攻破邶国王庭的人，一旦端严起来，满眼肃杀之气，但他受般般所托，只好壮着胆子挺了挺腰，继续火上浇油："听说过两日，郡王府上要办宴，到了那日我也来凑个趣，讨杯酒喝。正好沁园离易园很近，届时我接了般般一道过去。"说着抬起眼，笑吟吟地看了李宣凛一眼，"郡王大概还不知道，般般已经应准我的提亲了，等择个良辰吉日我们就过定，入了秋，天气凉些便迎亲，也免得她穿着嫁衣热得慌。"

李宣凛脸上的寒霜又添了几分，冷冷道："她已经应准了？汤公子莫不是在开玩笑吧？"

鹤卿说："怎么能是开玩笑呢，我的话句句属实，我和般般是青梅竹马，当初她跟随郡公留京一年多，那时候我们日日玩在一起，虽说谈不上早就情投意合，但交情一向不错。"顿了顿，又道，"我听我母亲说了，昨日令堂登门托付……请郡王放心，我日后一定会好好待般般，不让她受委屈的。"

这就是胜利者的傲慢，脸上带着的笑，戳痛了李宣凛的眼。他忍了又忍，并不想失态，只是蹙眉道："汤公子这话，说得太远了，眼下你们尚未定亲，还是等过了礼再考虑那些吧。不过我有些不解，仪王谋反，震动朝野，高安郡王作为兄弟，理当避嫌，如何贵府上竟在这时候向易小娘子提亲？汤枢使不怕落人口实吗？"

鹤卿心里大笑起来，果真再位高权重，该吃醋的时候还是得吃醋。

"因为我一直不愿意娶亲啊。"他也不讳言，"我爹娘逼了我很久，可我谁都看不上，正好般般的亲事不成了，我母亲怕她被人抢走，慌忙向袁老夫人提了亲。不过郡王的疑虑我也明白，般般毕竟与仪王定过亲，我作为高安郡王的大舅哥，不该这时候插手，但后来官家昭告天下，细数仪王八大罪状，其中一条就是构陷密云郡公，试问彼此之间隔着父仇，这门亲事就算不因仪王的死而终结，还能存续下去吗？般般是我母亲的义女，我们结亲是亲上加亲，说起来名正言顺。当然有时候想尽办法也堵不住那些好事者的嘴，若真的有人非议，那让他们议论就是了，我自会护着般般，不让她受伤的，郡王大可放心。"

他说得算是有理有据，李宣凛勉强维持着自己的体面，即便心在颤抖，也没有再说什么。

鹤卿口干舌燥，本以为这番话说完会被他扔出去，结果竟没有。他暗暗咽了口唾沫，装出气定神闲的模样，问："郡王这是要出去吗？"

本来要去金吾卫，但因金吾卫有汤鹤卿在，他临时改变了计划："出城，巡营。"

鹤卿"哦"了一声，心道人家就差没下逐客令了，自己见好就收，赶紧趁这机会撤吧，便拱了拱手："那就不打搅郡王了，卑职告退。"

李宣凛眯眼看着他，看他走进廊前的光瀑里，那意气风发的背影，着实让人很不痛快。原来阿娘说得没错，好姑娘经不得等，一等便让人聘走了。他开始懊恼、抱憾、自责，那晚送她回易园，明明话到嘴边，还是没捅破那层窗户纸，现在再来后悔，好像已经来不及了。

纷乱的内心，没完没了的纠结，从年后一直到现在。他觉得自己生了一场大病，全身心都为之痛苦，已经不知道该如何自救了，出城巡营也是强逼着自己去办，待把军务整顿好，回城的时候，太阳已经快下山了。

张太美确实是赶车的好手，小鞭子甩得噼啪作响，车也赶得又稳又快。马车行至城门口时，路边摆了各色时蔬果子的摊位，他放缓车速，十分机灵地给舆内闷闷不乐的公子出了个主意："公子你看，这莲蓬和菱角多新鲜，公子可要采买一些，带给小娘子尝尝？"

易园向来过得很滋润，明妆靠着自己的本事支撑家业，从来不曾亏待自己。这些莲蓬和菱角，她怕是早就尝过鲜了，但李宣凛还是仔细考虑了一下，决定买些送过去，也多个去看她的由头。她和汤家还没有定亲，或许尚有一线机会……

思及此，紧握的拳松开，他撑膝站起来，默默下车，弯腰走到小摊前，开始一个个逐一挑选。

　　身后的随行官们也停了马，左右观望这城口夜市，梁颂声道："上京真是个做买卖的好地方，内城到处是铺席，这里还有个小鬼市。"边说边用力嗅了嗅，空气里满是丁香馄饨和清汁田螺羹的味道，混合着灼灼的热浪，气味真是销魂。

　　上将军果真是干大事的人，挑了好大一包东西，沉甸甸地搬上马车。一旁的赵灯原观察了半天，料这东西是要送到易园去的，暗叹这模样怎么能讨姑娘的喜欢呢，这时就得发挥随从官的聪明才智了，于是朝来路指了指，道："上将军，我先前看见那里有鲜花售卖，上将军要不要去看看？"

　　上京城内的鲜花铺子开在孙羊正店边上，里面种类繁多，但要论新鲜，绝比不上城外养种园。李宣凛过去看了看，买下一大捧茉莉，看着白惨惨好像有点单调，于是又随手挑了五六枝鸡冠花插进去。奇怪的搭配，让摊主哑然，虽然审美不怎么样，但胜在量大，热热闹闹地塞进车厢内，那浓郁的香气，几乎能把人腌入味。

　　张太美蹭了一路茉莉花香，知情识趣地回头道："公子，咱们这就给易小娘子送去？"

　　车内的李宣凛没有应他，心却开始忐忑起来，这一路，竟比头一次入禁中参拜官家还要紧张。

　　渐渐临近界身南巷，不知不觉掌心捏出了汗，待马车停稳，他从车上下来，甚至茫然站了一会儿，待做好准备，方一手提着莲蓬菱角，一手抱着花，亲自送到了易园大门上。

　　守门的马阿兔和任嬷嬷看见这样出现的郡王，一时错愕得呆在原地。想起商妈妈那句不见外男，他们便为难起来，讪讪地对看了一眼。

　　上前接也不是，不接也不是，马阿兔悄悄推了任嬷嬷一把，示意她去应付，任嬷嬷只得上前赔笑："郡王来了？难为郡王，带了这些好东西过来，可……可我们小娘子这两日不见客……"如此直白好像有点太不圆滑，任嬷嬷忙又补充了一句，"想是天太热，小娘子中了暑气。"

　　可李宣凛明白，她哪里是中了暑气，分明是不想再见他。犹记得当初，听说他登门，她会快步出来相迎，青嫩嫩的小姑娘，腼腆地反剪着两手，唇边抿出笑靥，脆声道一句"李判你来了"。反观现在，她闭门不见，明明熟悉的门庭，他好像再也迈不进去了。

他进退维谷，悲伤又尴尬，不知如何是好。任嬷嬷也讪讪的，没有小娘子的首肯，连请他进去都不便。

好在这时赵嬷嬷从前院经过，见李宣凛在门上，便迎出来搭话，可惜仍是不曾请他进门，含蓄地说："请李判见谅，小娘子眼下正与枢密使府上议亲呢，因周大娘子是小娘子干娘，亲上加亲愈发要审慎。李判最是体谅小娘子，想必也知道她的难处，没有爹娘的姑娘宁愿对自己严苛些，也不能落了外人口实，让人在背后议论体统长短。"

赵嬷嬷的话才是最真实的，她开始约束自己，回归上京贵女习以为常的平淡生活。没有错，她做得没有错，除了自己体会到一点锥心之痛外，好像一切都在情理之中。

他说："好，那我就不叨扰了。"说完将手里的东西往前递了递，请赵嬷嬷代为转交，自己没有再逗留，转身疾步走下了台阶。

赵嬷嬷站在门前，看着他上了马车，看着马车缓缓往巷子里去了，心里不免惆怅。

马阿兔喃喃道："人家郡王一片好心，连见都不见……可是有些太绝情了？"

赵嬷嬷回过神，狠狠白了他一眼："小娘子是女孩家，这么晚了，不见外客有什么错？"

反正赵嬷嬷是无条件支持小娘子的，甚至觉得决断一些是好事。李判再好，又不来提亲，这样拉拉扯扯牵牵绊绊，对小娘子的名声不好。不过送来的东西还是得让小娘子过目，她一口气送进内院，摆在上房里的月亮桌上。大家围过来看，午盏诧异道："李判这是上城外进货去了吗，怎么一下子背回来这么多？"

新鲜的莲蓬，明妆剥了一颗放进嘴里，细嚼之下有丝丝甜意。再来看这一大捧茉莉花，小小的花骨朵，就算掉落下来也干脆利落，只是这鸡冠花不太应景，虬曲的花冠一簇簇傲立在茉莉中，艳则艳，太霸道。

她让烹霜取来花器，分了花，再一株株插进去，仔细地调整，到最后定定坐在那里看了好半晌，心里只觉得隐隐地疼，自己好像太过慢待他。可是再转念想想，又生怨怼，他明明喜欢她，却从来不与她说，自己之前一直没有底气，还是今日鹤卿过来，万分庆幸没有死在他的眼风之下，她才终于敢确定，他心里是真的有她。

慢待他，也折磨自己啊！明妆躬着身子，把脸枕在臂弯上，问赵嬷嬷："他说什么了吗？"

赵嬷嬷摇头："只说不叨扰了，放下东西就走了。"

明妆闻言长叹了口气，今日外祖母来，说起汤家的婚事，自己把鹤卿心有所属的事告诉她了。外祖母听后好一通怅惘："多可惜，原本倒是一门好亲事，回去后我也思量了很久，把我那些手帕交的孙子、外孙子都想了一遍，真是没有比汤家更合适的了。"

明妆又小心翼翼透露了姚娘子托付周大娘子的事，袁老夫人愈发意外了："怎么不直接来我们家？哎呀，丹阳郡王吗？真真是愈发好了！上回你祖母来易园作乱，我就说招了他做郎子，那时候你还同我打马虎眼，瞧瞧，到最后被我说中了。"说着欢喜地拉住明妆的手道，"他原就是你爹爹麾下，有这些年的情义在，这样的郎子还有什么不放心的？眼下我就问你，心里愿不愿意？只要你愿意，不用等他母亲登门，我们主动些，两家长辈说定就是了。"

好自然是好的，一心期盼的姻缘，可以不讲究那些大礼大节，可她就是觉得心里不服，鼓着腮帮子说："上回我把话送到他嘴边，他都绕开了说，如今又想提亲，天下哪有那么便宜的事！"

袁老夫人失笑："真是小孩心性，好姻缘是经不得赌气的，他要是情场老手，早就哄得你高兴了，可这种人你拿捏不住，他能哄你，就不能哄别人？还得是郡王这样的人，本本分分，踏踏实实，答应了你爹爹的事，赴汤蹈火也要办到，你何尝见过他油嘴滑舌，和你诉半分苦？越是这样的人，你越不能欺负他，互相试探太多，慢慢就错过了。"

错过了……已经错过一回，她不想错过第二回。

上房伺候的人见她颓丧得很，大家都不怎么敢说话，个个眼巴巴地望着她。

明妆到这时才想明白外祖母的话，直起身问商妈妈："沁园的贺礼，替我送去了吗？"

商妈妈说："是，后日定在杨楼置办酒席，因仪王祸乱的事刚发生不久，不能大肆办宴，只邀了平时熟络的亲友宴饮，说是朝中同僚的贺礼都婉拒了。"

明妆颔首："是应当这样，声势太大，恐怕禁中不高兴。"说罢笃笃点击着桌面，沉吟道，"后日……后日……"

午盏道："小娘子后日去吗？"

明妆将落在桌面上的一朵小茉莉捏在指尖，说："去，正好我还有件事，要当面向李判讨教。"

第二十九章

女孩子的心思总是多变的，一会儿不肯见其人，一会儿又要去赴宴求证。其实大家都看得出她的纠结，只是不便点破罢了。反正眼下还未正式和汤家定亲，小娘子心里喜欢哪一个，还有可斟酌的余地，一切由她吧。

这一晚，明妆伴着茉莉的香气入眠，第二日起身又是个大好晴天，刚梳妆完毕，就听见外面传来轻快的脚步声，一路到了门廊上。

烹霜从槛外迈进来，笑着说："小娘子，街市上都传遍了，说今日朝会，官家当众宣读了册立太子的诏书，你猜册立的是谁？是高安郡王！这下汤小娘子就成了太子妃了，小娘子瞧，这是多大的福气！"

明妆早就知道，因此并不觉得意外，不过先前不好透露，现在终于可以正大光明地为芝圆高兴了，忙命人传话给锦娘，准备几样芝圆最爱吃的小食，回头给她去道贺。

芝圆怀上身孕，但脉象有些不稳，大夫要她坐胎，连地都不让下，因此这段时间几乎闭门不出。仪王出事后，她曾派身边的嬷嬷过来看望明妆，许诺只要胎一坐稳，即刻就来见明妆。明妆也去看过她一回，但怕扰她清静，只逗留了一炷香就辞出来了。

今天是个好日子，说不定她能得特赦，想来上半晌登门的人肯定很多，待到下半晌再去，彼此能够不受干扰地坐上一会儿。

女使得了令，出去承办，商妈妈放下手里的梳篦，将妆盒仔细收拾起来，笑着说："汤小娘子真是个有福的，看她平时什么都不计较，殊不知这叫有福之人不用争，自有老天眷顾。咱们小娘子呢，将来背靠大树好乘凉，结不结亲另说，光是凭着往日的交情，也够在这上京城里自在活着了。"

明妆笑呵呵地说"可不是"，在上房等不及，亲自去厨房看锦娘做点心。中晌寥寥用过饭，便携上食盒往郡王府去，到了门上照样无需通传，引路的婆子直把人引进内院。进门就见芝圆打扮得停停当当在榻上坐着，一看是她进来，顿时大松一口气，起身牵了她的手坐下，喋喋不休地告诉她，今日自己有多忙，见了一拨又一拨的命妇，笑得脸颊都快抽筋了。

明妆忙给她揉了揉，笑道："太子妃殿下辛苦了，让我瞧瞧，眼见脸颊都小了一圈，不吃两盒点心，怕是补不回来。"说完忙招呼午盏，把食盒送上来。

芝圆揭开盒子一看，里面摆放着各色的小点心，精美异常。她挑了个做成兔子状的沙馅水晶饺放进嘴里，啧啧赞叹着："锦娘的手艺就是好，要是她在我府上，我怕是要被她养成个大胖子。"

屋里一本正经坐着是会客，挪到后廊上边吹风边聊天，那才是叙旧。于是两人让人连点心带熟水都运到后面去，舒舒坦坦半依着鹅颈椅坐下，外面烈日炎炎，后廊上因有穿堂风，异常凉爽。

明妆臂上挽着的檀色画帛在膝边随风轻漾，耳边一点翠玉坠子印着白净的脸颊，就着天光看，像仕女图上端庄的美人。芝圆吃着点心，欣赏了半晌，由衷地说："你要是当真能嫁给我哥哥，我们两家并成一家，那该多好！可惜你们都有各自喜欢的人，恐怕生拉硬凑在一起，彼此都不会高兴。那日阿娘来同我说，我又不好泼她冷水，更不敢把哥哥的心事告诉她，只好看着她瞎忙。"

明妆低头"嗯"了一声，说："就是怪对不起干娘的，我看她很高兴的模样，也不敢把实情告诉她。"

芝圆道："不用你说，让鹤卿去说，他自己的事，拖延到这个时候，我看他就是个缩头乌龟。"

芝圆对这胞兄一向一针见血，毫不买账，从小打仗打到大，虽然全心帮衬着，但不妨碍骂起来又凶又狠。

明妆笑了笑："可是这回鹤卿哥哥帮了我大忙。"她将姚娘子托付周大娘子说合亲事，鹤卿又如何试探李判的经过告诉了芝圆，"真的，我这颗心因为那个人，一直悬着……"说着拿手在喉头比画了一下，"悬在这儿，好像没有一天是踏实的。昨日从鹤卿哥哥那里得了消息，晚上倒睡了个好觉，你看我，精神是不是好多了？"

芝圆立刻煞有介事地端详她："哎呀，脸都放光了！"说着笑起来，"恭喜你啊，就要如愿以偿了。其实那时候总听说郡王给易爹爹扫墓，我就觉得这人可堪依托。现在你们要是真能成，那后半辈子可要蜜里调油了，他一定拿你当宝贝一样珍爱着，你以后就是上京最幸福的小妇人！"

明妆红了脸："什么小妇人，八字还没一撇呢。"

芝圆大手一挥："要一撇还不容易，拿出你虎门将女的气概来，从气势上死死压制住他，逼他说真话！我真是不明白，为什么这等深沉的人，说个爱字那么难？像四哥，肤浅得只要你看他一眼，他就酥倒半边，多恶心人的话都说得出口。"想了想，又笃定道，"我明白了，他一定是还没开窍，只要尝到甜头，就一发不可收拾了，一定是！"

明妆发笑，她一直很喜欢听芝圆说四哥的长短，嘴上抱怨着，不屑着，可那圆圆的脸上却笑得甜美。她探过去，牵住芝圆的手晃了晃："我的心事只有和你说，说出来就舒坦了许多。芝圆，你如今当上了太子妃，往后且要珍重自己的身子，要一直好好的，知道吗？"

芝圆看着她，小小的圆鼻子用力吸了一下："你放心，我会长成一棵大树，把你罩在我的树冠底下。其实四哥要册封太子的事，我早就知道了，还曾愁得几夜没睡好呢，心里有点难过，他将来会有几十个小老婆，我要见他一面，还得去别人房里挖他。不过后来想想，也就想开了，反正他初一十五必须在我身边，我有什么话,趁着那两日和他说了,余下的日子不见他,我还清静呢,荣华富贵享之不尽,要男人做什么!"

芝圆就是芝圆,永远现实又清醒,这样的人不会自苦,也不用担心把她圈在禁中,她会有任何不适应,因为她就是在禁中长大的,就算那是个大笼子,她也能把这笼子装点得漂漂亮亮,在里面混得风生水起。但顺着她的念头想,未免太悲观了。

明妆道:"你还是要相信殿下,他这么爱重你,不会让你受委屈的。"

"别人让你受委屈,那是假委屈,自己让自己受委屈,那才是真委屈呢,我像是会让自己委屈的人吗?"芝圆说罢咧嘴一笑,开怀道,"不谈这个了,大夫今日给我看过脉象,说胎已经坐稳了,我只要小心些,不跑不跳,就能到处走动了。"

明妆把视线挪到她的肚子上,惆怅地说:"以前咱们曾约好互认干亲的,这回你一下蹦得这么高,这亲还怎么攀得成啊?"

可不是,太子登基便是皇帝,皇帝的长子长女,好像也不兴认干娘。

芝圆却摸着肚子道:"照旧,这个就是你的干儿,你早就预定了的,还能改吗?不过你不成婚,做干娘是有点别扭,只要当上郡王妃,一切便顺理成章了。"

真真是小姑娘经不得撺掇,为了当上干娘,也要努力往前冲。

两人又说笑半晌,将到申时前后,太子回来了,明妆不便久留,彼此打了声招呼,便识趣地告辞了。

芝圆把她送到门上,一本正经地朝她举了举拳:"易般般,拿出你的能耐来!"

明妆颔首,又叮嘱她好生照顾自己,方登车返回界身南巷。

一切总得有个了断,芝圆的话闯进梦里来,反反复复叮咛了不下十遍,她牢牢记住了,自己是将门虎女,不是娇滴滴的闺阁千金,喜欢什么便去争取,为了此生不留遗憾,也为了当上芝圆孩子的干娘!

鹤卿倒是绝对尽职,为了刺激李宣凛,不遗余力地"发光发热"着。第二日傍晚时分,他依约而来,耐心等着明妆梳妆打扮,隔着一重竹帘不紧不慢地和她闲谈:"本来不是说在家设宴的吗?别不是为了不顺我的意,特地改到杨楼去了吧?"

第二十九章

明妆有一搭没一搭地应他:"酒楼里多热闹,有赶趁献艺,听说今日还有宋娘嘌唱呢。"

鹤卿一听很有兴趣,宋娘是上京新近崛起的伶人,一般出入于王侯将相府邸,很少公开献艺,今天能在杨楼登台,倒是可以一饱耳福。于是他催促明妆:"好了没有?时候差不多了。"

明妆说好了好了,从里间走出来,这一露脸便让鹤卿惊艳,只是不好意思直接夸赞,挺了挺胸道:"和小娘子一同赴约,汤某觉得很有面子。"

明妆不理他的油嘴滑舌,招呼他快些出门,从御街一直往北,抵达杨楼街,这里是州北瓦子最繁盛热闹的去处,渐渐人声鼎沸,客来客往。坐在车里的明妆忍不住打帘朝外看,路边的小摊和沿街的走卖,组成一个热闹的烟火人间。卖糖人的老婆子朝着车窗内的她招呼:"小娘子,买一个杨贵妃吧!"明妆笑着摇了摇头。

马车穿过人潮继续向前,那座气派的酒楼早就从暮色中凸显出来,每个翘脚飞檐上都悬挂着红栀灯笼,人从底下经过,便沐浴进一片柔旖的胭脂水色中。

杨楼前有专事负责引路的过卖,把马车引到一片相对空旷的去处,便于贵客们上下。鹤卿站在车前等着明妆下车,视线早就溜向杨楼正门,盯着迎客的李宣凛直发笑:"嘿嘿……你猜他有没有发现咱们?"

明妆顺着鹤卿的视线望过去,即便隔得很远,也让她心头惶惶。可现在不是忐忑的时候,她振作一下精神,掖掖衣襟,又拂了拂鬓边的发丝,深深吸上一口气,道:"鹤卿哥哥,咱们过去吧。"

于是鹤卿踱着方步,带她走向杨楼大门,门前的李宣凛仿佛早有感知,即便街市上行人如织,他还是一眼看见了那个让他魂不守舍的姑娘。

也许是几日的避而不见,让他生出一丝陌生感,如果她在他印象中是茉莉,那么今日就是秾艳的桃李。是因为汤鹤卿吗?因为身边的人让她心生欢喜,所以便和往日不一样了。李宣凛心头酸苦成一片,但面上仍浮起淡淡的笑意,强撑着向来人拱了拱手。

鹤卿也将讨厌发挥到了极点,夸张地笑着,还礼道:"我们来晚了,没办法,姑娘家梳妆就是慢，还请郡王担待。"

李宣凛微点了点头，目光划过明妆的脸，还如往常一样滴水不漏，体恤道："堂下喧闹，临河的酒阁子清静些，我让人引你们过去。"

明妆随口应了声好，连瞧都没瞧他一眼，对着鹤卿巧笑倩兮："鹤卿哥哥，走吧。"

她错身走开，李宣凛站在那里，只觉心头破了好大一个洞，酸楚浸入里面，痛得难以言喻。

然而他没有自愈的时间，往常宴饮的朋友拉帮结派一道光临，他只得打起精神应付，仿佛刚才的一切只是小小的一恍神，过去了，就暂时忘记了。

杨楼内的宴饮，还是男女不同席，因李宣凛没有成家，女客那里便由他母亲代为宴客。姚氏待人接物还是十分周到的，虽是妾室出身，但母凭子贵，到了今日，早就比上京大多数贵妇更体面了。

如今她算是撇开唐大娘子，自己出来独当一面，临出门又拽上了家主。李度这人，离开唐大娘子便还有救，隔着两个酒阁子都能听见他热络招呼宾客的嗓门，欢喜且骄傲地说："多谢多谢，多谢贵客们赏脸参加小儿的筵宴，今日一定开怀畅饮，咱们不醉不归。"

姚氏这头正忙着吩咐女使给贵妇们斟酒，女客不像男客那样豪爽，一杯玉练槌都要品半日，然后趺坐着，听伶人唱杂剧："夜市千灯照碧云，高楼红袖客纷纷……"

待一个个都妥当招呼了，姚氏方在明妆身边坐下，含笑将姑娘望了又望，温声道："上次拜会过小娘子，后来竟一直不得机会再见，早知道……前几日就该过去看望小娘子的，有什么心里话，也早些对小娘子说了，不会像现在似的……"

明妆只作木讷，笑道："我每日都在家，姚娘子若是有空，可以上易园来坐坐。上回家中纷乱，没能好好招呼娘子，我也一直抱憾来着。"

想是姑娘矜持，明明知道她的言下之意是什么，却还是绕开了说。姚氏心里愈发失落，暗暗叹了口气，但尚不气馁，殷切地望着明妆问："听闻小娘子正与枢使府上议亲，眼下……定准了吗？"

几乎是战战兢兢询问，二郎的一生幸福就在明妆的点头或摇头间。自己的儿子自己最知道，他不是张扬的性子，从小因被唐大娘子打压，养成了什么都憋在心里的毛病。往漂亮了说，叫静水深流，很适合官场上周旋应付，但对个人感情，则是巨大的灾难，他不知道怎么表达，万般无奈唯有安慰自己，"只要她好，我就高兴"。

如果有人引领，一定不会是这样的，姚氏无奈地想，隐隐把希望寄托在眼前的姑娘身上。终于见她摇头，内心顿时雀跃起来，姚氏顾不得别的，一把抓住明妆的手，问："那小娘子怎么是同汤家公子一道来的？"

明妆见她急切，委婉地解释道："他是我干哥哥，知道我要来赴宴，顺道接我一同过来。"

姚氏的一颗心终于放回肚子里，连连道好，又怕自己过于直白，吓着人家姑娘，忙换了个含蓄的口吻，笑道："婚姻大事非同小可，是该好生计较权衡才对。小娘子，那日我去汤枢使府上拜会周大娘子，这事你知道了吗？"

明妆脸红起来，赧然点了点头。

姚氏一看她的模样，顿时有了信心，再接再厉道："小娘子，你与二郎相识多年，知道他的为人。他虽年长你几岁，但男人大些好，懂得疼人，将来一定会好生护着你的。我也不是自卖自夸，但我敢打包票，这世上没有一个男子比他更在乎你，还请小娘子不要只拿他当兄长，往远处想一想，往深了想一想，千万不要平白错过眼前人。"

明妆先前得知姚娘子提亲，也只是听鹤卿口头上说说，今日是实打实地当面提起，羞怯之余又平添了一份底气，心里也知道，这辈子大约除了李判，自己不会嫁给第二个人了，于是轻轻回握一下姚氏的手，道："我很感激他长久以来的看顾，姚娘子的意思我也明白了。"

多余的话她没有再说，毕竟女孩子家还是要自矜自重，但仅是如此，姚氏便已经心里有底了，低声直呼："神天菩萨，我们二郎有救了，小娘子是他命里的救星。"

明妆抿唇笑了笑，待姚氏又去招呼贵客时，抽身从酒阁子里退了出来。

这一排阁子是临河而建的，晚间的上京很闷热，但因有河风吹来，比起白日要凉快许多。檐下灯笼高悬，照得长廊之上影影绰绰，她站了片刻，余光扫见廊庑尽头有个身影在暗处站着，看那轮廓，就知道是他。

也不知他在那里等了多久，怎的连宾客都不招呼了吗？明妆转身望过去，他没有挪步，仍在阴影处站着，只有那青白玉的袍角被风吹拂，偶尔在光波下漾出一点涟漪。

廊庑尽头的阁子里没有点灯，想是常年包场的贵客去赴别人的宴，今日闲置了。明妆等了等，他不愿意过来，那就只有自己过去。

她一步步走向他，听得见自己震耳欲聋的心跳，但步履从未如此坚定。渐渐地，看清他的眉眼了，那幽深的眼睫低垂，不知藏了多少心事。

大约是因为尴尬，他苍白地辩解："阁子里人多，还是外面凉快些。"

明妆没有应他的话，直愣愣地问："你昨日为什么送那些东西过来？"

他分明踟蹰了下，道："正好出城巡营，回来的路上看见有人设摊……"

"还买花？"

他愈发局促了，半晌点头道："我看那花很好……"

可惜她不领情，蹙眉道："好什么？香得我一晚上没睡着！"

她从未这样和他说过话，语气里透出许多困扰和不耐烦，他的心沉下去，隐约知道了结果，她应当是很重视汤家这门亲事，所以彻底打算与他划清界限了。可他连叹息都不敢，沉默良久，只说："对不起，我不知道你不喜欢茉莉花。"

对面的人好像更生气了，尽管压着嗓子，声调依旧微扬，诘责道："你还让你母亲去了汤府，托我干娘做媒，是吗？"

如果这里有个地洞，他八成会毫不犹豫地钻下去。终于，最令他绝望的情况出现了，他一直担心她知道真相，恐怕连朋友都做不成，现在果真如此，他已经不知道该怎么应对了。

他试图挽回，但修补不了破碎的嗓音："小娘子，我没有恶意，我只是……"

"只是不小心生出了非分之想，是吗？"

昏暗中，他的眼睫仿佛蒙上了严霜，沉重得再也抬不起来，极慢地点头道："我知道不应该，都是我的错，我让你为难了。"

"李判，你有时候真可恨！"她咬牙切齿地说，"为什么要惊动你母亲？为什么要惊动我干娘？难道你自己不长嘴吗？"

他羞愧不已："我不想慢待了你，既然要提亲，就该郑重其事，三书六礼。"

"你从来没有问过我的意思，怎么知道我答不答应？"她负气道，说罢又漠然地打量他一眼，"还有，你不知道自己很高吗？这样直挺挺站着，我有话要说，还得仰着脸望你。"

他已经没了指望，也做好了最坏的准备，颓然低下头，准备听她发泄愤懑。

可她的手却捧上他的脸颊，在他错愕之际，在他唇上狠狠亲了一下："李宣凛，你如此轻薄我，不给我一个交代，对不起我死去的爹娘！"

第三十章

他惊得魂不附体，简直怀疑自己是不是在做梦，但那触感真实，香而软，是她的嘴唇。

一切发生得太快，像一场梦，他怔忡地望着她，那种不可置信的模样，仿佛自己受了暗袭。

明妆知道他惊惶，自己也惊惶，但这种事她已经肖想了好久，甚至偷偷在梦里演练过，他不知道罢了。果然和她想的一样，李判的嘴唇亲起来真是甜软，就像他的心一样，从来不会伤害她，从来温暖善良。

好在这地方不够亮堂，照不见她的脸，否则自己脸红的模样就要被他看见了，那半日的虚张声势都是假的，他会看出她的色厉内荏，多不好意思！自己能做的已经全做了，抛开姑娘的矜持，主动亲吻了他，他要是还不开窍，那就让他打一辈子光棍去吧！

但在这里细数衷肠，环境不对，毕竟有宾客来往，要是被人撞见，虽说男未婚女未嫁，但传出去也不大好听。

247

他欠她一场郑重的吐露心声,要好好说明白他这阵子的所思所想,自己做了这么大的牺牲,他怎么还呆呆的?真是太便宜他了!

他迎光而立,总算眼里浮起破冰的热望,急切叫了声"小娘子",想去牵她的手,可她却退后一步避开了。

她抬起一根细细的手指,朝他脸上指了指,意思是警告他不可声张。然后挽着她的缭绫披帛,若无其事地返回酒阁子,推门之前回头看了他一眼,什么都没说,弯腰进去了。

他站在原地,心底经过一场恶战,所有的负累都被她斩杀于剑下。他终于清楚地认识到,她也对他有意,一瞬间,狂喜充斥他的心,他想大喊,想大笑,想让全世界知道他的快乐。

明日就去下聘!他用力握紧双手,去他的仪王,去他的名声,他不过想迎娶自己喜欢的人,为什么要有那么多的顾忌?一旦打定主意,便再也没有什么能动摇他了,从最初的心慌气短到现在的回味无穷,只是轻轻触了一下而已,他连婚后的种种都想到了。

脸红心跳,浑身有使不完的劲,可惜这地方太小,不够他施展拳脚,他旋磨打转,冲着斑斓的汴河兴奋地挥了一拳,就是这种单纯的快乐,他觉得自己要高兴疯了。

然而大喜过后,又隐约生出一点酸楚,他的苦恋,是不是可以到此为止了?从今天起,他能光明正大地喜欢自己心里藏了多年的女孩子,不再拿自己当副将,可以用尽全力去爱护她,再也不让她一个人在这人世间挣扎。自己明明很心疼她,可为什么在这种人生大事上,竟要她来主动示好?现在回想,不免恼恨自己太懦弱,如果一早鼓起勇气对她说了,何至于让她一个女孩子放下身段!

"俞白⋯⋯"有人推开酒阁子的门吵嚷,"刚喝两杯你怎么就跑了?凉快够了来接着喝!"

一场天知地知的感情演变,就在刚才的夜幕掩映下发生了,谁也不知道他的欢喜。原本他很厌恶饮酒,更厌恶有人劝酒,但现在一切都变得很有意思,每个人也都很可爱。他发自内心地笑起来,朗朗应了声"来了",经过她所在的酒阁子前微微驻足,他知道里面灯火辉煌,他的身影投射不到窗纸上,但他希望她能感觉得到自己从这里经过,隔着门扉也在爱她,她独自去应付那些素不相识的贵妇时,可以不觉得孤单。

好心情让场面上的应酬变得更为尽善尽美,每位宾客都尽兴而归,鹤卿临走时朝他拱拱手:"多谢款待,等下回我与般般定亲,再请郡王来我家畅饮。"

李宣凛回了一礼,唇角勾出浅淡的笑意:"这话说得太早,对般般是种冒犯,还请汤公子慎言。汤公子请回吧,一路小心。"

鹤卿心道看这模样八成是翻身了,刚才出门吹风,怕不是白吹的。自己忙活半日,终于可以功成身退,幸甚幸甚。实在是般般托付,自己不能推辞,不然谁敢冒着生命危险在这封疆大吏面前嘚瑟,又不是活腻了。

"不困,牵我的马来!"他最后威风地喝了一声,小厮将马送到他面前,他翻身上马,潇洒地摇了摇马鞭,走了一程,忽然想起来怎么没送般般回去,待扭头寻找,发现易园的马车早就乘着夜色往御街那头去了。

李宣凛耐着性子送客,视线总不由自主地往南张望,身旁的李度拱手替他打点:"多谢赏光,招待不周,还请恕罪。"大概很不满于他的心不在焉,待把宾客送得差不多时,李度气恼地朝他呵斥道,"你这一晚上魂不守舍的,在做什么?要不是我替你撑着,今日这宴饮非办砸了不可。"

基于父子俩的相处习惯,通常说不了几句话就会呛起来,但今日竟奇了,李宣凛向他做了一揖:"多亏父亲了。"说完再没逗留,接过七斗送来的马缰,二话不说便策马南奔。

李度简直有点傻眼,怔愣过后气呼呼地冲着赶来的姚氏吆喝:"他就这么跑了?还有没有点规矩?账结清了没有?"

姚氏嫌他现眼,直皱眉:"他府里的管事自会善后,你还怕他办宴不结账吗?"见李度又要挑剔儿子失礼,姚氏忙把他的嘴捂住,"郎主,你想不想让他娶新妇?想不想抱孙子?"

李度一思量,果然安静下来,点了点头。

"那就多多包涵吧!"姚氏说着,心满意足地掖手微笑道,"你不知道咱们二郎有多难，这回总算成事了，咱们回去也要准备准备，想是用不了多久就要办婚宴了。"

一匹快马到了易园门前，门前没有马车的踪迹，想来她已经入园了。他顾不上拴马，急急闯进门，结果在门口又遇见马阿兔和任嬷嬷的阻拦，马阿兔万分为难地说："对不住啊郡王，我们小娘子发话不见外男，所以不能让您进去。"

李宣凛有些恼火："我算什么外男！"

统领万军的大将，雷霆震怒着实让人心惊胆战，马阿兔被他一反问，吓得腿都有些站不稳，但作为一个尽职的门房，必须贯彻家主的命令，于是讪讪道："这样，郡王暂且等一等，容小人们进去通传。"说完朝着任嬷嬷直使眼色，任嬷嬷"哦"了一声，刚要转身进去，李宣凛却没有耐心等了，一反常态地蹙眉道："我有要事见小娘子，你们不必通传，要是小娘子责怪，我来替你们赔罪！"说罢一扬手，马阿兔被他扬了个趔趄，只得眼巴巴地看着他闯了进去。

"怎么办？这下报信也来不及了，小娘子不会生气吧？"马阿兔惶然看了看任嬷嬷。

任嬷嬷吃过的盐到底比他吃过的米多，瞥了他一眼道："人家郡王说了替你赔罪，赏你这么大的脸，你还怕什么？"

本来就是小儿女之间闹别扭，从上回郡王又是菱角又是花的，就知道是怎么回事了。这个古怪的困局，就得有人先冲破，一向守礼的郡王能打破沉闷，好事就不远了。

任嬷嬷回身朝内看，郡王的身影消失在月洞门，很快进了内院。

云翳遮住月亮，园子里错落燃着灯火，明妆小院前的滴水下挂着几盏灯笼，女使在檐下往来走动，他步履匆匆地闯进内院，院子里的人乍一见他，都吃了一惊。

煎雪"咦"了一声，问："郡王怎么来了？"

他没有理会，只问："小娘子在吗？"

女使们望着他，都有些纳罕，还是商妈妈从里间走出来，淡声应道："小娘子上跨院去了，李判想见她，就去跨院吧。"

他听了转身朝跨院奔去，连接两地的路径他早就回忆过千万遍，很短的一段路程，今日不知怎么回事，好像显得无比遥远。

终于看见半开的园门了，还是这样寂静森然的样子，门上没有守门的婆子，也许那些婆子又吃酒去了。他急急穿过去，终于在昏暗的天光下，发现了正屋的一星灯火。

他匀了匀气息，走到门前伸手推开门扉，几乎在迈进去的一瞬间，那星灯火忽地黯了，整个世界陷入混沌。好在月亮出来了，月光穿过半开的支摘窗，静静洒在莲花砖上，他就着微光看见她的身影，明明是小小的姑娘，却左右他的喜怒，蛮横地牵扯住他所有的思念。

先前她的话，自己没能赶得及回答，现在许诺也不迟，便道："我轻薄了你，愿以一生为酬，一点一滴补偿你。"他不敢莽撞，慢慢走近她，"般般，你原谅我的怯懦吧，我也曾痛苦挣扎，可我没有勇气，不敢向你坦诚，甚至每一次迎上你的目光，我都觉得难堪至极，我是个卑鄙的伪君子，一面装得大仁大义，一面却在暗暗觊觎你。如果有朝一日你知道我的想法，你会不会恨我？会不会再也不想见到我？所以我不敢尝试，因为我输不起。"

"真是说得冠冕堂皇。"对面的人寒声指责，"因为你输不起，所以宁愿眼睁睁看着我嫁给别人，你从来就不曾问过我，心里究竟喜欢谁。这次是因为你母亲的主张，才会把事情泄露到周大娘子面前，如果没有你母亲张罗，你在做什么？还在多愁善感？还在怕对不起我爹娘？"

他沉默了一下，说："是，我顾虑太多，仪王谋反之前我下过决心，若是事情妥善解决，就向你说出心里话。可是仪王伏法后，我又担心与我有牵扯，会不会令人背后议论你，说你早就与我有私情，里应外合谋算仪王……女孩子的名声太要紧了，我不敢冒险。"

浸泡在黑暗里的明妆忽然哭出来："可你还是没有来问一问我，是否在意被人背后议论，是否在意所谓的名声。其实我有了你，还要那些做什么？有你便什么都有了，你这傻子！"

他被她骂了，听见她的呜咽，再也支撑不住身躯，像渴极的人找到水源，不顾一切地迎上去，把她抱进怀里。

"对不起……对不起……"他用力将她纳进胸怀,用力填补心里缺失的那一块,颤声说,"不哭,不哭了般般……幸好还来得及,幸好你比我勇敢。这次之后,我再也没有什么可犹豫了,我知道你心里有我,这样我便有恃无恐,不会因自己的私欲羞愧,不会想要抱你的时候畏首畏尾。"

怀里的姑娘依旧大声抽泣,却没有再说话,微微挣了挣,挣出双臂,踮起脚尖,搂住他的脖子:"要这样抱着。"

他失笑,这是什么抱法,分明是孩子对大人的依恋。

明妆却喜欢这样,甜蜜地挂在他身上,像他身体的一部分。

"阿娘走了之后,就没有人这样抱我了。"她贴在他耳边说,亲昵地蹭了蹭他的耳朵,"我在商妈妈她们面前,想撒娇的时候还要顾忌自己的身份,我怕她们觉得我不矜重,全家上下都要依靠我,我不能再像以前一样了。可我也会累,累了就想有人这么抱着我,就像爹爹和阿娘小时候抱着我一样。"

他"嗯"了一声,微扬的声调好像有些不满:"你又拿我当长辈吗?"

"你是离我最近的人,可我知道你和他们不一样。小时候爹娘最亲,等长大了,你就变成我最亲的人,这样我就不会寂寞了,身边一直有人陪着,那多好!"她自顾自说着,气息咻咻地洒在他的耳郭,"可你总不说喜欢我,总不说要向我下聘,我心里好着急,你一点都不知道!李判,我早就不拿你当哥哥了,是你自作多情,非要做我哥哥,难道做我的郎子不好吗?我这么好看,还会掌家,哪里亏待了你,让你动辄退避三舍?"

这迷乱的夜,野火烧上身来,她在他耳边一递一声娇娇抱怨,他气息都有些不稳了:"是我不识抬举,我总觉得自己配不上你。"

他的自卑,有时候真是没来由。明妆说:"你如今是郡王了,好高的爵位,可以让我吃穿不愁,为什么还会觉得配不上我?你的胆子要大一些,喜欢我就要告诉我,你不说,我也不说,猜来猜去打哑谜,万一我果真嫁给鹤卿哥哥,那怎么办?"借着夜的掩护,明妆觉得自己真是大胆,原来情话说起来一点都不为难,那是堆在心里好久的秘密,一旦打破了,就源源不断流淌出来。"李判哥哥,爹爹真有先见之明,你来陕州就住进我们家,爹爹莫不是早就给我物色了你吧?只是看你不开窍，最后犹豫了，没有发话让你娶我，对吗？"

他被她的傻话逗笑了："原来我早就是上门女婿了，命里注定我该娶你。"

明妆又依偎过去，满足地叹息："是啊，芝圆说我将来一定是个快乐的小妇人，我也觉得是这样，因为我有李判。"她的足尖点在他的脚背，轻轻撼了他一下，"你说呀，你可喜欢我？我要亲耳听见你说。"

她这样稚气黏人，简直像孩子一样。他那颗不安的心终于沉淀下来，沉溺进这无边风月里，搂紧纤腰，郑重地对她说："我喜欢你，易般般，很喜欢你。"

她心里甜起来："有多喜欢？很多很多吗？"

他点了点头："很多很多，多到数不过来，多到胜过喜欢自己。"

这样表白才勉强合明妆的心意，女孩子总是喜欢追根究底，既然喜欢，就该说出个子丑寅卯，她又追问："那你究竟是何时喜欢上我的呀？虽然我时时刻刻都可爱，但在你心里，总有一个最可爱的时候吧？"

其实这个问题不用仔细回忆，因为印象太过深刻。他在一片迷蒙中，望着她的脸，唏嘘道："除夕那晚城楼前再见到你，我就知道大事不妙了。三年光景，足够让你长成大姑娘，可我心里一直把你当成孩子，直到那一日忽然看见你，亭亭玉立，在人群中那么耀眼，那一刻我就动了心思，盘算着第二日一定要去看看你。你瞧，这就是男人的龌龊心思，包裹在体面之下的不体面，今日全告诉你了，但愿你不会看轻我。"

明妆倒很喜欢他这样的坦诚，软软地偎在他的颈边感慨："这才是真的喜欢，是男人喜欢女人的那种喜欢……你不问问我，是何时喜欢上你的吗？"

他作势想了想，问："什么时候呢？被仪王关在城南，我来救你那时起？"

"不是。"她的嗓音变成小小的嘟囔，"是你把元丰立旗杆那回。我被他们欺负得厉害，你来帮我出气，抽出佩剑对祖母说，要送欺负我的人去见爹爹，那时候你就是我的英雄了。"

往前推算，好像都在很久以前便留了那份心，只是都不敢说出口，平白错过了那么多的时光，不过现在也不晚，无所顾忌地腻在一起，所有的亏空都填满了。

好欢喜，巨大的欢喜，这一整晚他都身在云端，仕途上的一帆风顺不过满足虚荣心，真要论打心底的充实，还是要靠身边的姑娘。他小心翼翼地搂着她，踩着月光缓缓摇曳，低下头与她贴得更紧密些。她很轻很软，顺从的模样，让他恨不得将她揉进骨血里。

明妆这才知道，原来相爱的人可以这样亲密，什么姑娘的端庄，在他面前都不要了，她就要这样放肆，这样孟浪，这样不成体统。

鼻尖与鼻尖隐隐相触，她瓮声问："你何时向我外祖母提亲？"

他因气息相接，心头大跳，说："明日，我怕多等一日，你会被别人抢走。"

她的嗓音压得太低，只剩气音了，带着一点小小的委屈嗫嚅道："好，我不会嫁给别人的，今生只嫁我的李判哥哥。"

云翳散尽的夜空，月光照亮斗室，他看见她半仰着脸，眼眸里落进满池星芒，微张的唇似在邀约……那一瞬，他的神魂都飞出去，只觉满世界都是她，她的唇齿眉眼，无一处不让他颠倒，他几乎要溺死在这十里柔情中。可他不敢吻上去，明明只有一寸而已，他竟下不了决心。

她微微扭动一下身子，道："李判哥哥，我今晚涂了新的口脂，这口脂是……甜的。"

只这一句话，整个人就燃烧起来，他带着她慢慢往后退，退到书案前，因他生得高，人便半坐上桌沿，松开紧扣她腰间的手，抬指抚触她的脸颊，然后顺势滑向耳畔，滑进她浓密的发间——小小的脑袋需要固定，固定了便逃不掉了。

他低头吻她的唇，轻轻地，不具攻击性地试探。他能感觉到她在微微发抖，窒住呼吸，浅尝辄止已经不够了，有太多的爱意不知当如何宣泄，两个人都横冲直撞，两个人都辨不清方向。

不知过了多久，他强迫自己清醒，依旧舍不得分开，依旧流连缠绵。他在那被他雕琢得莹润饱满的唇上又描摹了一下，这才低声赞叹："嗯……果然好甜。"

第三十一章

狠狠地亲过，就算已经定情了吧！

明妆张开双臂紧紧抱住他的腰，靠在他胸前听他剧烈的心跳。多好啊，原来李判也是有血有肉的人，只是以前包袱太重，太想做到最好，才忘了自己也有七情六欲。现在她经过不懈努力，终于将这块顽石撬动，刚才那一吻就像盖上了章，今后这人就是她的，绝不许别人觊觎半点。

至于李宣凛，自然与她是一样的想法，他抬起手轻抚她的脊背，一下一下，安抚小兽一样。

"与汤鹤卿的事，你若觉得难办，就交给我吧，我去枢使府上向汤夫人赔罪。大娘子走后三年，是汤夫人处处照应你，不能因为这件事，让你们彼此生了嫌隙。"

明妆仰头看他，尖尖的下巴抵在他的锁骨上，含笑问："你觉得愧对鹤卿哥哥吗？他都已经准备给我下聘了。"

李宣凛点了点头："先前送客，他还冲我炫耀，说亲事定下之后要请我赴宴。"

明妆笑得愈发狡黠："我在想，若是没有鹤卿哥哥这样急着给我下定，你是不是还会瞻前顾后，下不了决心？"

这回他倒笃定了，说："不会，这两日我过得并不好，议亲受阻，你又闭门不见，我心里很乱，连承办公务都无精打采。那日官家召我议事，我茫然听着，不知道他说了些什么，好在官家没有动怒，看了我半晌，语重心长地对我说，该娶一位夫人了，男人不娶亲，像浮萍没有根，被风一吹就乱了。"

说来惭愧，他竟表现得那么明显，连官家都看出来了。

明妆觉得很讶异："我常听人说，女子不成婚，没有儿女，才是浮萍没有根，你们男人也这样比喻，真是奇怪。"

他听后浅笑，用软软的耳语轻声说："哪里奇怪，我家里的情况你也知道，自小便不得宠爱，于我父亲来说，我这个儿子是多余的，连我孤身远赴陕州，他也没有多说一句话。如今就算建了府，挣了爵位，我的心还是没有归处，和浮萍有什么不一样？可是往后我有了你，你把我系住，让我生根，我就真正有了自己的家业，你看官家哪里说错了？"

"那……"她犹豫起来，"官家可知道我们的事？我先前与仪王定过亲，仪王刚过世，我们就走到一起，不知会不会让官家起疑，回头再针对你。"

他说："不会，你不必担心那个，仪王有反心不是一日两日，官家观察了他两年多，也早知道大将军的案子与他有牵扯，在这样的情况下，怎么将你们看作一对？所以迎亲定在七月，是因为料准他会赶在我去陕州之前起事，一旦事败，你们的婚事也就不成了。且官家在封赏你之前亲口对我说过，让你自行婚配，说明禁中不会干涉你的亲事。只不过禁中大度，咱们却不能招摇，自家办了就是。等到大婚时，仪王的事也过去了，到那时我再还你一个盛大的婚礼，让你风风光光出阁，好不好？"

明妆不是个小事上计较的性格，自然满口应承。说来说去，又得回到汤家这门亲事上，李判对汤家显然很愧疚，她也就不再捉弄他了，老老实实地告诉他："其实鹤卿有了喜欢的姑娘，但因两家早前有过节，这门亲事难得很，他也不敢同家里长辈说，所以干娘一向不知情。这回的事，是他有意替我试探你，要是没有他，你会想着给我买菱角和茉莉吗？"

李宣凛听罢，这才松了口气，在她鼻尖上捏了捏："你也学会和我耍心眼了！"只是怨而不怒，说完又优哉地盘算，"过两日我设宴单请他吧，好生谢谢这个大媒。"究竟一段婚姻，还是和和气气谁都不要伤害的好，一切的疙瘩解开了，便可以心无旁骛地相爱了。

　　他低头看看她，这样可人的姑娘，平时分明独立果敢，在他面前就小女儿情态尽显。他喜欢她软软依偎的样子，让他知道自己被她全身心信赖着，像那时在陕州官衙，她做错了事被大将军责罚，第一反应就是躲在他身后，学着银字儿里的唱词大喊"李判护驾"。

　　他们的渊源太深了，深得无法细数，深到渗透进骨髓里，想要拔除，只有割肉敲骨。但这样腻在一起的时光总是短暂，明妆依依不舍地松开他，倒有些不好意思，无措地抿了抿头，才发现发髻不知道什么时候松了，要是这样回去，怕是要让商妈妈她们误会。

　　"怎么办，这里可有镜子啊？"她四下望了望，室内光线不够亮，但也能看清各处陈设，男人住过的屋子，好像真没有菱花镜这种东西。

　　他见她着急，自告奋勇地说："我替你绾发。"

　　明妆很惊讶："你会绾发？"

　　他"嗯"了一声，道："我十二岁便入军中，这些年没有人伺候，事事都要靠自己。"一面说，一面拉她坐下，"不过姑娘的发髻和男人不一样，怕是不能让商妈妈完全看不出破绽。"

　　可是能嫁个会绾发的郎子，那也是人生一大幸事啊！明妆端端坐着，笑得心满意足："你就算替我绾个男子的发髻，我也敢顶着它回去。"

　　这就是不再对自己的情感讳莫如深了，用不着伪装，即使贴身伺候的人看出端倪，她也不管了。

　　但世上有一种人，做什么都能像模像样。你永远可以信任他们的细致，就像李判，虽然武将出身，却没有那种大而化之的鲁莽，他仔细拆开她乱了的那绺发，没有梳子，便以指为梳，慢慢地、小心地，在青丝间穿行，然后按着原来的纹理重新盘上去，连插发的小簪子都半点没有移位。

待整理好，仔细观察，背后看完看正面，月光正是那么巧，不偏不倚地照在她的肩上，将那精致的脸庞映照得如皎然明月一般。他看得有点痴，今天是全新的发现，发现以前的小女孩不见了，坐在面前的是一道人间绝色。他明明与她很熟悉，但每次看见她的脸，都有种初见的感觉，初见便生新鲜，便生出又一轮的腼腆。

"般般，我明明看着你，却还是想你。"他望着那张脸，简直觉得自己有病，好像思念成了习惯，怎么都改不掉。

明妆歪着脑袋思忖道："如何才能止住你的相思啊？"说完立刻会意，慢吞吞在他唇上又啄了一下，"这样？"

他心里开出花，乘胜又追上来，那样玄妙旖旎的耳鬓厮磨，这夜啊，是这辈子最美好的夜，连天上看戏的老天爷，他们都虔心地感激了一番。

可惜在这跨院蹉跎太久，就不成体统了，他只好拉她起身，贴着她的耳郭说："该回去了，黑灯瞎火独处这么久，商妈妈她们一定不安得很。"

她却有些意犹未尽，小声嘀咕："你今夜能住在这里多好！"

他听后顿了顿，浓重的鼻音晕染出一种过分暧昧的情调，在她心弦上拨动了一下："等成婚后，我每日都住在这里，住一辈子，再也不走了。"

她听了，欢天喜地道："那可真成了倒插门的郎子了，我爹爹和阿娘平白得了个儿子，一定很高兴。"

其实沁园离这里那么近，出嫁还是入赘没有区别，只是人生玄妙，转了一圈，才发现两人之间一切早就就绪了。

从跨院迈出去，又是崭新的天地，夏夜的树木很喜人，走过无数遍的园子今夜也特别迷人。他们牵着手走在小径上，穿过月洞门，远远见院门上有人等候，心里知道该放开了，却还是依恋着，直到越走越近，近得足够让人看见了，才不情不愿地松开手。

这回连反应一向慢半拍的午盏都明白了，没有立时迎上来，憋着笑，看了商妈妈一眼。商妈妈垂下的手在袖中扒拉了午盏两下，装得若无其事般，慢悠悠转进院内去了。

第三十一章

看来还是被发现了,两人交换了下眼色,都有些讪讪。月上中天,到了人定的时候,明妆道:"快些回去吧,明日官家视朝,五更就要出门了。"

他嘴上说好,目光却眷恋地在她眉眼间流连,下了好大的决心才向后撤了一步:"你也进去歇着吧,等我散朝就来提亲。"

其实提亲不是简单的事,需要筹备的东西也多,一日之间全部办妥,实在是有些赶了。明妆道:"不用那么着急,过两日也行,我就在这里,又不会跑了。"

可她不明白他的忧惧,战场上作战,他有的是耐心熬垮敌人,在面对两人的婚事时,他却连一天都不能等,害怕迟则生变,只要稍稍一恍神,她就会变成别人的。

然而他不好意思让院内的人看出自己的急切,于是让明妆放宽心:"我母亲已经替我预备了,该有的礼节一样都不会少。至于媒人,我去托付徐国公夫人,她替好几家婚过大媒,每一家婚后都很和美……"说着羞涩地笑了笑,"请她出面,图个吉利。"

终于啊,终于他要来向她下聘了,明妆心里欢呼,面上笑得矜持,颔首说:"好,一切都按你的意思办。"

他得了她的首肯,自然欢喜,含着笑,倒退着往园门走去,仿佛这样能多看她几眼。

她拢手站在那里目送他,认识他这么多年,从来没有见他这样意气风发。他脚步轻快,抛下一身少年老成,爱情来了,人生一夜回春。

午盏终于探出头,望着李判离开的方向,挪步蹭到明妆身边,压声问:"小娘子,李判是要来提亲了吗?你们已经谈妥了?"

见她赧然点头,商妈妈长出一口气,欣慰地说:"提心吊胆这么长时间,终于定下了。定下了好,否则一辈子不甘,就算嫁作他人妇,也会念念不忘。"

这是漫长凛冬过后最大的好消息,回到上房后,商妈妈便与赵嬷嬷商议起来,家里该添置些什么,以备小娘子成婚后用起来更顺手。

"褥子!褥子一定要多多筹备,一半放在易园,一半运到沁园。小娘子不是常嫌李判的床榻单薄吗?她女孩家身娇肉贵,那种军中的硬板床可睡不惯。"赵嬷嬷越说越欢喜，拊掌道，"哎呀，小娘子要与李判定亲了，照着我心里的想法，比当初与仪王定亲还要高兴。仪王虽然爵位高，却不是知根知底，最后闹成那样，险些带累了我们小娘子，到底靠不住。反观李判，多好，人忠厚，又懂分寸，将来成了婚，也如郎主对大娘子似的，还求什么呢？"说着怜爱地打量明妆，眼里闪出一点哀光，"大娘子要是还活着，那该多好，小娘子出阁时有母亲安排，省了多少心力！"

赵嬷嬷因是阿娘的陪房乳母，与阿娘的感情非常深厚，追忆起阿娘来，连带着明妆鼻子都有些发酸。她探过去拍了拍赵嬷嬷的手，道："我有你们，还有两位小娘，有大家替我张罗，我还担心什么？"

商妈妈怕赵嬷嬷触景生情，忙岔开话题："这是天大的好事，做什么伤心起来了？小娘子要与李判定亲，我真是高兴坏了，小娘子还记得上回鹤卿公子给打的皮子吗？先前还说给表嫂做卧兔儿，后来等皮子晾干，天都热起来了，没能送出去。这回正好派上用场，回头我给你量个尺寸，料着今年就能用上了。"

明妆红了脸："妈妈怎么想得那么长远？"

商妈妈笑呵呵道："哪能不长远打算，我都想好了，后日上州北钮家彩帛铺去订百子被。那被子要找十全妇人现绣出来的才好，从下定到绣成，少说也得个把月，不赶紧筹备，怕大婚时候赶不及。"

总之家中的妈妈和嬷嬷们这回是有事可忙了，明妆心里惦记的是另一桩，今日得给干娘一个交代，就这么闷头和李判下定，唯恐会伤了干娘的心。

于是第二日一早，她让赵嬷嬷上麦秸巷请外祖母和舅母们过来易园，自己则去了一趟汤府。甫一进门，周大娘子便知道了她的来意，把人迎进花厅后长吁短叹："终究是鹤卿那小子没有造化，平白错过了好姻缘。"

明妆自是不能把鹤卿的老底透露出去，什么时候同父母坦诚，那得让鹤卿做决定。自己呢，就算被干娘埋怨，担着就是了，因此只管低头致歉："还请干娘原谅我，不是鹤卿哥哥有什么不好，是我……我心里早就喜欢郡王了。那么多年的情义难以割舍，加上爹爹和阿娘过世后，他又一路帮衬着我，所以听说姚娘子托干娘提亲，我连想都没想，就偏向那边了。"

她很坦诚,半点没有遮遮掩掩,这也是她的难得之处。周大娘子看着她,遗憾之余又觉得欣慰:"好孩子,你倒是把责全揽在自己身上了,还在替那个不成器的鹤卿遮掩。他的事,册立太子那日芝圆全告诉我了,让我不能因私偏向鹤卿,硬把你们凑成一对。"说着悲怆而纳罕地摇头,"我真是想不明白,他喜欢谁不好,偏喜欢上信阳县君,那颍国公和咱们家有前仇,他不知道吗?如今可好,非拿热脸去贴人家的冷屁股,反正这事我不管,由得他去,他就算一辈子不娶,了不得我汤家绝后,我也绝不能向颍国公家低这个头!"

明妆没想到周大娘子竟有这么大的气性,忙好言宽解:"干娘千万不要说气话,这是何等大事,当真耽误了,将来会后悔的。鹤卿哥哥也同我说了,他和信阳县君是两情相悦,彼此都拒了家里安排的亲事。鹤卿哥哥倒还好,至多挨您一顿骂,过去便过去了,信阳县君是女孩家,她得要有多大的勇气,才能违背父母之命啊!以我的浅见,上辈的恩怨过去就过去了,不要因此断送了鹤卿哥哥的姻缘。如今枢使府今非昔比,颍国公宦海沉浮多年,不会看不清里面的门道,他们家等的,说不定就是咱们一低头。"

周大娘子的性子很耿直,好说话的时候分外正直,不好说话的时候则拧巴,拧得山路十八弯,明妆相劝的几句话她都明白,也毫不避讳地把心里话说了出来:"我就是不愿意低这个头。颍国公家那个天杀的小舅子,把鹤卿二叔的腿打断了,他二叔这会儿还瘸着,连门像样的亲事都说不上,这冤屈我们找谁去理论?那个祸首被流放岭南,实则是便宜他了,依着我们的意思,合该杀了他的头,才解我们的心头之恨。这样的两户人家,你说结的什么亲?全上京那么多的好姑娘,难道只信阳县君才能入鹤卿的眼吗?我就恨这不听话的杀才,偏和爹娘作对,弄得我们比吃了苍蝇还恶心。再者你干爹那样的脾气,三句话不对,没准就要和颍国公打起来,你说这亲事还怎么谈!"

明妆也有些无奈:"这件事不要惊动家主,后宅也能办妥,干娘为着鹤卿哥哥,与颍国公夫人好好说说吧。"

"那妇人⋯⋯"周大娘子不屑地撇嘴,"小肚鸡肠得很,流放的是她兄弟,原就咬牙切齿地恨咱们,这回还不得了势狠狠扳回一局?"说罢摆了摆手,"罢了,不谈这些了,你不能做我家媳妇,我心里虽觉得遗憾,但你能嫁给丹阳郡王,我知道他一定会善待你,到底也放心了。他可同你说了,什么时候过定?"

明妆难堪道:"我昨日逼他说了心里话,他今日就要来下定了。"

周大娘子吃了一惊:"是个急性子,想是怕到手的媳妇飞了,可见是真的将你兜在心里了。"她边说边让林嬷嬷准备起来,携了明妆道,"走吧,这样的大事,干娘一定要在场,好好叮嘱郎子几句话。你不知道,没有成婚之前,咱们最大,什么要求都能提,等成了婚就剩过日子,什么话都不了了之了。"

明妆忙应声说是,今日原本是来告罪的,没想到干娘愿意出席,真让她喜出望外。她携了周大娘子赶回易园,进门见袁家的女眷都来了,正坐在花厅里饮茶。大家对周大娘子家的郎子荣升太子一事充分表达了庆贺和艳羡,啧啧说:"这是做了几辈子的善事,积了几辈子的德,才有今日这等福气啊!"

周大娘子正要客气一番,忽然听婆子进来回话,说议亲的到了门上,正往前院抬聘礼呢。

袁老夫人和周大娘子一听,忙让人把明妆搀了进去。议婚有议婚的规矩,姑娘轻易不能露面,长辈们则可以趁着这个机会相一相郎子,断一断这门亲事的根底。

第三十二章

长辈们赶到前院去迎接，见郑国公家富态的樊大娘子正差人清点妆抬，眉开眼笑道："承蒙郡王看得起，今日托我来给县君下聘，这二十八抬聘礼可都是实抬，我还同姚娘子打趣呢，纵使人家嫁女儿，也未见得有这些陪嫁。"

一同前来的姚氏今日格外喜气，笑着说："不过是从后府运到前府，给自己长长脸罢了，不拘几抬，都是我们的一片诚意。"然后又向袁老夫人行了一礼，"原本今日不该是我来，但我实在是欢喜，也顾不上那许多了，请老太太见谅。"

袁老夫人忙说："娘子这是哪里话，你是郡王生母，这天底下没有人比你更该来的了。"嘴里说着，抬眼朝外望，竟没有看见那位郎子，便纳罕地问姚氏，"怎么不见郡王？可是公务上忙，抽不出身？"

姚氏说："哪里，今日这样要紧的事，纵使再忙，也要撂下，公务又办不完，娶妻一生可只此一次……"话还没说完，便朝门外指了指，"瞧瞧，这不是来了？"

进门的李宣凛穿着一身皦玉的襕袍，因是郡王的爵位，那通臂的袖襕与膝襕绣得繁复，在日光下闪出细细的碎芒。他原本就生得一副芝兰玉树的相貌，今日仔细收拾过,发髻端端束着,戴着紫金的发冠,照着老人家的说法,年轻人不拘男女,鬓发就要利落,越是利落,人越灵巧,福气也越好,单从这点来看,他就符合长辈们择婿的要求。只不过他手里提着两个老大的食盒,倒让人有些摸不着头脑,小厮在后面双手空空地跟着,看样子也不像落下的聘礼呀。

大家面面相觑时,他迈进门槛到了堂上,年轻的脸上带着腼腆之色,把食盒交给两边女使,拱手向众人行礼,对袁老夫人道:"般般爱吃蛮王家的乳糖真雪和樱桃煎,我听说今日新到了一批南地樱桃,所以在那里略等了片刻买上几份,也给长辈们佐茶消遣。"

这样一说,众人立刻便对这郎子的体贴大加赞赏,不是送来二十八抬聘礼就万事大吉了,人家还将般般的胃口放在心上呢。嫁汉嫁汉,穿衣吃饭,郎子知道你爱吃什么,要紧时还记得给你捎带上一份,那么将来过日子准错不了。别以为这细微之处可以忽略,多少汉子和妻子一床睡了几十年,都不知道妻子的喜好和忌口,至少就这点来说,这位郎子便已经胜出那些油腻的老女婿一大截了。

"快快……"袁老夫人张罗道,"取一盒送进内院去,另一盒打开大家尝尝,不要辜负了郡王的好意。"

一份份拿荷叶小盏承托的樱桃煎送到每一位手上,这场议婚的仪式不像谈判,忽然就有了家常的温馨。周大娘子笑着说:"我今日原是打算来好好嘱托郡王,往后一定要好好待我们般般,现在是吃人的嘴软,还有什么可说的!"

大家都发笑,细想之下果然如此,这样周到的郎子,再多的嘱托都是多余的,人家心里都知道。

李宣凛的反应绝对机敏,立刻便向周大娘子拱手:"请干娘放心,我与般般年少时便相熟,这些年风风雨雨一起经历过许多,我对她的情义,不单单是今日求亲这么简单。若长辈们信得过我,将她交给我照顾,我定然一辈子不让她受半点委屈,老天可为我做证。"

大舅母萧氏一听便称心,含笑对袁老夫人道:"郡王是领兵打仗的人,军中讲究一诺千金,今日既向长辈们承诺,老太太大可放心了。"

袁老夫人也喜滋滋地点头:"那日太子与太子妃大婚,我在婚宴上倒是远远见过郡王一面，只是碍于当时不便，没能好好说上话。今日大家是为着这门好姻缘碰头，不瞒列位大娘子，我真是十分中意，往后我们般般有依靠了，我再也不必为她日夜悬心了。"

樊大娘子一听这话，顿时喜笑颜开："我就说有福之女当入鼎盛之门，这样好的姻缘，哪里还用得上我这媒人好话言尽？大家坐着喝喝茶，吃吃点心，婚事就定下了，这可算我保的最轻松的一桩大媒了。不过咱们有言在先，日后大婚和孩子百日宴上，我可是要坐主桌的。"说着转头望向李宣凛，"郡王，这事咱们就说准了。"

李宣凛自然应道："好，我们也借着公爵夫人的福绥，绝不敢慢待夫人。"

樊大娘子满意了，又偏身对袁老夫人道："既然两家都合心意，不妨把小娘子请出来。反正都是自家人，没什么不好意思的。"

袁老夫人吩咐身边的仆妇："快进去传话，让小娘子出来相看郎子。"

袁老夫人是绝对懂话术的，即便再合心意的外孙女婿，也绝不自贬身价，说什么拜见婆母之类的话。让小娘子出来，是相看郎子，而不是让郎子相看，袁家的姑娘们说合亲事时都是这样的姿态，不去上赶着巴结，将来在婆家也不会受人冷眼。

等明妆露面的时间，众人照旧饮茶吃点心，樊大娘子感慨："当初易园建成那会儿，我们夫妇还来吃过席呢，这么多年，园子保存得还这么完好，可见小娘子不容易。"

袁老夫人说："是，我们的孩子，算是多灾多难的，少时吃了好些苦，就指着找个可心的郎子，将来让她太太平平度过余生。"

"眼下好郎子可不就来了？不光太太平平，还要风风光光。"樊大娘子说话间又看了郡王一眼，见他正急切地望着门上，遂笑着对袁老夫人道，"老太太，若是没有异议，我看尽早把婚期定下吧。早早迎亲，两家都了了一桩心事，只等来年抱个大胖小子，老太太又要做曾外祖母了。"

袁老夫人颔首："回头瞧个好日子，说办就办了。"

这里正商议着，外面女使通传，说小娘子来了。大家朝门上看，见姑娘穿着春辰的半臂，底下配凝脂的裥裙，胸前太一余粮的绣带，绣带底下有银铃坠角，每走一步都有袅袅铃音。进门倒也不显得小家子气，先向堂上的长辈见礼，然后望向起身的李宣凛，两人视线相交，便腼腆地低下头，唇边抿出玲珑的甜盏子。

这下还有什么可说的，大家看在眼里，心领神会。姚氏心中的大石头终于落地，婆母看儿媳，也看出了点点泪意。

二舅母黄氏见她眼泛泪花，温和道："姚娘子往后就放心吧，只管踏踏实实的，儿孙自有儿孙福，将来你且等着坐享天伦就是。"

姚氏说声是，隐去唇边的苦涩，今日是大喜的日子，不该向人诉苦，但这些年的艰难自己知道，如今总算修成正果，只要孩子一大婚，自己就等着抱孙子——抱孙子啊，真真是做梦都要笑醒。二郎今年二十五了，合该给家里添个小人儿，自己日后有儿有媳有孙子，这辈子没白活，在唐大娘子手里受的委屈，便都不值一提了。

既然相看对眼，就正经过礼吧，聘礼放在院中让长辈们过目，女家首肯之后回鱼箸，小娘子也要向郎子赠礼，送上罗帕与荷包。明妆到这一刻才敢确定自己许了李判，与上回同仪王定亲不一样，这回是真的入心，真的天遂人愿。只是碍于人多，两人不便说话，但只要一个眼神，就能明白彼此心里的欢喜。

大礼终于过完，姚氏看看一对佳儿佳妇，脸上尽是笑意。

樊大娘子打趣道："婆母都高兴得合不拢嘴啦！"

姚氏说："可不，眼下婚事定准了，我也敢同亲家说心里话了。二郎的婚事，早前我们大娘子没少操心，可我就是瞧着般般甚好，加上二郎对她一往情深，我们做父母的还求什么，只求孩子美满，就是我们的福气了。"

袁老夫人自然也要客套应承："可惜我那女儿走得早，般般没有母亲照应，孩子苦得很。待出了阁，有婆母疼惜，也算苦尽甘来了。"说着牵住姚氏的手，嘱托道，"亲家，我的般般，往后就有赖郎子和姚娘子了。孩子年轻，若有什么不足之处，请娘子同我说，我来管教她。"

袁老夫人是个含蓄的人，虽未直言外孙女不需外人管教，但姚氏立时就听明白了，忙道："小娘子是个周全的孩子，既入了我家门，我拿她当自己亲生的女儿一般,老太太只管放心。"

有了这样的表态,袁老夫人也遂心了,周大娘子方与姚氏笑谈:"还是姚娘子比我有福,咱们两家一同相准了孩子,最后花落你家,我啊,真是眼红得很呢。"

姚氏道:"我那日莽撞登门,大娘子公正,才有今日的好结果,我还要多谢大娘子成全。"

萧氏见大家相谈甚欢,忙着张罗起来:"我来时在梁园订了一桌席面,这等好日子,合该全家庆祝一番。过一会儿外子和二叔一并过府,陪着咱们李郎子好好喝上一杯。"

周大娘子道好,叫来身边女使:"回去一趟,看郎主到家没有,若是到家了,请他也过府来。"

女使应了,快步出门承办,女眷们也都站起身,打算挪到后面的花厅去。走了两步,见明妆和李宣凛还跟着,周大娘子发了话,摆手道:"你们上园子里逛逛去吧,等你干爹和舅舅们来了,我再打发人去叫你们。"

两人闻言顿住步子,赧然目送长辈们顺着木廊往北。大家都对这门婚事乐见其成,走上一程,不时回头瞧一瞧他们,说说笑笑间,伴伴穿过了月洞门。

明妆贴身的女使们见状,也识相地告退了,长长的木廊上只剩下他们,李宣凛此时才敢肆无忌惮地打量她,悄然牵住她的手,轻声道:"你今日好漂亮。"

明妆红着脸笑道:"因为你来提亲,我出来见人总要打扮打扮。"说着侧过脸让他看,"我画了眉,还点了口脂,都是上京最时兴的货,千金难求呢,好看吗?"

他的目光像水一样,在她脸上款款漾洄,抬起手轻触了触她的脸颊,说:"好看,因为我的般般生得美,才显出这些玩意儿难能可贵。回头让商妈妈和午盏去脂粉铺子,把余下那些也买回来,防着被人买空了,自己且囤一些,可以慢慢用。"

明妆笑起来:"你如今这么会说话,我听着高兴得很呢。"

他也有些唏嘘:"以前有满肚子的话,不敢对你说,现在我心里想什么,都可以无所顾忌地告诉你。"

两人牵着手,在廊上缓行,穿过重重月洞门,一重有一重的景。不知不觉走到西园,他偏头对她道:"我们去小祠堂,给大将军和大娘子上炷香吧。"

小小的院子里有婆子专事伺候香火,见他们进来,忙抽香点燃,恭恭敬敬呈献上来。

李宣凛持香在灵位前长跪,向上道:"大将军,俞白无能,近日方为大将军扫清冤屈,这份清白来得虽迟,但总算给了大将军交代,大将军也可瞑目了。如今邳国归顺,陷害大将军的奸人也已伏法,请大将军原谅俞白私欲,今日来向小娘子提亲。大将军临终时,曾命俞白看顾小娘子,俞白斗胆,想生生世世与小娘子在一起,还望大将军与大娘子成全。"他说着,转头望了明妆一眼,又道,"俞白虽不成器,但有满腔赤诚,一心一意对待小娘子。大将军与大娘子在上,俞白向二老立誓,此生不纳妾,不看小娘子以外的女子一眼,一辈子钟情小娘子一人。若有违誓言,罚我身败名裂,永坠阿鼻地狱。"

明妆听了,心里半是安慰半是惴惴,嗔道:"我明白李判的心,可也不必这样立誓,倒吓着爹爹和阿娘了。"说着提裙跪在蒲团上,双手合十向上参拜,"爹爹,阿娘,我在上京转悠过好几圈,看来看去实在没有比李判更好的郎子了。虽然他不善言辞,不会讨姑娘喜欢,愣头愣脑又大我好几岁,可我一点都不嫌弃他。我知道爹爹和阿娘最疼我,但凡我喜欢的郎子,爹爹和阿娘也一定喜欢,既然如此,那这门亲事就这样定下吧!请爹爹和阿娘在天上保佑李判哥哥官运亨通,保佑我们婚事顺利。爹爹的坟茔,李判哥哥已经派人去陕州迁回了,待得今年冬至,便将爹爹和阿娘合葬,了却阿娘的遗愿。"

这骄傲的小娘子,在告慰父母的时候还不忘取笑他两句,他笑得无奈,却甘之如饴。

两人将香插进香炉,并肩叩拜下去,今日禀告过父母,这门亲事就算真正定了,这才放心地从小祠堂退出来。

穿过西园,园中绿树掩映,景色比之东园更幽深。他牵着她的手,边走边道:"我与阿娘商量了,迎亲越快越好,若是定在下月,你可觉得太着急了?"

明妆并不吝于让他知道她的想法,手指在他掌中轻轻一挠,说:"明日就成亲,那才好呢。"

他被这细微的一个小动作撩拨得心浮气躁,抬眼一顾,随墙的月洞门后有一个小小的拐角,正能藏下两个人,于是想都没想,顺势一拽,轻巧旋身,把她抵在了墙上。

他像一座山,遮挡住她全部的视线,只看见他俯下来,缠绵地在她唇上轻吮,模糊地嘟囔着:"般般,我好喜欢这样……好喜欢你……"

明妆心跳如雷,暗道这老房子着了火,真有愈演愈烈之势。仿佛一夜蜕变,他变得这样有滋有味,暧昧、热情、慧黠、悟性极佳……甚至知道怎样的接触,能让她欲罢不能。

她忽然没了力气,紧紧扣住他的臂膀,却还是摇摇欲坠。他赶在她滑落之前扶住她的腰,在她耳边短促地一笑:"怎么了?小娘子上回的勇气去了哪里?"

明妆气喘吁吁:"你不要欺负我……"

他在她耳垂上轻轻一啃:"只许你欺负我?嗯?"

啊,就是这样,他学会了其中精髓,一个鼻音就让她心神荡漾。她压抑不住欢乐,惊叫道:"这样的李判好妙!"

他嗤的一声,徐徐在那玫瑰唇瓣上降落,嘀咕了句"小丫头"。

他喜欢与她亲密无间,虽然要花很大的力气,才能克制自己不去逾越底线……她年纪还小,太过轻狂会吓着她的,要慢一点,再慢一点……他也开始懊恼,为什么不能明日就成亲,再过一个月,太久了。

好半晌,他才放开她,抬指给她擦了擦唇:"怎么办?你的口脂没了。"

明妆却不着急,从小荷包里掏出一个小小的盒子,得意地朝他晃了晃:"看,我随身带着呢。"

他恍然大悟,促狭道:"原来小娘子不是表面看着那么天真无邪。"

明妆很无辜:"这是过来人教我的,说见郎子时,身上一定要带着口脂。我以前不明白,现在终于懂得她的一片苦心了,紧要关头果真能解燃眉之急。"

不用说,这过来人一定是芝圆,也只有她,会向明妆传授如此私密的小窍门。芝圆曾经一本正经地问她:"你知道那个爱慕你的男子,最喜欢吃的是什么?"

明妆不知道,摇了摇茫然的脑袋。

芝圆竖起一根手指,表情高深莫测:"你嘴上的口脂。"

喜欢吃口脂？明妆那时候觉得高安郡王八成是有病，口脂有什么好吃的？可是现在她终于懂了，原来不是高安郡王有病，是情到浓时的人之常情。

正因为有了这个锦囊妙计，李宣凛没有了后顾之忧，低头啄一口，再啄一口，食髓知味，无止无休。

可是不能忘了，花厅里还有长辈在等着，回头要是亲肿了，那就现眼了。明妆看准时机，好不容易抢出自己的嘴，挣扎着揭开小盒的盖子："暂且鸣金。"

她拿指尖蘸上口脂准备点唇，结果发现忘带菱花镜了。好在身边的人聪明，踝蹀带上有佩刀，拔出佩刀，刀身锃亮，正好能照出她的唇。

明妆小心翼翼地点涂好，仔细抿了两下，收拾好后相视一笑，光天化日的，彼此都有些不好意思。

看看时辰，料该开席了，便相携往花厅去。刚走下长廊就遇上了赵嬷嬷，赵嬷嬷道："贵客都来了，李判和小娘子快入席吧。"

原本男客女客分桌而坐，但今日花厅里架起了大长桌，袁老夫人笑着说："都不是外人，凑在一起热闹些。"

大家纷纷入席，两位舅舅并汤淳和李宣凛坐在一边，男人推杯换盏，自有他们的小天地。女客们也尝了新出的"琼花露"，这酒要渥了冰，吃着才更甜软。

席间女眷们有各自关心的话题，姚氏忙着和樊大娘子商议，上京哪一家的鼓乐吹弹得好，迎亲那日要用。汤淳见状，不由得想起自己的蠢儿子。

"我今日散朝特地留意了颖国公，那老匹夫想是知道了其中缘故，跑得飞也似的，不知道的还以为我要找他讨钱呢。"汤淳呷了口酒，叹息不已，"都怪鹤卿这小子不叫我省心，否则哪里要朝他丁家低头？我同你们说，眼下我真有些后悔，当初不该嘲笑那老匹夫，如今要谈及儿女婚事，恐怕那老匹夫要因此刁难。"

大家不明所以："汤公嘲笑他什么了？"

汤淳抹了一把脸，臊眉耷眼道："那老匹夫叫丁鹤立，我曾笑话他和我儿子是一辈的。"

这下众人都沉默了，可不是巧了吗？女婿和岳丈同是鹤字辈的，还真是一个别致的小惊喜呢。

第三十三章

汤淳摊了摊手:"这有什么办法?谁也没想到儿大不由爹,我要是早知如此,情愿把鹤卿送到幽州去念书,也绝不让他有机会遇上丁家的女儿。"

可是缘分这种东西,哪里说得清呢,像李宣凜与明妆,当时易云天带着家小远在陕州,命里预定的女婿人选还不是跋山涉水从上京赶到了陕州?几千里的路程都没能阻断这姻缘,幽州离上京才百余里,这就能让他们山水不相逢?也太想当然了。

周大娘子亦愁眉不展,叹了口气道:"这可怎么办呢,颖国公不是个好打交道的人,当年为了那桩旧怨,彼此就撂过狠话,这辈子桥归桥路归路,老死不相往来,这回再去和他家攀亲戚,反正我是没那脸的。"

在座的众人对这件事都束手无策,袁老夫人道:"孩子们的事,还是要让孩子们自己出面,既是想迎娶人家女儿,鹤卿少不得要受些委屈,长辈们不好放下身段,他是小辈,他可以。让他先去颖国公府上拜会,好歹拿出点诚意来,兴许人家看他真诚,答应了也未可知。"

周大娘子听了，颔首说："是，起先他想去来着，是我从中阻挠了一回，想着做什么要和丁家低声下气，不肯让他登门。现在再想想，实在没办法也只好如此，就算他被丁家打骂，那也是他自找的，我不心疼，明日就让他去。"

一旁的樊大娘子颇有大包大揽的气势："先让小公子过去，倘若颖国公家松了口风……"说着拍拍自己的胸口，"大媒在此，到时候我再替你们跑一趟，两下里撮合撮合，说不定好事就成了。"

周大娘子顿时大喜，连连朝樊大娘子拱手："大娘子这话当真？我就先谢过了。那咱们说定了，一客不烦二主，到时候请大娘子出山，有大娘子在，一定能保得这桩婚事齐全。"

樊大娘子道："我和颖国公夫人以前就认识，不过他们府里还是家主说了算，须得颖国公点头，这桩婚事才能成。"

万事俱备，只欠东风，周大娘子起先总在犹豫，到现在也下定了决心，只要鹤卿有能耐，就算仇家的女儿进了门，她也有容人的雅量，自会好好对待这个媳妇。

不过今日不是商谈鹤卿婚事的当口，一切还是以李宣凛和明妆为主，酒过三巡，姚氏与袁老夫人商议："亲家老太太，我心急了些，先让人推算了迎亲的日子，就定在下月二十二，亲家老太太以为如何？"说完唯恐袁老夫人觉得太急，忙道，"若是怕府里来不及预备，我们这头可以抽调出人手，一并过府布置，务求诸事稳妥。反正我们一应都以亲家老太太和般般的意思为重，若你们认可，便张罗起来，若怕时间太赶，不周全，那就再相看日子，推迟十天半个月的，也不打紧。"

明妆瞧了外祖母一眼，意思是听外祖母的。袁老夫人自然知道孩子们成婚的迫切心情，笑道："我们是女家，不过筹备嫁妆罢了，一个月时间足够了。倒是亲家要辛苦些，既要预备婚宴，还要筹备婚房等事，忙得很呢。"

姚氏赶紧说："不忙不忙，这是喜事，就算辛苦些也值当。真真是亲家好，什么事都有商有量，那就说定了，过两日便登门来请期，接下来咱们就一心筹备婚仪，只等着迎新妇过门了。"

第三十三章

大家喜气洋洋地举杯庆贺，虽然定亲没有闹得多张扬，但家中悄悄办了宴，该有的礼节一样都不曾少，对明妆来说，只要心愿完成了，就没有什么可挑剔的。

饭罢，大家移到亭中纳凉用饮子，男人们各有差事在身，内宅事务基本不过问，饮了一盏茶就纷纷告辞了。明妆送李宜凛到门上，他脚下踟蹰着，尴尬道："其实今日的公务，我已经全安排好了，衙门里也没什么要忙。我原是想着，下半晌可以留下陪陪你……"

明妆朝内望了一眼："长辈们怕是还要商量过礼事宜，你要是愿意，就一道坐着。"

他只好摇头："还是算了，女眷们说话，我坐在那里不合适，等晚些再来看你。"说着下了台阶，走上几步，回身向她挥了挥手，"快进去，外面热得很。"

明妆只是含笑望着他，看他走进日光下，披上一身辉煌。

还好张太美的马车立刻赶到，他躬身坐进车内，不忘打起窗帘向她挥手，脸上的笑意真是止也止不住，隐约浮起少年人的朦胧羞涩之感，看得明妆一阵恍惚。待马车走后，她对午盏道："我好像看见初入府衙的李判了。那回他第一次跟着爹爹回来，见了阿娘和我，就是这样笑着。"

午盏啧啧叹道："以前的李判老气横秋的，现在不一样了，像年轻人一样有朝气……"

话没说完，就招来了小娘子不满的抱怨："他本来就年轻，哪里老了！"

午盏直吐舌："好好好，李判年轻着呢，是我信口胡诌，小娘子别恼。"说完挽着她的胳膊往园里走，边走边道，"小娘子，你说奇不奇？郎主身边有那么多的郎将，少年从军的也不在少数，偏偏李判被郎主带回府衙借住。我想着，郎主不会早就看中他了吧？只等小娘子长大，就给小娘子做郎子。"

明妆抬眼望向廊外的长空，喃喃说："也许吧，爹爹和阿娘去得早，若是他们还活着，我与李判就不用经历那么多的波折，到了年纪，安稳地过定、成婚，就像上京所有女孩子一样。"

不过也正是因为有了那些波折，才让后来的情义变得弥足珍贵，如果一切来得太容易，就不会那么珍惜了。

明妆慢慢踱回廊亭,在亭外就听见长辈们议论得热闹,像迎亲用什么车马呀、红毡过不过门槛啊,简直事无巨细。想是念着她没有母亲,所以格外慎重些,明妆心里很感激外家,等樊大娘子和姚氏告辞后,便撒娇地抱住袁老夫人,把脸抵在外祖母怀里。

袁老夫人知道她的心思,感慨地搂紧她:"我的般般,往后都是好日子。早前你配仪王,说实话我也觉得齐大非偶,并不十分合适,但见仪王一副诚心诚意求娶的模样,也只好答应了。现如今你配俞白,这才是真正的好姻缘,不单是我,就连你舅舅、舅母们也觉得甚好,想必你爹娘在天上也觉得欣慰。"说着轻拍那窄窄的脊背,唏嘘道,"我的儿,这么小小的人就要出阁了,外祖母心里很不舍得。还有一个月光景,这段时候好生将养,女孩子丰腴些结实些,往后掌家好些烦心的事,有个好的身底,才能撑得住。"

黄氏听了笑起来:"老太太是过于担心了,般般十二岁掌家,就算添上郎子官场上人情往来的琐事,她也应付得了。"

袁老夫人一细想,不由得发笑:"可不是,我总拿她当孩子看,不知不觉她都这么大了。当年我也是这个年纪出阁,这么多年风风雨雨,媳妇熬成了婆,轮着张罗我的孙辈们嫁娶生子……光阴如梭啊,现在回想起年轻时候,就像昨日一样。"说罢放开明妆,捋捋她的发道,"郎子那头催得急,你自己要多费心思,看看缺什么短什么,预先准备起来。再者,我看你婆母很好,并不因儿子当上郡王而端架子,来提亲也是实心实意的,人家真心待你,你也要真心待人家。不过他们老宅里还有个大娘子,我听说为人不怎么宽厚,你们总有见面的时候,自己千万留个心,话头上也不能随意应承,记着了?"

明妆说:"是,那位唐大娘子上回来瞧过园子,话里全是机锋,确实不好相与,但瞧着她是俞白的嫡母,我也以礼待她。她要是好好的,我敬她是长辈,处处谦让些是应该的。可她要是想摆婆母的款,姚娘子才是我的正头婆母,我自然不会买她的账。"

袁老夫人颔首:"正是这样,咱们得礼不欺人,别人无礼若想欺我们三分,那是想都不要想。再说有俞白护着你,我是不担心你会吃亏的,眼下要想的是另一桩，易家那头，你可想过怎么安排？"

明妆倒是从未将此事放在心上："仪王坏事后，宜男桥巷老宅的人没有一个来看过我，问过我的吉凶。他们又像当初爹爹出事时那样，个个都躲得远远的，唯恐惹祸上身，不过隔了几日，爹爹的冤屈被洗清了，禁中也赏了我县主的头衔，料想他们已经知道了，只是错过了最佳的时间，现在弄得不好登门。我想着，这样的亲戚，断了就断了，所以这回议亲没有知会他们，日后大婚也不想让他们来，外祖母瞧，我这样做，失不失分寸？"

袁老夫人想了想，倒也赞同她的做法："这种逢着好事就巴结，遇见难事就退避三舍的亲戚，有也诚如没有，不必拿他们当回事。不过你要防着，他们早晚还是会登门的，怕是不容易摆脱。"

明妆笑了笑："反正早前撕破过脸，并没有什么情分可讲，他们要是不客气，不让他们进门就是了。"

袁老夫人点了点头："好赖家里也是做官的，不至于那样胡搅蛮缠。"说着朝外看了看，太阳已经歪到西边去了，早过了一日之中最热的时候，便招呼两个媳妇准备回家去，又对明妆道，"静好的婚期在你之后，定在九月里，你二舅母近来也忙着呢，我们这就回去了。那些琐碎事，外祖母先替你办着，若是你想起什么来，只管差人过麦秸巷传话。"临走又特地叮嘱一声，"沁园那头操办婚仪，咱们可以派人过去相帮，你却不能亲自过问，记着了？"

明妆含笑应道："有婆母在，我不能上赶着。我知道外祖母的意思，您就放心吧，我一定听您的话。"

袁老夫人这才带着两个媳妇出门，明妆要送，她抬手说："不必，今日你也累坏了，快回房歇着吧。你两位小娘不便出面，想必也在等着你，去把日子告诉她们，也让她们高兴高兴。"

明妆"哎"了一声，示意赵嬷嬷替她把人送出园子，自己沿着廊子回到小院，进门果然见两位小娘在前厅坐着，看见她回来，立时放下手里的杯盏迎上前问："怎么样？谈得可都顺利？"

明妆还未开口，商妈妈先替她答了，喜兴地说："好着呢，李判一心求娶，婆母也客气爽利,我们小娘子往后是不用发愁了,嫁得一个这么可心的郎子,还愁什么?"

惠小娘欢喜不已,拊掌道:"那就好,早前姚娘子往府里送过几回小食,看她做点心的手艺,就知道是个伶俐的人。再说他们阖家住在外城老宅,不和小夫妻挤在一起,小娘子上头没有公婆压着,好歹不必晨昏定省,光这一桩就甚合心意了。"

一旁的兰小娘想得更长远:"我那里有几匹绵软的好料子,一直收着舍不得用,这回我有事可做了,明日起就缝制些小帽子、小衣裳,防着明年要用。自己家里做的,比外头采买的干净,孩子穿起来也放心。"

大家一时都笑起来:"这才刚定亲,竟连孩子的衣裳都要预备起来了。"

兰小娘一本正经地说:"当然,只要成了亲,孩子还会远吗?咱们家门庭冷落多年,该当添些人口,好好热闹热闹了。"

这话说得对,也没有什么可避讳的,她愿意张罗便张罗,反正早晚用得上。

又闲话几句,人都散了,明妆到这时才有了喘气的机会,看看时辰,刚过未时,因夏日天黑得晚,就想着换了衣裳眯一会儿。临上榻前,她吩咐午盏一声,让厨房准备暮食,李判兴许要来用饭。午盏领命出去承办,上房外只剩两个小女使侍立,她支着下颔一阵阵困意袭来,不多会儿就睡着了。

白日梦,梦得很真切,梦里又回到小时候,也是这样炎热的天气,阿娘牵着她的手,在院子里的桃树下站了很久。她背上汗水涔涔,仰头问阿娘:"咱们站在这里做什么?"

阿娘两眼望着门外:"等爹爹回来。"

阿娘永远在等爹爹,爹爹出门承办公务、爹爹奉命开拔,若是有战事,提心吊胆等上两三个月都是常有的,可她从来没见阿娘抱怨过。阿娘总是带着笑,语调轻快地说:"爹爹回来,会给般般带好吃的。城外那片马场上,草养得极好,等爹爹到家时,咱们去那里饮马。"

小时候不明白,爹爹总不在家,她都有点不高兴了,阿娘怎么不生气。等长大了,才明白阿娘对爹爹的深情,除了耳鬓厮磨,还有守候。

梦做得很短，没有实质性的内容，最后也不知有没有等到爹爹回来，可就是沉浸在那种温情里，不愿意苏醒。隐隐约约地，感觉有人触她的脸，她睁开眼，看见李判蹲在她榻前，满眼温和的笑意，轻声道："今日果真是累了，一觉睡到现在。"

她这才发现天黑了，外面廊庑上已经燃起了灯笼，忙撑起身，揉着眼睛嘟囔："说好小睡一会儿的，没想到一下子睡过头了。"

她敛起衣裙下榻趿鞋，听见商妈妈在外面通传，说暮食准备好了，她扬声应了，牵着他的手引到外间。几支乌桕烛高高燃着，照得室内灯火通明，前厅的食案上饭菜也备齐了，姜粥配上蜂糖糕并几个糟腌、盐芥的小菜，上京的吃口基本都是这样，除非晚间赴宴吃席，家常夜里都以清淡为主。

两人坐定，明妆将筷子递给他，视线相交忽然有温情涌动，想来婚后就是这样吧，平实恬淡，没有太多的惊涛骇浪。

小小的食案摆放在席垫上，两人就着机子促膝而坐，一面用饭一面闲谈，李宣凛道："迎亲正值盛夏，恐怕要辛苦你了。我也想过干脆过了三伏再迎娶你，可是……实在等不到那个时候。我已经交代下去了，到时候多预备些冰，送进你院里来，迎亲的车轿里放上冰盆，婚房里也摆上几只冰鉴，这样能消暑，不至于太热。"说着赧然笑了笑，"不瞒你说，我现在根本无心办事，整日都在盘算筹备大婚，想早早回来见你。今日在衙门蹉跎了半日，苦恼天色暗不下来，没办法，只好去校场转了一圈，看那些新入营的班直打拳过招。"

明妆那双狡黠的大眼睛里露出光华，压着嗓子对他道："这种滋味我早就尝过了。那时你搬进跨院，我恨不得时刻守在门上等你，可又不好意思，害怕被身边的人看出来，回头笑话我。"

他听罢，脸上神色变得怅然："你也不会知道我有多少次站在易园外，隔着院墙拼命眺望这里。我想来看你，可我没有理由……偷偷摸摸喜欢一个人，真是全天下最要命的酷刑，尝过了就不敢再回望。我常在想，若是我能勇敢些，早点对你说出心里话，就不用受这么久的折磨了。"

但有些事就是要水到渠成，早了，火候不够，晚了，又显颓势，像现在这样，不早不晚刚刚好，酸甜适口，才回味无穷。"

明妆将小菜碟往前推了推，说："这糟黄芽做得很好，是锦娘专跟老家的人学来的手艺，比食店里的更爽口。"

他举箸尝了尝："有陕州的风味。"

明妆哈哈一笑："锦娘祖上就是陕州的，所以她做的菜色一向很合我的胃口，芝圆好几回跟我讨她，我都没答应呢。"

说起芝圆，不免想起鹤卿，李宣凛道："明日南衙有公务要与北衙交接，应当能遇上颖国公，眼下两衙往来很多，我和颖国公倒能说上几句话，等寻个机会敲敲边鼓，或许能让颖国公改观也不一定。"

明妆抬眼望了望他，笑道："你如今也有做媒的瘾吗？"

他说："哪里，既然抢了汤枢使夫妇看上的儿媳人选，总要想办法补偿补偿。只是不知成不成，姑且试试，他们两家有旧怨，要是没人从中斡旋，恐怕鹤卿连登门的机会都没有。"

那倒是，明妆还记得头一回在梅园见到信阳县君，那样端方的气度，几乎将一众贵女踩在脚下。如此出身，如此门楣，可见颖国公府并不等闲，即便汤家的女婿当上了太子，颖国公也不曾赏汤枢使半分情面，这样骄傲的人，想让他改变心意不容易，大约也只有借着公务便利，见缝插针地提一提了。

第三十四章

饭罢,女使进来将食案搬走,两人对坐着饮了一盏清茶,灯下看心上人,别有一番妙趣。

大概是觉得坐得有些远,他悄然挪过来一些,问她明日打算做什么。

明妆只做没有察觉,想了想,道:"有很多事要忙啊,预备大婚用的东西,还要量尺寸,做喜服。再者,爹爹和阿娘虽不在了,但也有往日相帮的亲朋,到时候咱们也得设宴款待,需要筹备的地方不比沁园少。"

他听了,很觉得愧对她:"要娶亲的是我,可内宅的事我一点忙都帮不上,一切都是你与阿娘在张罗。"

明妆笑道:"男女各有分内事,你没有让我操心官场上的纠葛,我们自然也不会要你过问后宅的鸡毛蒜皮。只是咱们的婚事连累了你母亲,让她不停往返于沁园和老宅之间,怪操劳的。"

说起母亲,李宣凛愈发惆怅:"我少时在家待不住,很小就入军中历练,等到稍大一些投奔了陕州军,直到上年才回到上京,这些年没有在我母亲面前好好尽过孝，现在却要她处处替我操心，心里实在很愧对她。"

明妆握了握他的手，道："做母亲的都是这样，她心疼你，愿意为你排忧解难，你要是样样避讳她，倒让她担心了。好在你往后不用再去陕州，有的是时间来孝敬她。我想着，到时候能不能把她接到沁园来住，她一辈子和唐大娘子搅和在一起，想必早就厌烦透了。"

李宣凛摇头："这事我同她提过，她问我，可是要让她与父亲和离。"

明妆一听便生感慨："姚娘子是个知礼的人哪，她是成全咱们呢，免得把一家老小全引到沁园来，回头弄得鸡飞狗跳。"

李宣凛轻叹了口气，很感念阿娘为他诸多考虑："我与父亲确实过不到一处去，就不必勉强住在一个屋檐下了。至于我阿娘，她要是想搬到沁园来，我自有办法，若是愿意继续留在洪桥子大街，倒也不怕唐大娘子欺负她。"

明妆摇着团扇打趣："就是，有这么个顶天立地的儿子，惹恼了也抓那个唐氏去立旗杆，看她还敢猖狂？"

他听出来了，问："你在笑话我，是不是？"

明妆说："哪里，不过是赞叹郡王护短的决心罢了。"

不论是不是好话，反正引来了他的咯吱，两人笑闹成一团，边上的商妈妈见状忙摆摆手，把几个女使都遣了出去。一行人退到廊上，大家互相交换眼色，半是脸红半是欣慰，连赵嬷嬷也在感叹："李判如今是走进红尘里来了，实心与咱们小娘子过日子来着。"

里间的人，笑闹过后拥在一起，李宣凛喃喃道："时候不早了，我该回去了。"

明妆生出老大的不舍："还早，再坐一会儿。"

他欲拒还迎，为难道："不了，坐得太晚了不方便，害你身边的人都不能安置。"

"那就让她们先去休息。"她递了个秋波，"要不然，你今晚住在这里？"

他一听，慢慢挑起眉："这不好吧？咱们还未成亲呢。"

明妆讪笑："早前你住在跨院，咱们不也没有成亲吗？"

可她哪里知道，他现在已经生出别的念头了，那双眼睛望下来，深沉的大海巨浪滔天，错过脸靠向她耳边轻声揶揄："我如今怎么还能满足于住在跨院？

你不懂男人的心，得陇望蜀，可怕得很。小娘子不要招惹我，我好不容易才说服自己该回去了，你要是留我……"

明妆心头大跳，终于知道害怕了，尴尬地松开双臂看了看更漏："呀，时候果真不早了，李判哥哥，我送你出去吧！"

他笑起来，唇红齿白，眉舒目展，明妆喜欢他这种心无尘垢的模样，仿佛他一笑，她的世界便豁然开朗了。

就是这人也学会了小矫情，她殷勤地引他出门，他脚下有意蹉跎："这么着急要赶我走？"

明妆心道师父引进门，如今是想欺师灭祖啊，便撤回手道："你果真不想走？那我可让人关门了，再叫商妈妈加个枕头，你今晚就留下吧。"

此言一出，道行不深的人立刻现了原形，眼神闪烁着，左顾右盼道："明日还有公务，今晚就不勉强了。"

各自就坡下驴，互相都觉得很满意。明妆一直将他送到大门上，分别时还有些依依的。

他说："进去吧，夜深了。"

台阶上的女孩没有挪步，掖着两手道："我看着你走。"

他听了慢慢退后，七斗上前挑灯引路，他还是边走边回头。直到走进小巷，临拐弯的时候再回望一眼，她依旧站在那里目送他，他油然生出许多感动，当初临战开拔时，他看见大娘子站在阵前与大将军道别，大军走出去好长一段路，回首仍能看见大娘子的身影……自己如今也能体会到大将军的感受了，不过是回府的小别就让人这样难以割舍，若是换成战前辞行，又是怎样的锥心刺骨之痛呢？

可惜身边的七斗是个傻子，还在提醒公子小心脚下，兀自嘀咕着："这条巷子有几处坑洼，回头咱们想办法填平它，免得摸黑走路绊脚……"

李宣凛瞥了他一眼："七斗，你有没有心思细腻的时候？"

七斗说："有啊，我伺候公子的时候心思最细腻。"

结果他家公子不屑地调开视线："我看你伺候我也不怎么尽心。"

七斗惶惑起来："谁说的？我每日怕公子饿了、热了、累了，想尽办法让公子舒心，怎么不尽心了？"

李宣凛道："作为贴身小厮，要关心的不只是家主的冷暖，还有别的。"

七斗明白过来："我知道了，张太美说，一切以公子快乐为上。"说着仔细观察他的脸，"公子，那你现在快乐吗？"

李宣凛又嫌弃地看了他一眼，然而极慢地，那张脸上忍不住浮现笑意，负手道："得偿所愿，哪还有什么不快乐。七斗，等你有了心爱的姑娘，就明白我现在的心情了。"

七斗恍然大悟，心道张太美真是个人才，难怪如今被提拔成大婚专员，专管采买调度事宜，从某种程度上来说，脱离了看门的微末之职，算是大大高升了。自己呢，陪在公子身边始终算是红人，可以趁着公子高兴的时候给自己谋求一些福利，于是他欢脱地说："公子，若是哪日小人有了喜欢的姑娘，公子会替小人做主吗？"

李宣凛"嗯"了一声，说："若是外面的，该提亲提亲，该过礼过礼，按部就班，只要人家姑娘也看得上你就行。"

七斗也是吃了熊心豹子胆，问："那我要是喜欢上家里的呢？"

李宣凛顿时一惊："你不会看上了小娘子身边的女使吧？"

七斗一阵激动，居然当真一个个回忆起午盏和烹霜、煎雪来。然而好梦还没做完，就被公子无情打断了："那边的姑娘不是你想喜欢就能喜欢的，得看人家瞧不瞧得上你。"

这么一说，简直自卑犹在，七斗暗想之前公子就是战战兢兢等着小娘子来挑他，如今换成小娘子的女使，他们这头还是挣脱不了被挑的命运。不过小娘子身边的烹霜格外好看，挑灯引路的七斗喜滋滋地想，等自己再大几岁，攒上足够的身家，到时候可以试着托公子求情。但转念一想，求公子不如求小娘子，这个家往后还是小娘子说了算，他家公子别说当了郡王，就算当上一字王，恐怕也是个惧内的。

当然过日子的点滴，不能拿来衡量官场上的运筹帷幄，公子除去面对小娘子时底气不足，在与同僚把臂周旋时，还是十分得心应手的。

第三十四章

金吾卫属南衙,但以前和北衙禁军职权分割不清,后来出了仪王谋逆案,官家下令严整,颖国公作为北衙统帅,则需要与南衙做交接。

宦海沉浮,谁的身上没有几处短板,最要紧就是是否让人拿捏。像颖国公,坐镇北衙十来年,手底下的要职几乎全是门生兼任,这点触犯了官家的忌讳,但你知我知的事,大家相视一笑,但凡想走私交的,掩住了便可以大事化了。

今日太忙,都在官衙中用了午饭,饭后寻个偏厅设上一个茶局,交情便从此间来了。

七斗往建盏中斟茶,斟完了退到廊上,听里面的人和风细雨畅谈。

颖国公道:"实在是绕不开情面,若说提拔亲友倒算了,也是奇了,我家中亲友全是文臣,只我一个武将,他们有他们的门道,并不用我相帮。余下那些世交和门生求到门上来,推诿不过只好尽力周全……"

李宣凛活得很通透:"人在官场,总有两难的时候,廉洁奉公之余不能六亲不认。况且那些郎将办事也都妥帖,是公爷的好膀臂,什么出身何必计较,能好好办差就成了。"

颖国公听他这样体谅,也就踏实了,毕竟朝中新贵,以前不相熟,遇见了这种起老底的事,人家若是较真,自己也只有吃亏的分。好在这位郡王懂得人情世故,抬抬手,这件事就过去了,因此颖国公对他满怀谢意,心里自然也亲近了几分。

"衙门伙房的饭菜不怎么可口,这茶叶却清香得很。"年轻的郡王向他举了举杯,"我不爱喝浓茶,这银丝冰芽是家里准备的,恰好今日公爷在,就让人泡了一壶,给公爷解解腻。"

颖国公低头一看,茶叶舒展,一片片如雀舌般悬浮在水中,他是识货的,当即笑道:"小芽,眼下上京贵女都爱这茶,还取了个好听的名字,叫龙园胜雪。只是今年福建减产,这茶叶难求得很,上回小女让人出去采买,跑遍了上京都不曾买到,最后还是我托了市舶司的人,才在泉州买了半斤。"

这茶叶真是个好引子,一下便将话题引到了信阳县君身上。李宣凛状似无意地"哦"了一声,说:"我这里还有一罐,若是公爷不嫌弃,就带回去赠县君吧!

我家小娘子上回和我说起,年前在梅园与贵府县君有过一面之缘,只可惜当时没有机会结识,这茶叶就当是个小礼,给两位县君穿针引线吧。"

颖国公倒有些受宠若惊,江陵县君和丹阳郡王定了亲,自是要高看几分的,忙道:"茶叶就不必了,姑娘家口味一时一个样,半斤且够她喝上一年了。不过若能结交贵府县君,倒是小女的荣幸,女孩子闺中挚友原就不多,待下回约在晴窗记会一会面,马上就熟络起来了。"

李宣凛领首,又顺势问道:"我听说公爷家中有六位公子,只得了这么一位千金?"

颖国公毕竟在官场中混迹多年,话题总围绕自家女儿,隐约已经察觉了李宣凛的用意,便放下茶盏道:"北衙职位一事,我很感激郡王为我遮掩,待过两日我在潘楼设宴,届时请郡王和县君赏光,咱们两家交好,往后也好有个帮衬。但郡王,家中那些琐事上不得台面,就不劳郡王费心了,细说起来,实在是小女不长进,这事传到了郡王耳朵里,令我汗颜得很。"

话还没开口,颖国公就先回绝了,可见这事确实不好斡旋。但李宣凛并不急于求成,温暾一笑道:"公爷不要误会,我没有别的意思,只是听说贵府与枢使府往日的过节,想着是不是能够帮上些忙。公爷妻舅如今下放在岭南吗?"

颖国公叹了口气:"流放到博罗去了,那地方夷獠杂居,乱得很。上年还托人传话回来,求我们想办法把他捞回来,可流放是官府判的,送交三衙核准后施行,我能有什么办法?也怪他平时张狂,犯下那样的错,送到那里长记性,是他活该。"

嘴上说活该,心里到底还是很别扭,虽然姐夫对小舅子做不到真心实意的心疼,但每日面对长吁短叹的夫人,也是一件分外折磨的事。

李宣凛听后,沉吟道:"律法是死的,人情倒可以走一走。我有个故交,正好在博罗任巡查使,流放岭南的官员全是由他统管的。那种地方,说实话山高皇帝远,只要上头手指缝里漏一点儿,就够底下人自在腾挪了。公爷若需要,我可以修书去岭南,信上打个招呼,人便可以活得自在些。反正暂且解了眼下困局,朝廷若逢喜事还有大赦,到时候人虽不便回上京,但去别处安稳度日还是可以的。"

说罢看了颖国公一眼,"公爷以为如何?"

颖国公一听大喜,"哎呀"一声,道:"郡王真真是解了我的燃眉之急。下月我家老岳丈过七十大寿,我那夫人提前一个月就开始在我跟前抹眼泪,弄得我烦不胜烦。我是想尽了办法,托周遭亲友走关系、通路子,可博罗那地方的官员都是军中委任的,任期又极短,常是刚打好交道,人就调任了,到最后白忙一场。"

李宣凛道:"这点公爷不必担心,巡察使所辖不单博罗那一片,这三五年内是绝不会调任的,托付他,这件事必定稳妥。"

"好好好……"颖国公道,"不能空口劳烦人家,所需用度郡王尽管安排,只要能让人滋润些,咱们绝不推诿。"

李宣凛摆手道:"公爷见外了,不过一句话的事,哪里要什么用度?至于我与巡察使的交情,自有我来维系,同公爷不相干。公爷回去可以带话给夫人,请她不必再为这件事烦心,一切交给我就是。"

如此恩德,将多年在水深火热中的颖国公救上了岸,颖国公简直对他感激涕零,站起身郑重地拱了拱手:"多谢多谢,多谢郡王,你是丁某人的恩人,我终于不用再想各种说辞开解内子了,这些年我把能说的话都说完了,实在是绞尽脑汁,无能为力。"

李宣凛忙请他坐,说:"这点小事,公爷不必放在心上。不过就事论事,贵戚在岭南的处境尚有转圜的余地,但汤枢使胞弟的腿,却再也治不好了,若论轻重得失,汤家着实吃了大亏。"

颖国公到这时,态度终于有了几分转变,叹道:"当初年轻,两下里好勇斗狠,一个疏忽便成了这样,谁也不想看见如此了局。事情出来后,我们夫妻实心实意上汤家致歉,可汤淳夫妇带着家仆拿棍棒把我们赶了出来,我夫人站在他家门前号啕大哭,他们夫妇也不肯退让,最后弄得一个残了,一个流放,终究是两败俱伤。如今谁是谁非也辩解不清了,说到底是面子的问题,不来不往,天下太平,还有什么可说的?"

"可区区的面子,比儿女的终身还重要吗?汤公子与令爱的事我也听说了,昨日和汤枢使夫妇一起宴饮,听他们的意思还是乐于成全的。公爷,冤家宜解不宜结，何不趁着这样的机会重修旧好呢？汤家日后在朝中，必定显贵至极，若总是红眉毛绿眼睛的，到底不是办法。"

可惜这样的劝解，对颖国公没有太大的作用，他蹙起眉，脸上似有不耐烦的神色："郡王不知道其中纠葛，我那女儿就算日后做女冠，也绝不嫁与汤家。"

李宣凛闻言沉默下来，半晌才道："我有个故事，想说与公爷听，早前在陕州时，军中有个押队与统制的千金两情相悦，但统制嫌门不当户不对，便没有答应这门亲事。后来有一日，忽然听闻统制急急将女儿嫁了押队，其中辛酸，真是不说也罢。我常想，人何不在有余地的时候替人留一线呢？不是为成全别人，是为让自己转身。"他说罢，又笑了笑，"当然，这是公爷家事，我不便置喙，只是看在我家小娘子与汤家有干亲的分上，想从中调停罢了。好了，我的话只说到这里，接下来唯谈公事，不谈私事。南北两衙班直的交接已经完成，倘若还有哪里不明朗的，公爷只管告知我，我即刻派人查明。"

然而颖国公的注意力，却停留在他口中的"急急将女儿嫁了押队"上。这话不敢细想，细想之下就一身冷汗，从倨傲到屈服，全在那句"不说也罢"里。有的时候不得不承认，女人就是比男人更容易吃亏，两家都是有体面的人家，真要是有个闪失，小舅子流放的坏名声，也都不算什么了。

第三十五章

所以说人情留一线，其实是为了自己。

前两日，县君同她母亲说了实话，颖国公夫人气得打了她一巴掌，指责她不顾舅舅死活，觍着脸要给汤家做媳妇。当时颖国公便觉得妻子做得太过了，维护兄弟也不是这么个维护法，打孩子干什么。他看向温如，那丫头素来傲性，挨了一巴掌也没有哭，那双眼睛里闪着冰冷的光，咬牙说："舅舅是舅舅，我是我，舅舅的死活和我有什么相干？"

乍听有点冷血，但细思量不正是这个道理吗？外家的舅舅，为什么要牵累她的婚姻？自己的女儿，脾性自己知道，这孩子向来聪明，有主见，既向家里提起，就说明打定主意要嫁，你想关住她，想看住她，那是绝对办不到的。她不是那种束手无策哭哭啼啼的姑娘，倘若私奔了，或者与汤家那小子生米煮成熟饭……想起眼下还跪在门外的汤鹤卿，颖国公心里就悬起来，这通声势做得很足，到了那样的地步，温如再要说合亲事已然不容易，谁能不顾忌将来的国舅三分，硬着头皮夺人所爱？

只这一霎，颖国公可谓生了千般想头，自己的夫人打死不答应，自己也是顾全面子不肯松口，但如今丹阳郡王不是承诺与岭南那边走交情吗？有了这个由头，回家就能向夫人交代了。再说大赦天下，除了官家大寿，就是新帝登基，新帝是谁？是汤家的女婿！自己这些年为着小舅子和汤家乌眼鸡似的，朝堂上也诸多不便，早就令他有些生怨了，这回人家搭了个好大的台阶让他下，他要是再摆谱，到最后怕是只能上天了。

轻重一旦拎清，心里也就没疙瘩了，颖国公拍了拍膝盖，痛下决心："郡王说得很是，其实我与汤家倒没有深仇大恨，如今是亲戚好，念着姐夫小舅子；要是亲戚不好，一辈子不来往的也多了，有什么大不了！主要我家夫人，护佑这胞弟护佑得紧，我也没有办法，不过既然郡王从中调停，我再不能一条道走到黑了……你是不知道，汤家那小子今早就在门外跪着了，我出门半日提心吊胆，还不知道眼下怎么样了。"

李宣凛忙顺水推舟："那公爷还是快些回去看看吧，流放的那位是公爷妻舅，您家门外跪着的是太子妻舅。眼下这么热的天，万一出了事……"

颖国公听得心头哆嗦起来，忙一挺身站起来："我这就回去。"走了两步又回身托付，"我那小舅子的事，就全赖郡王了，回头我差人把他的籍贯名姓送来，请郡王代为周全。"

李宣凛说好，向颖国公拱拱手，目送他快步往大门去了。

七斗这才从廊上进来，摇头晃脑地说："这颖国公真是怪，公子好言好语开导他，怕是开导到明日也不会有成效。"

李宣凛垂手将自己的茶盏放回托盘里，淡声道："其中利害他哪能不知道，不过要个外人抻一抻筋骨罢了。"说着走到门前看看天色，午后想必般般要小睡，现在过去扰了她休息，于是便找些卷宗来看，挨到未时前后，方交代公务，赶往易园。

这厢刚到园门前，正好般般陪同一个女子从园内出来，边走边道："那处院子我已经让人洒扫过了，虽不大，但雅致清幽，很适宜居住。你且过去看看，要是缺什么，就过来同管家妈妈说，她一应都会替你办齐备的。"

穿着布衣的女子脸上有满足的笑，再三向她福身："多谢小娘子了。我从没想过自己还有这等造化，能从禁中走出来。早前也只是当作玩笑，心想事情过去了，小娘子怕也忘了，不承想小娘子还记在心上，今日果然兑现了。"

明妆道："我承陶内人的情呢，不过没能立时把你接出宫，让你多受了一段时间的委屈。"

陶内人摇摇头："小娘子哪里的话，我们这等人，还怕吃苦吗……"说着迈出门槛，错眼看见门外的人，眼神一闪，却也未动声色，不过微微欠身福了福，让到一旁。

明妆这才发现李宣凛，含笑道一声"你来了"，又同陶内人道："你刚出禁中，先歇上几日，一切慢慢来，活计的事不要操心，我自会替你安排。还有寻找家里人的事，我也会替你留意着，只要一有消息，即刻会差人告知你。"

陶内人千恩万谢："小娘子的大恩大德，我今生报之不尽，本以为会老死禁中，没想到还能活着出来。"

明妆笑道："在街市上多走两圈吧，看一看车水马龙，等沾染了红尘的气味，人就活过来了。"

陶内人舒展开眉眼，喜滋滋应了声是，临要走时又向李宣凛一福，这才撑着油纸伞往南去了。

李宣凛收回视线，偏头问明妆："这是什么人，劳动你这样悉心打点？"

明妆道："她是五公主身边的宫人，我曾托她办过一件事，许诺事成之后想办法接她出禁中。原本仪王出事之后，我恐怕是要食言了，好在后来受封县君，还能进宫谢恩。那日向五公主打听她，听说她喂死了鹤，被罚去搬炭了，我就同五公主讨了她，把她弄出宫来，在城北找了个小院子安顿她，总算兑现了当初的承诺。"

她在长廊上缓缓前行，喁喁细语，盛夏的日光穿过树叶，打在步步锦的栏杆上，整个世界都透出一种青梅般明净爽朗的味道。他负手在她身后跟随，听她一递一声说起其中缘故，唇边的笑意加深几分，却也没有多说什么，很应景地恭维道："那位内人运气真好，遇上了信守承诺的小娘子。要是换了旁人，事情办完，早就忘到脑后去了，哪里还愿意费那个手脚？"

明妆是小女孩，受了夸奖很得意："小女子也要一言九鼎。"

他高深地笑了笑，步态闲适地踱在长廊上，转头朝外看，庭院中光影往来，由衷觉得易园的景致比沁园的更好，易园有人气，沁园总觉得冷冰冰的。不过细想，还是因为能带来人气的人没有过去，等迎亲之后，那时的沁园也许就堪比易园了。

再往前走，前面是个小小的廊亭，亭子四周挂着轻纱，底下用铜坠角坠着，一阵风吹来便轻柔鼓胀，仿佛整个亭内都有凉风回旋。

煎雪呈上白醪凉水，两人坐在廊亭里小憩，就着微风看池子里半开的荷花，明妆拨了两个乳糖圆子到他盏中，问："今日可遇见颖国公了？"

他"嗯"了一声，道："我正要和你说这事，看样子颖国公有些松动了，中途急着回去处置……据说鹤卿一早就跪在他家门外了。"

明妆吃了一惊："他果真去跪了？这样大热的天，可别中了暑气。"

他垂着眼，拿勺子拨了拨那圆润的团子，以前他不大喜欢吃这种黏腻的小食，现在倒换了个口味，咬上一口也有滋有味，抽空才应她一声："这个时候苦肉计最好用，既然打定主意要娶人家的女儿，受些刁难也不怕。"

亲事也许没有想象中那么难了，明妆沉吟道："只怕往后两家亲戚走动起来，会有些尴尬。"

战场上呼啸来去的男人，没有那么多的人情困扰，他说："原本各家都自立门户了，难道因舅舅和叔父结仇，就要株连九族？再说官场上眉毛挨着眼睛，两家又都掌管兵事，他们之间闹得不愉快，官家指派公务还要刻意将他们分开，连着官家也费心思。"

那倒是，官场上不和大抵都是暗中较劲，像他们这样明晃晃的，弄得大家都诸多避讳。

提起官家，李宣凛顿了顿，道："我昨日入禁中呈禀控鹤司的布兵安排，官家的精神很不好，手里明明握着玉把件，还在阁内找了好久。后来说起仪王生忌，官家在艮岳悄悄设了个供桌，背着人独自祭奠了一回，说到这里泫然欲泣，我心里也不是滋味。"

毕竟血浓于水，官家对仪王还是存过很大期望的，可惜最后落空了，谁对谁错也不用计较了，都是这无边权柄惹的祸。明妆之前得知爹爹的案子与仪王有牵扯，心里十分憎恨他，但如今人死债消，再提起他时也没有那么多激动的情绪了，只问："韩相公承办了仪王丧仪，知道把人葬在哪里了吗？"

李宣凛道："南山崇华台，那里能听见南山寺的梵音，但愿借此能超度他，愿他来世不要托身在帝王家，找个寻常门户安稳度日，平平安安过完一辈子。"

说起这些沉重的事，心情便跟着郁塞，明妆不愿意谈论仪王，转而同李宣凛说起自己新开的那间香水行。

"城南沐浴的行当被咱们包揽了，有几间老店见势也转变经营，打算同我们挣一挣客源。"她摇着团扇，侃侃道，"他们要借势，由得他们，恐怕贵客抢不走，还要错过了散客。上京城中并非人人都是达官显贵，花小钱沐浴的也大有人在，既然他们都来做大生意了，那我索性再开个低价的场子，包揽那些散客。"她越说越高兴，唤来赵嬷嬷道："让马阿兔上城北转转，看看有没有那种急于出手的房舍。破些不要紧，我要的是地皮，到时候推了重建，建成那种小小的暖阁子，比租铺子一年几十贯白扔进去强。"

李宣凛看她张罗生意，不免感慨："我只会打仗，小娘子能掌家，还会经营，嫁给我竟是屈就了。"

站在亭前的姑娘冲他眨了眨眼："我的郎子可是统领十几万大军的四镇大都护，我要是不长进些，才是配不上你呢。"

他失笑，伸手将她拉回来，揽她在自己腿上坐下，动荡的心逐渐平静，自从军以来，没有过这样舒心的午后。她搂着他的肩，轻抚他的脸颊："李判哥哥，先前应付颖国公半日，休息过了吗？"

他说："没有，衙门里整日很忙，送走颖国公也不得闲。再说我若是有时间，宁愿回来看你……"说着仰头望着她的脸，小心翼翼提了个要求，"往后不要叫我李判哥哥了，好吗？我每回听你这么叫我，心里就很愧疚，觉得自己亵渎了你，你明明那样信任我。"

明妆嗤笑："信任你才要嫁给你呀，你竟为这种事愧疚？"她越想越好笑，挑起他的下巴问,"那你说,不叫李判哥哥叫什么?爹爹唤你俞白,姚娘子唤你二郎,我也跟着这样叫你,好像不妥吧。"

他认真思忖起来,眼中光华流转:"折中一下,好不好?"

她笑得心领神会:"定亲好像真能让人变聪明呢,你有什么好主意?"那半仰的脸,看上去真有任君采撷的美态。

大概自己也有些难以说出口,犹豫再三,才羞涩地说:"叫俞白哥哥好不好?不要带官称,我们就要成亲了⋯⋯"

明妆的脸颊红晕浅生,眼眸中云雾缥缈,低头吻了吻他:"俞白哥哥⋯⋯"

这一声叫进了心坎里,热气腾腾的午后,偶尔吹进廊亭的清风也浇不灭这片旖旎。他微叹着,低声叫般般,她软软地应了,温顺地靠在他颈窝里。

耳鬓厮磨的时光最是美好,竟有些舍不得重回人间。甜腻半晌,他才轻轻摇了她一下:"我这两日要去幽州一趟,官家把京畿的军务交给我整顿,我须得赶在大婚前都安排好,这样可以多些时间陪在你身边,不用婚后四处奔走,冷落了你。"

怀里小小的姑娘应了好,还有心思打趣:"以前我怕热,大夏天最不爱和人黏在一起,可如今怪了,与你贴得越紧我越欢喜。"说着在他额头上亲了一口,"俞白哥哥要快些回来,我等着你。"

他是真的喜欢听她这么唤自己,既高兴,又要装得矜重,那欲笑不笑的表情就有趣得紧:"我一定快去快回,这几日你不要太过忙碌,一切缓和着来,遇上难办的事且放一放,等我回京再解决,记住了?"

明妆一迭声说记住了,扭身让商妈妈拿来尺子,赶在他出门前量下他的尺寸,好筹备做新衣。

正想着让人置办暮食,外面传话进来,说桐州刺史回上京了,豫章郡王设了筵宴为刺史接风洗尘,请郡王赏光同往。

这下是没法留在易园用饭了,官场上好些人情往来是不能推脱的,推了容易得罪人,往后行事就难了。

明妆将他送到门上,切切叮嘱着:"你酒量不佳,不能喝酒。那种宴席上少不得有伎乐,你可要留神,别一高兴着了人家的道,回头还没成婚就有人找上门来,要给你做妾,我可是要发疯打人的。"

她说得煞有其事,他只管发笑,自然也不会反驳她,顺从地应承道:"你放心,我带着老赵和老梁一道去,有他们给我挡酒,出不了岔子的。"说着提袍迈下台阶,又同她交代,"这场宴席怕是又要吃到半夜,明日一早我要出城,就不来同你道别了。至多三五日,我一定回来。"

明妆颔首,看着他翻身上马,驱策那大宛马迈着小碎步,在台阶前转悠了两圈,这才甩开步子,奔向巷口。

人一走,好像有些空落落的,她在门前站了良久,怕他会去而复返,最后还是午盏提点道:"小娘子,这门上可吊着灯呢,再过一会儿大脑袋虫子就要飞扑过来了,小娘子不怕吗?"

说起大脑袋虫子,明妆立刻就慌了,她最怕夏日那种横冲直撞的虫子,又大又笨,看见光就乱撞——砰的一声,四仰八叉,爬起来再撞,永远不头晕,也永远撞不死。可那惊天一撞却能把她吓死,这种情况下郎情妾意就显得不那么重要了,趁着虫子还没出动,她忙拽着午盏溜进了月洞门。

第二日天气不好,早上下了好大一场雨,明妆看着接天的雨幕直发愁,唯恐那人淋了雨,赶不得路。

倒还好,夏天的雨下起来快,收势也快,约莫半个时辰就停住了。放晴之前大大凉爽了一阵,空气里都是泥土浸润后的味道,混合着青草的香气,在这滚滚红尘中开辟出了个清冽的上京。

煎雪端来茶盏,说新做了薄荷饮子,请小娘子尝尝。

明妆凑过去,刚接了杯子就听园里婆子通禀,说太子妃殿下来了。她一惊,忙迎出去,芝圆还是原来的步履,轻快地进了月洞门,再要奔过来,被明妆上前拦住了,直道:"天爷,这可担着身子呢,跑得这么快,真是吓着我了。"边说边小心搀扶着,把人引进上房。

芝圆照旧大大咧咧的,迈着方步说:"不要紧,该是我的孩子,自然结结实实长在我肚子里。"

明妆忙让煎雪撤下薄荷饮子，换上平和些的熟水，自己又去榻上抱了个清凉枕，让芝圆垫在腰上。等把一切安排妥当，两人才在窗前的坐榻上坐定，芝圆舒舒坦坦地半倚着，把昨日的进展告诉明妆，拍腿笑道："鹤卿在人家大门前跪得快晕过去，好在颖国公及时赶回来，发话让他进门，他才捡回一条小命。真真的，这人平时意志薄弱得很，临到要娶亲了，倒浑身是劲。进去先喝了人家一缸甘豆汤，颖国公夫人看得直皱眉，狠狠把他骂了一顿，说他成心败坏县君的名声，要撵他回去，没想到鹤卿扑通一声又跪下了，抱住桌腿，说什么也要向县君求亲，若是大人们不答应，他就一头撞死在那里，把颖国公夫人吓得不轻。"

明妆又惊又笑："真要是在他们府上出了事，国公府也吃罪不起，没想到鹤卿哥哥真豁得出去。"

"据说出发前与我爹爹彻夜长谈，两人合计出了这个好对策，虽然舍了脸面，但很管用，颖国公已经松了口，准他上门提亲了。不过还有个条件，要让鹤卿改名，鹤卿二话不说就答应了，如今他叫汤正清……"芝圆说着，很遗憾的样子，"原本我想让他叫汤正圆来着，被阿娘骂了一顿，说鹤字辈排不成，也不能挤到姐妹里头凑合，这事只好作罢了。"

明妆听得大笑："汤正圆？亏你想得出来！"

两人正说笑着，商妈妈从外面进来，到跟前唤了声小娘子，有些为难地说："易家的姑母和罗大娘子来了，在花厅等着呢，小娘子可要见？若是不想见，我过去回绝了，就说小娘子今日有事要忙，请她们先回去。"

芝圆一听，眉毛倒竖："路不是断了吗？怎么又来了！"

明妆脸上的笑意慢慢退去，叹了口气："早晚要见一面的，既然来了就把话说清楚吧。"说完回身安顿芝圆，"你且坐一会儿，我打发走她们，再来和你说话。"

芝圆重义气，站起身道："我陪你一起去。"

这话吓得她身边的婆子、女使一阵惶恐，最后还是明妆把她按回榻上，和声道："你如今是什么身份，用得着赏脸见她们？况且你肚子里怀着孩子呢，回头别被她们那些污糟话气着了，还是在这里吃茶吧。"说完唤午盏，"再给我们太子妃殿下送两盘果子来。"然后给芝圆一个安抚的笑，挽着画帛上花厅去了。

第三十六章

花厅里的两人正惴惴坐着,一脸肃穆。罗氏不时朝外面看一眼,说:"想是正忙着呢,抽不出空来。"说着心里打起退堂鼓,"我看还是算了,今日不得闲,下次再来好了……"

她说着要起身,被小姑子一把拽了回来。易大娘子冲她吹胡子瞪眼:"先前不是说得好好的吗?事到临头怎么又要做缩头王八?我这是为着谁?还不是为着易家!你那凝妆,鬼一样的脾气,家里要是没个靠山,一辈子都别想嫁出去!儿女婚事就在眼前,将来还有孙子辈的前程,你要是还想缩回你那王八壳里,别叫我看不起你!"

被她这么一骂,罗氏是赶鸭子上架,有苦说不出。问问她的心,是真没脸登易园的门,先前仪王坏了事,老宅的人一听,魂飞魄散,唯恐殃殃的这门亲事连累自己,恨不得从来不认识这个侄女,更别提来这里探望一回了。后来风向转起来,比夏日雷阵雨还要快,没想到隔了两日,三郎就沉冤昭雪了,连带着荫及女儿,明妆那丫头一跃成了县君。后来又听说许了丹阳郡王,这回可好,门庭高得愈发让人望尘莫及,他们这些亲戚雪中没有送炭,等到人家春暖花开了,又怎么好意思厚着脸皮借天光?也是这小姑子得了老太太的真传,有胆子大摇大摆上门,换了罗氏,真是臊也臊死了,趁着明妆还未露面,一心只想开溜。

可惜逃不掉,易大娘子也需要人壮胆,硬拽着这嫂子不让她走。

两人正推搡着,听见女使远远通传一声"小娘子来了",这下是想逃也逃不掉了,罗氏无奈只好作罢,但不妨碍她衔恨狠狠白了小姑子一眼。

易大娘子全不把她的怨怼放在眼里,振作精神堆起笑,朝明妆伸出手:"般般,我的儿,姑母有阵子不曾来看你了,你一向可都好?"

明妆不动声色地回避了她的热络,面上当然还是过得去的,微微含着一点笑道:"今日不知吹的什么风,把伯母和姑母吹来了……二位长辈别站着,请坐。"

这开场显然没开好,易大娘子有些悻悻然,但又调整情绪,与罗大娘子一同落座。

小小花厅,三分天下,各有各的盘算,先客套地让一让礼,吃茶吃果子体面地招呼着,待虚礼走完,就可以切入正题了。

易大娘子并未想好怎么来替老宅的人开脱,先把自己撇清了:"家中这阵子事情是真多,老的做寿,小的说亲,忙得我脚不沾地,连城中出了那么大的事,也是后来才听说的。"嘴上说得平铺直叙,眼睛却很有戏,说着说着就眼含泪花,哽咽道,"我的般般,竟受了这许多的波折,姑母听了心都要碎了……好在现在雨过天晴,一切都过去了,承蒙祖宗保佑,咱们一家子都太太平平的……太平就好,往后互相扶持着好生过日子,你爹爹在天上看着也会高兴的。"

结果这话并没有等来明妆的默认,只听她淡笑一声道:"我这阵子惊涛骇浪,老宅的人一向不都很太平吗?姑母说得一条船上颠簸过似的,我哪敢领受啊?我是小辈,要是连累长辈们,就成了我的不是了,所幸没有波及两位伯父,伯父们在官场上照旧如鱼得水……不过姑母有句话说得很对,大家都太太平平的就好,我也盼着不要生波折呢,两处安好,我爹爹就高兴了。"她边说边道,"别光顾着说话,伯母和姑母喝茶呀。"

她话里的意思已经很清楚了,人家是半点也不想有牵扯,更不愿意和他们论一家子。罗氏和易大娘子暗暗交换了下眼色，也不便反驳，只好干笑着端起茶盏抿了一口，东拉西扯道："真是好茶，小团龙吧？到底是贡茶，香醇得很呢。"

套近乎是不顶用了，大家这么干晾着也不是办法，易大娘子暗暗吸了口气，今日跑这一趟，最要紧是完成自己的目的，于是也不拐弯抹角，放下茶盏后又挤出一个笑脸，温声对明妆道："上回的动荡是不破不立，你爹爹的冤屈昭雪了，连着你也进封县君，你小小年纪就有诰命在身，真是我们阖家的荣耀。不过般般，独个儿好不是真的好，总要一家子都好，才是真的福气。你当上县君，如今又许配了丹阳郡王，正是如日中天的时候，却也别忘了你嫡亲的祖母还在均州老家受苦呢。老太太往日是有不好的地方，但瞧着她年纪大了，你是做小辈的，得有纯孝之心，过去的事就不要计较了。我想着，还是命人把她接回来吧，儿孙都在上京，把老太太扔在老家，实在不是道理，你说对吗？"

明妆脸上淡淡的，倒也没有异议："这件事由长辈们做主，若是姑母和两位伯父都觉得该接祖母回来，那就派人过去均州，大可不必来问我啊。"

易大娘子被她回了个倒噎气，暗道这丫头真是一张铁口，半点也没有放软的意思，只怕接下来的话更不好说了。

可就算不好说，也还是要说的，于是她又壮了壮胆道："其实接回来是小事，还有一桩更大的事，姑母想与你商量。"说着朝外看了看，"不知郡王什么时候过来？要是方便，请郡王一道参详参详更好。"

明妆道："他今日有公务，一时半刻来不了，姑母有什么话，只管对我说吧。"

易大娘子"哦"了一声，视线从罗氏脸上划过去，心里暗恨她这是嘴上戴了嚼子，紧要关头半个屁都不放，一副当陪客的做派！罗氏不吭声，只好自己出头，易大娘子没办法，挪了挪身子道："般般，你是易家的子孙，虽说先前祖母不公正，生了些龃龉，但到底一笔写不出两个姓，你身上淌着易家的血呢，这点就算告到官家面前去，也绕不开这个理。如今你有了好前程，不日就是郡王夫人了，可娘家有个褫夺诰封的祖母，说出去总不好听。咱们且来捋一捋这件事，祖母之所以得罪圣人，那是不肯答应你与仪王的婚事所致，老太太未见得没有先见之明，如今仪王不是因谋反伏诛了吗？那咱们老太太这罪名也洗清了，禁中该把诰命还与老太太才对。你瞧，你爹娘受了追封，你也得了封诰，祖母是你爹爹的母亲，如何她却是罪人呢？般般，好孩子，你让郡王想想办法，向官家陈个情，好歹收回先前的成命，老太太这么大的年纪了，还是把体面还给她吧。"

明妆听她说完，觉得这位姑母实在是异想天开："诰命是赏还是夺，都是圣人的决定，官家哪里管那些？再说祖母得罪的是圣人，不是仪王，仪王坏没坏事，和祖母夺不夺诰有什么相干？姑母打算讨回诰封，这话姑母敢说，我竟是连想都不敢想，更别提去官家和圣人面前求告了。"

易大娘子听她一口回绝，脸上便有些不是颜色，蹙眉道："老太太是你嫡亲的祖母，你光是自己荣耀有什么用？祖母弄得没脸，与你也没什么好处。"

这样说来就不客气了，明妆冷了脸："姑母要是觉得不平，自己去向禁中陈情吧！"说罢顿下来，"哦"了一声道，"我忘了，姑母身上没有诰封，见不着圣人的面。那还有一个办法，击登闻鼓，官员们上朝都打那儿过，只要姑母愿意豁出去，这事就能传到官家面前，届时究竟还是不还，官家自有定夺。"

易大娘子被堵住口，半晌说不出话，只是愤然看着她，一手指点着："你……你这孩子……"

一旁的罗氏往后缩了缩，心道这登闻鼓是能随便敲的吗？越诉先打五十杀威棒，所奏不实再打一百，就算是老太太跟前的大孝女，恐怕也没这个胆。

罗氏看了小姑子一眼，道："要不先把老太太接回来？别的事，容后再说……"结果却招来小姑子的白眼。

"老太太被褫夺诰封，你们一大家子招人背后笑话就算了，连着我们家也遭殃。我那绒绒，嫁到夫家才三日，就被婆母指着鼻子骂，夹枪带棒数落外祖母遭贬的事，孩子回来又哭又闹，我也没有办法。倘若般般真嫁了仪王，这事也就不提了，可这不是没成吗？现在放着好机会不去争取，难道是傻子不成！"易大娘子悲戚道，"我今日其实是抱着希望来求般般的，想让她看着骨肉亲情，就算有什么不愉快，过去就过去了，至亲之间原不该记仇，可你瞧，这孩子竟是一点旧情也不念，实在令人寒心得很。想想我三哥，本是个重情重义的人，怎么生出这样冷血的女儿，连祖母的死活都不顾……"

这是说得太尽兴,一时刹不住嘴,把心里话都说出来了。等她意识到说漏了,却也来不及了,只听明妆哂笑一声,寒着嗓子道:"我爹爹确实重情义,可重情义有什么用,祖宗不认他,还不是连家祠都入不了?姑母现在在我面前如此义愤填膺,不知当初有没有替我爹爹据理力争?祖母的诰封,夺了就是夺了,圣人绝无可能为了她,拆自己的台,我就算有心为祖母陈情,也不会去触那个逆鳞。我劝姑母,还是要畏惧天威凛凛,别像祖母似的,觉得李家与我们易家没什么不一样,想得罪便得罪,想说情便说情。倘若存着这样的心思,那后头还有更大的祸端呢,可不单是褫夺诰封这么简单,性命怕也要交代在这上头。"

这么一番话,直接把易大娘子说愣了。她实在想不明白,这小丫头怎么会如此绝情,气得转头看向罗氏,喋喋抱怨起来:"瞧见没有?得了高枝的人就是不一样,说起话来一套一套的。"

罗氏难堪得眼神躲闪,直掖鼻子。

明妆却笑了:"姑母,我不是以前的小姑娘了。这些年我也盼着至亲能帮衬我,逢年过节长辈们能像疼爱我的堂哥堂姐们那样疼爱我,可是没有……从来没有!你们心里算计的是什么,你们心里知道,爹爹出了事,你们怕受连累,一个个躲得远远的,任我一个十二岁的孩子支撑门户,你们连面都不露。后来见朝廷不追究了,又打起了易园的主意,想着还有房产,还有店铺、庄子,你们又想来分一杯羹,我没说错吧?好在我阿娘把一切托付给检校库,你们抢不走,祖母不高兴了,便在我的婚事上作梗,种种行径我都替你们脸红。原本两下里相安无事就算了,没想到今日姑母竟跑到我门上来指责我,真真是母鸡打鸣,雄鸡下蛋,你说好笑不好笑?"

一旁的商妈妈和赵嬷嬷起先还怕小娘子面嫩,绕不开姑母的情面,直到这时候才终于放心,知道自家小娘子不是面团揉成的,也有当面驳斥的凌厉。

话都说透彻了,谁也不要装模作样粉饰太平。易大娘子下不来台,但还是要充长辈的款,搜肠刮肚地说:"好,就算老太太的诰封拿不回来,你定亲这件事,怎么不通禀老宅呢?我和你两位伯父都在,你们定亲下聘偷偷摸摸地办,总不成体统。"

"易园的门一直开着,是姑母和伯父伯母不肯登我的门,想是担心仪王谋逆,我与他定了亲会遭连坐,长辈们要明哲保身,我也理解。"明妆说着,复叹了口气,"我们这等人,别看眼下风光,将来不知还要经历多少风浪,我为了不给老宅的人带去灾祸,像这种定亲的事自然不会惊动你们,姑母不念着我的好,怎么反倒挑起我的错处来了?"

她说得滴水不漏,易大娘子也没办法,最后气馁了,料着这门亲戚怕是走不下去了,但临了还是要恶心她一回:"那旁的都不说了,你的婚期在什么时候?等老太太回京,还是要通禀老太太一声。你爹娘都不在了,祖母是易家的长辈,你出阁之前总要拜别祖母,到时候把老太太接来⋯⋯"

"我看就不必了吧。"易大娘子自以为说得合情合理,不想对面的姑娘回了个干干净净,"爹娘虽不在了,但灵位还在,就在西边园子里供着呢,不必劳烦祖母。况且侄女出阁,长辈们总要添妆奁的,多了,你们艰难,少了,你们又拿不出手,所以还是别讲究那些虚礼了,各自过好日子就是了。"

易大娘子这回真是无话可说,半晌道:"般般,你是不打算与父辈的人往来了吗?"

明妆仍是慢吞吞一笑:"我还是那句话,长辈们要是愿意,大可来坐坐,易园的门一直开着呢,几时我也不能把人往外赶。至于是亲还是疏,其实我不说,彼此也心知肚明。总是面上过得去就行了,等日久年深,若是冰释前嫌,再论一家子骨肉吧。"

路都被堵死了,此行也就这样了,闷了半日没有开口的罗氏到现在才吱声,强撑着笑脸道:"小娘子的姻缘顺遂,就是最大的好事。我前几日还和你大伯父说呢,郡王是故交,将来一定会待你好的。你们如今爬上这样的高位,我们这些不入流的亲戚是帮不上你们什么忙了,只要不给你们添麻烦,已然是造化,你的婚仪,若是不愿意让我们参加,我们不出面也无妨⋯⋯"

易大娘子听得直拧眉,忍了又忍,转头对明妆道:"大喜的日子,连娘家人都不见一个,传出去不大好听吧?"

明妆神色淡漠:"到了那日,一应有我外家张罗,老宅的亲戚要是愿意来,两桌酒席我还是置办得起的。"

这就是说他们与宾客无异,袁家倒成了主家,他们这些姓易的靠边站,如此一来,脸面全数丢尽,还不如不来!

易大娘子啰唆半日,全是无用功,虽恨得牙痒,但终究拿这个侄女没有办法。人家如今既有诰封,又许了王侯,过门还要升上一级成为一品的国夫人,自己这等平头百姓往日还能摆摆长辈的谱,如今是不值钱了,说的话也没有半点分量,今日来这一趟,全是自讨没趣,还不如快些走,省得打脸。

可这罗氏是个奇人,你让她说话的时候她不说话,你示意她走,她却要赖着再讨一讨人情,眼巴巴地对明妆道:"般般,你大姐姐往日不懂事,姐妹之间总抬杠,我已经狠狠教训过她,她也知道错了。今日本想跟着一块儿来瞧你,又忌惮你生她的气,不敢登门。我想着,你们姐妹终归是一根藤上下来的,将来我们老了,你们兄弟姐妹还要走动……般般,你姐姐的亲事眼下成了难题,相看几家总不能成,说到底还是因着祖母的缘故。"

提起凝妆,明妆便头疼:"我先前把话说得很明白了,大伯母要是还想劝我向圣人求情,就免开尊口吧。"

"不不不……"罗氏摆手不迭,"我不是说这个。我的意思是,你们姐妹往后勤走动走动,就图个热闹好看。横竖让你大姐姐沾点光,将来夫家瞧在你们夫妇的分上,也可少些挑拣。"

然后让凝妆好打着他们的旗号,仗着他们的势,在夫家继续蛮不讲理,横行霸道?

罗氏殷殷期盼,两眼只管紧紧望向明妆不放,可惜最后也没能等来明妆的妥协,只听她淡声道:"我出了阁,一切要以郎子的喜恶为重,郡王的脾气,大伯母不是不知道,三句话不对就要打杀,我怕大姐姐万一哪里不留神触怒了他,到时候白刀子进,红刀子出,那我岂不是对不起伯父和伯母吗?"

罗氏想起李宣凛那张不苟言笑的脸,果然哆嗦了一下,当初元丰冒犯明妆,他一下子将人吊得那么老高,就知道是个会下死手的。凝妆又是个憨蠢不知进退的,倘若犯到李宣凛手里……还是算了,比起小命,能不能嫁个好门户,就没有那么重要了。

姑嫂两个白来一趟，想好的目的一个都没达成，心里虽憋屈，却也无话可说，最后生硬地道了别，勉强道："若是有用得上咱们的地方，只管打发人来传话。"

不过一句客套话，谁也不会当真，明妆应声好，转头吩咐赵嬷嬷："替我送送大伯母和姑母。"

赵嬷嬷站在槛外，道："两位大娘子请吧。"

易大娘子和罗氏无奈，只得跟着往大门去了。

商妈妈看着她们走远，叹道："郎主要是没能平反，小娘子也没有受荫封，恐怕她们就忘了有这门亲戚了。既是这样，还厚着脸皮来做什么？还要让凝娘子与府里常来往，倘若答应了才是招惹祸端，那就是个祸头子，将来哪家受蒙蔽聘了她，才是苦日子在后头呢。"

明妆笑了笑："难听话都说了，想必她们也不会再惦记了。只是我那姑母真是和祖母一个模子里刻出来的，连脾气秉性都一样，也是奇了。"一面说着，一面踏上长廊回到上房。

芝圆等了半晌，见她回来便问怎么样："八成又拿什么至亲骨肉说情了，你落难的时候不理你，你一旦出息了他们就来认亲，这易家老宅的人真是一副穷酸饿醋模样，一辈子不要理他们才好。"

"已经回绝了，我不缺这样趋吉避凶的娘家人。"明妆携了芝圆的手，赧然道，"我现在什么都不去想，只是一心等着出阁。你不知道，每日睁开眼睛就盼着天快黑，说不出的着急。"

芝圆笑得会心："我是过来人，我懂你。"边说边掰着手指头，"还有二十来日，一眨眼就过去了。"

是啊，还有二十来日。明妆转头望向檐外的天，穹顶澄净如一泓清泉。不知是哪个行人在墙外哼唱，悠扬的歌声飘进园子里，抑扬顿挫地吟哦着："餐花饮露小夫人，玉壶冰雪照青春……"

第三十七章

一对黄鹂飞过去,留下两声清脆的鸟鸣。盛夏时节,园中草木葱茏,树顶枝叶茂盛,躲在其中的知了声嘶力竭地高唱着,到了傍晚时分也没有停歇。

门前人来人往,两个婆子搬着好大的木桶进来,招呼着:"冰来了……"

盛装的贵妇和贵女们"哟"了一声,赶紧让开一条路,两个小女使揭开铜鉴的盖子,将敲碎的冰块一一放进去,收拾好后擦去滴落的冰屑,又却行着退出上房。

房里早就点了红烛,一整天燃烧不断,新妇坐在妆台前,由十全的梳头妇人绾发梳妆。家里姐妹们帮着内外张罗,静言是个沉静的性子,一直伴在明妆身边,帮着递一递胭脂,递一递首饰,和明妆曼声闲谈:"今日怎么没见老宅的人?那个凝妆和琴妆,都不曾来。"

明妆"嗯"了一声,说:"我和她们素来玩不到一块儿去,今日也没指望她们来。"其实来了也不过讨嫌,不知道又会惹出什么事。

静言听了,沉吟了下道:"那个琴妆,如今和柴家人走得很近。"

明妆闻言转头看她，从她讳莫如深的表情里，窥出琴妆又要粉墨登场了。

"和柴家哪个走得近？同姐夫没关系吧？"

静言腼腆地低了眉，她与柴家三郎过了定，还没有完婚，明妆管人家叫姐夫，她很觉得不好意思，但也不去反驳，抿唇笑了笑："倒不是和他，是和他大哥。"

明妆瞪大眼睛："柴家大公子不是早就成亲了吗？怎么还与她纠缠不清？"

静言说："可不是，他院里有妻有妾，大嫂是新平开国伯家的嫡女，也是一等一的贵女出身，知道了这件事，气得简直昏死过去。那日来和我说，我听了只觉扫脸，咱们和易家好歹还沾着一点亲，那琴妆是闺阁里的姑娘，好好的，做什么要去和有妇之夫勾缠？"

所以说啊，早些和易家断了往来是最明智的决定，那凝妆和琴妆从小就不得好的引导，加上祖母褫夺诰封，自觉以后不会有好姻缘了，一门心思巴结煊赫的门庭，连脸面都顾不上了。难怪上回姑母和大伯母登门，却没见二伯母齐氏的身影，想是自觉抱上了大腿，等着人家想法子安顿琴妆吧！可是这样的事，哪里有好结局，人家的嫡妻行端坐正，又是那样好的出身，就算琴妆勉强挤进柴家，也没有好日子过。只是难为静言，要去面对这种事。

明妆握了握她的手，道："下回大嫂再与你说起，你就推个一干二净，就说我与琴妆早就不来往了，你与琴妆更是不沾边，大嫂该怎么处置是她的家务事，不必看着你的面子。"

静言听了，点头道："我原说碍于你的情面，不知道你们之间处得如何，真要是闹起来，老宅没脸，恐怕也牵累你。既然你与那头不来往了，那事就好办了。"

明妆只是叹息："我那二伯，好歹也是官场上混迹的，怎么女儿弄得这副模样，往后还怎么见人？"

静言道："内宅的事，是主母管教不严所致。想是有一颗攀高枝的心，却没有正经的婚事能议，慌起来就无所不用其极了。"

正说着，周大娘子从外面进来，手里捧着一个匣子，见了静言，笑道："二娘子先回避，容我和般般说两句私房话。"

静言一听便知道她们要说什么，忙红着脸退了出去。

第三十七章

人都屏退了,周大娘子打开手里的红漆匣子,取出一个象牙制成的蛋,小声道:"这是压箱底的物件,回头进了洞房,放进箱笼最深处。"

明妆瞧着干娘,大惑不解:"压箱底的?"

周大娘子把对合的蛋掰开,里面雕着一只浴盆,盆内抱坐着一男一女,因雕工实在是好,连那表情都栩栩如生。

明妆大窘:"这个……这个……"

周大娘子发笑:"这有什么,男女成婚都得经历,这叫人伦,没什么不好意思的。"说完重新合起来,交到明妆手里,"让陪房的妈妈小心藏着,一切有她安排,你只管踏踏实实拜堂行礼,等入了洞房,自然水到渠成。"说罢捋捋明妆的发,颇觉感慨,"当初你母亲万分放不下你,嘱咐我一定看顾你,到今日我亲手送你出阁,也算完成了你母亲的重托。般般,出嫁之后万要好好的,遇事夫妻有商有量,和睦最是重要,知道吗?"

明妆道:"是,干娘的话我记住了,出阁后一定收敛脾气,绝不使小性子。今日也辛苦干娘了,为我的婚事忙前忙后,不得歇息。"

她是周到的姑娘,话头上素来客气,周大娘子的忙碌她知道领情,那干娘忙也忙得舒心,因此笑道:"这是高兴的事,还怕辛苦?"

再回身看看隔帘的外间,芝圆和静姝坐在月洞窗前交流怀孕的心得,袁老夫人站在院里指派过会儿送亲的队伍……仔细听,隐约有鼓乐之声传来,众人都支起耳朵。周大娘子说新郎来迎亲了,忙招呼梳妆的喜娘过来,再替明妆补粉梳妆,自己协同两位舅母,兴冲冲赶往前院迎接新郎去了。

儿女婚嫁,须得按部就班,丝毫不乱,袁老夫人进来坐镇,含笑对明妆说:"咱们不忙,等乐官催妆了再起身。"

外面怎么热闹,内院的人看不见,只听一阵阵的笑声传进来,想必"拦门"的宾客正为难新郎,要酒要利市吧!

终于鼓乐大作,门上的司仪高唱:"点朱唇,将眉画,一对金环坠耳下,金银珠翠插满头,宝石禁步身边挂……"

女使搀扶明妆起身,喜娘半蹲着身,将两串组佩挂上新妇的腰带。只是尚不能出门，为显矜重，还得继续促请。

不多会儿便听见茶水司仪念唱："高楼珠帘挂玉钩，香车宝马到门头。花红利市多多赏，富贵荣华过千秋。"

袁老夫人将一柄团扇交到明妆手上，又仔细打量她一遍，这才温声吩咐："时候差不多了，姑娘出阁吧，自此琴瑟和鸣，步步锦绣。"

明妆说声是，福身拜别外祖母，再转身时执起团扇障面，这喧闹的世界变得迷迷离离，只看见槛外的毡席上站着一个披红的高大身影，深深地望过来，向她伸出手，等着她一步一步走近。

眼里只剩下他，仿佛穿越千山万水，把自己交到他手上。这一刻，才确定自己果真要嫁了，还好最后嫁给了他。团扇遮挡她的视线，看不清他的脸，但她知道身边的人就是他，即便是闭着眼睛，也可以放心大胆地跟随他的引领，往婚姻深处走去。

大门外的龙虎舆早就等着了，迎亲和陪嫁的人排了好长的队伍。想来好笑，易园和沁园相距只那么一点路，怕是还没走上几步，前头开道的人就已经抵达了。

不过礼不可废，还是要像模像样地做足工夫。惠小娘将装有五谷的锦囊放进她手里，切切恭祝："小娘子嫁入吉庆之门，今后五谷丰登，钱粮满仓。"

明妆退后一步，向惠小娘屈膝行了行礼。

到这里，就该辞别娘家了，陪嫁的女使上前搀扶新妇登车，明妆在帘幔低垂的车舆内坐定，听外面大肆举乐，天暗下来，这热腾腾的良夜，将人心也炙烤得热腾腾的。

迎亲的队伍放缓速度，马蹄声笃笃，踩踏得尤其短促，即便尽量缓行，不多会儿还是到了沁园大门前。迎亲的男家，比之女家当然更为热闹，司仪捧着盛满谷豆铜钱的花斗在门前着力抛撒，噼噼啪啪一阵脆响，边上等候多时的孩子们欢呼着跑出来捡拾，礼官便趁机高唱："避三煞，长命富贵，子孙恒昌。"

明妆被十全的妇人引领着，迈过马鞍和秤杆，迈进挂着帐幔的厅房，到了这里便可以稍稍休息了。那些陪同前来的娘家人，则被男家的亲戚接进偏厅吃酒，三盏酒吃得急急忙忙，不多会儿就听说都回去了，外面欢声笑语，"亲送客"一完毕，新妇就该拜见姑舅诸亲，送入洞房了。

关于拜见姑舅一事，其实还是有些尴尬的，因唐大娘子是正室夫人，堂上也是她与李度并肩坐着受礼。虽说唐大娘子对这门亲事并不看好，但毕竟场面上还要周全，哪怕笑得难看点，总算还笑着。

好在姚氏不自苦，儿子儿媳单独来拜见她，她也高高兴兴的，连连点头直说："好，愿你们永结同心，白头偕老。"

大礼行至这里就差不多了，礼官将红绸绾成的同心结呈上来，新郎和新妇执起两端，被众人簇拥着送进婚房。这是宾客们期盼多时的环节，大家屏息凝神，等着看新娘。明妆隔着扇面，见李宣凛向她行礼，拱手长揖下去道："请娘子却扇。"

这一礼，勾起了明妆无尽的感慨，还记得除夕那夜，阔别三年后重逢，他也是这样，立在一片辉煌里，当着众人向她行礼……时至今日，不得不相信，一切冥冥之中早就注定了，今生她是合该嫁给他的，也许那晚的一礼，就已经把这姻缘刻在三生石上了。

新妇手里的团扇终于羞答答地撤下来，那样的盛装，那样美丽的脸庞。他望着她，喉头忽然有些发紧，还是旁观的亲友拍掌欢呼，才冲散了他的酸楚。

"俞白，好福气啊。"宾客们起哄，李宣凛只是抿唇笑着，半点不显轻狂。

那厢十全妇人忙着撒帐，杂果和金银钱高高抛上床榻，什么"几岁相思会，今日喜相逢"，什么"锦衾洗就湘波绿，绣枕移就琥珀红"，碎碎念了好长一串，终于说到"撒帐毕，诸位亲朋齐请出"，堵在新房凑热闹的宾客们才不情不愿地慢慢散了。

终于清静了，新婚的夫妇对望一眼，长出一口气。李宣凛探手抚了抚她的脸，温声道："娘子受累了，过会儿我出去宴客，你先歇一歇，吃点东西。"

小娘子与娘子只一字之差，却是截然不同的另一种人生，明妆被他叫得发怔，那茫然的模样让他失笑，他撑着膝头，低下身子问她："怎么了？哪里不对吗？"

她忙摇了摇头："没什么，你忙你的去吧，只是不要喝得过了，酒醉伤身。"

他和软地应了，从房里退出来，经过窗前还不舍地回望一眼，见他的新妇安然在床上坐着，这才脚步轻快地往前院去了。

上房一时安静下来，明妆捏了捏肩，让烹霜替她将头上的花钗摘下来。那些赤金打造的发饰很重，几乎压塌了她的脖子，一样样收进铺着红绸的托盘里，真是满满当当，像琳琅的首饰铺子。

煎雪打了水来给她擦脸，把那一层层的铅粉都卸了，灯下还原出一张素面，那才是本真的小娘子。午盏说："大红大绿，把人都打扮老了，还是这样好看，干干净净的，看着爽利。"

商妈妈嗤笑："今日是要紧的喜日子，不这么打扮，不够喜气，你小孩家，懂什么？"说着走到箱笼前，掀开盖子，把那压箱底的宝贝安置进最深处。

因先前撒帐，满床的花生、枣还有铜钱，烹霜和煎雪拿掸子小心翼翼全掸进笸箩里，又重新将床榻归置一遍，回身一看，见商妈妈把一块巾帕掖进枕头底下，两个女使交换了下眼色，捂着嘴笑得窃窃。

明妆老大不好意思，红着脸说："笑什么？有什么好笑的！"

赵嬷嬷搬来一个小小的食案，放在床榻前的席垫上，一面揶揄那两个"等你们再大一些，让小娘子给你们找个好门户，看你们还笑不笑"，一面招呼小娘子来用吃的。

平常姑娘出阁，为了免于如厕，常是一饿一整日，不给吃喝，对明妆来说，这就等同于酷刑。现在大礼行完，总算可以好好吃上几口了，像宝阶糕和如意裹蒸菱粽，只有大喜的日子图好彩头，才现做出来贡在案上。赵嬷嬷知道她早就盯上那两样糕点了，早早让厨房热了送进来，反正没有外人，容她盘腿在席垫上坐下，点心就着饮子，畅快地把自己吃了个满饱。

慢慢地，夜深了，侧耳听外面，照旧人声喧哗。商妈妈说宾客很多，家里摆了三十张席面还是坐不下，又在潘楼另加了十桌，李判在家敬完宾朋，还得上潘楼招呼一圈，所以一时半会儿回不来，怕要忙到很晚。

明妆想了想，让人给他预备温水和换洗的衣裳，不过因等得太久，她坐在那里直犯困，最后招架不住，奈拉着眼皮说："我合一会儿眼，等李判回来叫醒我。"

可是她所谓的叫醒，实在从来没有成功过，起先是倚着床架打瞌睡，后来嫌坐着不舒服，忍不住躺下了，只是躺得不那么安稳，还拘束着，挨着床沿那窄窄的一溜，睡得很克制。

更漏滴答，将到子时前后，院门终于传来脚步声，候在廊下的商妈妈忙看过去，原以为李判今日少不得要被人灌酒，不喝得醉醺醺回来就是好的了，没想到人进了门，还是清清朗朗的样子。见商妈妈要进去通传，他忙摆手把人叫住了，自己先去厢房洗漱，换了一身干净的衣裳，才悄悄进了婚房。

新郎回来，房里伺候的人都退了出去，赵嬷嬷暗暗招手，把人都领到院外，接下来是他们小夫妻的洞房花烛夜，她们这些陪房功成身退，可以到后院入席，补上先前亏空的喜宴了。

灯火昏暗，人影漫过直棂窗，投在锦绣堆砌的床榻上。小小的姑娘蜷缩着，睡得小心翼翼。他走过去，放轻手脚托住她，微微将她往里面移了移，她察觉了，嘟囔道："李判回来了吗？"

睁开眼看见他的脸，她微微怔愣了下，待要坐起身，可惜他不让，只说："接着睡，不必起来了。"

可是哪里还睡得着，她看他躺下来，侧过身子面对她，灯火照不见他的脸，但他眼里依然有光，轻声说："娘子，我以前做过这样的梦，梦见和你在一张床上躺着，束手束脚，不敢轻举妄动，但是心里很喜欢，很喜欢……"

他唤她娘子，唤得温存又自然，明妆有些羞赧，但心里是满足的。她靠过去一点，拉拉他的手问："这算得偿所愿了，是吗？"

他说是，学她的样子挪挪身子，两人原本就离得不远，你靠一点，我靠一点，不知不觉便紧贴了。

这可是洞房花烛夜，内外一个人都没有，只有他们。虽然之前耳鬓厮磨过，但与现在大不一样，彼此心跳如雷，彼此小鹿乱撞。还是他更勇敢些，揽她枕在他的臂弯，这样更便利，便于他低头亲吻她，从眉间到唇。

香香的般般，软软的新娘，他爱不释手，唏嘘着："我何德何能，今日娶你。"

她的手搭在他的肩背，眨着一双水汪汪的大眼睛说："我也觉得嫁给你不真实，以前的李判就像我的长辈，你不知道，我如今有种亵渎长辈的感觉，又紧张，又欢喜。"

他笑起来，移手在那纤细的腰上轻轻拍了一下："胡说！"

她说："没有，是真的，我以前有点怕你，虽然你一直对我很好，但我就是怕你，不知道为什么。"

"是我太严苛了吗？"他想了想道，"也没有，我一直对你和颜悦色，对你笑。"

明妆伸出手指，描画他的眉眼，耳语般说："就是这笑，把我迷得找不着北，可你不笑的时候我就是有些怕你，怕你觉得我不知礼，怕你疏远我。"

他闻言，混乱地亲吻她："这样呢？还怕我吗？"

她低声道："还有一点……要多亲两下，就彻底不怕了……"

她最善于这种俏皮的小情调，恰到好处的甜腻，让人心头燃起火来。于是他狠狠地，后顾无忧地吻，今夜良辰美景，他有放肆的权利。吻之不足，好不容易腾出空来说话，他狂乱地问："这样呢，够不够？"

她眼神迷离，勾着他的脖子说："俞白哥哥，你好凶啊。"

他气结，在她耳垂上啮了一下："这就凶了？还有更凶的，没让你见识罢了。"

可是她好喜欢这种凶狠，两人相爱，就要更多更多的亲近。眼睛渴，心里也渴，必须用力地爱，像芝圆说的那样爱。

她红红的脸，红红的鼻尖，操着撒娇的语调说："那你凶给我看看嘛。"

这是含蓄的邀约，他明白了，一种张狂的野望呼之欲出，他挑开她的交领，勾着她的脖子，反倒不敢用力了，怕一不小心弄坏她。

她轻轻吸着气，轻轻低喊："啊，俞白哥哥……"

可是这样的称呼好像又不够了，他的汗水滴落在她胸前，温柔又坚定道："叫官人。"

这夜，变得火热，要把这洞房燃烧起来，薄薄的锦衾被她拧出一朵朵繁复的花，她有点委屈，又带着狂喜，哀哀叫了声"官人"。

好野的官人，曾经在关外横扫千军的官人，到了春水潋滟处，也有他的功深熔琢。而这声"官人"，是极致的奖赏。他于朦胧中看她，惊艳丛生，他的脑子混沌起来，金鼓伴着丝弦之声，在她的幽咽微叹中，一头撞进繁华里。

第三十八章

那压箱底的两个小人,之所以狂喜,难道就是因为这个吗?

明妆紧紧咬住唇,混乱中还在嘀咕,姑娘成了亲,原来牺牲这么大。

现在一切尘埃落定,明妆甚至觉得有些庆幸,抬头亲了亲他胡髭浅生的下巴,细声说:"官人,我们结成夫妻了。"

他心头微颤,说:"是,我们结成夫妻了,日后生死与共,永不分离。"

多么意外的人生,回想起来,还是觉得不可思议。就在上年冬至那日,和袁家的姐妹们聚在一起吃喜雪宴,宴上接到他的来信,那时候静好打趣,说让她嫁给李判,她还不以为意,从没往那上头想过。可谁知缘分不知不觉已经定下了,本以为三年不见,早就人情淡漠,却没想到勾缠日深,到最后变成心里的执念,一切的一切,都是出于他的重情重义。

重情义的人有好报,所以她把自己送给他。天光昏暗,只有檐下守夜的灯笼微微透进一点光,就着那点光,她隐约能看见他的脸,既熟悉又陌生,可以用一辈子好好去了解。

足尖在他的小腿上蹭了蹭，她好了伤疤忘了疼，就喜欢看他方寸大乱的样子。他平时太严肃，同僚眼中的郡王、下属眼中的上将军，很多时候一个凌厉的眼神就让人胆寒，但在她面前，他是纯真的、热情的，有些腼腆，心如春燕，一往无前。

他果然轻喘一口气，贴在她的耳边说："不要引火烧身，你不知道男人不知节制时，有多吓人。"

她笑了笑："我什么都没做，你可不要诬陷好人。"

但仅仅一个细微的动作，就让他热血沸腾。她真的不懂男人。他揽上她的身子，无奈地说："般般，我好像控制不住我自己了。"

明妆轻声嘟囔："你怎么……"

他难为情地说："你在我身边……娘子……"

他那声娘子，叫出了娇嗔般的味道，明妆立刻便心软了，红着脸，含着一点笑，吞吞吐吐地说："官人若是喜欢……"

可再喜欢，也不能不顾她的感受，他不能贪图一时欢愉，把她扔进水深火热里。

心头的烈焰被压制下来，他吻了吻她的额头："我们还有几十年时光呢，不急在一时。等以后，咱们仔细再议。"

她失笑，"仔细再议"，他说得很含蓄，但她看出了他的体恤，看看窗上，夜不再黑得浓稠，应当快要四更了吧？累极了，她不知不觉睡着了，身旁多个人虽有些不习惯，但心里是安稳的。

只可惜没能睡太久，廊上便传来脚步声，赵嬷嬷的嗓音隔着月洞窗响起："郎主，大娘子，该起身了。"

李宣凛是早起惯了的，即便整晚劳累，第二日也照旧精神奕奕。他偏头看身边的人，他的小妻子已经醒了，却不忙睁开眼，那细腻的脸颊上染着浅淡的红晕，一手枕在颊下，眼睫微颤，颇有柳困桃慵之意。

他忍不住亲了亲她的额角："要为夫给你穿衣裳吗？"

笑意浮上她的唇角，她终于睁开眼，天光大亮下看见新婚的丈夫，羞得盖住了脸。

第三十八章

她这模样，天底下大概没人能抵挡得住。他把人搂在怀里，笑着说："我们那么熟了，还不好意思吗？"说完将她的脸从被中挖出来，"今日还得拜见姑舅尊长，怕是要累着你了。"

这是礼数，不可荒废。于是明妆起身梳妆打扮，以前搭在眉上的刘海要梳上去了，露出光致的额头。烹霜在她的髻上插了小簪，耳上坠着精巧的耳坠子，但她左看右看还是觉得有些怪异，坐在杌子上回身，问穿戴好的李宣凛："官人，你瞧我这打扮，像不像小孩扮成大人模样？"

心满意足的李宣凛，满身满眼都是柔情，他接过烹霜手里的茶油花子，替她贴在眉间，再三审视后，很郑重地说："不，更端庄了。娘子今日绾发是为了我，多谢娘子成全。"

一向木讷的李判，忽然变得善于言辞，在场众人都笑得慰心。明妆自然也不再看不顺眼这副打扮，换上一身夏篙的褙子，先回易园在爹娘灵前上了香，晨食是来不及用了，随身带上几块糕点，便急急赶往洪桥子大街。

开国子府上，李度夫妇和姚氏早就在前厅等着了。新妇过门第二日要拜见公婆，亲手敬茶，但他们等了好半晌还不见小夫妻来，唐大娘子原就心里不情愿，见状愈发不满，拉着脸阴阳怪气道："瞧瞧这一对好夫妻，新婚第二日起不来，叫尊长等了这半日，真不怕人笑话！先前一千一万个说新妇知礼知节，我看也不过如此，连敬新妇茶都顾不上，看来家里没有长辈管教，委实不成。"

这就是拐着弯说新妇没有教养，让忍耐了半晌的姚氏大为不快起来。

李度听了唐氏的抱怨，心里也觉得两个孩子不懂礼数，蹙眉坐在上首，满脸的不耐烦。

见唐氏还要啰唆，姚氏在一旁开了口："咱们家和旁人家不一样，倘若孩子不分家，早晨起来梳妆完了便来请安，不过一迈腿而已，不费什么工夫。可如今他们在内城建了府，咱们的宅子在城外，两下相距这段路，新妇又不会飞，总要一步步走过来。"她边说边偏过头，娓娓对李度道："再者，新妇的爹娘不在了，亡者为大，他们还要先回易园敬香献茶，一样一样都要按序办。倘若头一桩就跑到这里来，反而是他们的疏忽，郎主心里才真不喜欢呢，对不对？"

李度那耳朵，常是听谁都有理，见姚氏这么一解释，又能耐下性子等待了，点头说："对，到底不在一处住着，就再等等吧。"

唐大娘子因这阵子被姚氏盖了风头，心里很不痛快，如今听她又在丈夫面前吹风，心火一下就点燃了，冷眉冷眼道："你大可不必为你儿子、儿媳开脱，若是怕赶不上，早半个时辰起身不就是了，何至于让长辈们等着？不知礼数就是不知礼数，反正眼里没有长辈也不是头一回了，谁心里还不明白吗？"

姚氏顿时板起脸，朝唐大娘子瞥了一眼，从牙缝中挤出几个字来："既不是头一回，还说什么！大娘子也是打年轻时过来的，你就没有洞房过，没有第二日起不来过？孩子们大婚忙了这么长时间，做长辈的应当体谅才对，犯不着站着说话不腰疼，大好的日子处处挑眼。"

唐大娘子被她说得发怔，反应过来后气得拍桌："姚窕书，你是反了天了，打算爬到我头上垒窝了？"

她拍桌的动静太大，把李度吓了一跳，愕着两眼道："说话就说话，拍什么桌子……"结果招来唐氏狠狠的一瞪。

姚氏也不理她，转头楚楚地望向李度："郎主，大娘子这是嫉妒我们，成婚的要是换成大哥，她还能这样苛责吗？我辛辛苦苦，好不容易撮合二郎娶了媳妇，娶的还是堂堂县君，她横挑鼻子竖挑眼，回头新妇进门，她可是还要给下马威？我有言在先，往日大娘子怎么慢待我，我都忍得，但今日她若是刻意为难两个孩子，我可顾不得什么颜面不颜面了，拼着大打出手，也要和她闹上一闹。"

唐大娘子听她这样说，更是气不打一处来，指着她的鼻尖道："你近来是吃错药了，整日惺惺作态，挑拨离间，难不成以为这个家要凭你做主了？别以为朝廷赏了诰命给你，你就能与我平起平坐，妻就是妻，妾就是妾，这乾坤乱不了，就算让圣人来评理，也断不会替你说话！"

眼看着她们大吵起来，李度夹在中间，一个头两个大，绝望地说："你们什么时候能让我清静清静？今天是什么日子，新妇眼看要来了，你们还在这里吵吵吵，被人家撞见，到底是谁不知礼？"

话音才落，门房的婆子跑进来，欢天喜地道："郎主，大娘子，公子带着新妇回来了！"

李度一扫阴霾，忙道："快快，把人迎进来。"然后慌忙坐回上首的圈椅里，正色整了整衣冠，再朝外一看，一对小儿女脸上含着笑，携手迈进门槛。昨日婚仪上，新娘不进洞房却不扇，作为公婆，并未看见儿媳真容，今日终于得见，这端庄的眉眼，还有圆润的耳垂，一看就是个有福泽的长相。

李度心里大为满意，看着新妇向上行礼，接了茶盏恭恭敬敬呈上来，一声甜甜的"父亲"，叫进了他心坎里。

他这一辈子没能生出一个女儿，长子年幼时夭折，只剩下二郎这个儿子，纵使平时父子相看两相厌，但血缘亲情毕竟割不断。如今这不孝子又娶了亲，一夜之间好像稳重了不少，作为父亲的李度一下觉得儿子长大了，自己也老了，到了应当享受天伦之乐的时候，满肚子钢火顿时化成慈父的温情，连连点头说好，将早就准备的红包交到新妇手上，又吩咐儿子："你已成家立业，自今日起承奉宗庙，善待妻房，再不能像以前一样孟浪了，记着自己是有家小的人，事事要稳妥为上。"

李宣凛应声说是，早前他和父亲乌眼鸡似的，如今心境逐渐转变过来，父子之间，终于能够心平气和说上两句话了。

明妆敬罢公爹，又来敬唐大娘子，姚氏定着两眼，直直看着唐大娘子，仿佛只要她敢轻举妄动，随时准备过来撕破脸皮。

唐大娘子被她这么瞪着，竟有点怕，谁也不知道一个护犊的女人会做出什么出格的事，之前的满腹怨言，到了这里只得不情不愿地收敛，一则李二郎不好惹，二则防着姚氏要发疯，唐大娘子最后只好悻悻喝了新妇茶，勉强堆起笑脸递过红包道："愿你们夫妇和敬，白头到老。"

明妆福了福，这才转到姚氏面前，未语便先笑了。

女使端来茶盏，她弯腰呈敬上去，姚氏欢喜道好，趋身接了过来。

茶汤入喉，姚氏眼里闪出点点泪意，自己就像个历经万难取得真经的苦行僧，终于点灯熬油盼来了儿子大婚，人生一大半的目标已经完成了。

回首前尘，总算先苦后甜，生了这样出色的儿子，新妇也是自己着力争取来的,真是越想越喜欢,遂探过去握住明妆的手,温声道:"般般,二郎往后的一切,就全托付给你了,我盼着你们小夫妻和和美美,早日替我们李家添人口。二郎在军中多年,恐怕不是个会哄人的,倘若哪里做得不周,你千万不要藏在心里,一定告诉我,我来狠狠教训他。"

姚氏疼爱媳妇的心,实在是溢于言表,唐大娘子看得撇嘴,心道猪鼻子里插大蒜,一个做妾的,如今竟人模人样起来。她原本是想塞个娘家的女孩过来,到时候好赖与自己一条心,可惜这个愿望没能达成,人家李二郎有自己的想法。不过细瞧这新妇,唐家门中的姑娘确实没有一个能与之相提并论,于是也实在灰了心,儿子儿媳都不与她相干,日后自己大概在这家中就是个局外人,他们才是正经的一家子,主母当到这分上,还有什么可说的?

明妆自然与嫡亲的婆母更亲近,转头望了李宣凛,含笑对姚氏道:"官人待我很好,阿娘不用担心。我年轻,才入家门,难免有失礼之处,也请父亲和二位母亲多担待。"说罢示意女使将带来的各样随礼送上前,总是礼多人不怪,自己是小辈,先示好做到礼数周全,至于长辈们领不领情,便是长辈们的涵养了。

李度平时在家不问事,如今做了公爹,居然顶天立地起来,张罗着让人置办席面,父子俩甚至破天荒地坐在一起剥起了青核桃。

明妆和姚氏在一旁低声说话,听见他们之间交谈,只听李度说:"这核桃虽青,但壳很硬,核桃就是核桃。"

李宣凛说:"是,不管是青核桃还是老核桃,终究是从那棵核桃树上摘下来的,虎父无犬子,核桃也一样。"

这是聊了些什么呀,简直让人觉得好笑。但转念想想,他们父子离心多年,彼此都不好意思放下身段,只有用这种隔山打牛的方式委婉地表达父子之情。李宣凛也是个懂话术的,明里暗里,将父亲夸了一顿。

正逢喜事,大家的心境都很开阔,只有唐氏称病不愿入席,正好成全了一家子,和睦地坐在一起吃了一顿饭。

回去的路上,李宣凛对明妆道:"今日托了娘子的福,席间竟没有与父亲起口角。我看得出,他在小心翼翼维护父子之情,我也自省了,这些年怨恨太深,从未体谅过他。如今成亲了，看开了，也不必追究孰是孰非，这世上很多事，根本就没有对错之分。"说着深深望向她，握住她的手，"我只想安安稳稳和你过日子，如果妥协能让你不为我这头的鸡毛蒜皮烦心，那妥协一回也无妨。"

他是清醒的人，懂得取舍之道。李家最大的麻烦就是这位父亲，只要拉拢父亲，那么唐大娘子就不可能掀起什么浪花来，因此他放低姿态，父子重修旧好，也算收拾出了个好开端，为明妆排除了夫家的隐患。

有夫如此，再无所求。明妆笑得眉眼弯弯，抱住他的胳膊，靠在他肩上。

穿过竹帘高卷的窗口朝外望，马车沿着汴河一路往前，河堤之上绿树成荫，是闷热的上京午后唯一清凉的去处。走卖的商贩，肩上担着一家的生计沿街兜售，大到凉簟、蒲合，小到香袋、挖耳勺，应有尽有。

汴河上讨生活的脚夫也坐在路旁吃凉茶，茶摊上备有扇牌儿，聚在一起玩上两局叶子戏，玩到高兴处哄堂大笑，即便只是拿两根草棍充赌资，也有清寒的快乐。

这就是上京，一个繁华绮丽，能做美梦的地方。

庸常的人生，开端并不理想，结尾也未必余韵悠长，但只要自己快乐，便是最大的圆满。

番外

　　明妆害喜害得很厉害，有时候连喝水都吐，人忽然就瘦下来，脸色也有些发黄，急得李宣凛无心公务，向上告了好几日的假，一心留在家里看护她。

　　窗前的美人榻上，卧着精神不佳的美人，刚喝过药，嘴里含着蜜渍的梅子，把一边脸颊顶起来老高。她轻飘飘瞥了一眼忧心忡忡的人，不由得发笑："你这样苦大仇深地看着我，我心里会发慌的。"

　　李宣凛闻言，才意识到自己的忧心全做在脸上，忙舒展开眉眼，撩袍坐在榻沿上，温声说："昨日我入禁中议事，正好遇上太医令，顺便与他提起你的症状。太医令说不妨事，算算日子，再有半个月，就该平稳下来了。这半个月虽然吐得厉害，但不要刻意忌口，还是得好好吃喝。"边说边握了握她的手，"这件事上，我实在对不起你，我也没想到竟会把你害成这样。"

　　明妆听得想笑："早知道会这样，难道就不要这孩子了吗？"见他果真有认同的架势，她赶紧断了他的话头，抚抚肚子说，"我想要。咱们家人口太少了，我一心盼着孩子呢。今早阿娘来看我，说当初她怀你也是这样，孕期里受了好多罪，熬过这段就好了。"

李宣凛叹了口气，他向来格外怜惜她，从不愿意让她受一点委屈。

还记得当初在陕州府邸，同一条大街上，相距不远就是刺史宅院。刺史家有个顽皮的小公子，和她一般大小，常喜欢堵在巷口拦截她的去路。有一次她受了欺负，揉着红红的眼睛回来，他看见了，悄悄询问她身边的女使，得知内情后便挂着长枪，站在那小子每日上学的路上，也不说话，就那么恶狠狠地盯着他。几次下来，刺史家的小公子就再也不敢作梗了，她还欢喜地同他说起，说那毛小子中邪了，最近看见她，总是绕道走。

他以为自己活着，就是为了保护她，现在自己却无端给她带来伤害，越想越觉得懊悔。

他看了她两眼，欲言又止，明妆知道他的心思，忙来打岔，笑道："官人，我近日发现了一个好办法，吃饭之前饮一口醋，能压制住恶心，就不想吐了。"

李宣凛却觉得这样悬得很："醋喝多了恐怕伤肠胃。"

"那就兑成凉水。"她兴致盎然地说，"加上蜜，再放进两个梅子，我以前这样做过饮子，又解暑又止渴。"

好吧，这也算折中的办法，不管有没有用，先试试再说。

两人有一搭没一搭地闲谈，又说起官家的病症，李宣凛说："自仪王政变之后，官家的身体越来越差，昨日召见我，说了许多泄气的话，我尽力宽慰了几句，但总觉得官家与以前不一样了。"

有些话是家中的私房话，只限于夫妻间交流。明妆知道他话里的隐喻，恐怕官家时日不多，满朝文武都应当做好准备了。

"太子知道了吧？"明妆问，"官家要是有个长短，会立时召太子入禁中吧？"

李宣凛说："会的，有了仪王的前车之鉴，官家早就妥善安排了，之前话里话外颇有命我护持太子的意思，也是为防不测。"

明妆长出一口气，喃喃说："但愿官家康健……芝圆快要临盆了，千万别在这个节骨眼上生变故。"

但有时候，就是怕什么来什么。官家的身体每况愈下，所有人都绷紧神经。

新旧交替,通常伴随暗涌,虽然太子之位已经定下,但难保有引而不发的人,趁此当口行动起来,因此皇城内外暗暗警戒,太子也日夜留在殿中侍疾,寸步不离。

这就苦了芝圆,那日梳妆完毕,准备进宫探望官家,没想到刚迈出门槛,裙子就湿了。她大惊失色,僵在那里一动不敢动,对身边的嬷嬷说:"我溺湿亵裤了。"

嬷嬷一听便明白了,"哎呀"一声,道:"请殿下回房,这是羊水破了,小殿下要来了。"

阖府都忙碌起来,产婆和女使们预备产房,另有几队人马,分头往各处报信。

明妆赶到时,芝圆正扒着早就搭建好的架子蓄力,脸上倒是神采奕奕,一点没有即将临产的紧张感。见好友进门,她长吁短叹地说:"四哥不能赶回来,官家那头也脱不开身,这回只能靠我自己了。"

虽然生孩子由来只有女人承受,但丈夫在,至少心里有寄托。

明妆只好宽慰她:"那边的事情也紧急,等殿下回来,再见孩子也是一样。你莫怕,我们都在呢,我陪着你,给你鼓劲。"

芝圆听了笑起来:"你自己还怀着身孕呢,回头可别吓着你。"

周大娘子也说:"产房里气味不洁,且孩子落地少说也要一两个时辰,你在这里受累,还是上外面等着吧。"

明妆摇头,心里放不下芝圆,嘴上不好明说,只道:"我着急见新来的小人儿呢,干娘就让我留下吧,我答应过芝圆的,这种时候一定陪着她。"

总是姐妹情深,周大娘子遂不再劝说,只管盼咐:"你自己也很要紧,忙起来怕是照应不上你,你自己小心些,千万别让人冲撞了。"

明妆点点头,看仆妇把咬木送到芝圆嘴边,让她咬着发力。芝圆素来有反叛的心,脑袋晃得拨浪鼓一样,万分嫌弃地说:"我不要这个,像上了嚼子似的……"

大家不好勉强她,就由她去了。可惜阵痛来的时候,那喊声简直震耳欲聋,明妆紧张得脑子里一片空白,只知道喃喃复述:"芝圆……芝圆,你用力呀……"

周大娘子见状,不由分说把咬木塞进芝圆嘴里,道:"力气全花在喉咙上了,这么下去可不得了。阿娘先前怎么教你的?憋住了往下坠,用力!要把劲使在肚子上,别光顾着喊,喊得再响,孩子也不会自己出来。"

芝圆的裙子上染了血,汗湿的头发粘在脸颊上,看得明妆又忧惧又担心。她卷起手绢上前给芝圆擦汗,说:"等孩子一生下来,外面就会给殿下报喜,殿下一定很高兴。芝圆,这回可看你的了,你平安把孩子生下来,我将来生产就不怕了。"

芝圆听了她这话,眼睛顿时发光,作为年长半个月的阿姐,她一直致力于给般般树立好的榜样。般般能怀着身孕陪自己生孩子,自己就算再疼,也得装出轻松的样子,万万不能真的吓着她。于是芝圆吐了咬木,趁着阵痛暂缓的当口,虚弱地对她说:"也没什么,其实不算太疼……"

明妆想冲她笑,但是笑不出来,这满头满脑的汗都是假的吗?芝圆虽然大多时候不靠谱,但对她的心是真的。

产房里的时间,过起来好像特别慢,每一刻都在煎熬,每一刻都心急如焚。明妆看着她染红的裙子,小声对周大娘子道:"干娘,芝圆流了这么多血,让她躺下吧。"

周大娘子也有些着急,却不得不沉住气观察芝圆的精神,见她还能坚持,对明妆道:"站着生,孩子能快些进产道,产妇也能减轻疼痛。咱们且再看,若她没力气了,就让她躺下……"

话音未落,忽然听见产婆欢喜地喊起来:"看见头了,快了快了。"

其实最艰难的,就是等待的过程,一旦见了孩子的踪影,那么胜利就在眼前了。

"哇"地一开嗓,哭声何其嘹亮。明妆扭头看了一眼,那么小的孩子从裙底里接出来,握着小拳,蹬着小腿……仔细分辨两眼,分明是个男孩啊!

果然,产婆的嗓音里满是喜悦,笑着说:"恭喜太子妃殿下,是位小公子。"

候在窗前的长史得了消息,再三确认好几遍,拔腿就往外跑,忙着入禁中向太子禀报好消息。

明妆到这时才松了口气,虽然生孩子的是芝圆,自己竟也如同经历了生死一样,浑身的劲都快用完了。这时又见产婆接了孩子的胞衣出来,伴随着血腥气直冲天灵,她突地一阵反胃,险些吐出来,忙捂着嘴上外面去了。

芝圆后来还打趣,告诉太子:"我生孩子,把般般都生吐了。"

她们早就说好的,这个孩子要给明妆做干儿子,即便不久之后太子登基做了皇帝,这个约定也没有改变。

明妆半年之后生了个女儿,芝圆给孩子取了个乳名,叫翙翙,说"凤凰于飞,翙翙其羽",这名字一听就是随王伴驾的。将来翙翙要给她儿子做新妇,她们这代人的缘分一辈子说不尽,须得留待下一代继续。

明妆倒不做那么长远的打算,含笑说:"等孩子们长大了,晓事了,婚事再由他们自己定夺。"

日子就那样慢悠悠地过,宦海沉浮,没有人永远一帆风顺。李宣凛的官做得大,也常遇险象环生,虽然与官家往日交情不错,但公事公办的时候,君君臣臣很难讲人情,最终一条,还是要恪守本分。

所幸李宣凛是个审慎的人,朝中几次重大变革都不曾波及他,只是偶尔在房中与明妆抱怨,说应付官场上的种种,让人身心疲累。

"等再过三五年,孩子们大一些,想个办法称病隐退就好了。"他笑着揽过妻子的肩头,愉快地畅想着,"到时候我再带你去一趟陕州,故地重游,心境必定与以前大不相同。"

可惜这个愿望很难实现,李宣凛肩上有重担,朝中也不放人,多少个三五年过去了,他还在任,从丹阳郡王升了燕郡王,郡王做到了极致,更没有道理致仕了,所以只好耐着性子度日。

明妆与他一共生了三儿两女,儿子们先后入朝为官,两个女儿也都嫁进了帝王家。有时闲来无事,回想自己少时的时光,与父母的缘分那么浅,好在后来都找补回来了。她一辈子最大的幸运,是有李宣凛伴在身边——她的李判哥哥,她的俞白,她的官人。

桑榆向晚的年岁,夫妻俩也如当初的爹爹和阿娘一样,夏日傍晚爱在院子里搭个小桌看景吃饭,三两小菜,一碗清粥,吃得有滋有味。

至于下辈子还要不要遇见,还要不要相守,这个问题从来没人问出口,问出口就不珍贵了。

李宣凛向她伸出手时,她会自发地紧紧回握,只是这一握,就已胜过千言万语。

《香奁琳琅》下·完